아주 은밀한 연애 1

아주
은밀한
연애 1

이지연 장편소설

Terrace Book

| 1권 |

| 2권 |

1. 어떻게 납치를 해도
의사를 납치했대?

"너, 지금 나하고 장난하자는 거야?"

서류를 훑어보던 태환은 마음에 들지 않는다는 듯 눈살을 찌푸렸다.

"무슨 말이야, 장난이라니?"

창훈이 즉각 반박에 나섰다.

"너나 나나 지금 아니면 시간이 안 되잖아. 안 그래?"

틀린 말은 아니었다. 둘의 영화가 천만 관객을 돌파한 후, 끊임없는 인터뷰 요청과 세계 각지의 영화제 초청 등, 태환과 창훈은 눈코 뜰 새 없이 바쁜 일정을 소화 중이었다.

"그렇다고 하던 일을 미루고 당장 아프리카로 떠나자?"

"쉽지 않은 결정이라는 건 알아. 하지만 지금이 아니면 안돼."

"하!"

창훈이 강하게 나오자, 태환은 실소를 흘리며 서류에서 고개를 들었다. 잠시 창훈을 노려보던 태환은 고개를 내저으며 느슨하게 넥타이를 풀었다. 이어서 꼬고 있던 긴 다리를 다른 방향으로 바꾸었다.

누가 전설의 여배우 전세린의 아들 아니랄까 봐. 보통 사람이 하면 아무것도 아닌 동작도 태환이 하면 영화의 한 장면이 된다. 영화 제작자가 배우보다 더 멋지면 어쩌자는 건지.

"아프리카 현지 촬영으로 무조건 채워야 하는 이유."

말없이 천장을 올려다보던 태환이 고개를 돌렸다.

"감독으로서 딱 세 가지로 추려봐."

질문과 함께 태환의 날카로운 시선이 쏟아졌다. 창훈은 손등으로 이마에 맺힌 땀을 닦았다.

"그, 그건…… 말이지."

창훈이 뜸을 들이자, 태환은 쓰게 웃으며 서류를 들었다.

"왜 하필 말라위야?"

"그건 바로."

기회는 이때다 싶어 창훈은 준비한 자료를 서둘러 앞으로 내밀었다.

"이번 영화 제목이 '따뜻한 심장' 아니냐. 말라위가 바로 아프리카의 따뜻한 심장이라고. 아프리카에서 세 번째로 큰 호수도 있어. 호수가 국토의 1/5을 차지해. 너도 반할 거야."

태환은 내키지 않는 표정이었지만, 굳이 반대의 말은 꺼내지 않았다.

"그럼 함께 로케이션 헌팅하러 가는 거다?"

"그래."

잠자코 자료를 보던 태환은 창훈의 질문에 짧게 동의했다.

창훈은 이번에는 캐스팅 후보 리스트를 재빨리 내밀었다.

"출연하고 싶어 하는 배우들이 줄을 섰다. 한번 골라봐."

무표정하게 프로필을 휙휙 넘기던 태환은 문득 손짓을 멈추며 눈을 가늘게 모았다. 한 사진 속에서 아름다운 여자가 상큼하게 웃고 있었다. 실제로 만나본 적은 없었지만, 환한 미소가 어딘지 모르게 낯이 익었다. 어쩌면 그 점이 그녀의 가장 큰 매력인지도 모르겠다.

아름답지만 거리감이 느껴지지 않는 친근한 이미지. 마치 '나는 당신 편이에요.'라고 속삭이는 것 같은 맑은 눈동자. 연기 경력이라야 이제 겨우 2년밖에 되지 않은 신인이었지만, 그녀가 누군지 물어볼 필요는 없었다.

"정하라 사진이 왜 여기 있지?"

"이번엔 꼭 우리와 함께하고 싶다고 '드림즈' 김상원 대표가 직접 찾아왔었어."

"그래?"

태환은 비웃듯 입매를 비틀며 다시 사진으로 시선을 돌렸다. 사진 속의 정하라는 여전히 그를 향해 밝게 웃고 있었다. 마음에 안 들지만, 이 여자, 사진발 하난 진짜 잘 받는다.

"김 대표 말로는 여주인공과 정하라 이미지가 완전 일치한대. 나도 그렇게 생각하고."

"왜? 의사 출신이라서?"

빈정거리는 말투로 태환이 물었다.

"음…… 그런 면도 없지 않아 있겠지?"

"됐어. 매번 거절할 땐 언제고. 9월과 10월 사이엔 활동하지 않는다며?"

정하라. 사진과 영상으로밖에 보지 못했지만, 태환의 머릿속에 새겨진 그녀는 한마디로 정의된다.

건방지다!

내로라하는 배우도 자신들과 작업하고 싶어 매달리는데, 신인 정하라는 시나리오를 읽지도 않고 배역을 사양했다. 9월과 10월 사이에는 활동하지 않는다는 말도 안 되는 이유를 들며.

창훈의 말에 의하면 매우 정중히 사양했다지만, 그래도 거절은 거절이었다. 그것도 한 번이 아니라 두 번이나 퇴짜를 놓았다. 먼저 그녀를 눈여겨봤던 태환이었지만, 두 번이나 퇴짜를 놓자 비싸게 구는 그녀가 거슬렸다. 그런데도 창훈은 아직도 캐스팅 때마다 정하라를 명단에 올린다. 녀석, 배알도 없나?

"그래서 아예 그 기간은 피해서 촬영과 홍보 날짜를 잡으려고. 그러면 정하라도……"

정말 가관이군. 톱스타도 우리 일정에 맞추는데, 뭐?

"너, 제정신이야?"

갑자기 밀려오는 짜증에, 태환은 정하라의 프로필을 바닥으로 휙 던져버렸다.

"우리가 지금 일개 신인에게 맞추게 됐어? 출연하게 해달라는 톱스타가 줄을 섰는데!"

"그건 나도 아는데, 이 배역에 정하라만큼 적격인 배우도 없어. 의사 출신이잖아."

"레지던트 1년 하다 접은 것도 의사 출신으로 쳐주나?"

"태환아, 그러지 말고 오디션은 보고 결정하자. 응?"

"아니."

태환은 찬바람이 도는 얼굴로 단호히 고개를 내저었다.

"네 뜻이 정 그렇다면……"

창훈은 풀 죽은 목소리로 동의하며 바닥에 떨어진 사진 프로필을 집었다. 그리고 혹시 먼지라도 묻었을까, 손으로 사진을 툭툭 털어냈다.

"하연아, 선크림 잊지 않고 챙겼지?"

"네, 대표님."

"진짜 챙긴 거 맞지?"

"네. 이번에는 정말 안 까먹고 챙겼거든요. 보실래요?"

하연이 슈트케이스를 바닥에 눕혀 뚜껑을 열려고 하자 상원은 재빨리 두 손을 내저었다.

"아냐, 믿을게. 믿는다. 내가 너를 안 믿으면 누구를 믿겠니. 드림즈의 떠오르는 스타, 정하라!"

상원의 호들갑에 하연은 뽀로통한 얼굴로 슈트케이스를 일으켜 세웠다.

물 빠진 청바지에 흰 티셔츠만 입었는데도 그녀는 눈부시게 아름다웠다. 원래 단순한 디자인의 옷이 어울리려면 몸매도 얼굴도 최상급이어야 하는 거다. 그렇지 않으면 조그만 단점이라도 바로 눈에 띄니까. 그런 점에서 유하연, 그러니까 배우 정하라는 김상원 대표 같은 까다로운 사람이 평가하기에도 100% 완벽했다.

그러면 그렇지. 누가 찾아낸 보석인데!

상원은 뿌듯한 눈으로 하연을 바라보았다.

저리도 아름다운 피사체가 몇 년 전만 해도 헐렁한 의사 가운에 가려 제대로 빛을 보지 못했다고 생각하면 지금도 마음이 아팠다. 상원은 불의의 사고로 외과 의사의 꿈이 좌절된 유하연을 지금의 여신 정하라로 키워냈다.

그런데 그 보석이 지금 아프리카로 연중행사를 떠나신단다. 고인이 된 아버지의 뜻을 따라 의료 봉사를 하겠다는데, 뭐라 반대할 수도 없고. 오지로 떠났다가 혹시 어디라도 잘못될까 봐, 상원의 속이 바짝바짝 타들어갔다.

"너, 고집도 참 대단하다. 어떻게 한 번도 빼먹지 않고 매년 가냐."

드라마 방영이 한 달이나 연장돼서 올해는 좀 거르나 싶었는데, 그녀는 드라마 종영 파티가 끝나자마자 바로 짐을 쌌다. 불굴의 의지란 이럴 때 쓰는 말인가 보다.

"어떻게 그래요? 날 기다리는 천사가 얼마나 많은데……"

가방에서 렌즈 케이스를 꺼내 커피 테이블 위에 내려놓으며 하연이 항의했다.

"그러니까, 그 천사들 방송 출연시키자니까? 휴먼 다큐멘터리로 찍으면 완전 대박이야."

"대표님!"

"아, 알았어."

하연이 확 째려보자, 상원은 바로 꼬리를 내렸다. 그리고 잠시 후, 능숙한 손놀림으로 콘택트렌즈를 빼, 케이스에 담는 하연에게 넌지시 물었다.

"이번에도 런던 통해서 말라위로 가는 거야?"

"네. 그곳에서 마르코 신부님 팀과 합류할 거예요."

하연은 상원의 질문에 꼬박꼬박 대답하며 알이 꽤 두꺼운 뿔테 안경을 끼고, 이어서 치아 교정기를 입에 물었다.

세상에나! 뿔테 안경에 입이 돌출되는 교정기까지 끼자, 아름답던 여신은 어디론가 사라지고 180도 다른 이미지의 여자가 모습을 드러냈다. 책만 들입다 파는 공부 벌레 이미지랄까? 하연의 이런 모습, 이젠 적응할 법도 한데 상원은 '아주머니, 누구세요?'라고 물어볼 뻔했다.

"또 변장하고 가니?"

'변장'이라는 말에 하연은 눈살을 찌푸렸다.

"변장이라뇨. 그냥 수수한 차림이에요."

"뭐, 수수한 차림?"

상원이 기가 막힌다는 얼굴로 되물었다. 참 내, 이게 변장이 아니면 도대체 뭐가 변장인데? 얼굴에 점이라도 찍어야 하냐?

"그런 안경 쓰고 앞이 제대로 보이기는 해?"

"이거 특수 렌즈예요. 겉으로 보기에만 도수 높은 것 같지, 사실은 맨 안경이에요."

"아이고, 그래라. 혼자 첩보 영화 많이 찍으세요."

상원의 말이 아주 틀린 건 아니다.

'유하연'이란 본명을 대중에 알린 적도 없으니 한마디로 첩보 작전처럼 공항을 빠져나가는 거니까.

"너 무사히 돌아올 때까지 내가 살이 쫙쫙 빠질 것 같아."

"민성 오빠도 함께 가는데 무슨 걱정이세요?"

이번부터 하연은 로드 매니저인 장민성과 함께 의료 봉사를 떠나기로 했다. 합기도 5단으로 하연의 보디가드까지 겸하고 있는 민성은 깍두기 머리와 우락부락한 인상, 근육질로 뒤덮인 몸매 탓에 자칫 조폭으로 오해받곤 했다. 어쩌면 그런 외모가 이번 여행에서 하연을 든든하게 지켜줄지도 모르겠다.

"민성아, 너만 믿는다. 우리 하연이 잘 돌봐야 한다. 옆에서 선크림 잘 챙겨주고. 또 작년처럼 시커멓게 타서 사람 식겁하게 하지 말고. 알았냐?"

"네, 대표님."

"이러다 늦겠어요. 이만 가볼게요."

"그래, 잘 다녀와라."

하연과 민성이 슈트케이스를 챙겨 대표실을 나가고, 상원은 소파 팔걸이를 '탁' 내리쳤다.

"에휴, 진짜! 물가에 아이를 내놓은 것 같아 불안해서 미치겠네."

상원은 닫힌 문을 보며 땅이 꺼져라 긴 한숨을 내쉬었다.

영국에서 말라위까지는 보통 15시간이 넘는 비행 시간이 소요된다. 런던에서 국제 의료 봉사 팀과 합류하고 2일 동안 휴식을 취했지만, 6개월이 넘는 드라마 촬영으로 체력이 소진되었는지 몸이 삐거덕 신호를 보내기 시작했다.

릴롱궤 공항에 도착하자 하연의 부드럽고 나긋나긋하던 목소리는 묵직한 쉿소리로 변해 있었다. 몸이 피곤하면 제일 먼저 나타나는 증상이었다.

"하연아, 괜찮겠어?"

안 나오는 목소리로 겨우 출국 수속을 마친 하연에게 민성이 걱정스러운 얼굴로 다가왔다.

"따뜻한 음료수라도 사 올 테니까, 여기서 기다려."

카페테리아 쪽으로 뛰어가는 민성을 바라보며 하연은 작게 한숨을 내쉬었다. 미열도 약간 있었지만 크게 신경 쓸 정도는 아니었다. 그런데 목은 한 번 잠기면 꽤 오래가는데…….

그래도 불행 중 다행인 것은 통증이 그리 심하지 않다는 거였다. 솔직히 피곤하긴 했다. 한 달이나 연장된 드라마 촬영이 무리는 무리였나 보다. 그렇다고 해외 의료 봉사를 미룰 순 없었다. 의사 생활을 접었다고 해서 아버지의 뜻을 이어가는 것까지 그만둔 건 아니니까.

—하연아, 여기야, 여기!

아버지가 암으로 쓰러지기 전까지 마지막으로 활동한 나라여서일까? 말라위에 올 때마다 하연은 어디선가 아버지가 불쑥 나타날 것만 같아 가슴이 설레었다.

어릴 때부터 그녀는 여름방학이면 어머니와 함께 현지에서 활동 중인 아버지를 방문했다. 공항에 내려 주위를 두리번거리는 그녀를 햇볕에 까맣게 탄 아버지가 반갑게 안아주곤 했었는데…….

"아빠…….”

하연은 지금은 하늘나라에서 편히 쉬고 있을 아버지, 유영찬 박사를 떠올리며 작게 미소 지었다.

그나저나 오빠는 왜 이렇게 안 오지?

"앗.”

민성이 오는지 확인하려 몸을 틀던 하연은 맞은편에서 걸어오는 누군가와 부딪히고 말았다. 심하게 부딪힌 건 아니었지만, 등에 멘 커다란 배낭의 무게 탓에 중심을 잃고 말았다.

"엄마야.”

어쩔 줄 몰라 비틀거리는 그녀의 팔을 강인한 손이 재빨리 움켜잡았다. 깜짝 놀라 위를 올려다보자, 훤칠한 키의 동양 남자가 굳은 표정으로 그녀를 내려다보고 있었다.

'엄마야? 분명 한국말인데……'

태환은 반사적으로 휘청거리는 여자에게 손을 뻗었다. 먼 타국에서 들려온 한국말이 반갑긴 했지만, 은근히 소름 돋게 하는 허스키 보이스였다. 여자에게선 달콤한 향기가 은은하게 흘러나왔다.

음, 재스민 향인가?

여자는 멍한 표정으로 태환을 올려다보았다.

잠시 후, 팽팽 도는 안경알 너머에서 여자의 눈이 동그랗게 변했다. 상황을 깨달은 그녀가 뒤로 물러서려 하자 태환은 잡았던 팔을 놓아주었다.

"괜찮아요?"

"감사합니다."

여자는 꾸뻑 고개를 숙이더니 흘러내린 안경테를 손으로 쓱 밀어 올렸다.

요즘도 저런 구닥다리 뿔테 안경을 쓰는 사람이 있나?

태환은 여자를 위아래로 훑어보았다. 커다란 배낭을 멘 여자는 물 빠진 청바지에 목이 늘어난 티셔츠를 입고 있었다. 멀리서 봤다면 눈에 띄었을 호리호리한 몸매다.

하지만 유행이 지나도 한참 지난 옷차림이라니. 질끈 동여맨 고무줄에서 삐져나온 긴 머리카락은 여자의 얼굴을 어지러이 뒤덮고 있었다. 배낭족인가?

"이런, 괜찮아?"

그때 어디선가 나타난 남자가 여자의 팔을 잡아끌었다. 여자의 동행인 남자 역시 차림새가 여자와 막상막하였다. 물 빠진 청바지에 꽃무늬 셔츠 차림, 네모반듯하게 바짝 자른 짧은 머리하며……. 완전 조폭처럼 생겼다. 이런, 먼 타국에서까지 깍두기 머리를 보게 되다니!

"배낭, 이리 줘."

여자에게서 배낭을 넘겨받은 남자는 태환을 힐끗 올려다보았다. 제법 험상궂은 남자의 표정에 태환은 잠시 긴장했다. 비틀거리는 여자를 부축해준 것뿐인데 괜히 골치 아픈 상황이 된 건 아니겠지?

"아이고, 감사합니다."

우려와는 반대로 남자는 태환에게 꾸벅 허리를 굽혔다. 그가 넘어지려는 여자를 부축해주는 걸 멀리서 본 모양이다.

"별거 아닙니다."

"그래도 감사합니다."

깍두기 머리 남자는 한 번 더 허리를 숙이더니 여자를 부축해 재빨리 공항 저편으로 사라졌다. 예쁜 여자 친구를 혹시라도 다른 남자에게 빼앗길까 봐, 전전긍긍하는 것처럼.

그래, 짚신도 짝이 있다는데…….

멀어지는 두 사람을 바라보다 태환은 피식 실소를 흘렸다.

"흠, 흠흠."

어느새 말라위에 도착한 지 일주일이 넘어가고 있었다. 하지만 하연의 쉰 목소리는 나아질 기미가 보이지 않았다.

"아직도 목이 잠겨서 어쩌니? 피곤해서 그런가?"

"괜찮아, 오빠. 목만 잠겼지 아프진 않아."

하연은 걱정하지 말라는 듯 운전 중인 민성의 어깨를 툭 내리쳤다.

비포장도로여서 덜컹덜컹 차체가 흔들리며 뽀얀 흙먼지가 주위를 감쌌다. 그들이 의료 활동을 펼치는 오지 마을은 도시에서 두 시간 넘게 떨어져 있었다.

오늘 하연과 민성은 마르코 신부의 부탁으로 인근 도시에 생필품을 사러 나선 길이었다.

낡아서 40마일 이상 밟으면 엔진이 과열된다는 사륜 구동차는 한 번 시동이 멈추면 다시 시동을 걸기도 쉽지 않았다. 결국 차에 시동을 건 채, 한 사람은 차에 남고 나머지 한 사람이 상점에 들어가 물건을 사야 했다. 어떤 물품은 구하기가 어려워 여러 곳에 들르느라 예정보다 시간이 지체되었다.

어두워지기 전에 돌아가야 하는데…….

하연은 손목시계로 시간을 확인하며 작게 한숨을 내쉬었다.

"여기가 마지막이다."

상점 앞에 차를 세우며 민성은 빠르게 물품 명단을 훑어 내렸다.

"차 안에서 기다려. 내가 갔다 올게."

"응."

하연은 상점에 들어가는 민성의 뒷모습을 바라보다 붉은 하늘로 눈을 돌렸다. 지금 바로 출발해도 마을에 도착하기 전에 완전히 깜깜해질 것 같았다. 그렇다면 민성보다는 아무래도 이곳 지리에 훤한 그녀가 차를 모는 게 안전할 것이다.

하연은 운전석 자리로 바꿔 앉기 위해 잠금장치를 풀었다. 막 밖으로 나가려는데 갑자기 문이 열리더니 누군가 운전석으로 뛰어올랐다. 너무 놀란 하연은 비명도 지르지 못하고 굳어 버렸다.

"뭐야?"

신호 대기 중, 갑자기 차 문이 열리더니 누군가 뒷좌석에 둔 가방을 낚아챘다. 그야말로 찰나에 일어난 일이었다. 태환이 황당한 얼굴로 뒤를 돌아보자, 운전대를 잡은 창훈이 낭패스러운 표정을 지었다.

"에고, 차 문 잠그는 걸 깜빡했다."

차 문을 열고 귀중품을 훔쳐 갈 수 있다는 경고의 말을 듣고 처음 도착해선 항상 문을 잠갔지만, 일주일이 지나자 어느새 주의가 느슨해졌다.

"제길! 가방에 여권 들었어."

태환은 작게 욕설을 내뱉으며 급하게 안전벨트를 풀었다. 말라위엔 대사관도 없어서 여권이 분실되면 꽤 골치 아프게 된다. 차에서 내린 태환은 날치기범이 사라진 골목으로 빠르게 달려갔다.

"야, 어디 가?"

창훈도 뒤따라 급하게 차에서 내렸지만, 태환은 이미 시야에서 사라진 후였다.

"헉, 헉."

날치기범을 따라잡는 건 그리 어렵지 않았다. 왜소한 체격의 십 대 소년이라 얼마 가지 못해 태환에게 어깨를 잡혔다. 당황한 소년은 가방을 저편으로 휙 던지고, 태환이 가방을 집으러 간 사이 쏜살같이 사라졌다.

태환은 거친 숨을 몰아쉬며 땅바닥에 떨어진 가방을 집어들었다. 여권과 다른 물품은 모두 고스란히 가방 안에 들어 있었다. 언제 뒤졌는지 지갑에 있던 현금만 사라진 상태였다. 가방의 지퍼를 잠그던 태환은 문득 자신이 외진 곳까지 따라왔다는 사실을 깨달았다.

―외진 곳은 밝은 대낮이라도 가면 안 됩니다.

태환과 창훈이 말라위에 도착한 날, 그들을 안내해준 교인은 꽤 진지한 얼굴로 충고했었다.

―아무리 관광지라도 어두워지면 걸어 다니지 마세요. 위험합니다.

하늘을 보니 어느새 저 끝 너머로 붉은 노을이 시작되고 있었다. 서둘러 차로 돌아가려는데 험악하게 생긴 남자가 앞을 가로막았다.

"Excuse me, sir."

얼굴은 환하게 웃고 있었지만, 눈에는 살기가 가득했다.

설마 강도는 아니겠지?

태환은 자신도 모르게 흠칫하며 뒤로 물러섰다. 기분 나쁜 인상의 남자를 뒤로하고 낯선 이들이 주위에 몰려들기 시작했다. 뭔가 살벌한 분위기를 느낀 태환은 가방을 꽉 움켜쥐며 서서히 뒷걸음쳤다.

그때 앞을 가로막은 남자가 씩 웃으며 품속에서 뭔가를 꺼내 들었다.

저건……?

사물의 정체를 알아챈 태환의 표정이 크게 일그러졌다. 날카로운 칼이 저무는 햇빛에 반사돼 기괴하게 번쩍거렸다. 빠르게 뒷걸음을 쳤지만 애석하게도 남자의 행동이 더 빨랐다.

"으윽."

타들어가는 고통을 느끼며 태환은 깔에 찔린 옆구리를 움켜쥐었다. 이대로 가만히 당할 순 없었다. 태환은 쓰러지는 척 비틀거리다, 몸으로 상대를 힘껏 밀쳐냈다. 그리고 그대로 달렸다.

노상강도를 피해 큰길로 나온 태환은 주위를 두리번거렸다. 분명히 차가 있어야 하는데 아무것도 보이지 않았다. 곧 태환은 자신이 엉뚱한 곳으로 왔다는 사실을 깨달았다.

도대체 여긴 어디지?

도움을 청하려고 해도 텅 빈 거리엔 사람은커녕 개미 한 마리조차 보이지 않았다. 폐점 시간이 지났는지 거리의 상점은 대부분 굳게 닫혀 있었다. 뒤쪽에서는 웅성거리는 소리가 점차 커지고 있었다. 뒤돌아보지 않아도 놈들이 쫓아오고 있는 게 분명했다.

그때 도로 맞은편에 차가 한 대 멈춰 서더니 우락부락하게 생긴 남자가 차에서 내려섰다.

저 남자는……?

공항에서 마주친 깍두기 머리 남자라는 걸 깨달은 태환은 안도의 숨을 내쉬었다. 남자는 어떤 일이 벌어지는지 전혀 모르는 채 유유히 영업 중인 상점 속으로 사라졌다.

"Right there!"

그 순간, 뒤에서 커다란 외침이 들렸다. 방금 태환을 찔렀던 남자가 피 묻은 칼을 들고 달려오고 있었다. 그 뒤로 일행이 따르고 있었다. 다짜고짜 세워둔 차에 뛰어든 건 순전히 살기 위한 본능이었다.

조수석에 누가 있다는 건 차를 출발하고서야 알았다.

코끝에 스며드는 달콤한 재스민 향기에 고개를 돌리자, 충격으로 창백하게 얼어버린 여자가 자신을 바라보고 있었다. 하지만 멈출 순 없었다. 쫓던 무리도 차에 올라타 따라오는 모습이 백미러에 보였기 때문이다. 여기서 저들에게 잡히면 무사하지 못할 거라는 생각에, 태환은 있는 힘껏 가속 페달을 밟았다.

부아앙―.

낡은 차가 흙먼지를 일으키며 광폭하게 거리를 질주했다.

하연은 멍한 얼굴로 남자와 상점에서 멀어지는 창밖을 번갈아 바라보았다. 납치당하는 사람은 그녀인데, 남자는 당장에라도 기절할 것 같은 창백한 얼굴로 미간을 찡그리고 있었다.

"윽."

꽉 다문 남자의 입에서 나직한 신음이 흘러나왔다.

잠깐만, 귀에 익은 목소리……?

정체불명의 남자는 바로 일주일 전, 릴롱궤 공항에서 마주쳤던 남자였다. 잠시 스치듯이 만났지만, 어찌 쉽게 잊을 수 있을까. 완전 황홀한 외모였는데……. 잘생긴 배우들에 둘러싸인 하연의 눈에도 그 남자는 뭔가 특별했다.

그건 그렇고, 왜 갑자기 남의 차를 모는 거야?

"으음."

그의 입에서 다시금 나직한 신음이 흘러나왔다. 하연의 시선이 자연스럽게 태환의 찡그린 얼굴에서 밑으로 향했다. 그는 한 손으론 운전대를 잡고 다른 손으론 옆구리를 움켜쥐고 있었다.

"헉!"

옆구리를 움켜쥔 태환의 손에서 붉은 피가 번져 나오고 있었다.

"이, 이보세요? 지금 뭐 하는 거예요?"

정신을 가다듬은 하연이 목소리를 쥐어짜듯 물었다. 그 탓에 잠긴 목소리가 더욱더 거칠고 낮게 흘러나왔다.

"으……, 설명은 나……중에……."

태환은 신음을 참으며 더 세게 가속페달을 밟았다.

"속도 낮춰요!"

40마일을 넘으면 절대로 안 되는데, 계기판의 바늘은 어느새 70마일을 넘어가고 있었다.

"이봐요! 그렇게 빨리 달리면 엔진이 과열돼서 퍼진다고요!"

하연은 꽉 잠긴 목으로 힘겹게 소리 질렀다.

"컥!"

억지로 힘을 주었더니 그만 기침이 터져버렸다.

"쿨럭, 쿨럭."

하연이 한 손으로 입을 틀어막고 어깨를 들썩거리며 기침하자, 그제야 태환은 가속페달에서 발을 떼고 흐릿한 눈으로 그녀를 바라보았다.

순간 자동차가 크게 덜컹거리더니 제자리에 멈추었고 이윽고, 차의 보닛 위로 하얀 연기가 피어오르기 시작했다.

"으윽."

태환은 흘러나오는 신음을 참으며 고통스러운 듯 아랫입술을 꽉 깨물었다. 그러나 더는 견딜 수 없어 운전대로 힘없이 고개를 숙였다.

"이봐요?"

놀란 하연이 태환의 어깨를 잡고 흔들었다.

"괜찮아요?"

아니지. 피가 철철 흐르는데 괜찮을 리가 없었다. 납치당한 건 납치당한 거고, 피 흘리는 사람을 가만히 두고 볼 순 없어.

"어디 좀 봐요."

하연은 태환의 어깨를 감싸고 조심스럽게 상반신을 뒤로 젖혔다.

"아악."

가만히 있어도 불타는 것처럼 아픈데 상처 난 부분이 당겨지자, 태환의 얼굴이 고통으로 일그러졌다.

"……괜……찮으니까 손대지 마……요."

"괜찮긴 뭐가 괜찮아요? 피를 이렇게 흘리면서."

하연은 태환의 말을 무시하고 옆구리에 놓인 태환의 손을 옆으로 치웠다. 찢어진 셔츠에서 피가 솟아오르고 있었다. 깊은 상처에 하연은 곤혹스러운 듯 눈살을 찌푸렸다. 이런 상태로 차를 몰다니……. 단추를 일일이 풀 시간조차 없었다.

쫘악—.

하연은 셔츠의 양쪽 깃을 잡아 단번에 옆으로 찢어버렸다. 서둘러 셔츠를 벗겨내자 상처가 드러났다. 적당히 근육이 붙은 탄탄한 복근 옆으로 살이 벌어진 틈에서 붉은 피가 흘러내리고 있었다.

"지금 뭐…… 하는 겁니까?"

태환은 움찔하며 인상을 일그러뜨렸다.

"가만히 있어요."

하연은 팔꿈치로 태환의 목을 내리누르고 휴대폰으로 옆구리를 비추었다.

"이런."

상처를 살피던 하연의 입에서 짧은 탄식이 흘러나왔다. 살갗이 찢어진 형태로 보아 날카로운 흉기에 찔린 것 같았다.

"그래도 다행히 장기와 동맥은 피했네."

하연은 혼잣말처럼 중얼거리며 태환의 찢어진 셔츠로 상처 부위를 꾹 눌렀다.

"그쪽은 정말 운이 좋은 거예요. 어떻게, 납치를 해도 의사를 납치했대?"

이런 상황에서도 농담이 나오다니. 허구한 날, 응급실에서 밤새도록 응급 환자를 돌보던 경험이 이런 상황에서는 꽤 쓸모가 있었다. 돌발 상황 중에도 눈 한번 깜빡하지 않았으니 말이다.

"……납치한 거 아닙니다. ……도움을 청……한 거지."

"그래요, 뭐. 도움을 청한 거라고 해두죠."

하연은 치료할 공간을 확보하기 위해 운전석을 최대한 뒤로 밀었다. 그리고 손전등을 꺼내 상처가 잘 보일 수 있게 고정했다.

"소독부터 할게요."

"흐읍."

소독 액이 묻은 거즈가 상처 부위에 닿자, 태환의 입에서 신음이 터져 나왔다. 상상할 수 없는 고통에 태환은 어금니를 꽉 깨물었다.

"안 되겠다. 마취부터 할게요."

그녀가 마취 주사를 놓으려 하자 태환은 세차게 고개를 내저었다. 격렬한 거부 반응에 하연은 미간을 찌푸렸다.

"왜요? 마취 안 하면 꽤 아플 텐데."

"……그쪽이 의사…… 어……떻게…… 믿고……."

심한 고통에 마디마디가 뚝뚝 끊어졌지만, 무슨 뜻인지 이해 못 할 정도는 아니었다. 이 남자, 날 가짜 의사 취급하는 거야?

사실 응급실에 실려 온 환자 중에서도 시시콜콜 진료에 이의를 제기하는 이도 있었다. 하지만 지금은 조금이라도 지체해선 안 된다.

"저, 의사 맞거든요. 의사 면허증 있어요. 써전이라고요."

'써전'이란 말에 태환이 눈꼬리를 움찔거렸고, 하연은 때를 놓치지 않고 재빨리 마취 주삿바늘을 찔러 넣었다.

"윽."

태환은 못마땅한 눈으로 바라봤지만 더는 반항하지 않았다. 이젠 버티는 것도 한계에 달했는지 그의 눈빛이 점점 흐려지고 있었다.

"후우."

하연은 심호흡을 한 후, 니들 홀더로 니들을 집어 들었다.

[형님, 접니다. 송창훈입니다.]

수화기 너머로 창훈의 떨리는 목소리가 흘러나왔다.

"이른 아침부터 웬일이야?"

[죄송합니다, 말라위와 한국이랑 시차가 있어서……. 그것보다, 형님. 지금 태환이가 행방불명입니다.]

"뭐?"

식사 중이던 태석은 '탁' 소리 나게 커피 잔을 내려놓았다.

"그게 무슨 말이야?"

[가방을 날치기 당했거든요. 가방 안에 여권이 있어서 놈을 잡는다고 뛰어갔는데, 그 후로 보이질 않아요.]

"사라진 지, 얼마나 됐어?"

[6시간 좀 넘었습니다.]

대한민국 상주 대사관이 없는 말라위에서, 그것도 한밤중에 6시간 이상 사라졌단다. 가볍게 넘길 일이 아니었다.

"내가 손쓸 테지만, 너도 계속 태환이 찾아봐."

[네. 알겠습니다.]

창훈이 전화를 끊자, 태석은 한쪽 입매를 비틀며 맞은편에 앉은 아내 혜경에게로 시선을 돌렸다.

"창훈이 녀석, 머리가 꽤 잘 돌아가. 위급한 상황에서 아버지나 형을 찾지 않고 날 찾은 걸 보면."

태환의 배다른 형이자, 차 회장의 셋째 아들인 차태석 상무는 안팎으로 두터운 신임을 얻고 있었다. 모두들 장남인 차태우 부회장을 제치고 태석이 백화점 유통 그룹과 호텔 체인 재벌인 F.T.R.그룹의 후계자가 될 거라고 입을 모았다. 언제 튀어나올지 모르는 복병, 막내 차태환만 없다면 말이다.

"손써준다며?"

태석이 느긋하게 식사를 계속하자, 혜경은 의아한 표정을 지었다.

"거기 지금 새벽이야. 날이나 밝아야 뭘 하든지 하지."

"그러다 도련님 잘못되기라도 하면 어쩌려고?"

"그 녀석, 목숨 하난 아주 질기니까, 걱정하지 마."

미남 박명이라서 그런가? 태환에게는 어렸을 때부터 크고 작은 사고가 많이 일어났다. 그중 목숨이 위태로운 순간도 몇 번 있었지만, 그때마다 그는 기적적으로 살아났다. 그게 바로 차 회장이 막내라면 어쩔 줄 모르고 쩔쩔매는 이유 중에 하나였다.

"난 손해 볼 것 없어. 녀석을 구해도 이득이고, 구하지 못해도 이득이니까."

태석은 싸늘하게 웃으며 커피 잔을 입으로 가져갔다.

어둠이 깔린 초원은 멀리서 들리는 풀벌레 소리를 제외하곤 적막할 정도로 고요했다. 거친 풀과 자잘한 돌멩이로 뒤덮인 초원과 잔잔한 호수 수면 위로 푸른 달빛이 쏟아져 내렸다.

"아……."

아무리 도수가 없는 안경이라지만, 온종일 끼고 있으려니까 불편해서 견딜 수가 없었다. 하연은 안경을 벗고 손등으로 눈 주위를 꾹꾹 눌렀다. 그러다 품에 기댄 태환에게로 저절로 시선이 옮겨갔다. 긴장이 풀려서인지 그는 미동 없이 가만히 두 눈을 감고 있었다.

어차피 주위가 제대로 보이지 않을 만큼 어두워졌고, 그도 아직은 의식이 흐릿한 상태일 테니까, 잠시 안경을 벗고 있어도 상관없을 것 같았다.

하연은 안경을 벗는 김에 치아 교정기도 입에서 빼, 옆에 둔 배낭에 집어넣었다. 그때까지도 태환은 눈을 감은 채, 가만히 고른 숨만 내쉬고 있었다.

두 눈을 감은 남자의 얼굴에 푸른 달빛이 어스름 스며든다. 강한 자석에 이끌리듯 하연은 좀처럼 그에게서 시선을 거둘 수 없었다.

남자치곤 참 길고 풍성한 속눈썹이다. 처음 공항에서 부딪혔을 때도 뛰어난 외모에 깜짝 놀랐었는데…… . 대한민국 최고의 미남 배우 장우정을 보고도 무심히 지나쳤거늘, 왜 이 남자에겐 예민하게 반응했는지 모르겠다.

남다르게 빼어난 외모뿐만 아니라, 몸 전체에서 뿜어 나오는 강한 기운 때문일까? 상대를 빨아들일 것 같은 눈빛에 그녀는 멍한 얼굴로 그를 올려다보기만 했다.

그랬던 그가 지금은 비몽사몽인 상태로 묵묵히 그녀의 지시를 따랐다. 파상풍 주사를 끝으로 모든 치료를 마친 후에야, 하연은 태환이 상체를 벗고 있다는 걸 깨달았다. 피범벅이 된

셔츠를 다시 입게 할 순 없고, 그녀의 재킷을 넘겨준다고 해도 쌀쌀한 밤기운을 막기에는 턱없이 부족했다.

결국 하연은 뒷좌석으로 옮겨 서로 몸을 맞대고 함께 재킷을 덮는 게 가장 좋은 방법이라는 결론을 내렸다. 하지만 시간이 지나도 차가워진 체온은 정상으로 돌아가지 않았다.

옷을 입은 채로 안는 것보단 맨살이 닿아야 체온 전달이 빨리 될 텐데. 그렇다고 생판 모르는 남자를 맨몸으로 껴안고 있으라고?

잠시 고민하던 하연은 곧 고개를 저었다.

아니야, 내가 지금 무슨 생각을 하는 거야! 낯선 남자와 꼭 끌어안고 말고를 떠나서, 그는 돌봐야 할 환자라고. 가뜩이나 피를 많이 흘렸는데 저체온증까지 오면 큰일이잖아.

서둘러 옷을 벗은 하연은 상처를 건드리지 않게 조심하며 태환의 등 뒤로 팔을 둘러 끌어안았다. 널찍한 등이 맨가슴에 닿는 순간, 코끝으로 남자의 강한 체취가 '훅' 스며들었다. 은은한 남성 향수 향과 피와 소독약 냄새가 뒤섞여 말로 표현할 수 없는 독특한 향을 퍼뜨렸다.

하연은 서둘러 두 사람의 앞쪽으로 재킷을 둘렀다. 따뜻한 걸 찾는 본능 탓인지 태환은 뒤로 몸을 틀더니 그녀의 가슴에 얼굴을 파묻었다.

"흐읍."

맨살에 느껴지는 날렵한 콧날과 뜨거운 입술 감촉에 하연은 다급히 숨을 들이켰다.

이 남자는 환자야! 그러니까 의사로서 냉정하게…….

하연은 마음을 다잡으며 태환의 흐트러진 머리카락을 쓸어 올렸다.

"……으음."

몽롱한 의식 속이었지만, 머리카락을 쓰다듬는 부드러운 손길에 왠지 모를 전율이 일었다. 그녀의 걸걸한 목소리마저 나긋하고 감미롭기만 했다. 따뜻한 체온도 좋았고 코끝을 맴도는 재스민 향에 가슴이 설레었다. 태환은 자석에 이끌리듯 풍만한 가슴에 얼굴을 묻으며 뜨거운 입술을 밀어붙였다.

"……하아."

입술에 닿은 매끄러운 감촉에 입에서는 저절로 탄식이 흘러나왔다. 태환은 포근한 품으로 더욱더 파고들며 손에 잡히는 부드러운 무언가를 꼭 움켜쥐었다.

어떡하지?

하연은 곤혹스러운 얼굴로 식은땀이 흥건한 태환의 이마를 수건으로 닦아냈다. 체온은 정상으로 돌아왔지만, 시간이 지나면서 오히려 열이 오르기 시작했다.

"……으."

꼭 다문 그의 입에서 간간이 고통의 신음이 흘러나왔다.

"체온 재야 하니까, '아', 해봐요."

그는 어금니를 꽉 문 채, 연신 고개만 저었다. 할 수 없이 하연은 억지로 입을 벌려 체온계를 집어넣었다. 예상했던 대로 거의 40도에 가까운 숫자가 화면에 떠올랐다.

해열제가 어디 있을 텐데…….

다행히도 그녀는 가방의 맨 밑에 깔려 있던 해열제 하나를 찾아낼 수 있었다. 지금 그녀가 가진 전부였다. 막 모자란 약품을 채우려고 할 때, 마르코 신부의 부탁을 받고 그대로 부랴부랴 떠났기 때문이다.

하연은 물병에 해열제 가루를 부어 약을 녹인 후, 태환의 입으로 가져갔다. 하지만 아까와 마찬가지로 꽉 닫힌 입은 도무지 열릴 줄 몰랐다.

"입 좀 벌려요, 제발."

마지막 하나 남은 해열제라, 한 방울이라도 낭비하면 안 되는데…….

할 수 없이 하연은 해열제가 녹은 물을 한 모금 입에 물고 조심스럽게 그의 입술에 입술을 맞대었다. 그리고 어르고 달래듯 그의 뺨을 손등으로 어루만졌다.

"……음."

처음엔 완강하게 거부하던 그의 입술이 서서히 반응하기 시작했다. 굳게 닫혔던 입술에 조그만 틈새가 벌어지자, 하연은 입에 머금은 약물을 재빨리 그의 입 속으로 밀어 넣었다.

"으윽."

미지근한 약물이 입 안으로 들어가고, 태환은 인상을 찡그리며 반사적으로 그녀의 팔을 꽉 움켜쥐었다. 그러나 다행히도 그녀의 입술을 밀어내지는 않았다. 오히려 시간이 지나면 지날수록 더욱더 적극적으로 그녀의 입술에 매달렸다. 태환은 두 손으로 그녀를 꽉 움켜쥔 채, 모이를 받아먹는 아기 새처럼 한 방울도 남김없이 전부 빨아들였다.

"하아."

무사히 약을 먹였다는 안도감에 하연은 긴장을 풀며 길게 숨을 내쉬었다. 머리가 텅 비어버린 것처럼 아무런 생각도 나지 않았다.

얼굴 위로 쏟아지는 숨결에 태환이 천천히 눈을 떴다. 어두운 달빛에 남자의 초점 없는 눈동자가 살며시 모습을 드러냈다.

"해열제 먹었으니까 곧 열이 떨어질 거예요."

그는 생경한 외계어를 듣는 것 같은 얼굴로 멍하니 하연을 바라보며 느릿하게 눈꺼풀을 껌벅거렸다. 고열로 정신이 반쯤 나간 상태라, 그녀가 무슨 말을 하는지 이해하지 못하는 것처럼 보였다.

"조금만 참아요."

하연은 태환의 입가에 묻은 물기를 닦아주고 살며시 몸을 일으켰다. 그녀가 떨어지려 하자, 순간 그의 눈빛이 강렬하게 번쩍거렸다. 그녀가 무슨 일인지 깨닫기도 전에 태환의 손이 재빨리 하연의 뒤통수를 감쌌다. 이어서 그의 입술이 덮치듯 그녀의 입술을 거칠게 집어삼켰다.

"으음."

갑작스러운 행위에 하연은 신음을 흘리며 저도 모르게 입술을 벌렸다. 때를 놓치지 않고 벌어진 틈새로 뜨거운 혀가 집요하게 파고들었다.

부드러운 숨소리 때문일까? 자극적인 재스민 향에 취한 걸까? 아니면 손길이 지나간 자리가 견딜 수 없게 화끈거려서?

목이 말랐다. 영원히 끝나지 않을 갈증에 달뜬 신음이 저절로 흘러나왔다. 온몸이 불타오르는 것 같다. 몽롱한 의식 가운데 몸은 평소보다 예민하게 반응했다.

"입 좀 벌려요, 제발."

아까부터 애타는 목소리가 귓속을 간질였다. 태환은 반사적으로 어금니를 악물며 소리가 들리는 반대 방향으로 고개를 돌렸다.

나를 이대로 내버려둬, 제발!

포화 상태가 된 감각이 서로 부딪치며 아우성쳤다. 여기서 조금 더 나아가면 이대로 터져버릴 것만 같았다.

그때였다. 실크같이 부드러운 손이 뺨을 감쌌다. 이어서 차가우면서도 뜨겁고, 말로 표현할 수 없는 말랑한 무언가가 입술에 닿았다. 곧이어 재스민의 향이 입 안을 가득 채우며 밀려들어왔다.

"으윽."

미지근한 온도의 액체가 입을 지나 목구멍으로 내려가자, 태환은 인상을 찡그리며 손에 잡히는 그녀의 팔을 꽉 움켜잡았다. 액체와 함께 매끄러운 무언가가 입 안으로 미끄러지듯 들어왔다. 의지와는 달리 저절로 입이 벌어지기 시작했다.

"……음."

이제는 그가 참을 수 없었다. 입 안의 갈증은 사라져갔지만, 이제는 다른 의미의 갈증이 거세게 밀려왔다. 태환은 힘겹게 무거운 눈꺼풀을 들어 앞을 바라보았다. 고열로 뿌옇게 흐려진 시야에 어두운 실루엣이 아른거렸다. 흐릿한 윤곽뿐인데도 황홀한 곡선으로 이어지는 고운 어깨선에서 눈을 뗄 수가 없었다.

"해열제 먹었으니까 곧 열이 떨어질 거예요."

허스키하면서도 나긋나긋한 목소리가 귓속에 흘러들어왔지만, 그중에 단 한마디도 뇌로 전달되지 않았다.

"조금만 참아요."

입술 위에 쏟아지던 따뜻한 숨결이 멀어지려고 한다. 순간 거대한 상실감이 그 안으로 몰아쳤다.

안 돼! 아직은 아니야.

마음 한구석에서 채워지지 않은 욕구가 폭발하기 시작했다.

조금만 더. 조금만.

태환은 무의식적으로 손을 뻗어 그녀의 뒤통수를 감쌌다. 아주 잠시도 떨어지고 싶지 않았다. 타는 갈증을 조금이라도 해소하기 위해 서둘러 고개를 숙여 입술을 찾았다. 입술이 닿는 순간, 머리끝에서 발끝까지 전율이 일었다.

"으음."

너무나 달콤해서, 너무나 뜨거워서, 미칠 것만 같았다. 태환은 한 줄기 빛에 매달리듯 온 힘을 다해 입 안 가득 달콤한 향을 빨아들였다.

"하아, 하아."

하연은 벅찬 숨을 몰아쉬며 태환의 어깨를 꽉 움켜쥐었다.

그저 본능적인 반사 행동일 뿐, 그 이상도 그 이하도 아니었다. 날이 밝으면 어쩌면 그는 지금의 이 일을 기억하지 못할 수도 있었다.

상대가 그렇게 나온다고 너까지 말려들면 어떡해!

이성은 지금이라도 그를 밀어내라고 외치고 있었지만, 감성은 더욱더 가까이 밀어붙였다.

"흐읏."

한시라도 떨어지지 않으려는 남자의 입술 때문에 숨이 막혔다. 하지만 뒤통수를 감싼 남자의 손은 전혀 느슨해지지 않았다. 그녀의 숨이 가빠지면 가빠질수록 그는 더 집요하게 파고들었다.

키스는 처음이라서, 이럴 땐 어떻게 해야 하는지 도무지 모르겠다. 폐가 터질 것처럼 호흡이 가빠지고 나서야 그의 입술이 떨어져나갔다.

"헉, 헉, 헉."

남자의 숨결이 떨리는 입술 위로 고스란히 내려앉았다. 거친 숨결이 조금씩 잦아지더니 그가 반쯤 감긴 눈으로 그녀의 가슴에 얼굴을 묻었다. 그리고 절대로 떨어지지 않겠다는 듯 그녀의 허리를 꽉 끌어안았다.

조금 전 있었던 격렬한 키스가 거짓말이었던 것처럼 남자는 그대로 잠이 들었다. 하연은 안도의 한숨을 내쉬며 태환의 몸에 재킷을 둘러주었다.

잠시 후, 약효가 도는지 뜨겁던 몸의 열기가 천천히 사라지기 시작했다. 태환의 규칙적인 숨소리를 들으며 하연도 사르르 두 눈을 감았다.

얼마나 지났을까? 체온이 정상을 회복하고서야, 그녀를 끌어안은 태환의 손이 조금 느슨해졌다. 하연은 그 틈을 이용해 재빨리 벗어두었던 셔츠를 다시 몸에 걸쳤다. 혹시 또 몰라 안경도 쓰고, 치아 교정기도 입에 물었다.

그때까지도 태환은 그녀의 품 안에서 잠든 채 깨어날 생각을 하지 않았다. 입술 끝이 얼얼하게 감각을 잃어버릴 정도로 키스를 퍼부은 주제에 그는 너무나도 태평스러운 얼굴이었다. 어쩌면 그는 그저 야릇한 꿈을 꾼 거라고 생각할지도 모르겠다. 그래준다면 다행인데…….

"……으음."

잠시 후, 그의 어깨가 꿈틀거리더니 입에서 여린 신음이 흘러나왔다.

"아파요? 진통제 필요해요?"

퍼뜩 상념에서 깨어난 하연이 걱정스러운 목소리로 물었다.

"……아."

의식은 돌아왔지만, 아직 말하긴 힘든 상태인지 대답 대신 나직한 신음만이 돌아왔다. 사실은 그녀 역시 진통제가 필요했다. 한동안 쓰지 않았던 손목을 혹사해서 그런지 손가락이 아릿하게 저렸다.

잠깐 바늘을 잡았다고 이러니, 큰 수술은 어림도 없지.

하연은 씁쓸하게 웃으며 살며시 떨리는 오른손을 흐릿한 달빛에 비췄다.

―유 선생, 왜 그래?

처음 그녀의 증상을 알아챈 건, 같은 의과 대학 선배이자 외상 외과 펠로우(Fellow)인 한재호였다. 하연은 지금도 자신을 바라보던 재호의 허탈한 눈빛을 잊을 수 없었다.

―너, 언제부터 이런 거야?

하연은 재호가 아끼는 후배였고, 지원율이 점점 낮아지는 외상 외과를 이끌어 나갈 재목이었다. 그러나 응급실에서 일어난 불의의 사고로 손목 신경을 다친 이후론 모두 덧없는 꿈이 되었다. 지금도 그날을 생각하면 가슴이 꽉 막힌 듯 답답했다. 하연은 애써 아픈 기억을 떨쳐내며 부드러운 어투로 말을 꺼냈다.

"조금만 참아요. 날이 밝으면 마을로 가서 도움을 청할게요."

그녀의 허스키한 목소리에 그의 심장이 곧바로 반응했다. 쿵쿵쿵, 터질 듯한 심장박동 소리가 귓속에 울려 퍼졌다. 흐릿한 시야 속에서 그녀의 온기와 부드러운 감촉, 재스민 향이 진하게 스며들었다.

꿈이었나? 분명 말캉한 무언가가 입술에 닿았는데…….

태환은 혀를 내밀어 마른 입술을 축였다. 말로 설명할 수 없는 야릇한 단맛이 느껴졌다. 동시에 심장박동이 더욱더 빨라지더니 몸이 단단하게 굳어지기 시작했다.

제길……. 전혀 예상하지 못한 현상에 태환은 어금니를 깨물며 옆으로 고개를 저었다. 순간 불에 덴 듯 날카로운 통증이 일어났다.

"윽."

태환은 숨을 들이켜며 짧게 신음을 내뱉었다.

"긴장 풀어요."

허스키하지만, 어딘가 부드러운 목소리가 귓속을 파고든다. 뒤에서 부스럭거리는 소리가 들리더니 갑자기 눈앞으로 희귀한 모양의 은 목걸이가 달랑거렸다. 어떻게 보면 강낭콩 같기도 하고 어떻게 보면 찌그러진 하트 같기도 한.

"행운의 마스코트예요."

태환은 어두운 달빛 속에서 윤곽만 희미하게 보이는 목걸이에 시선을 고정했다. 목걸이 덕분인지 어느새 단단해졌던 근육이 이완되기 시작했다.

"이걸 바라보고 있으면 마음이 가라앉아요."

조금이라도 고통을 줄이려 최면을 거는 것처럼 하연은 천천히 목걸이를 흔들었다. 진통제가 없는 악조건에서 원주민을 치료할 때 아버지가 임시방편으로 쓰던 방법이었다.

　효과가 있는지 딱딱하게 굳었던 근육이 풀어지면서 이내 규칙적인 숨소리가 들려왔다. 하연은 안도의 숨을 내쉬며 그의 머리에 얼굴을 기대었다.

　―하연아, 손 이리 줘봐.

　문득 은 목걸이를 손에 쥐여주던 아버지가 떠오르자, 눈가에 촉촉하게 물기가 어렸다.

　아버지의 뜻을 잇기 위해, 그녀는 데뷔 후에도 계속해서 의료 봉사를 떠났다. 마침 연예인 해외 봉사 프로그램을 계획 중이던 방송사에서 합류를 제안해 봉사 팀과 함께 떠난 적도 있었지만, 본래 의도와 달리 씁쓸한 결과로 마무리되었다.

　계속되는 방송 제작 팀의 무리한 요구로 오히려 의료 활동을 방해하는 결과를 초래했고, 극적인 장면을 담기 위해 사실이 아닌 장면이 연출되기도 했다. 그녀가 진심으로 봉사하는 게 아니라, 홍보를 위한 가식적인 행동이라는 소문도 돌기 시작했다.

　누군가 하연을 질투해서 퍼뜨린 헛소문이었지만, 대중은 진실에는 관심이 없었다. 프로그램 시청자 게시판과 온라인 기사는 악플로 뒤덮였고 그녀에게는 커다란 악몽이 되었다.

그 사건 이후로 하연은 외부에 알리지 않고 몰래 의료 봉사를 떠났다. 혹여 아버지가 이루어놓은 업적에 누를 끼치면 안 되니까. 한국계 영국인 마르코 신부가 이끄는 영국 팀과 함께하는 이유도 만에 하나 밖으로 흘러나갈 소문을 막기 위해서였다.

이 남자도 마찬가지다. 그가 그녀의 정체를 알게 되면 남몰래 봉사 활동을 하려는 목적이 깨질지도 모른다. 그뿐인가? 같이 식사한 것만으로도 '열애', 어쩌고저쩌고하는 기사가 뜨는 마당에 낯선 남자와 단둘이 밤을 새운 것도 모자라서, 키스라니! 자칫 잘못해서 이야기가 흘러나갔다간 걷잡을 수 없는 스캔들에 휘말릴 게 분명하다.

구조되는 대로 뒤처리는 마르코 신부님에게 부탁하고 사라져야 해!

하연은 머릿속으로 앞으로의 계획을 세웠다.

"부회장님, 뭔가 있는 것 같습니다."

중역 회의를 마친 태우가 집무실로 돌아오자, 고 실장이 다가왔다.

"차 상무님이 짐바브웨에 있는 대한민국 대사관에 급히 연락했답니다. 잠시 귀 좀."

고 실장은 알아낸 정보를 신속히 귓속말로 보고했다.

"행방불명?"

태우의 눈이 충격으로 커다래졌다.

"회장님은 아직 모르십니다. 어떻게 할까요?"

지금 상황에선 차 회장에게 태환의 행방불명을 보고해도 불호령, 보고하지 않아도 나중에 불호령을 받을 게 뻔했다.

"고 실장, 모리스 그룹이 말라위에서 에너지 프로젝트를 진행한다고 했지? 당장 연결해."

태우는 다급한 얼굴로 지시를 내렸다.

아침이 되자, 태환의 몸에서 다시 열이 올랐다. 새벽처럼 급격히 오르는 건 아니었지만, 방심해선 안 된다. 하연은 서둘러 마을로 떠날 채비를 했다.

"마을에 가서 도움을 청해야겠어요."

태환은 끄덕이며 힘없이 좌석 등받이에 몸을 기댔다.

"꼼짝하지 말고 있어요. 야생 동물이 들어올지 모르니까 차 문 꼭 닫고. 알았죠?"

하지만 막상 그를 혼자 두고 가자니 발걸음이 안 떨어졌다. 떠나지 못하고 망설이던 하연은 재빨리 목걸이를 풀어 태환의 손에 쥐여주었다. 아버지에게 받은 소중한 물건이지만, 지금은 그녀보단 그에게 절실히 필요할 테니까.

"이거 꼭 쥐고 있어요. 행운의 마스코트가 당신을 지켜줄 거예요. 이거 나에게 아주 소중한 거예요. 꼭 찾으러 올게요. 그러니 조금만 참아요."

태환은 힘겹게 고개를 끄덕였다. 그리고 갑자기 어디서 그런 힘이 났는지 그녀의 손을 꽉 움켜쥐었다. 너무나도 강한 힘에 하연은 빨려가듯 그의 품으로 쓰러졌다.

"……이 은혜…… 꼭 갚죠."

마치 살갗을 파고드는 것처럼 그의 검은 눈동자가 그녀를 응시했다. 진심을 담은 진한 눈빛에 왠지 모르게 하연의 눈에선 눈물이 핑 돌았다.

"빨리 올게요."

아빠, 제발 이 사람을 지켜주세요!

하연은 꼭 움켜쥔 태환의 손을 조심스럽게 푼 후, 재빨리 차에서 뛰어내렸다.

얼마나 시간이 흘렀을까?

타타타타타타―.

요란한 소음에 태환은 무거운 눈꺼풀을 억지로 들어 올렸다. 야생의 이곳과는 전혀 어울리지 않는 지독히 요란스러운 기계음이었다. 분명 하늘에서 들리는 소리인데…….

순간 강한 흙먼지를 일으키며 헬리콥터가 눈앞에 등장했다.

"태환아!"

잠시 후, 차 문이 벌컥 열리고 창훈이 뛰어들었다. 힘겹게 눈을 뜨자, 당장에라도 울음을 터뜨릴 것 같은 창훈의 얼굴이 시야에 들어왔다.

"그녀는…… 어디 있지?"

태환은 열에 들뜬 목소리로 중얼거리며 흐릿한 눈으로 주위를 둘러보았다. 불안하게도 그녀의 모습은 어디에서도 보이지 않았다. 허스키한 속삭임도, 달콤한 재스민 향도 느낄 수 없었다.

돌아온다고 했는데……. 빨리 온다고.

태환은 손에 목걸이를 꼭 움켜쥔 채, 그대로 정신을 잃었다.

정신을 잃은 태환이 헬리콥터 안으로 옮겨지고 있을 때, 하연은 마르코 신부가 모는 트럭과 마주쳤다. 마르코 신부는 민성의 연락을 받고 아침 일찍 하연을 찾아 나서던 길이었다. 도움을 구하려 마을로 출발한 지 1시간쯤 지나서였다.

하연에게 자초지종을 들은 마르코 신부는 차가 멈춘 곳으로 트럭을 몰았다.

"저기예요!"

하연이 초원 한가운데 횡하니 서 있는 사륜구동 차를 손으로 가리켰다. 하연은 다급한 마음에 바퀴가 완전히 서기도 전에 트럭에서 뛰어내려 차가 있는 곳으로 달려갔다.

그런데 불길하게도 사방으로 차 문이 활짝 열려 있었다.

야생동물이 들어올지 모르니까 문을 꼭 닫고 있으라고 했는데, 무슨 일이지?

"헉!"

안을 들여다본 하연의 얼굴이 충격으로 일그러졌다. 놀랍게도 차 안은 텅 비어 있었다.

하연은 멍한 표정으로 주위를 둘러보았다. 남자는 흔적도 없이 사라지고 없었다.

휘이잉—.

스산한 바람만이 주위를 감싸더니, 매정하게도 저 멀리 날아갔다.

"내가 너 때문에 10년 감수했다."

태환이 의식을 되찾은 건, 짐바브웨에 있는 종합병원으로 옮겨진 후였다. 상태가 호전되고 면회 시간이 늘어나자, 창훈은 얼마나 아찔한 순간이었는지를 설명했다.

"큰 형님이 모리스 그룹에 연락해서 헬리콥터를 빌렸어. 덕분에 널 제시간에 찾을 수 있었고. 안 그랬음 진짜 위험했다."

"호들갑 떨지 마. 쉽게 안 죽으니까."

죽다 살아났다는데도 태환은 큰 반응을 보이지 않았다. 무슨 속셈으로 도와주었는지 뻔하기에.

진심으로 걱정해서 구조에 뛰어들진 않았을 것이다. 그가 세상에서 사라진다면 기뻐하면 기뻐했지 슬퍼할 리는 없으니까.

"근데 누가 응급 치료를 해준 거야?"

창훈이 호기심 가득한 얼굴로 물었다.

"담당의가 그랬어. 제때 지혈하고 응급 처치하지 못했으면 가망 없었을 거라고."

—그쪽은 정말 운이 좋은 거예요. 어떻게 납치를 해도 의사
　를 납치했대?

정말 운이 좋긴 좋았나 보다. 아직도 귓가에는 그녀의 걸걸
한 목소리가 들리는 것만 같았다. 단번에 옷을 찢어버리고 능
숙한 솜씨로 상처를 치료하던 모습이 어른거렸다.

"차 주인과는 연락 닿았어?"

"어? 아, 그게…… 그날은 헬리콥터로 이송하느라 정신이 없
었거든. 다음 날 사람을 보냈는데, 이미 차를 끌고 갔는지 아
무것도 없더래."

"차 번호로 조회해보면 되잖아."

"미안하다. 그때 너무 경황이 없어서 차 번호 적는 걸 깜빡
했다."

그 말에 태환은 미간을 찌푸렸다.

이럴 줄 알았으면 이름이라도 알아둘걸, 왜 물어볼 생각을
못 했을까? 칼에 찔려서 정신이 없긴 했지만…….

"아직도 못 찾았어?"

일주일이 지난 후에도 창훈은 그녀를 찾아내지 못했다. 미
안하다는 얼굴로 고개를 설레설레 저을 뿐이었다.

"의사 한 명, 찾아내기가 그렇게나 어려워?"

"당연히 어렵지!"

창훈은 짜증스러운 얼굴로 살짝 언성을 높였다.

"여긴 대한민국이 아니야. 거리마다 CCTV가 달린 것도 아

니고."

"출입국자 명단을 살펴보는 건 어때? 우리가 말라위에 온 날, 일행과 함께 도착한 것 같았어."

"범죄자를 쫓는 것도 아니고 그렇게는 안 되지. 지금으로선 그쪽에서 먼저 연락하길 기다릴 수밖에 없어."

태환은 답답한 듯 눈살을 찌푸렸다.

"이미 다른 나라로 와버렸는데, 그 여자가 무슨 수로 나에게 연락해?"

그건 그렇다. 그녀가 태환을 찾는다고 해도 근처 병원을 뒤지면 뒤졌지 옆 나라 짐바브웨까지 생각하진 않을 것이다. 그렇다고 말라위에 있는 크고 작은 병원마다 찾아가서 '이런 여자 보시면 연락 주세요?' 할 수도 없는 일이고.

"참, 이거, 돌려줄게."

창훈은 뭔가를 주머니에서 꺼내어 코앞에 흔들었다. 희귀한 모양의 은 목걸이가 늦은 오후의 햇살을 받아 영롱하게 반짝거렸다.

"네가 이걸 손에 꽉 쥐고 있더라고."

이건……?

태환이 눈을 가늘게 뜨며 손을 내밀자, 창훈은 조심스럽게 목걸이를 손바닥에 올려주었다. 떠나기 전, 그녀가 뭔가를 손에 쥐여주었던 같은데…….

—이거 꼭 쥐고 있어요. 행운의 마스코트가 당신을 지켜줄

거예요.

흐릿한 정신에도 그녀의 마지막 말은 또렷이 기억이 났다.

"그 목걸이는 뭐냐?"

태환은 창훈의 물음에 아무런 대답 없이 그저 목걸이만을 뚫어지게 쳐다보았다. 왠지 심각한 분위기에 창훈은 슬그머니 자리에서 일어났다.

"난 이만 갈 테니까, 쉬어라."

창훈이 떠나고도 태환은 손바닥에 놓인 목걸이에서 시선을 거두지 않았다.

—이거 나에게 아주 소중한 거예요. 꼭 찾으러 올게요. 그러니 조금만 참아요.

재스민 향이 코끝에 느껴지며 허스키한 음성이 귓가에 속삭이는 것만 같았다.

꼭 찾으러 온다고 했는데…… 어떻게 돌려주지?

태환은 주먹에 힘을 주어 목걸이를 꽉 움켜쥐었다.

"으윽."

이상하게도 칼에 찔린 옆구리보다 가슴 한쪽이 더 시리도록 아프다. 태환은 눈을 감으며 목걸이를 움켜쥔 손으로 지그시 가슴을 내리눌렀다.

2. 그가
어떻게 여기에?

2개월 후.

똑—. 똑—.

노크 소리와 함께 문이 열리더니 하연이 사무실 안으로 빠끔히 얼굴을 들이밀었다.

"아니, 이게 누구야?"

하연을 본 상원의 얼굴이 보름달처럼 환해졌다.

"엊그제 귀국한 사람이 왜 이리 생생해? 시차 적응은 잘하고 있고?"

"네."

하연이 생긋 웃으며 소파에 앉자, 상원은 서둘러 컴퓨터를 끄고 그녀의 맞은편에 앉았다.

"다음 주 수요일에 송창훈 감독 만나기로 한 거 잊지 마라."

"알아요. 이야기 들었어요."

"민성이 녀석, 그때까지 나아야 할 텐데……. 녀석, 덩칫값을 못하고 왜 그리 약골인지."

긴장이 풀려서인지 민성은 귀국한 날, 집에서 쓰러져 응급실로 실려갔다. 담당의는 과로라면서 적어도 일주일 이상은 푹 쉬어야 한다고 진단 내렸다.

방금 하연은 민성을 병문안하고 오는 길이었다.

"오빠가 저 때문에 말라위에서 고생 많이 했거든요. 이 기회에 푹 쉬게 해주세요."

"그래? 그건 맞는 것 같다. 녀석이 옆에서 잘 챙겨줬는지 이번엔 햇볕에 덜 그을렸구나. 그래도 피부 관리는 받아야지. 내일 청담동 가라. 예약해놓으마."

"네, 대표님."

"민성이 나을 때까지 박 실장이라도 붙여줄까?"

"아뇨. 아직 활동하지도 않는데요. 저 혼자 운전하고 다니면 돼요."

"운전하고 다니다가 왼쪽 얼굴이랑 팔, 손이 탈까 봐 그렇지. 하얗고 보들보들한 피부. 배우의 생명인 거 몰라?"

"네. 꼭 선크림 바르고 장갑도 끼고 커다란 모자 쓰고 운전할게요."

하연의 다짐에 상원은 안심하는 얼굴로 소파 등받이에 등을 기대었다. 누가 인기 많아지면 목이 뻣뻣해지고 콧대만 높아진다고 그랬나? 하연은 배우로서의 주가가 오르면 오를수록 더욱더 예의 발랐고 상원의 조언에도 귀 기울여 들었다. 그가 다른 배우보다도 그녀를 가장 아끼는 이유도 그것 때문이었다.

"네가 돌아오니까 사무실이 막 훤해지는 것 같다. 2달 동안 내가 얼마나 걱정했는지 아니? 나, 3킬로나 빠졌어. 보이냐? 여기 볼, 홀쭉해졌지?"

"대표님도 참, 뭘 그렇게 걱정하세요?"

하연은 밝게 웃으며 손을 내저었다. 음, 말은 그렇게 하면서도 사실은 은근히 찔린다. 하룻밤이지만, 납치 비슷한 걸 당했으니까. 그 사실을 안다면 상원은 당장에라도 심장마비를 일으킬지 모른다.

민성이 쓰러진 이유도 과로보다는 하연이 행방불명된 일이 컸다. 엄청 놀랐다가 한국에 돌아오자 긴장이 풀리면서 그 일로 인해 후유증이 이제야 나타난 거였다. 그녀가 사라진 것도 그랬지만 먼 타국 거리에 혼자 남겨져 얼마나 놀랐을까? 대낮도 아니고 해 지기 바로 직전이었는데…….

상점 주인이 마르코 신부와 잘 아는 사이여서 망정이지, 그게 아니었다면 새가슴 민성은 충격으로 그 자리에서 기절했을지도 모른다.

이 모든 일은 철저히 비밀로 해야 한다. 하룻밤의 납치 해프닝으로 무사히 끝났지만, 상원이 알게 된다면 문제가 복잡해질 수도 있으니까.

드림즈와 전속 계약하면서 그녀는 신변 안전을 위한 사항은 회사 결정을 따른다는 조항에 동의했다. 만약에 상원이 의료 봉사 활동을 반대한다면 그녀는 무조건 따라야 한다.

민성도 마찬가지였다. 하연을 차 안에 혼자 있게 한 것을 상원이 알게 되면 크게 깨질 것이 분명했다. 아니, 거기서 끝나지 않고 제대로 보호하지 못했다는 근거로 해고당할지도 모른다.

그런 이유로 하연은 목에 칼이 들어와도 절대로 발설하지 않겠다고 민성과 새끼손가락을 걸고 맹세했다.

그나저나, 그는 무사할까?

하연은 귀국하기 직전까지 사방팔방으로 찾아 헤맸던 남자를 떠올렸다. 그의 행방은 기가 막힐 정도로 묘연했다. 마르코 신부가 아는 현지인을 통해 병원이란 병원은 다 알아봤지만, 비슷한 용모의 남자는 본 적이 없다는 대답만 돌아왔다. 누군가에게 구조되었다면 분명히 병원에 갔을 것이다.

하늘로 솟은 것도 아니고 땅으로 꺼진 것도 아니고 도대체 어디로 사라진 걸까?

태어나서 처음으로 맨가슴에 품었던 남자였다. 맨살과 맨살이 맞닿았던 인연인데……

게다가 첫 키스라고! 하연은 걱정으로 속이 바짝바짝 타들어갔다. 마르코 신부는 '어디 잘 살아 있겠지. 무슨 일이 있었다면 뉴스에 나왔을 거야.'라며 그녀를 위로했다. 우습지만 그녀가 건네준 목걸이가 그를 지켜주길 간절히 바랐다. 무엇과도 바꿀 수 없는 그녀에겐 아주 특별한 물건이었지만, 소중한 생명을 살릴 수만 있다면 기꺼이 양보할 수 있었다. 아버지도 이해해주실 것이다.

"그리고 약속 장소 말이다. ……하연아, 내 말 듣고 있니?"

생각에 잠겼던 하연은 상원의 목소리에 퍼뜩 현실로 돌아왔다.

"네. 말씀하세요."

"한남동 나폴레옹에서 만나기로 했다. 송 감독과 함께 일하는 차태환 대표 알지? 그 사람 레스토랑인데 수요일이 정기 휴일이란다. 이번에는 그도 같이 나온대."

"갑자기 왜요?"

영화에 관계된 일이라면 지금까지 송창훈 감독만 만나왔던 터라, 하연은 새로운 인물의 등장이 반갑지 않았다.

"대부분의 배역은 송 감독 맘대로 뽑아도 주인공만큼은 그도 관여한다더라. 돈 대주는 제작자잖아."

상원은 별로 대수롭지 않다는 듯 어깨를 으쓱거렸다.

소문에 의하면 차태환 대표는 피도 눈물도 없는 냉혈한으로 '지옥에서 온 제작자'로 불린다던데…….

하연은 불편한 마음에 살짝 인상을 찡그렸다.

"당장 선봐. 이르면 내년 봄, 늦으면 내년 가을에라도 꼭 식 올리자."

"아버지!"

차 회장의 황당한 요구에 태환은 손바닥으로 식탁을 짚으며 자리에서 벌떡 일어섰다.

"벌써 겨울인데 지금 선봐서 내년 봄이나 가을에 결혼하라고요?"

흥분한 태환과는 달리 차한근 회장은 느긋하게 숟가락으로 국을 떠올렸다.

"내가 이번에 너 때문에 심장마비 올 뻔했어. 내 아들, 총각 귀신되는 꼴은 죽어도 못 보니까 얼른 결혼해. 2세도 바로 만들고."

아프리카 사고 이후, 차 회장은 귀에 못이 박히도록 결혼을 종용했다. 어릴 때부터 크고 작은 사고가 끊이지 않더니 이젠 강도에게 칼부림까지 당하다니. 차 회장은 막내 걱정으로 밤마다 잠을 설쳤다.

"네 나이가 지금 몇이냐? 서른다섯이다, 서른다섯! 늦어도 너무 늦었어. 태우, 지은이, 태석이. 셋 다 서른 되기 전에 결혼한 거 몰라?"

"형이랑 누나가 일찍 결혼했다고 저도 그러란 법은 없습니다."

"하여간 앉아라. 너, 올려보다가 목에 쥐 나겠다."

못마땅한 표정으로 차 회장을 노려보던 태환은 마지못해 다시 자리에 앉았다.

"양 의원 딸이 대학 졸업하고 요즘 신부 수업 한다더라."

"싫습니다."

"정 교수 둘째 딸이 연주회 마치고 이번에 영구 귀국한대."

"관심 없습니다."

"최 대표 딸은 어떠냐? 듣자 하니까 요새 애들 같지 않고 아주 참하다고 하던데."

"아뇨. 걔, 뒤에서 몰래 신인 배우 스폰서 해주는 걸로 유명

해요."

참다못한 차 회장이 언성을 높였다.

"그럼 도대체 누구를 데려와야 오케이할 거야? 양 회장 딸도 싫다. 신 학장 딸은 너무 어려서 안 된다. 강 수석 딸은 네 타입이 아니라서 별로다."

"글쎄요?"

"영화 찍다 여배우와 눈 맞은 건 아니겠지? 다른 여자 다 돼도 배우는 절대로 안 돼, 명심해!"

그 말에 태환의 표정이 눈에 띄게 굳어졌다. 전설의 여배우였던 전세린을 아내로 맞이했던 차 회장은 그녀가 죽고 난 후, 영화도 연극도 하물며 TV 드라마도 보지 않았다. 그룹 광고 모델도 배우가 아닌 유명 스포츠 인사나 사회 명사만 내세웠다. 그러니 차 회장이 배우란 직업을 가진 여자를 며느리로 받아들일 리가 없었다.

아버지가 그렇게 나오는 이유를 알기에 태환도 굳이 껄끄럽게 배우와 사귈 마음은 없었다. 그 누구와도 결혼할 마음 역시 없었다.

"그 점에 관해선 걱정하지 않으셔도 됩니다."

"그렇다면 다행이고."

태환에게 재차 다짐을 받은 차 회장은 굳은 표정을 풀며 젓가락을 집었다.

"혹시라도 마음에 둔 여자 있으면 지금이라도 말해. 그러면 내가 한 발 물러서주마."

자꾸만 선보라는 소리를 해서 귀찮아 죽겠는데, 그냥 있다고 말해버릴까? 아직 진지한 사이는 아니라고 적당히 둘러대면 한동안 선보라는 잔소리에서 벗어날 수 있을지도 모른다.

"좋아요. 솔직하게 털어놓자면⋯⋯."

잠시 망설이던 태환은 차 회장을 빤히 바라보며 결심한 듯 입을 열었다.

"마음에 둔 여자, 있습니다."

"그래? 뭐 하는 여자냐?"

뭐 하는 여자냐고? 이런! 거기까진 미처 생각하지 못했다.

"그런 것까지 말씀드려야 해요?"

"말 못 할 건 또 뭐야? 내가 지금 당장 얼굴을 보자는 것도 아니고."

"그건 그렇지만⋯⋯."

딱히 마땅한 대답이 생각나지 않자, 태환은 딴청을 부리며 재킷 주머니에 손을 집어넣었다. 그때 익숙한 감촉이 손끝에 닿았다. 언제인가부터 부적처럼 항상 몸에 지니고 다니는 은 목걸이였다.

―이거 꼭 쥐고 있어요. 행운의 마스코트가 당신을 지켜줄 거예요.

순간 귀에 익은 허스키 음성이 머릿속에 울려 퍼졌다.

그래, 그녀!

허구의 인물보다는 그때 그녀라고 둘러대는 게 나을 것이다. 태환이 빠르게 입을 열었다.

"의삽니다. 써전."

"의사? 써전?"

전혀 의외라는 듯 차 회장의 눈이 커다래졌다.

식사를 끝내고 태환이 돌아가자, 차 회장은 급히 오 실장을 호출했다.

"네? 각 병원에 있는 외과 의사 명단을 모두 구해 오라고요?"

오 실장은 차 회장의 지시를 재차 확인할 수밖에 없었다. 오랜 세월 차 회장 옆에 머물며 별의별 업무를 처리했지만 이번 지시는 참으로 황당했다.

"모두 알아 오라는 게 아니라, 여자 의사만 알아 오면 돼. 태환이가 지금 35살이니까 10살 연하, 10살 연상을 기준으로 찾아보라고. 요새 병원에 수술 전문 외과 의사가 턱없이 부족하다며. 그러니까 그렇게 많진 않을 거야."

"왜 갑자기…… 혹시 이번 그룹 홍보 모델을 그쪽으로 생각하시는 건가요?"

"오, 오 실장! 그거 좋은 아이디어야. 그렇게 먼저 접근하는 것도 좋겠군."

"먼저 접근이요?"

오 실장은 진짜 모르겠다는 표정으로 눈을 가늘게 모았다.

"미래의 며느리와 자연스럽게 친해질 기회가 될 걸세."

"미래의 며느리라면?"

"자네가 구해 올 명단에 내 미래의 며느리가 있을 거란 말이지."

그 순간 차 회장의 얼굴엔 세상을 다 가진 듯 환한 미소가 떠올랐다.

"송창훈, 누구 마음대로 약속을 잡아!"

쾅―!

문이 열리며 화난 얼굴의 태환이 성큼 사무실 안으로 들어섰다. 창훈이 김상원 대표와 정하라를 만나기로 했다고 전화로 알리자, 태환은 그대로 통화를 끊고 사무실로 차를 몰았다.

아무리 여주인공 캐스팅에 난항을 겪는다지만 정하라라니!

"가볍게 만나만 보자는 거야. 확정된 건 아니고."

"그러니까 확정된 것도 아닌데 내가 왜 그 여자를 만나야 하냐고."

"정하라가 제일 유력하니까 그렇지."

"뭐? 유력하니까?"

"고집 그만 부려. 민수아는 물 건너갔다고."

여주로 잠정 확정되었던 민수아는 일주일 전, 때 아닌 열애 스캔들에 휘말렸다. 거기에 한술 더 떠서 상대가 유부남이란다. 세상을 떠들썩하게 한 불륜 스캔들에 비난의 화살이 쏟아졌다. 그런 배우를 주연으로 했다간, 천만 관객 영화를 만들어낸 제작사라고 하더라도 흥행을 장담할 수 없을 것이다. 남자 주인공은 한창 인기 절정을 달리는 주성욱으로 정해졌는데 갑자기 여자 주인공을 다시 뽑아야 하는 사태에 이르렀다.

"그렇다고 정하라로 바꾸자고?"

태환은 자신이 퇴짜 놓은 정하라가 다시 거론된다는 사실이 마음에 들지 않았다.

"그럼 어떡해? 김영미는 건강상 이유로 안 되고, 박성희는 이번에 대하드라마 주연 맡아서 시간이 안 되잖아. 그렇다고 한정애를 써? 한정애랑 주성욱이랑 헤어진 지 얼마나 됐다고, 같이 작업하고 싶겠어? 아님 한정애로 하고 남주를 다시 뽑아?"

창훈의 설명에도 불구하고 태환은 표정을 풀지 않았다.

"그러지 말고. 딱 한 번만 만나봐. 또 아냐? 직접 보면 네 편견이 사라질지?"

"편견? 정하라가 건방진 건 사실이잖아."

"배역 두 번 거절했다고 건방지면, 황지현은 어떻고? 황지현도 두 번 거절했다."

"너 지금 정하라가 한류 스타 황지현과 같은 급이라고 말하는 거야?"

"그건 아니지만."

"정하라는 이 배역에 어울리지 않아."

"도대체 왜?"

"목소리가 너무 맑아."

"뭐?"

태환은 자신이 말해놓고도 크게 충격 받은 듯 잠시 멍한 표정을 지었다. 태환이 입을 꾹 다물고 침묵을 지키자, 창훈은 슬그머니 눈치를 살폈다.

"어이, 차태환?"

잠시 후, 태환은 짧게 한숨을 내쉬더니 손으로 흘러내린 앞머리를 거칠게 쓸어 올렸다.

"좋아. 만난다고 어떻게 되는 건 아니니까, 한번 보기나 하자."

"그건 그렇고 목소리가 맑다니? 무슨 뜻이야?"

"됐다. 만나기로 했으니까, 이제 그만해."

그 말을 끝으로 태환은 서둘러 사무실을 걸어나갔다. 그리고 뛰듯이 복도 끝에 위치한 엘리베이터로 향했다.

이제야 알 것 같다. 왜 정하라가 거슬리는지……. 말 그대로 그녀는 너무나도 상냥하고 부드러운 목소리를 가지고 있었다. 누구와는 정반대로.

병실에서 눈을 뜬 이후로 태환은 거의 매일 밤 꿈을 꾸었다. 아늑하고 편안하면서도 한편으론 못 견디게 황홀하고 설레는 꿈이었다. 꿈속에서 누군가가 그를 품에 끌어안고 다정하게 다독거려주었다.

맨살에 닿는 따뜻하고도 부드러운 촉감은 소름이 돋을 정도로 짜릿했다. 얼굴 윤곽은 희미했지만, 그녀가 분명했다. 도수 높은 뿔테 안경과 따뜻한 감촉, 달콤한 재스민 향, 걸걸한 목소리…….

어떻게 잊을 수 있을까. 언제인가부터 그녀가 꿈속에 나타날 때마다 심장이 미친 듯이 요동쳤다. 잠에서 깨어나면 풀리지 않은 욕망에 온몸이 욱신거렸다.

그 탓에 바로 일어나지 못하고 멍하니 침대에 누워 있는 시간이 길어졌다. 언젠가부터 모닝커피 대신 재스민 차를 마시기 시작했다. 한 모금 차를 들이켤 때마다, 코끝과 입 안을 자극하는 재스민 향에 정신이 아찔했다.

어느새 허스키한 목소리도 좋아졌다. 허스키한 목소리를 가진 아델, 에이미 와인하우스의 노래를 찾아서 듣게 될 정도로.

그와 반대로 직접 만나본 적은 없지만, 드라마나 영화에서 접하는 정하라의 목소리는 언제나 맑고 청아했다. 태환이 머릿속에 그리는 여주인공 이미지와는 전혀 맞지 않았다. 태환은 무의식적으로 여주 이미지를 거칠게 그려내고 있었다. 그때 그 누구처럼.

하지만 정하라를 만나본다고 손해 볼 거야 없겠지.

태환은 엘리베이터 버튼을 누르며 속으로 중얼거렸다.

"먼저 들어가라. 난 통화 끝내고 들어갈 테니까."

일주일이 지났건만, 민성은 오늘도 출근할 수 없었다. 담당의가 일주일은 더 쉬어야 한다고 했기 때문이다. 결국 하연은 김상원 대표가 모는 차를 타고 '나폴레옹'에 도착했다.

차를 주차장에 세우자마자 상원에게 급한 전화가 걸려왔다.

약속 시간에 가까웠으므로 하연은 상원의 말에 따라 레스토랑 안으로 먼저 들어갔다. 수요일은 나폴레옹의 정기 휴일이라, 직원 없이 텅 빈 실내만이 그녀를 맞이했다. 주위를 두리번거리는데, 저 멀리 창가에 서 있는 키 큰 남자가 눈에 들어왔다. 그는 그녀에게 등을 돌린 채, 창밖을 내다보고 있었다.

넓은 어깨와 쭉 뻗은 다리, 군살 하나도 없는 몸매로 봐선 절대 일반인은 아니었다.

주성욱 씨가 온다는 말은 못 들은 것 같은데……. 그보다 좀 더 키가 큰 것 같기도 하고.

그녀가 가까이 다가가자 인기척을 느꼈는지, 남자가 천천히 등을 돌리기 시작했다.

헉! 그와 시선이 마주친 순간, 하연은 정신이 아찔해지며 눈앞이 하얗게 부서지는 것을 느꼈다.

그 남자다! 갑자기 사라져 애타게 했던 남자가 지금 그녀 앞에 서 있었다. 그가 어떻게 여기에?

하연의 손에 있던 핸드백이 바닥으로 '툭' 떨어졌다.

"아……."

뭐라고 한마디 해야 하는데 목이 탁 막혔는지 목소리가 나오지 않았다. 놀란 눈을 커다랗게 뜨고 동상처럼 얼어버린 하연을 남자는 무심한 얼굴로 응시했다. 헝클어졌던 앞머리는 말끔하게 손질되어 반듯한 이마를 드러내고 있었고, 구겨지고 찢어졌던 셔츠 대신 은빛 셔츠가 다부진 몸을 감싸고 있었다. 몸에 완벽하게 들어맞는 값비싼 슈트 차림은 안 그래도 황홀한 남자의 외모를 한껏 더 돋보이게 했다.

아프리카 초원에서 피 흘리며 힘없이 기대오던 남자는 이제 더 이상 존재하지 않았다. 당당하고 카리스마 넘치는 남자가 차가운 눈빛으로 서 있을 뿐이었다.

이윽고 그가 그녀 쪽으로 뚜벅뚜벅 걸어왔다. 그녀의 얼굴을 빤히 바라보던 태환의 시선이 서서히 아래로 향했다. 발밑 근처에 떨어진 핸드백을 발견한 그는 핸드백을 집기 위해 천천히 허리를 숙였다.

안 돼!

하연은 재빨리 무릎을 꿇으며 태환의 두 팔을 움켜쥐었다. 의사로서의 판단에서 나온 반사적인 행동이었다.

꽤 깊게 찔린 상처였다. 상처가 아물었다고 해도 아직 허리를 숙이는 건 무리일 것이다. 예상대로 그는 고통스러운 듯 살짝 미간을 찡그렸다.

순간 두 사람의 시선이 마주쳤다. 이렇게 가까이에서 제대로 얼굴을 마주 본 건 지금이 처음이었다. 강렬한 눈빛이라는 건 알았지만, 가까이서 보니 온몸에 소름이 돋는 것 같았다. 찌릿한 자극이 등줄기를 타고 흘렀다. 하연은 숨을 들이마시며 정신을 가다듬었다.

"괜찮……."

괜찮으냐고 물어보려는데, 그가 재빨리 핸드백을 집어 곧바로 몸을 일으켰다. 하연도 그를 따라 일어났다. 아까와 마찬가지로 태환은 무심한 얼굴로 핸드백을 내밀었다. 하연은 건네받을 생각도 하지 못한 채, 그저 멍하니 태환을 바라보았다.

"정하라 씨?"

그가 자신의 예명을 부르자, 그제야 하연은 퍼뜩 정신을 차렸다.

맞다. 나는 지금 유하연이 아니라 정하라야!

"감사합니다."

하연은 어색하게 웃으며 그가 내민 핸드백을 받아 들었다.

"차태환입니다. 만나서 반갑습니다."

태환이 손을 내밀며 악수를 청했다.

이 남자가 바로 '지옥에서 온 제작자'라고 불리는 그 차태환 대표라고?

인터뷰를 꺼리고 사진 촬영을 허락하지 않는 이유로 차태환의 얼굴을 아는 사람은 영화 관계자 이외에는 별로 없었다. 주로 TV 쪽에서만 활동하는 하연 역시 말만 들었을 뿐, 얼굴을 본 적은 없었다.

"저도 만나서 반갑습니다."

하연은 조심스럽게 태환의 손을 잡았다. 커다란 손 안에서 그녀의 손끝이 바르르 떨렸다. 그에게서 은은히 풍겨오는 우디 계열의 남자 향수 향이 코끝을 맴돈다.

이 남자, 이렇게나 진한 수컷 향을 풍겼나? 이런 남자와 키스했던 거야?

그저 손만 잡았는데도 입 안이 바짝바짝 마를 정도로 긴장됐다. 어떻게 이런 남자의 셔츠를 찢어버리고 끌어안은 채 밤을 새웠는지, 지금 생각하니 눈앞이 아찔해졌다.

그때는 의사와 환자로서의 만남이었고, 지금은 여자와 남자로 만나는 거라서……? 아니다. 여자와 남자라니!

하연은 자신의 바보 같은 생각을 나무라며 혀끝을 살짝 깨물었다.

배우와 제작자로 만나는 거야. 지극히 업무적인 만남일 뿐.

하지만 아무리 마음을 다잡아도 자신을 향하는 싸늘한 눈빛에 가슴이 쓰린 건 어쩔 수 없었다.

사실 못 알아보는 게 당연한데. 어쩌면 다행이기도 하고.

지금 그녀는 눈이 핑핑 도는 뿔테 안경을 쓰지 않았고, 입이 튀어나오는 치아 교정기도 끼지 않았다. 선크림만 바른 민얼굴에 찢어진 청바지를 입은 게 아니라, 메이크업 아티스트가 1시간 넘게 공들인 얼굴에 코디가 골라준 명품으로 몸을 감싸고 있었다. 상원이 말하는 변장이라는 게 어떤 모습인지 모르겠지만, 지금 그녀는 태환이 아는 모습과는 극과 극을 이루는 차림이었다.

게다가 목소리마저 원래의 상냥하고 부드러운 목소리로 돌아왔는걸.

털털한 의사 유하연과 화려한 배우 정하라를 동일 인물로 보기엔 공항에서의 만남은 지극히 짧았고 초원에서는 다급한 상황에 그럴 여유가 없었다. 그 후로는 밤이 깊어 주위가 어두웠고.

"손이 참 부드럽군요."

악수한 손을 놓아주며 태환이 혼잣말처럼 중얼거렸다.

그 점이 마음에 들지 않는 걸까? 그의 미간에 일자 주름이 새겨졌다. 봉사 활동으로 거칠어진 손을 부드럽게 하려고 얼마나 자주 파라핀 왁스에 손을 담갔는지 그는 절대로 모를 거다. 상원의 잔소리 때문에 일주일 동안 에스테틱 살롱에서 살다시피 했는데…….

내가 그때 그 의사라는 걸 밝히면 저 남자는 어떤 표정을 지을까? 은혜 갚는 셈 치고 그때 일을 비밀로 해달라고 하면 그렇게 해줄까?

"저…… 혹시……."

하연이 말을 꺼내려는 순간, 유리문이 열리며 상원이 레스토랑 안으로 들어섰다.

"네?"

출입구 쪽으로 고개를 돌리던 태환이 지나가는 투로 물었다.

"아, 아니에요."

하연은 서둘러 입을 다물었다. 상원 앞에서 아프리카에서의 일을 말할 순 없으니까. 기회를 보다가 둘만 있게 되었을 때 은근슬쩍 물어봐야겠다.

"방금 무슨 말 하려고 했던 거 아닙니까?"

"별거 아니에요. 나중에……."

하연은 어색하게 미소 지으며 말을 얼버무렸다.

"차 대표, 정말 오랜만입니다."

마침 때맞춰 상원이 두 사람 앞으로 다가왔다.

후, 다행이다.

하연은 안도의 한숨을 내쉬며 태환과 악수하는 상원의 뒤로 슬그머니 자리를 옮겼다. 바로 시선을 돌린 탓에 태환이 빤히 쳐다보고 있다는 사실은 깨닫지 못했다.

모두 자리에 앉자, 창훈이 영화에 관해 설명하기 시작했다.

"촬영과 상영까지 1년 정도 잡고 있습니다. 촬영은 한국에서 50%, 아프리카에서 30%, 영국에서 20% 진행할 예정입니다. 그리고……"

창훈의 말은 하나도 귀에 들어오지 않았다. 하연의 정신은 딴 곳을 헤매고 있었다. 그때 그 의사가 자신이라는 것을 털어놓아야 하나, 말아야 하나 하는 고민으로 머릿속이 뒤죽박죽이었다.

굳이 정체를 밝힐 필요가 있을까? 그랬다가 말라위에서의 일이 대표님 귀에 들어가기라도 한다면?

비밀을 지켜준다고 약속해도 사람의 일이라는 건 모르는 거니까. 아는 사람이 적으면 적을수록 비밀을 지키기 수월할 것이다. 게다가 저체온증을 막기 위해서라지만, 옷을 벗어버리고 맨몸으로 그를 껴안았다. 키스도 했고. 그것도 아주 진하게. 자칫 잘못했다간 배우와 제작자의 스캔들로 번질 수도 있었다.

그러면 목걸이는 어떻게 돌려받지?

—힘든 순간마다, 널 지켜줄 거야.

고등학생이던 하연에게 목걸이를 건네며 아버지는 그렇게 말했었다. 그날부터 그녀는 항상 목걸이를 하고 다녔고, 그 목걸이는 힘들 때마다 아버지를 떠올리는 행운의 마스코트가 되었다. 어떤 귀한 보석보다도 소중한 물건인데…….

"정하라 씨."

아까부터 그녀를 부르던 목소리가 점점 더 크게 들리기 시작했다.

"정하라 씨?"

화들짝 상념에서 깨어난 하연은 급히 옆자리에 앉은 상원에게로 고개를 돌렸다. 상원은 한눈팔지 말라는 눈짓을 보내고는 다시 사무적인 미소를 띠며 말을 이었다.

"정하라 씨도 나처럼 쉽게 이해하기 힘들죠?"

응? 뭐가요? 잠깐 딴생각하는 사이에 무슨 말들이 오고 간 거지?

맞은편에 앉은 창훈이 난처한 얼굴로 고개를 끄덕였다.

"네. 이해합니다. 요즘 같은 세상에 좀 그렇긴 하죠. 하지만 저희도 민수아 스캔들로 계획에 큰 차질이 생겨서 말이죠. 배역을 맡게 되면 영화 상영이 끝날 때까지 적어도 1년 동안은 어떤 스캔들에도 휩쓸리면 안 됩니다. 그러니까 아예 이성 교제는 자제해줬으면 하는……."

"네?"

하연이 의외라는 얼굴로 창훈을 쳐다보았다. 설명하는 창훈조차 이해할 수 없는 요구 사항이었다.

이건 모두 태환의 머릿속에서 나온 아이디어였다.

민수아 스캔들 같은 악재를 예방하기 위해서라는 건 알겠는데, 그래도 아예 연애 자체를 막겠다니……. 지금 시대가 스캔들 터지면 인기 하락하는 90년대도 아니고 말이지.

—싫으면 말라고 해.

하지만 태환은 강경했다. 당연히 기분 나빠할 거라고 생각했는데 하연은 잠시 침묵을 지키더니 담담한 표정으로 말했다.

"그러죠. 어차피 바빠서 연애할 시간도 없는데요, 뭘."

대답을 마친 하연의 시선은 창가에 서 있는 태환에게로 향했다. 그는 모든 일은 창훈에게 맡겨놓은 채, 아까부터 창밖만 내다보고 있었다.

원래 차태환 대표는 배우에게 전혀 예상하지 못한 질문을 퍼붓는 걸로 악명 높다던데, 오늘 그는 마치 제삼자인 것처럼 멀리서 지켜보고만 있었다. 관심 없는 얼굴로 뒷짐이나 지고 있을 거면 왜 나온 건지 모르겠다. 다시 창훈에게로 시선을 돌리려는데, 옆으로 고개를 돌린 태환과 눈이 마주쳤다.

"흠."

하연은 짧게 숨을 들이켜며 서둘러 시선을 피해버렸다. 잠깐 눈길이 마주쳤을 뿐인데, 가슴이 조이는 것처럼 아팠고, 통증은 꽤 오래도록 머물렀다.

하연과 상원이 돌아갈 때까지도 태환은 창가를 떠나지 않았다.

"정하라가 너에게 반한 것 같던데?"

옆으로 다가온 창훈이 웃으며 태환의 어깨를 툭 건드렸다.

"무슨 소리야?"

"계속 너를 힐끔힐끔 쳐다보더라고."

"자꾸 엉뚱한 소리 할래?"

"진짜라니까."

"됐다. 그만하자."

말은 그렇게 했지만, 태환도 그녀의 한결같은 시선을 느낄
수 있었다. 그 역시 힐끔힐끔 그녀를 훔쳐보고 있었으니까. 이
유는 모르겠다. 자신도 모르게 자꾸만 눈길이 그녀를 향하고
있었다.

눈이 마주칠 때마다 심장이 덜컹 내려앉는 것도 같았다. 분
명히 오늘 처음 본 여자인데 이상하게 낯이 익었다. 자꾸만 그
가 아는 누군가를 떠올리게 하는데, 확실히 그게 누구인지는
알 수가 없었다.

그리고 솔직히 화면으로 볼 때보다 실물이 훨씬 더 끌리긴
했다. 특히 깊은 사연이 담긴 것 같은 짙은 눈빛은 다른 배우
에게선 찾아볼 수 없는 그녀만의 매력이었다. 아나운서처럼
발음도 정확하고, 목소리도 맑고, 말투도 상냥했다. 누구와는
정반대였다. 그녀는 목소리도 묵직한 허스키였고 말투도 약간
명령조였는데……. 그런데도 뭔가 겹치는 것 같기도 하고.

맞아! 정하라에게서 그녀와 같은 향이 느껴졌다. 그녀와 손

을 맞잡는 순간, 움찔 몸이 굳은 이유도 모두 그 탓이다. 재스민, 아찔하게 달콤한 그 향 때문에…….

그녀 옆에 다가가지 못하고 멀찍이 떨어져 창가에 머물렀던 것도 그래서였다.

낯선 여자에게서 왜 그녀의 향이 느껴지는 걸까?

잠시 골똘히 생각에 잠겼던 태환은 이내 고개를 내저었다. 완전 다른 두 사람을 두고 지금 무슨 생각을 하는 건지.

"난 정하라, 그 배역에 안 어울린다고 생각해. 너무 연약한 이미지야."

"너, 또 그때 그 아프리카 의사랑 비교하는 거냐? 우리 여주는 그런 캐릭터가 아니라니까. 남자 친구를 찾으러 아프리카에 갔다가 우연히 그곳에서……."

"하여간 난 반대야."

태환이 중간에 말을 끊어버리자, 창훈은 또 시작이냐는 얼굴로 고개를 절레절레 흔들었다.

"그 의사는 아직도 못 찾았어?"

태환은 대답 대신 표정을 굳히며, 병을 들어 와인 잔에 붉은 와인을 가득 따랐다.

—죄송합니다. 아직입니다.

유능한 탐정을 여럿 고용했지만 돌아오는 대답은 한결같았다. 하늘로 솟았나, 땅으로 꺼졌나. 그녀는 도대체 어디에 있는

걸까? 아프리카뿐만 아니라 전 세계 오지를 돌며 의료 활동을
펼친다면 쉽게 찾긴 어려울 것이다. 칼에 찔려 정신이 없었다
고 해도 이름 정도는 물어봤어야 하는 건데…….

"그런데 너 왜 그렇게 집착하는 거야?"

창훈이 와인 잔을 입으로 가져가는 태환에게 물었다.

"빚진 것 같아서 그래? 아니면 그녀에게 사적인 감정이라도
있냐? 근데 그거 너만의 착각일 수도 있어. '흔들다리 효과'라고
알지? 위급할 때 만난 남녀가 불안해서 심장이 두근거리는 걸,
상대에 대한 감정으로 오해해서 사랑에 빠지는 거 말이야."

"글쎄……."

태환은 와인을 들이켜며 혼잣말처럼 중얼거렸다.

"나도 그걸 모르겠어."

하연은 차창 밖으로 멀어져가는 나폴레옹 건물을 말없이
바라보았다. 못 알아보는 게 당연하다. 그때 그녀는 눈앞이 핑
핑 도는 도수 높은 뿔테 안경에 화장기 없는 민얼굴로 치아 교
정기까지 끼고 있었다. 그것도 모자라 목까지 잠겨서 완전 쉿
소리를 냈고. 그래도 전혀 못 알아보니까 기분은 좀 그렇다.
아무리 그래도 꼭 부둥켜안고 밤을 지새운 사이인데…….

드림즈 사무실에 도착하자 하연은 서둘러 안전띠를 풀었다.

"내일 봬요, 대표님."

"그래. 오늘 수고 많았다."

차에서 내린 하연은 서둘러 편한 옷으로 갈아입고 한국 대학 병원으로 차를 몰았다. 퇴근하고도 남았을 시각이지만, 재호 선배는 아직도 병원에 남아 환자를 돌보고 있을 게 분명하니까. 이런 날은 그를 보지 않으면 잠들기 힘들 것 같다.

하연은 차에서 내리며 뿔테 안경을 끼고, 치아 교정기를 입에 물었다. 언젠가부터 사람들의 눈을 의식해 변장해야만 하는 신세가 돼버렸다. 혹시라도 기자들 눈에 띄어 스캔들이 일어나기라도 하면 골치 아플 테니까.

예상대로 재호는 10시간이 넘는 장시간의 수술을 끝낸 후, 막 샤워를 하고 나오는 길이었다. 피로한 얼굴로 젖은 머리의 물기를 털어내던 재호는 복도에 서 있는 하연을 보고 우뚝 걸음을 멈췄다. 그는 그녀가 어떤 모습으로 변장을 하더라도 한눈에 알아보는 유일한 사람이었다.

"유 선생."

의사를 그만둔 지가 언제인데 재호는 아직도 하연을 깍듯이 '유 선생'이라고 불렀다. 한 번 의사는 끝까지 의사라면서.

"안녕하세요, 선배님."

잠이 모자라 제대로 눈도 못 뜨던 레지던트 1년 차 하연에게 불쑥 캔 커피를 건네던 의대 선배이자 펠로우 3년 차 한재호. 윽박지르고 화내는 치프 레지던트에게서 그녀를 구해주던 사람도 언제나 재호였다. 그런 그가 세상에서 가장 멋지게 보이는 건 당연했다. 외상 외과 전문의 길을 꿋꿋하게 걷는 한재호는 지금도 하연에겐 찬란한 빛과 같은 존재였다.

"아프리카에서 언제 돌아왔어?"

"저번 주요."

"그래? 아직 시차 적응 힘들겠네."

재호는 사무실 문을 열어 그녀를 안으로 안내했다. 최소한의 사물만 있는 간결하게 정리된 사무실은 마지막으로 왔을때에 비해 변한 게 하나도 없었다. 재호는 하연에게 소파에 앉으라고 한 후, 구석에 놓인 커피 머신에서 원두커피를 내렸다. 항상 커피를 달고 사는 재호를 위해 그녀가 작년 크리스마스에 보낸 선물이었다.

"손목은 괜찮아? 무리하진 않았어?"

커피 잔을 내려놓으며 재호가 조금은 걱정스러운 목소리로 물었다.

"가끔 저리긴 한데, 못 견딜 정도는 아니에요. 밤에 자다가 아파서 깰 때도 있었지만, 진통제를 먹어야 할 만큼은 아니고요."

"다행이네."

재호의 얼굴에 잔잔한 미소가 떠올랐다. 그는 활짝 웃는 법이 없었다. 입꼬리가 조금 올라가는 것 정도로 웃는 것이 전부였다. 하지만 하연에게는 그 어떤 미소보다 환하게 느껴졌다.

"저녁 먹었어? 아, 너무 늦었나? 이미 먹었겠구나."

"아뇨. 아직이요."

이미 먹었지만, 그와 함께라면 기꺼이 한 번 더 먹을 수 있다.

"그래? 그럼 같이 저녁 먹을래?"

따리리리릭—.

가운 속에 넣어둔 호출기가 울리기 시작했다. 긴급 호출인지 호출기를 꺼내 본 재호의 얼굴이 어두워졌다.

"오랜만에 왔는데 미안해서 어쩌지? 나, 다시 가봐야겠다."

"전 괜찮으니까 빨리 가보세요."

"그래. 다음에 오프일 때 만나서 식사하자."

재호는 하연의 어깨를 부드럽게 토닥거린 후, 급히 사무실을 뛰어나갔다. 조교수가 되고서도 그는 펠로우 할 때와 마찬가지로 쉬는 시간 없이 내달렸다. 자신이 조금 더 힘들면 더 많은 생명을 살릴 수 있다는 이유에서였다.

혼자 덩그러니 남겨진 사무실에서 하연은 커피 잔에 담긴 원두커피를 빤히 내려다보았다.

오늘 차태환이란 남자 때문에 가슴이 답답했던 건 아마도 한재호 선배와 비슷해서가 아닐까? 잘 몰랐는데 지금 보니 두 사람은 어딘지 모르게 닮았다. 태환이 조금 더 키가 크고 어깨도 더 벌어지긴 했지만, 뭔가 공통되는 부분이 있었다.

하연은 재호의 손길이 닿은 어깨를 쓰다듬으며 살며시 얼굴을 붉혔다. 잠시 마음이 싱숭생숭했던 이유를 알게 돼서 기뻤다. 서로 맨살을 맞대고 밤을 지새운 이유도 있겠지만, 그것보단 무의식으로 재호를 떠올렸기 때문일 것이다.

하연은 한결 마음이 가벼워진 얼굴로 커피 잔을 입으로 가져갔다.

3. 지금은
말할 시기가 아니야

"대표님, 갑자기 웬 미술관이요?"

"아직까지도 오디션 보자는 연락이 없는 거 보면 아무래도 송 감독 영화는 안 될 것 같아. 섭외 들어온 주말 연속극이나 신경 쓰자. 여주가 아트 딜러라니까 미술관에 가서 예술 감상 이나 하고 와. 다음 주에 강 피디 만나기로 했다."

"그 영화, 하게 될 것 같다면서요?"

"그랬지. 그런데……. 아니, 송 감독도 그래."

갑자기 울컥했는지 상원은 손바닥으로 책상을 내리쳤다.

"너 아니면 안 된다고 할 땐 언제고, 무작정 기다리란다. 주인공은 차 대표가 오케이하지 않으면 안 되거든. 그래서 내가 오디션이나 보고 이야기하자니까, 그럴 필요도 없대."

"그래요?"

지금까지는 주로 TV 드라마에 출연했고, 영화 쪽은 이번이 처음이라 크게 기대하진 않았었다. 하지만 반대한 인물이 다른 누구도 아닌 그녀가 구해준 남자라니.

제비는 생명을 구해줬다고 금은보화가 든 박씨를 물고 왔다는데, 누구는 생명을 구해줬는데도 다 된 밥에 재를 뿌리는구나.

하연은 씁쓸한 미소를 지으며 자리에서 일어섰다.

"대표님, 저 이만 가볼게요."

아직 민성이 병가인 이유로 하연은 교외 미술관으로 직접 차를 몰았다. 평일이라서 그런지, 몇몇 관람객을 제외하곤 미술관은 한산했다. 특히 모던아트가 전시된 제8전시실은 관람객 한 명 없이 텅 비어 있었다. 천장에 달린 조명만이 쓸쓸히 공간을 밝히고 있었다.

하연은 캔버스를 가득 채운 울긋불긋한 색의 향연을 감상하며 걸음을 옮겼다. 휘휘한 전시실에 혼자 있으려니까 그림은 눈에 들어오지 않고 자꾸만 잡생각이 떠올랐다.

오디션도 보지 않은 상태에서 밀어내려는 이유가 뭘까?

써전의 꿈을 포기하고 절망하던 그녀에게 연기는 한 줄기 구원의 빛이었다. 연기할 때만큼은 자신이 아닌 다른 이로 태어나, 잠시나마 아픈 현실을 잊을 수 있었으니까.

쪽 대본이 날아와도 의학 공부하던 암기력으로 단숨에 외웠고, 의대 생활 6년, 인턴 생활 1년, 레지던트 생활 1년 동안 길러낸 강인한 체력으로 하루에 3시간도 잘 수 없는 지옥 촬영을 멀쩡하게 버텨냈다. 덕분에 데뷔한 그해, 하연은 신인상을 휩쓸며 평론가와 시청자 모두에게 좋은 평을 받았다.

그리고 어느새 그녀의 이름은 캐스팅 우선순위 배우 명단에까지 올라갔다. 그랬는데…….

오디션도 보지 않고 무조건 거부한다니까 속상한 건 사실이었다. 대본이 너덜너덜해질 때까지 배역에 관해 연구했건만, 오디션 한 번 해보지 못하고 밀려나다니. 내가 바로 생명의 은인이라고 밝히고 배역을 달라고 요구해볼까? 혼자 속으로 투덜거리던 하연은 곧바로 설레설레 고개를 내저었다.

지금 무슨 말도 안 되는 생각을……. 미쳤나 봐.

"그 그림이 무척 마음에 드나 보군요."

굳은 표정으로 괜히 애꿎은 그림만 노려보는데, 누군가가 말을 걸어왔다. 귀에 익숙한 목소리에 하연은 빠르게 주위를 돌아보았다. 곧 전시실 입구 벽에 어깨를 기댄 채 서 있는 태환이 눈에 들어왔다.

저 남자가 왜 여기 있는 거지?

그녀가 자신을 알아보자, 태환은 벽에서 몸을 일으켜 느릿한 걸음으로 다가왔다.

그가 지금 여기에 있는 이유는 창훈 때문이었다. 창훈은 아침 일찍, 전화를 걸어 다짜고짜 미술관에 함께 가자고 졸랐다. '갑자기 무슨 바람이 들어서 미술관이야?'라는 생각이 들었지만, 오랜만에 작품을 둘러보는 것도 나쁘진 않을 것 같아 태환은 서둘러 집을 나섰다. 그런데 미술관에 도착하자마자, 갑자기 일이 생겨서 올 수 없다는 전화가 걸려왔다. 좀 수상쩍다고 생각하며 미술관에 발을 들였는데, 커다란 모던아트 그림 앞에 서 있는 정하라를 보는 순간 의문점이 풀렸다.

태환의 반대로 캐스팅이 어렵다는 말을 들은 정하라가 그와 단둘이 만나게 해달라고 창훈에게 부탁한 모양이었다.

그렇게까지 원했다면 좀 더 적극적인 태도를 보여줬어야지. 교외에 있는 미술관으로 유인해서 뭘 어쩌겠다고. 태환은 고양이가 쥐를 발견한 것 같은 눈빛으로 그녀를 바라보았다.

하라는 여기서 그를 보게 될 줄 몰랐다는 듯 깜짝 놀란 표정이었다.

후, 이젠 눈에 뻔히 보이는 연기까지?

"굉장한 우연이군요! 여기서 정하라 씨를 보게 되다니."

태환이 가까이 다가올 때까지도 그녀는 눈만 깜빡거릴 뿐, 아무 말도 하지 못했다. 그가 바로 앞에 멈춰 서고야 겨우 입을 열어 짤막한 인사말을 내뱉었다.

"안녕하세요."

오늘 차태환은 머리끝에서 발끝까지 온통 블랙으로 통일했다. 재킷 앞주머니에 꽂힌 연한 은색의 행커치프를 제외하곤, 단추 두 개를 푼 드레스 셔츠도 블랙이고 그 위에 걸친 세미 정장 재킷 역시 블랙이었다. 그런데도 어째서 하얀 의사 가운을 입은 재호가 떠오르는 걸까? 상반되는 이미지의 두 사람이지만, 서로 어딘가 비슷해서?

그녀를 편하게 해주는 재호와 달리, 앞에 선 남자는 그녀를 긴장하게 한다. 재호와 있으면 심장이 가쁘게 뛰면서도 편안했지만, 그와 마주치면 심장박동이 빨라지며 어딘가 불편했다.

인사를 나눈 후, 하연이 입을 다물고 있자 태환이 먼저 말을
꺼냈다.

"그런데 미술관에는 무슨 일로……?"

"네?"

이해하기 힘든 질문에 하연은 눈을 가늘게 모았다.

지금 무슨 일로 미술관에 왔느냐고 묻는 거야? 당연히 예술
작품 감상하러 왔지 뭐 하러 왔겠어?

단순한 질문 같지만, 필시 다른 의미가 담긴 것 같았다.

하연은 대답하는 대신 질문의 뜻을 알아내기 위해 태환의
눈을 똑바로 바라보았다.

왜 저런 비아냥거리는 눈빛으로 바라보는 거지?

적대감까진 아니어도 확실히 그녀를 거부한다는 느낌이 들
었다.

뭐지? 그날 나폴레옹에서 실수한 거라도 있나?

하연은 아무리 골똘히 되짚어도 왜 태환이 차갑게 나오는지
이유를 알 수 없었다.

태환은 천천히 그녀가 감상하던 그림으로 고개를 돌렸다.
붉은색의 거친 붓 터치가 커다란 100호 사이즈 하얀 캔버스
위를 뒤덮고 있었다.

"이런 그림 좋아합니까?"

"아뇨."

하연도 그를 따라 다시 그림으로 시선을 옮겼다.

"저, 솔직히 그림, 이런 거 잘 몰라요. 지금까지 열심히 본 그

림이라곤 인체 해부도, 골격도 정도예요. 인체 조직, 뼈 구조, 근육 명칭, 의학 용어 외우려면 항상 옆에 끼고 다녀야 하거든요. 어쩌다 자유 시간이 생겨도, 미술관에서 그림 감상할 시간이 있나요. 그보단 잠시라도 눈 붙이는 게 낫죠."

하연의 말에 태환은 피식 입매를 비틀었다. 본인이 전직 의사였다는 걸 새삼 강조하는군.

"그렇군요. 그러면 왜 갑자기……?"

"아직 확정된 건 아니지만, 드라마 섭외를 받았거든요. 주인공이 아트 딜러라서, 지금이라도 예술 작품과 친해지려고요."

태환은 정작 자신이 정하라를 거부했으면서도 막상 그녀가 다른 작품을 선택하려고 하니, 은근히 기분이 상했다. 지금 우리 영화 아니라도, 출연할 작품이 많다고 뻐기는 건가?

"후."

태환은 길게 숨을 내뱉으며 앞머리를 손으로 쓸어 올렸다. 그 탓에 검은 셔츠가 벌어지며 안이 드러났다. 드러난 탄탄한 가슴 위로 매끈한 물체가 조명을 받아 반짝거렸다.

저건……?

아무 생각 없이 태환에게로 시선을 돌리던 하연은 그 순간 놀란 듯 제자리에 굳어버렸다.

행운의 마스코트!

그녀의 목걸이가 태환의 가슴속에서 수줍게 모습을 드러내고 있었다. 너무나 반가운 마음에 하마터면 '어머, 내 목걸이!'라는 말이 튀어나올 뻔했다.

과연 잘 가지고 있을까, 구조되는 도중 혹시라도 잃어버린 건 아닐까, 내심 걱정하고 있었는데……. 다행히도 목걸이는 그의 목에 안전하게 걸려 있었다.

그도 나름대로 나를 찾으려고 했겠지? 구조되었다고 입 싹 씻고 생명의 은인을 모른 척할 사람으론 보이지 않았다.

그때 태환의 목소리가 그녀를 상념에서 깨어나게 했다.

"정하라 씨는……."

그는 하연에게 시선을 두지 않은 채, 그림만 뚫어져라 바라보며 말을 이었다.

"목소리가 참 맑군요."

"네?"

뜬금없는 말에 하연은 미간을 찌푸렸다.

"목소리뿐만 아니라 선이 여린 외모도 그렇고. 정하라 씨는 내가 생각하는 여주인공 이미지와 정반대군요."

그래서 그날 악수하다가 손이 부드럽다고 인상을 찌푸린 거였나? 하연은 태환의 말에 담긴 속뜻을 알기 위해 열심히 머리를 굴렸다.

"그 역을 원한다면 이미지를 바꿔보든가, 아니면 가능성이라도 보여줘요. 눈에 빤히 보이는 술수나 쓰지 말고."

무슨 말이야? 술수라니…….

순간 그녀의 얼굴이 충격으로 굳어버렸다.

이 남자, 내가 누구라는 걸 눈치챘나 봐! 구해준 대가로 배역을 달라고 할까 생각한 걸 어떻게 알았지? 그냥 속으로만 투덜거린 건데.

태환은 마치 그녀의 속에 들어갔다 나온 것처럼 말하고 있었다.

"이런 식으로 우연을 가장해 접근하는 거, 소용없습니다. 돌아가서 철저하게 캐릭터 분석이나 해봐요. 정말 그 역을 맡고 싶었다면, 그날 그렇게 화려하게 꾸미고 오지 말았어야지."

잠깐! 어째 이 남자, 내가 생명의 은인이라는 걸 아직 모르는 것 같지? 우연히 미술관에서 만난 거 가지고 술수 어쩌고 저쩌고하면서 걸고넘어지는 거야? 이 무슨 황당한 오해!

하연은 반박할 말도 잊은 채, 어안이 벙벙한 표정을 지었다. 극소수지만 배역을 위해서라면 육탄 공세도 마다하지 않는 배우가 있다는 건 그녀도 잘 알고 있었다. 그래도 이건 아니다. 아무리 욕심나는 배역이라고 할지라도, 떳떳하지 못한 방법으로 따낼 생각은 추호도 없었다. 그녀의 속마음을 알 리 없는 태환은 계속해서 말을 이어나갔다.

"이번엔 공개 오디션으로 여주인공을 뽑을 겁니다. 수천 명의 지원자가 몰리겠죠. 그중에는 인지도 높은 실력 있는 배우도 있을 테고…… 그 모두를 제치고 오디션을 통과하면 그 배역, 정하라 씨에게 주죠."

"공개 오디션이라고요?"

"꽤 기분 나쁜 표정이군요. 본인은 공개 오디션에 참가할 급이 아니라고 생각하는 겁니까? 정하라 씨는 지금까지 운이 좋아서 비공개 오디션으로만 배역을 따냈더군요."

뭐야, 이 남자!

전혀 기분 나쁘지 않았는데, 비아냥거리는 말투에 정말 기분이 팍 상해버렸다.

"공개든 비공개든 상관 안 해요. 이 영화 말고도 섭외 받은 작품이 많아서……."

"왜요? 공개 오디션 보려니까 겁이 납니까?"

"네?"

정말 보자, 보자 하니까!

하지만 여기서 화내면 상대에게 휘말리는 셈이 된다. 하연은 애써 표정을 관리하며 조용히 호흡을 골랐다. 마음 같아선 '그 배역, 정중히 사양하겠습니다!' 하고 거절하고 싶었다. 하지만, 그랬다간 겁먹고 물러난다고 생각할 거다. 자존심 상하게 그럴 수야 없지!

잠자던 그녀의 승부욕을 건드렸다는 걸 전혀 모른 채, 태환이 말을 이었다.

"사적인 자리가 아니라, 공개 오디션에서 얼마나 배역을 잘 소화할지 증명해봐요."

'정말 은혜를 원수로 갚는군요!'라는 말이 목구멍까지 올라왔지만, 하연은 애써 꾹 내리눌렀다. 꼭 오디션에 합격해서 저 건방진 코를 납작하게 눌러야겠다는 생각밖에 들지 않았다.

"좋아요. 공개 오디션도 나쁠 건 없겠네요."

하연은 '미운 놈, 떡 하나 더 처먹인다!'는 마음으로 태환을 향해 환하게 웃어 보였다. 이글거리는 눈빛을 담은 채.

"그럼. 오디션에서 뵙죠."

하연은 고개를 까닥거리고 그대로 전시실 출입구를 향해 몸을 틀었다.

파악—.

막 태환의 옆을 지나치려는데, 일순간 불이 나가며 주위가 깜깜해졌다.

"헉!"

갑자기 눈앞이 어두워지자, 하연은 중심을 잃고 태환의 팔을 움켜쥐었다. 태환 역시 반사적으로 손을 뻗어 비틀거리는 그녀를 부축했다. 하연은 얼떨결에 태환의 가슴에 뺨을 기댄 자세가 되고 말았다. 얼른 그의 팔을 뿌리쳐야 하는데 너무나 어두워 꼼짝도 할 수 없었다.

"하."

태환은 티 나지 않게 천천히 숨을 들이마셨다. 나른하면서도 짙은 재스민 향에 숨이 탁 막히는 것만 같았다. 비슷한 점 하나 없는데 단지 향이 같다는 이유로 태환은 자꾸만 그녀가 떠올라 당황스러웠다.

도대체 익숙한 이 느낌은 뭐지?

짙은 어둠을 채우는 숨소리가 서로의 신경을 곤두서게 했다. 10초도 되지 않는 짧은 순간이었지만, 마치 영원처럼 길게만 느껴졌다.

잠시 후, 다시 불이 들어왔다. 동시에 잠시 정전이 되었다는 사과 안내 방송이 스피커에서 흘러나왔다.

"그럼, 전 이만."

하연은 태환의 품에서 빠져나온 후, 고개를 숙인 채로 그에게서 등을 돌렸다.

찰나의 순간, 태환은 본능적으로 그녀를 쫓아갈 뻔했다. 하지만 곧 이성을 되찾고 서둘러 전시실을 나가는 그녀의 뒷모습을 말없이 바라보았다.

위험해.

그의 본능이 경계 신호를 보내기 시작했다.

"공개 오디션을 한다고?"

창훈이 찡그린 얼굴로 사무실에 들어서며 투덜거렸다.

"오전에 나간 말이 하루가 지나기도 전에 돌아오는 걸 보니까, 발 없는 말이 천 리를 간다는 말이 맞나 보군."

태환은 창훈을 힐끗 쳐다본 후, 다시 서류로 고개를 숙였다.

"아무 상의도 없이 이럴 수 있어? 야! 그래도 내가 명색이 감독인데."

난데없는 공개 오디션이라니! 창훈은 정말이지 미치고 팔딱 뛸 것만 같았다. 정하라만큼 그 배역에 맞는 배우가 없구먼, 왜 저리 똥고집인지 모르겠다.

창훈은 태환의 앞으로 테이크아웃 컵을 내려놓으며 달래듯 말을 이었다.

"지금까지 공개 오디션 해서 제대로 뽑은 적 있어? 골치 아프게 참가자만 많고. 게다가 비용은 어쩔 건데? 나보고 제작비 올리는 귀신이라고 하더니. 너도 마찬가지야."

"공개 오디션 하면 홍보 효과가 있잖아."

"아, 진짜! 그냥 정하라 쓰자니까 왜 고집을 부려?"

태환은 창훈의 말을 한 귀로 흘리며 컵을 들어 한 모금 들이마셨다. 그리고 곧바로 인상을 찌푸렸다.

"이거 재스민 차야?"

"어? 어."

태환은 불쾌한 얼굴로 테이블 위에 컵을 놓았다.

"기억해라. 나, 재스민 차 안 마신다."

"어제만 해도 잘만 마시더니 왜 갑자기?"

"하여간 앞으론 재스민 차는 사 오지 마."

코끝에 재스민 향이 스며들고, 혀끝에 재스민 맛이 느껴지는 순간 정하라가 떠올랐다. 정확하게 그녀의 보들보들한 하얀 피부와 도톰한 입술, 부드럽고 가느다란 손의 감촉이 느껴졌다.

미인계를 쓰려고 했던 거라면 반은 성공한 셈인가? 비틀거리며 품에 안기던 그녀의 부드러운 감촉이 아직도 생생했다.

"나, 좀 나갔다 올게."

"이야기하다 말고 어디 가?"

어리둥절해하는 창훈을 남겨둔 채, 태환은 사무실을 걸어 나갔다. 밖에 나가서 찬 공기라도 들이마셔야지 자꾸만 몸이

후끈거려 견딜 수가 없었다.

그깟 재스민 향 때문에 몸이 반응하다니. 왜 갑자기 사춘기 소년처럼 이러는지 모르겠다. 태환은 그런 자신이 실망스러우면서 동시에 걷잡을 수 없이 혼란스러웠다.

2주일이 지나자, 병가를 끝낸 민성이 업무에 복귀했다.

"와, 민성아, 몰라보겠다!"

아프리카에 있을 동안 자르지 못한 깍두기 머리가 두 달하고도 2주가 지나는 동안, 수북이 자라 있었다. 게다가 그 동안 살까지 빠져, 없었던 쌍꺼풀까지 진하게 생기고 콧대까지 두드러졌다. 조폭 같은 무섭던 인상이 한결 부드러워져 이젠 평범한 일반인처럼 보인다고나 할까?

"솔직히 말해봐. 너, 아파서 병가 냈던 거 아니지? 성형수술 했지?"

"어머머, 그런 거 아니거든요! 저, 정말 눈물 쏙 빠지게 아팠거든요."

상원의 놀림에 민성은 억울한 표정으로 항의했다.

험상궂은 외모와는 어울리지 않게 "어머머!"를 연발하는 녀석이라니! 조폭으로 오해받게 생긴 주제에, 사실은 부드럽고 순하고 눈물도 많다는 걸 누가 상상이나 할까?

상원은 피식 웃으며 민성의 어깨를 '툭툭' 두드렸다.

"그래, 믿어주마. 체중 감량만큼 확실한 성형수술은 없다더니, 완전 용 됐네!"

"고생 많았어, 오빠."

하연의 따뜻한 한마디에 울컥했는지 민성은 그녀의 손을 꼭 잡으며 눈물을 글썽거렸다.

"어머, 아니야, 고생은 뭐. 내가 없어서 너만 힘들었지."

"아이고, 됐다. 둘이서 아주 신파를 찍는구나."

상원은 두 사람을 향해 휘이휘이 손을 내저었다.

"회포는 나중에 풀고 어서 가라. 이러다 방송 늦겠다."

상원에게 떠밀리다시피 대표실을 나온 두 사람은 녹화 방송 일정이 잡힌 방송국으로 향했다.

"그나저나 너, '따뜻한 심장' 공개 오디션 보기로 했다며?"

그새 상원에게서 소식을 들었는지 민성은 운전대를 잡은 채, 백미러로 하연의 표정을 살폈다.

"왜 갑자기? 너 그 작품 그렇게 하고 싶었어?"

"하아, 말하자면 길어. 나중에 설명할게."

그녀도 요사이 그것 때문에 머리가 아팠다. 태환에게 본때를 보여주려고 홧김에 한다고 했지만, 과연 그의 편견을 무너뜨리고 당당하게 통과할 수 있을까 걱정이 드는 건 사실이었다. 송창훈 감독을 포함해 총 4명의 영화 관계자가 심사 위원으로 선정돼, 공개 오디션 심사에 들어갔다.

예상외로 태환의 이름은 심사 위원 명단에서 빠져 있었다. 처음엔 의아했지만, 워낙 대중에 얼굴이 알려지는 것을 꺼리는 차태환 대표니까 그럴 수도 있겠다 싶었다.

벌써 전국에서 몰려든 참가자가 천 명이 넘어선단다. 이달 말, 참가 기간이 끝날 때까지 수천 명은 지원할 거라고 예상된다. 이러다 서류 심사에서 떨어지는 건 아니겠지?

"너, 구두 높은 거 신었으니까 내가 도와줄게. 내리지 말고 가만히 있어."

민성은 지정 주차장에 밴을 세우고 차에서 내려 반대편으로 돌아가 문을 열었다. 그리고 하연의 손을 잡아 밴에서 내리는 걸 도와주었다.

"흐익!"

리모컨으로 차 문을 잠그고 뒤돌아서던 민성은 누군가를 발견하고 짧은 탄성을 내질렀다.

"저 남자는 그때 그……?"

민성이 가리키는 손가락 끝으로 차에 타려고 차 문을 여는 태환이 보였다.

"맞지? 그때 말라위에서 다짜고짜 널 납치했다던 그 사람! 어머, 웬일이래?"

기억력 하난 끝내준다. 태환과는 공항에서 잠시 지나쳤을 뿐인데도 민성은 그의 얼굴을 또렷하게 기억하고 있었다. 민성의 큰 목소리 때문에 태환이 그들이 있는 쪽으로 고개를 돌리려하자, 하연은 잽싸게 민성의 팔을 잡고 밴 뒤쪽으로 끌고 갔다.

"쉿, 조용히 해, 오빠. 저 사람, 내가 누군 줄 몰라. 잘못하다가, 대표님이 알게 되면 어쩌려고?"

그 말에 민성의 얼굴이 창백하게 변해버렸다. 까맣게 잊고 있었다. 하룻밤 해프닝으로 끝났지만, 그녀가 납치되었던 건 사실이니까. 평소에는 싱글벙글 웃는 김상원 대표지만, 한번 화나서 눈 밖에 나버리면 그대로 아웃이다.

"나에게 맡겨. 오빤 그냥 모른 척하면 돼."

하연은 하얗게 질린 민성의 어깨를 한 손으로 토닥거렸다.

"그랬다가 나를 알아보기라도 하면 어떡하지? 나도 공항에서 한 번 보고 바로 알아봤는데, 저 남자도 나를……."

"음……."

하연은 심각한 표정으로 민성을 위아래로 훑어본 후, 가만히 고개를 내저었다.

"오빠나 나나, 그때와 모습이 전혀 다르잖아. 우리만 가만있으면 그 남자는 절대로 알아채지 못할 거야."

"그, 그럴까?"

"응."

민성이 불안한 얼굴로 묻자, 하연은 단호하게 대답했다.

"흠."

잡지를 뒤적이던 태환은 익숙한 얼굴을 발견하고 휙휙 책장을 넘기던 손길을 멈추었다. 인기 드라마 중, 인상 깊은 연기를 펼친 배우 특집에 정하라의 인터뷰가 실려 있었다. 함께 오른 사진 속에는 창가에 기댄 그녀가 카메라 렌즈를 향해 환하게 웃는 모습이 담겨 있었다. 태환의 시선은 그녀의 얼굴이 아닌 햇살 아래 빛나는 가느다란 목에 머물렀다.

"이건……?"

쇄골이 드러나는 아름다운 목 위로 눈에 익은 목걸이가 걸려 있었다.

강낭콩처럼 생긴 하트 모양의 목걸이라……?

태환은 서둘러 목걸이를 풀어 잡지에 실린 사진과 비교해 보았다.

뭐야, 같은 디자인이야?

사진 속 목걸이와 실제 목걸이를 번갈아 비교하던 태환의 표정이 심각하게 변해갔다.

왜 정하라가 그 의사와 같은 목걸이를 하고 있는 거지?

"어째서……."

사진 속 정하라를 뚫어지게 노려보던 태환은 얼마 지나지 않아, 쓰디쓴 조소를 떠올렸다.

차태환, 지금 무슨 생각을 하는 거냐? 같은 디자인의 목걸이 쯤이야 어디서나 흔하게 볼 수 있는 건데…….

잠시 목걸이를 만지작거리던 태환은 목걸이를 재킷 주머니에 넣고 손목시계를 들여다보았다. 숫자 바늘은 오전 11시를 가리키고 있었다.

약속에 늦지 않으려면 이제 슬슬 출발해야겠군.

오늘은 두 달에 한 번, 가족 모임이 있는 날로 정오까지 평창동 본가에 한 명도 빠짐없이 모여야 한다. 장남 차태우 부회장 부부, 차녀 차지은 이사 부부, 그리고 셋째 차태석 상무 부부 등등…….

우습지도 않다. 가족 같은 따뜻함이 있기라도 했나? 모두 위선의 가면을 쓰고 있을 뿐, 가면 뒤에는 상대를 찌를 날카로운 비수를 감추고 있는데…….

그런 이들과 얼굴을 맞대고 아무렇지 않은 듯 연기하며 식사해야 한다니, 속이 메슥거렸다.

아니나 다를까. 본가에 도착하자마자 싸늘한 시선이 그를 맞이했다. 이미 한 시간 전에 도착한 세 형제는 시큰둥한 표정을 숨기지 않고 거실에 모여 있었다.

"아버진?"

차 회장의 모습이 보이지 않자, 태환은 의아한 표정으로 주위를 둘러보았다. 아버지가 없다면 구태여 함께 식사하러 올 필요가 없었으니까.

"30분쯤 늦으실 거라고 아까 오 실장님에게서 연락 왔어."

소파에 앉아 서류를 들여다보던 태우가 그를 쳐다보지 않은 채, 무뚝뚝하게 말을 이었다.

"오랜만에 온 가족이 모이는 날인데, 좀 일찍 오지 않고."

"됐어, 오빠. 우리가 무슨 단란한 가족이라고 오래 얼굴을 봐. 밥만 먹고 헤어지면 되지."

지은은 태우의 잔소리를 도중에 자르고 태환을 향해 싱긋 웃어 보였다.

"칼에 찔려서 생사를 헤맸다더니 보기엔 멀쩡하네?"

올해 초부터 계속 유럽에 머무르다 엊그제 귀국한 지은은 그의 상태를 직접 눈으로 확인하겠다는 듯이 태환을 위아래로 훑어보았다. 태환은 그런 지은을 지그시 노려본 후, 그대로 지나쳐 창가로 다가갔다.

"너, 요새 밥장사는 잘돼? 영화하느라 소홀한 건 아니고? 뭐, 그래 봤자 밥장사지만."

지은에 이어 이번엔 태석이 툭 시비를 걸어왔다.

"밥장사라……."

"밥을 팔아서 돈 버니까, 밥장사지. 왜, 거창하게 외식 사업이라고 불러줘?"

"아니. 듣고 보니 틀린 말은 아니네. 밥은 그럭저럭, 아주 잘 팔고 있어."

대답이 마음에 들지 않는지, 태석은 힐끗 태환을 노려보았다. 막내 태환에게 뒤처진다고 아버지에게 틈만 나면 잔소리에 시달렸던 태석이다. 지금 태환은 영화 제작과 소규모 레스토랑 체인 경영에만 몰두하고 있지만, 결코 가만히 두어선 안 되는 경쟁 상대라는 걸 잘 안다.

차 회장의 첫째 부인에게서 태어난 태우와 지은, 태석 모두 아버지의 뒤를 이어 F.T.R.그룹 경영권을 차지하기 위해 안달이 나 있었다. 하지만 차 회장은 그들이 아니라, 두 번째 부인인 전세린에게서 태어난 태환을 후계자로 점찍었다.

그러나 정작 당사자인 태환은 그룹 일에는 전혀 관심을 두지 않았다. 군대를 다녀오고 대학을 졸업한 후, F.T.R.그룹에 입사하지 않고 모친에게 물려받은 레스토랑인 나폴레옹 경영에 뛰어들었다.

2년이 지난 후, 태환은 경영난에 시달리는 오랜 전통의 레스토랑을 사들였고, 소규모로 시작한 외식 사업은 이제 전국에 10개가 넘는 체인점과 서너 개의 고급 전문 레스토랑 등으로 몸집을 불렸다.

그것도 모자라 친구 송창훈 감독을 돕는다고 영화 제작에 손을 대더니, 몇 년 만에 천만 관객을 동원하는 대박을 터뜨렸다. 대중이 무엇을 원하는지 본능적으로 파악하는 사업가 기질을 가진 태환을 그냥 놔둘 차 회장이 아니었다. 그는 기회가 있을 때마다 자신 밑으로 들어오라고 태환을 설득했다.

─전 남의 사업에는 관심 없습니다.

그때마다 태환은 작더라도 자신의 손으로 일궈낸 일에만 몰두하겠다고 딱 잘라 거절했다. 그렇다고 해도 형제들은 한시도 마음을 놓을 수 없었다. 지금 당장은 태환이 그룹 경영에 관심 없다고 하지만, 사람 마음이야 언제 바뀔지 모르는 거니까. 그것이 차 회장의 눈을 피해 태환을 감시하고 견제하는 이유였다. 오늘도 차 회장이 올 때까지는 거실 안에 있는 모두가 태환을 향해 적대감을 나타낼 것이다.

이런 일쯤이야 하루 이틀도 아니고.

태환은 쏩쓸한 미소를 떠올리며 차를 가져온 김 집사에게 고개를 돌렸다.

"그거 재스민 차, 맞죠?"

"네, 항상 드시던 걸로 준비했는데 다른 차로 바꿔 올까요?"

"아닙니다. 그냥 주세요."

어제만 해도 거슬렸던 재스민 향이 새삼 반갑게 느껴지는 건, 홀로 적군 속에 남겨진 기분이 드는 탓일 것이다. 차를 한 모금 마시려는데 이번엔 태우의 아내인 은주가 슬그머니 시비를 걸었다.

"도련님, 이번 아프리카 일 말이에요."

차씨 집안 장남의 아내인데 그에 합당한 대접을 받지 못하는 것에 은근히 불만이 많은 그녀였다. 특히 차 회장의 사랑을 독차지한 태환은 은주에겐 눈엣가시 같은 존재였다.

"태우 씨 덕분에 목숨을 건졌는데, 솔직히 좀 실망했어요."

다친 곳은 괜찮으냐는 안부는 생략한 채, 은주는 날카로운 질문을 던졌다.

"사례치곤 섭섭한 거 아닌가요?"

"여보."

무슨 말이 나오려는지 짐작한 듯 태우가 급하게 끼어들었다. 하지만 은주는 아랑곳하지 않고 말을 이었다.

"제시간에 헬리콥터를 보내지 않았다면, 도련님은 지금 이 자리에 없었을 거예요. 아닌가요?"

은주가 원하는 건 태환 앞으로 된 회사의 지분이었다. 생명을 구해줬으니 그 정도의 대가는 마땅하다고 믿었다.

"그런가요?"

태환은 여유롭게 웃으며 찻잔을 옆 테이블 위에 올려놓았다.

"병원에서 고맙다고 전화도 했고 귀국하자마자 바로 찾아갔었는데, 그거론 부족했나 보군요. 어떻게 할까요? 큰절이라도 할까요?"

"됐다. 그만해라."

그때 차 회장이 언짢은 티를 내며 거실 안으로 들어섰다.

"상처 때문에 아직 허리도 잘 굽히지 못하는 아이에게 뭐 하는 짓이냐?"

갑작스러운 차 회장의 등장에 은주는 못마땅한 얼굴로 입을 다물었다. 시아버지인 차 회장과 정면으로 부딪쳐서 좋을 건 없으니까. 다른 이들 역시 고개를 돌리며 차 회장의 시선을 피하기에 바빴다.

아버지가 언제부터 저기 계셨던 거지? 혹시라도 우리가 한 말을 전부 들으신 건 아니겠지?

차 회장이 나타나자마자 곧바로 태도를 바꾸는 배다른 형제를 보며 태환은 한쪽 입매를 비틀었다.

살얼음판을 걷는 것 같은 무거운 분위기에서 오붓한 식사를 원하다니…… 체하지 않으면 다행이군.

창밖에 펼쳐진 풍경으로 눈길을 돌리며, 태환은 말이 나온 김에 오늘은 서울 쪽 레스토랑이나 둘러봐야겠다고 생각했다.

"아, 이 추운 날, 밖에서 화보 촬영이라니……."

밴을 가지러 간 민성을 기다리는 동안, 쉴 새 없이 찬바람이 옷 속을 매섭게 파고들었다. 전속 스타일리스트인 서영은 하연의 어깨에 코트를 둘러주며 볼멘 얼굴로 투덜거렸다.

"그것도 겨울옷이 아니라 봄옷이라니 말이 돼요?"

"봄 시즌에 출시될 신상품이잖아. 당연히 지금 찍어야지, 그럼 언제 찍어."

하연은 서영의 불평에 같이 맞장구를 쳐주기는커녕 아무렇지 않다는 얼굴로 손에 쥔 대본을 심각하게 들여다보았다. 촬영 중에도 하연은 틈틈이 시간이 날 때마다 대본을 꺼내 들곤 했다. 중얼중얼 속으로 대사를 읊는 하연을 서영이 호기심 어린 눈으로 바라보았다.

"언니, 예전에 다 외웠다고 하지 않았어요?"

"응."

"그런데 왜 자꾸 들여다봐요? 사실 언니에게 배역이 돌아간 것도 아니고. 오디션 통과해야 하는 거잖아요."

"응, 그렇긴 한데……."

'따뜻한 심장'의 대본을 내려다보던 하연의 얼굴에 희미한 미소가 떠올랐다. 그녀 자신도 이상했다. 너덜너덜해질 정도로 대본을 들여다봤고, 모든 대사가 머릿속에 들어 있건만, 그래도 자꾸만 대본에 손이 갔다.

언제인가부터 읽으면 읽을수록 여주인공인 은여경의 심리가 궁금해졌다. 처음엔 태환의 코를 납작하게 해주려고 공개 오디션을 받아들였지만, 어느새 그녀는 순수하게 은여경이란 가상 인물에 흠뻑 빠져버렸다.

이젠 오디션 결과에 상관없이 그저 은여경을 어떤 인물로 그려낼까 하는 고민뿐이었다. 작품을 하게 되건 하지 못하게 되건, 중요하지 않았다. 은여경의 대사를 읽다 보면 가까운 누군가가 떠올랐다. 아마도 그래서 더욱더 끌리는 건 아닐까?

"아, 춥다! 많이 기다렸지."

어느새 밴을 끌고 온 민성이 두 사람 옆으로 차를 세웠다. 하연과 서영이 차에 올라타자, 그는 운전대를 잡은 채, 휴대폰으로 일정을 점검했다.

"이제 스튜디오로 돌아가서 두 컷만 더 찍으면 된다. 그러면 오늘 일정은 모두 끝나."

"우와! 밤늦게 촬영할 줄 알았는데 다행이다!"

하연 대신 서영이 기쁨의 환호성을 터뜨렸다.

"잘하면 저녁 시간대쯤 끝나겠네. 우리 오랜만에 '데이지'에 카레 먹으러 갈까?"

데이지는 전 세계 카레 요리를 선보이는 전문 카레 레스토랑으로 미식가 입에서 끊임없이 오르내리는 곳이며 하연의 단골 식당이기도 하다. 사는 아파트로부터 걸어서 5분도 안 되는 거리라, 하연은 적어도 일주일에 한두 번 이상은 데이지에 들렀다.

"언니, 또?"

"왜? 데이지 싫어?"

"싫은 건 아닌데, 언니 거기 진짜 좋아하는 것 같아서요."

"응. 좋아."

카레 요리라면 무조건 다 좋아하는 하연에게 전 세계 카레 요리를 한군데 모아놓은 데이지는 천국이나 다름없었다. 인도 카레, 태국 카레, 중국 카레, 베트남 카레, 일본 카레, 한국 카레 등등.

하연은 행복한 얼굴로 서영을 향해 활짝 웃었다.

"너무 좋아."

[네, 대표님.]

신호음이 몇 번 울린 후, 강 비서의 목소리가 자동차 스피커에서 흘러나왔다.

"지금 데이지 둘러보러 가는 중이니까, 최 매니저에게 연락 좀 해줘."

[지금 어디십니까?]

"방금 나폴레옹에서 나와 테헤란로로 들어서는 중이야. 그런데 교통이 막히는 편이군. 아무래도 예상보다 좀 더 걸릴 것 같은데……."

[알겠습니다. 그렇게 전하겠습니다.]

통화를 마친 태환은 손가락으로 운전대를 툭툭 내리치며 앞 차량을 노려보았다. 파란색으로 신호가 바뀌어도 차들은 좀 처럼 나갈 생각을 하지 않았다. 겨우 서너 대만이 교차로를 빠 져나가고 신호가 다시 빨간색으로 변하자, 태환은 좌석 등받 이에 몸을 기대며 광고판으로 시선을 돌렸다.

빽빽이 들어선 고층 건물에 설치된 LED 옥외 광고판에서 는 쉴 새 없이 현란한 영상물이 쏟아지고 있었다. 아무 생각 없이 광고판을 바라보던 태환의 표정이 순간 딱딱하게 굳어버 렸다. 환한 미소를 짓는 정하라의 얼굴이 화면을 가득 채웠기 때문이었다.

언제 또 새로운 광고를 찍었지?

태환은 시큰둥한 얼굴로 재빨리 도로를 향해 시선을 돌렸 다. 아까와 마찬가지로 앞 차량은 도무지 움직일 생각을 하지 않았다. 몇 번이나 신호를 놓친 후에야 겨우 차량이 움직여 정 하라의 광고가 나오는 옥외 광고판 건물을 지나칠 수 있었다.

'훗!' 하면서 회심의 미소를 지으려는데 이번에는 또 다른 옥외 광고판에서 정하라의 광고가 흘러나왔다. 이번 광고판은 아까 지나쳤던 것보다 더 크고 색상마저 좀 더 선명했다.

젠장!

예전에는 눈에 잘 띄지 않았던 정하라의 광고가 왜 갑자기 쏟아지는지 모르겠다. 태환은 눈살을 찌푸리며 불쾌한 표정 으로 광고판을 노려보았다.

정하라는 하얀 눈이 쌓인 벌판에 앉아 겨울 여왕처럼 우아한 모습으로 차를 마시고 있었다. 따뜻한 음료를 강조하려고 했는지, 한 모금씩 마실 때마다 하얀 코트를 입은 모습에서 가슴골이 깊게 팬 드레스를 입은 모습으로 서서히 바뀌었다.

자석에 끌리듯 태환의 시선이 가느다란 하얀 목과 쇄골이 드러나는 가슴의 경계선에 꽂혔다. 실제론 아무것도 하지 않았지만, 눈송이를 표현한 그래픽 탓에 가녀린 쇄골 위에서 하트 목걸이가 반짝거리는 것 같은 착각을 불러일으켰다.

동시에 신호등이 파란불로 바뀌고 태환은 재빨리 가속 페달을 밟았다. 하지만 교차로를 지나, 다른 블록으로 들어서고, 또다시 정하라의 광고가 옥외 광고판에 떠올랐다.

제길!

태환은 속으로 욕설을 내뱉으며 가볍게 운전대를 내리쳤다.

테헤란로를 거쳐 영동대로로 들어서기까지 정하라가 나온 광고를 열 번은 본 것 같다. 연속으로 되풀이되는 광고에 마치 유혹당하는 것만 같았다. 솔직히 광고란 일종의 세뇌이자 유혹이니까, 아주 완벽히 틀린 것은 아니지만…… 하여간 거슬린다. 자꾸만 눈에 띄는 정하라가 마음에 들지 않았다.

태환은 굳은 표정으로 옥외 광고판 쪽으론 눈길도 주지 않은 채, 앞만 보고 운전에 집중했다.

야외 촬영은 빨리 끝났지만, 오히려 두 컷밖에 없는 스튜디

오 촬영에 시간이 지체되었다. 결국, 예정보다 조금 늦게 촬영이 끝나버렸다. 서영은 굶주린 배를 움켜쥐고 너무 늦어서 안 되겠다며 먼저 자리를 떴다. 서영은 지금 저녁 7시 넘어선 물도 마시지 않는 잔혹 다이어트 중이었다.

"우리끼리 가도 되나?"

하연을 집 앞에 내려준 민성이 그녀의 눈치를 보며 물었다. 로드 매니저이자 보디가드였지만, 레스토랑에서 하연과 단둘이 밥 먹는 경우는 드물었다. 항상 서영이 함께 있거나, 간단하게 밴에서 끼니를 해결하곤 했으니까. 특히나 조폭처럼 우락부락한 인상이었을 때는 당연히 보디가드일 거라고 생각했던 사람들도 그가 살을 빼고 머리를 길러 보통 사람처럼 보이게 되자, 아주 가끔 '혹시?' 하는 시선으로 바라보았다. 그랬기에 서영이 빠진다고 하자, 민성은 난처한 표정을 지었다.

"괜찮아, 오빠. 나 데이지 갈 때 항상 후줄근하게 하고 가잖아. 아무도 내가 정하라는 거, 모를 거야."

"어머, 그래! 맞다! 맞아!"

원래 하연은 화장기 없는 민얼굴에 편한 복장으로 집 앞 상가를 돌아다녔다. 그러다 '아무리 그래도 여배우가 이게 뭐냐?'라는 상원의 핀잔에 그다음부턴 아예 뿔테 안경과 치아교정기를 껴서 아무도 그녀가 정하라인 걸 알아보지 못하게 변장했다.

"그럼 난 회사 들어가서 짐 놔두고 올 테니까 너 먼저 데이지에 가 있어. 아 참, 그리고 저번 런던포그 행사 때 선물 받은 원피스, 조금 크다고 했지? 그거 가져와. 디자이너가 직접 수선해주겠대."

"응, 오빠. 이따가 봐."

하연은 집으로 들어가 간단하게 샤워한 후, 데이지로 향했다. 도로 건너편으로 보이는 데이지 건물을 보자마자, 파블로프의 조건반사처럼 입 안 가득 침이 고였다. 하연은 기대감으로 부풀어 콧노래를 부르며 레스토랑 안으로 들어갔다.

"안녕하세요."

워낙 단골이기에 웨이터는 그녀가 발을 들이자마자 반가운 얼굴로 다가왔다. 저녁 시간대가 지난 후라, 곳곳에 빈 좌석이 눈에 띄었다. 덕분에 기다리지 않고 곧바로 자리 안내를 받을 수 있었다. 창가 자리에 앉자, 웨이터가 메뉴판을 펼쳐 보였다.

"며칠 전부터 새로운 메뉴로 '타이 그린 카레'를 선보이고 있습니다."

하연이 기대에 찬 얼굴로 메뉴판을 훑어보는데, 레스토랑 안쪽에서 장신의 남자가 걸어 나왔다.

뒤를 돌아다본 웨이터는 갑자기 표정이 바뀌더니 급하게 남자를 향해 걸어갔다.

"대표님, 벌써 가시게요?"

"응. 수고해."

"매니저님이 새로 나온 메뉴, 대표님이 시식할 수 있게 준비하라고 하셨는데요."

"아, 그래?"

"조금만 기다려주시면 바로 준비하겠습니다."

"음……."

태환은 대답을 미루며 손목시계로 시간을 확인했다. 이미 꽤 늦은 시각이라 오늘은 아무래도 다른 레스토랑을 더 돌아보긴 힘들 듯했다.

"그래, 그럼."

급히 주방으로 가는 웨이터를 바라보던 태환은 무심결에 창가로 고개를 돌렸다. 그리고 곧바로 미간을 좁혔다. 창가 쪽 자리에 앉아 메뉴판을 들여다보는 여자, 어딘지 모르게 아주 낯이 익었다. 태환은 자세히 보기 위해 천천히 창가 쪽으로 다가갔다. 자리가 가까워질수록 태환의 미간의 주름이 더욱더 깊어졌다.

촌스러운 뿔테 안경과 앞으로 툭 튀어나온 입술, 아무렇게나 하나로 묶어버린 머리하며. 저 여자는……?

태환은 우뚝 걸음을 멈추었다.

열심히 메뉴를 고르던 하연 역시 뭔가 끌리는 느낌에 천천히 고개를 들었다. 저만치 떨어진 곳에서 누군가 그녀를 심각한 표정으로 뚫어지게 바라보고 있었다.

헉! 저 남자가 왜 여기에……?

잠시 후, 태환을 알아본 하연의 눈동자가 충격으로 크게 흔들렸다.

악! 어떡해!

하연은 속으로 비명을 지르며 메뉴판으로 쑥 얼굴을 가렸다.

제발 그가 날 알아보지 말아야 하는데…….

살며시 메뉴판에서 고개를 들어 태환이 서 있는 쪽을 힐끔 훔쳐보자 그는 아까와 마찬가지로 그녀를 빤히 쳐다보고 있었다. 그뿐만이 아니다. 그가 그녀 쪽으로 걸어오려는 것처럼 보였다.

안 돼! 설마 들킨 건 아니겠지?

긴장으로 등에는 식은땀이 흐르고 온몸의 솜털이 쭈뼛쭈뼛 솟는 것만 같았다. 하연은 숨을 죽이며 두 손으로 메뉴판을 꽉 움켜쥐었다.

창가에 앉은 여자, 혹시……?

화장기 없는 민얼굴에 뿔테 안경을 쓰고, 대충 하나로 묶은 머리하며 아무리 봐도 그녀가 틀림없었다. 태환의 심장이 가쁘게 뛰기 시작했다. 창가 쪽으로 막 걸음을 내딛으려는데, 웨이터가 앞으로 다가왔다.

"대표님, 저쪽 테이블에 차려놨습니다. 저를 따라오시면 됩니다."

"어, 그래. 알았어. 잠시만."

태환은 기다리라고 지시한 후, 다시 창가로 고개를 돌렸다. 그런데 방금까지 자리에 앉아 있던 그녀가 흔적도 없이 사라지고 없었다. 태환은 당황한 얼굴로 주위를 둘러보았다.

"하아."

재빨리 화장실로 도망친 하연은 가슴에 손을 얹어 가쁜 숨을 진정시켰다.

정말 십년감수했네! 다행히 바로 뒤가 여자 화장실이었으니까 망정이지.

너무 놀라서 다리가 막 후들거렸다. 문을 빼꼼히 열고 밖을 내다보니, 창가 자리로 걸어온 태환이 심각한 표정으로 주위를 둘러보고 있었다.

정하라인 걸 들키지 않으려고 변장하고 왔는데, 아이러니하게도 그 변장한 모습 때문에 태환에게 꼬리를 잡히게 돼버렸다.

아까 표정 보니까 알아본 것 같던데…….

하연은 아랫입술을 깨물며 심각한 고민에 빠져들었다. 아무리 자신이 배우라고 한들, 태환 앞에서 정하라와 유하연이 전혀 다른 사람인 것처럼 연기할 자신은 없었다. 그는 단번에 그녀가 정하라라는 사실을 알아낼 것이다.

어떡하지?

발을 동동 구르며 위기에서 벗어날 궁리를 하던 하연은 얼떨결에 손에 들고 뛴 쇼핑백을 발견했다. 쇼핑백 안을 들여다본 그녀의 얼굴에 환한 미소가 떠올랐다. 아까 민성이 집에서 가지고 나오라던 원피스의 존재를 경황이 없어서 그만 깜빡 잊고 있었다.

이런 걸 보고, 하늘이 무너져도 솟아날 구멍이 있다고 하나 보다!

하연은 원피스를 끌어안으며 안도의 한숨을 내쉬었다.

분명히 그녀였는데…….

아무리 둘러보아도 그녀가 보이지 않자, 태환은 어리둥절한 얼굴로 자신을 따라온 웨이터에게로 등을 돌렸다.

"방금까지 여기에 앉아 있던 여자 손님, 기억나?"

"네. 물론이죠. 제가 안내했는걸요."

"맞지. 뿔테 안경 쓴 여자 손님, 이 자리에 앉아 있었지?"

"네."

태환은 자신이 헛것을 본 게 아니라는 걸 재차 확인했다. 웨이터는 영문을 모르겠다는 표정으로 설명을 덧붙였다.

"그분 여기 단골이세요."

"뭐? 단골?"

전혀 예상하지 못한 말에 태환은 의외라는 듯 웨이터를 바라보았다.

"네. 적어도 삼사 일에 한 번은 꼭 오시는걸요."

이런, 등잔 밑이 어둡다더니……. 바로 데이지의 단골손님이라고?

웨이터는 하연을 찾아 주위를 두리번거리더니 잠시 후, 대수롭지 않은 듯 어깨를 으쓱거렸다.

"잠깐 화장실 가신 모양이네요."

"그래?"

그러면 여기서 기다리면 오겠지?

태환은 떨리는 마음으로 화장실 쪽으로 시선을 돌렸다.

그녀가 한국에 있다니. 게다가 여기 단골손님이란다!

곧 생명의 은인을 만날 수 있다는 기대감으로 그의 심장박동이 빨라졌다.

한편 빛의 속도로 옷을 갈아입은 하연은 서둘러 민성에게
문자를 보냈다.

> 오빠, 오지 마.

> 거의 다 와 가는데, 왜?

> 여기 그 남자 와 있어. 차태환 대표.

> 헐!

> ㅜ.ㅜ

잠시 후, 휴대폰이 울리기 시작했다.

"어, 오빠."

[너, 혹시 아프리카에 있을 때처럼 하고 있는 거 아니지?]

"걱정 안 해도 돼. 방금 원피스로 갈아입고 화장도 대충 했
으니까."

[후-우.]

휴대폰 너머로 민성의 한숨 소리가 흘러나왔다.

"하고많은 레스토랑 중에 왜 하필 여길 온 거래?"

[어머, 맞다!]

"뭐가?"

[그거 차 대표 거래.]

"응? 뭐가 그 사람 거야?"

[그 레스토랑. 차태환 대표가 운영하는 거래. 저번에 대표님이 그랬어. 나폴레옹 말고도 여기저기에 레스토랑 꽤 많이 갖고 있다고.]

"정말?"

[응. 나는 그냥 갈 테니까, 알아서 잘 빠져나와.]

"그래, 오빠. 조심해서 가."

하연은 풀 죽은 목소리로 대답하며 전화를 끊었다.

오늘 하루만 우연히 부딪힌 줄 알았는데 이 무슨 날벼락 같은 소리지? 내 소울 푸드를 만들어내는 데이지가 저 남자 거라니…….

하연은 기구하게 꼬여버린 상황에 울고 싶었다.

꽤 시간이 지났음에도 여자는 화장실에서 나오지 않았다. 태환은 여자 종업원을 들여보내야 하나, 잠시 고민에 빠졌다. 종업원을 부르려는 찰나, '달칵' 하며 화장실 문이 열렸다.

어째서…….

화장실을 바라보던 태환의 얼굴이 순식간에 경직되었다. 전혀 생각하지도 못한 사람이 안에서 걸어 나왔기 때문이다.

"정하라?"

그녀는 긴 머리를 한 손으로 쓸어내리며 여의사가 앉아 있던 자리로 걸어갔다.

왜 저 여자가 여기에 있는 거야?

아까도 거슬릴 정도로 광고판에서 튀어나와 성가셨는데, 지금은 가장 중요할 때, 떠억 나타나서 흐름을 막아버렸다. 태환은 재빨리 앞으로 나서며 의자에 앉으려는 그녀를 제지했다.

"실례지만 이미 주인 있는 자립니다."

정하라는 태환을 여기서 보게 될 줄 몰랐다는 듯이 깜짝 놀란 눈으로 그를 바라보았다. 솔직한 심정으로 그는 그녀에게 아는 척도 하고 싶지 않았다.

호랑이 굴 앞에서 진 치고 기다렸는데 나오라는 호랑이는 안 나오고, 토끼가 귀를 쫑긋하며 뛰어나온 셈이니까. 한마디로 김새는 상황.

그녀의 잘못이 아니건만 태환은 지금 이 자리에 정하라가 있다는 사실 하나만으로도 짜증이 밀려왔다. 동시에 그녀의 쇄골에서 하트 목걸이를 찾고 있는 자신에게 화가 났다.

"그래요? 죄송합니다."

정하라는 고개를 까닥거리더니 바로 옆 테이블로 자리를 옮겼다. 그녀는 다른 여느 배우처럼 '어머, 대표님! 여긴 어쩐 일이세요?'라며 콧소리를 내지도 않았고, '저랑 합석하실래요?'라고 물어보지도 않았다. 그저 고개를 한번 끄덕거린 게 전부였다. 아는 척을 하고 매달렸으면 어떻게 하나 걱정했는데, 막상 아무 말도 없이 바로 자리를 바꾸니 무시당한 느낌이 들었다. 그러나 지금은 사소한 일로 신경을 분산시킬 수 없었다. 태환은 여자 종업원을 불러 화장실 안을 살펴보라고 지시했다.

잠시 후, 믿을 수 없는 대답이 돌아왔다.

"아무도 없는데요."

"뭐? 그럴 리가. 샅샅이 뒤져봤어?"

"네."

도대체 어디로 간 걸까? 화장실 안에는 밖으로 빠져나갈 창문조차 없는데……. 아까 화장실에 간 게 아니라, 그냥 밖으로 나간 거였나?

이미 늦었다는 걸 뻔히 알지만, 태환은 서둘러 레스토랑 밖으로 뛰어나갔다.

후, 다행히 눈치채지 못했나 봐.

하연은 숨을 죽이며 태환의 뒷모습을 잠자코 지켜보았다.

4. 쉿!
긴장하지 말아요

　─그분 여기 단골이세요.

　─네. 적어도 삼사 일에 한 번은 꼭 오시는걸요.

　그 말이 사실이라면 간발의 차이로 놓치긴 했지만, 언젠가
는 데이지에서 만날 수 있을 것이다. 태환은 그녀가 다시 레스
토랑에 오는 즉시, 곧바로 연락하라고 직원 모두에게 신신당
부를 했다.

　하지만 어찌된 일인지 그 후로 아무런 소식도 없었다. 초조
한 마음에 태환은 자주 데이지를 방문했지만, 그녀의 모습은
어디에서도 찾을 수 없었다. 지금으로선 그녀가 외국에 있지
않고 한국에 있다는 사실을 위안으로 삼아야 했다.

　며칠 후, 태환은 차 회장의 호출을 받고 그룹 본사로 향했다.

　"이게 다 뭡니까?"

　회장실에 들어선 태환은 책상 위에 어지럽게 널린 서류를

발견했다.

"이번에 우리 그룹을 홍보해 줄 사회 명사 후보 리스트다."

차 회장이 근엄한 표정을 지으며 말했다.

"네가 한번 죽 훑어보고 조언 좀 해줬으면 좋겠구나."

한 장, 한 장, 사진을 검토하던 태환은 곧 인상을 찌푸렸다.

"어떻게 된 게, 죄다 외과 의삽니까?"

그것도 모자라 성별은 모두 여성.

꽤 두툼한 서류로 봐서는 20대 중반에서 40대 중반의 의사라 의사는 다 포함한 것 같았다.

"그게 말이다."

차 회장은 '흠, 흠' 헛기침을 두어 번 내뱉은 후, 차분하게 말을 이었다.

"요즘 실력 좋은 의대생들 웬만하면 성형외과 아니면 피부과로 빠진다잖니. 특히 외과 쪽은 중노동이라며 많이들 꺼린다고 들었다. 젊은 세대에게 힘들어도 묵묵히 제자리를 지키는 본보기를 보여줄 필요가 있어서 말이야. 그런 공익 광고가 우리 그룹 이미지와도 어울릴 것 같고."

말은 덤덤하게 하게 하면서도 차 회장은 슬그머니 태환의 눈치를 살폈다.

저 사진 중에 좋아하는 여자가 있다면 뭔가 티를 내겠지?

아무리 냉정하다고 해도 한 번쯤은 눈꺼풀을 파르르 떨 거라고 장담한다.

그래도 내 아들인데 그 속을 모르겠어?

116

하지만 차 회장의 바람에도 태환은 싸늘한 얼굴로 사진을 한 장 한 장 들출 뿐, 이렇다 할 표정의 변화가 없었다.

"흐음."

태환은 지루한 얼굴로 짧게 숨을 내쉬었다. 눈앞에 깔린 사진 속 그녀들은 이미 열 번도 더 넘게 본 얼굴들이었다. 시간이 지나도 그녀의 행방을 알아낼 수 없자, 급기야 태환은 대한민국 외과 의사의 명단을 모두 가져오라고 지시했었다. 그중에서 사고가 있었던 기간, 병원에서 근무하지 않던 이들을 추려냈다.

수십 명으로 걸러졌지만, 안경 쓴 의사 중에 그녀와 닮거나 분위기가 비슷한 사람은 한 명도 없었다. 혹시나 하는 마음에 사진에서 안경을 쓰지 않은 의사에게 뿔테 안경을 씌우는 합성도 해보았지만 결과는 마찬가지였다.

그러니까 차 회장은 지금 태환 앞에서 열렬히 뒷북을 치고 있다는 말이다. 그래도 차 회장의 정보력이 대단한 건 인정한다. 자신은 한 달 넘게 걸려 알아낸 정보를 차 회장은 단 일주일 만에 찾아냈으니까.

'써전'이란 한마디를 흘렸다고 이렇게까지 신속하게 행동에 옮기시다니.

불현듯 태환의 머릿속에 좋은 아이디어가 떠올랐다. 어쩌면 다른 사람이 아닌, 차 회장이야말로 그녀를 찾아줄 적임자일지도 모른다.

아버지를 이용하는 것도 나쁘진 않겠군.

차 회장은 숨을 죽인 채, 무표정으로 사진을 응시하는 태환을 지켜보았다.

어째서 표정이 저리 무덤덤하지? 혹시 저 안에 없나? 아니면 녀석, 지어미를 닮아서 연기력이 좋은 건가?

"다 쓰세요."

태환은 손바닥으로 이마를 짚으며 무심한 표정으로 말했다.

"뭐? 다 써?"

"네. 누구는 쓰고 누구는 안 쓰고 그렇잖아요. 모두 광고에 넣으시라고요. 그룹으로 나가면 효과 좋겠네요. 광고료 지급은 개인보다는 외과 의사 협회에 기부 형식으로 하면 될 테고."

"기부?"

"네. 연예인에 수억 모델료 주는 것보단 의사 협회에 기부하는 게 보기에도 좋습니다."

이 녀석, 지금 아비에게 물 먹이려는 거냐!

분명히 저 어딘가에 마음에 둔 여자가 있을 텐데, 태환은 얼음처럼 차가운 얼굴을 유지했다.

"아, 그런데……."

서류를 한곳으로 모아 정리하던 태환이 고개를 돌려 차 회장을 바라보았다. 순간 그의 입가에 뭔가 야릇한 미소가 떠올랐다. 그래도 자식이라고, 차 회장은 찰나보다도 짧은 표정의 변화를 놓치지 않았다.

"해외에서 활동하는 의사도 있던데요."

"해외는 왜?"

태환은 대답 대신 손목시계를 힐끗 보더니 자리에서 일어섰다.

"전 이만 가보겠습니다. 공개 오디션이 있어서 준비할 게 많거든요."

태환은 허리를 숙여 정중히 인사한 후, 그대로 등을 돌려 회장실을 나섰다.

"흠……."

차 회장은 태환이 나간 문을 한동안 멍하니 쳐다보았다.

잠시 후, 노크 소리와 함께 문이 열리며 복도에서 대기 중이던 오 실장이 안으로 들어왔다.

"후우."

차 회장은 긴 한숨을 내쉬며 오 실장에게 가까이 오라고 손짓했다. 오 실장은 의아한 표정으로 차 회장이 앉은 소파에 다가왔다.

"아무래도 명단에서 빠진 것 같아. 더 알아봐야겠네. 이번엔 국내에만 머물지 말고, 해외에서도 찾아봐. 써전 중, 한국계면 다 찾아보라고."

"네에?"

또다시 황당한 지시가 내려오자, 오 실장은 당황한 듯 눈을 가늘게 모았다.

금단 중상이란 바로 이런 걸 두고 말하는 거다. 하연은 힘없이 침대에 누워 두 손을 꽉 마주 잡은 채, 슬픈 눈으로 천장을 노려보았다. 데이지가 차태환 대표의 소유라는 사실을 알고 나서, 게다가 무슨 이유에서인지 태환이 부쩍 자주 들른다는 사실을 알고 나서부터 그녀는 안타깝지만, 데이지에 발걸음을 딱 끊었다.

그러나 일주일이 한계였다. 도저히 눈앞에 카레가 왔다 갔다 해서 참을 수가 없었다. 물론 다른 카레 레스토랑을 이용해보지 않은 건 아니었다. 하지만 데이지에서 얻을 수 있었던 기쁨과는 거리가 멀었다.

죄지은 것도 아니고 왜 내가 피해야 하지?

결국 하연은 태환과 부딪히든 말든 상관하지 말자는 각오를 하며 데이지로 향했다. 예전처럼 뿔테 안경을 쓴 모습으로는 갈 수 없으니, 최대한 일반인들에게 정하라라는 것만 쉽게 들키지 않을 정도로, 청바지에 무난한 셔츠를 입고, 선글라스에 모자를 푹 눌러쓴다거나 마스크를 한다거나 등등의 방법으로 얼굴을 가렸다.

"다시 방문해주셔서 감사합니다."

그녀가 레스토랑 안으로 들어서자, 매니저가 환하게 웃으며 다가왔다. 아무리 얼굴을 가려도 그녀가 정하라인 걸 첫눈에 알아본 것 같았다. 이번에도 그녀는 창가 쪽으로 안내를 받았다. 하연은 자리에 앉기가 무섭게 메뉴판을 열고 지금까지 참았던 카레 요리 사진을 뚫어지게 바라보았다.

주문한 레드 카레가 나오자, 너무 흥분한 나머지 그녀는 자신이 고무줄로 머리를 묶고 있다는 사실을 깨닫지 못했다. 소울 푸드인 카레만 눈에 들어올 뿐.

아, 행복해!

입 안에 매콤하게 퍼지는 카레 향에 하연은 눈물이 핑 돌 것만 같았다.

저 여자는……?

레스토랑 안으로 들어서는 태환의 눈에 왠지 익숙한 여자의 모습이 들어왔다. 창밖을 향하고 앉아서 등만 보였지만, 무언가 강렬한 힘이 그를 끌어당겼다.

하나로 질끈 묶은 머리와 귀에서 어깨로 이어지는 적당히 완만한 고운 목선, 가냘픈 몸집. 돌이켜보면 공항에서 처음 봤을 때도 그녀의 호리호리한 몸매에 눈길이 갔었다.

혹시……?

창가 쪽 자리로 다가가는 그의 심장이 기대감으로 날뛰기 시작했다. 그녀가 입고 있는 셔츠 위로 오후의 겨울 햇살이 하얗게 부서지고 있었다. 단골손님이라고 하더니, 드디어 다시 방문한 모양이다.

"실례합니다."

태환의 목소리에 물을 마시던 여자가 그대로 스윽 뒤를 돌아보았다.

또야?

상대를 확인한 태환의 인상이 살며시 일그러졌다.

또 정하라! 평소처럼 화려한 차림이 아니어서 잠시 착각한 걸까?

물론 오늘도 그녀는 마스카라까지 확실하게 끝낸 풀 메이크 업 상태였다. 하지만 항상 완벽하게 손질된 머리를 쓸어 넘기던 그녀가 오늘은 머리를 하나로 묶고, 화려한 의상이 아닌 평범한 셔츠 차림에 청바지를 입고 있었다. 꾸미지 않은 정하라의 이런 모습은 처음인 것 같다.

그녀는 생수병을 입에 댄 채, 얼음 동상처럼 굳은 자세로 태환을 올려다보았다. 커다래진 눈으로 보아, 난데없는 태환의 등장으로 조금 놀란 것 같았다.

'실례합니다.'라고 했으니까 그냥 가버릴 수도 없고.

태환은 속으로 짧게 한숨을 내쉬고 의자를 빼, 그녀의 맞은 편에 앉았다.

"내일이 오디션인데 준비 잘하고 있습니까?"

처음엔 그저 예의상, 영양가 없는 몇 마디만 하고 일어날 생각이었다. 그런데 목이 탄 듯 다시 물병을 입에 가져대는 그녀를 보자마자, 어떤 영상이 뇌리를 번쩍하며 스치고 지나갔다.

저렇게 물병을 입에 대고 마시는 모습, 어디선가 본 적이 있다. 뿌연 영상이 눈앞을 흐릿하게 채웠었는데…….

꿈이었는지, 현실이었는지도 잘 구분이 안 되지만, 분명히 저 모습을 어디선가 본 적이 있다는 거다.

─입 좀 벌려요, 제발.

─해열제 먹었으니까 곧 열이 떨어질 거예요.

그때 그 의사의 허스키한 목소리가 머릿속에 울려 퍼지는 것만 같았다. 그때 그녀도 저렇게 물을 머금고 약을 먹여주었던가? 애석하게도 확실한 건 기억나지 않았다. 고열로 정신이 거의 없는 상태였으니까. 하지만 그때의 느낌은 아직도 현실처럼 생생했다.

정하라는 물을 몇 모금 마신 다음, 물병을 내려놓고 입술에 남은 물기를 혀로 쓸었다. 묘하게도 혀로 입술을 쓸어내리는 모습이 낯설면서도 익숙했다. 태환의 시선이 자석에 이끌리듯 그녀의 붉고 도톰한 입술로 빨려들어갔다. 그저 바라보는 것만으로 부드럽고 촉촉한 입술이 그의 입술에 닿는 것만 같았다. 태환은 자신의 상상에 당황하며 급히 숨을 들이켰다.

지금 뭐 하자는 거냐? 차태환, 정신 차려!

하지만 냉정하게 이성을 찾으려 해도, 한 번 고삐가 풀린 본능은 쉽게 제어되지 않았다. 정하라의 입술에서 도저히 눈을 뗄 수가 없었다. 태환은 저도 모르게 마른침을 삼켰다. 카레의 매운맛 때문에 약간은 통통하게 부어오른 그녀의 입술은 못 견디게 유혹적이었다. 가뜩이나 참기 어려운데 정하라는 자꾸만 혀로 입술을 축이고 하얀 이로 입술을 지그시 깨물었다.

인내심을 시험하자는 건가? 이거야말로 고문이 따로 없군. 지금껏 한 번도 시각적인 자극에 흔들린 적이 없었는데, 내가 다른 누구도 아닌 정하라에게……?

이어서 그의 시선은 부푼 입술을 지나 남자의 본능이 이끄는 곳으로 미끄러졌다. 태환은 사춘기 소년처럼 충동을 억제

하지 못하는 자신에게 화가 났다.

태환의 얼굴이 시시각각 심각하게 변하자, 하연은 조심스럽게 그의 눈치를 살폈다.

이 남자, 왜 저러지? 오디션 준비 잘하고 있느냐고 물었는데 대답하지 않고 연신 물만 마셔서 화났나? 하지만 어쩌라고! 다시 봐도 상관없단 각오로 오긴 했지만, 막상 마주치니까 덜컥 심장이 내려앉는 걸 어쩌라고!

뚫어질 것처럼 하연을 바라보던 태환의 눈길이 서서히 밑으로 내려가 허전한 목에 머물렀다. 목을 감싸는 게 갑갑해서 그녀는 겨울이 와도 터틀넥 디자인 옷은 입지 않았다. 스카프나 목도리도 두르지 않았다. 그러니 당연하게 태환의 시선에 턱에서부터 쇄골까지 이르는 부분이 무방비 상태 그대로 노출되었다. 그의 노골적인 시선에 하연은 셔츠 목 부분을 한 손으로 움켜쥐며 약간은 불쾌한 표정을 지었다. 그녀가 기분이 상했다는 걸 깨달은 태환은 재빨리 시선을 돌렸다. 그리고 다시 질문을 되풀이했다.

"오디션 준비는 잘하고 있습니까?"

"네, 물론이죠. 모든 대사를 달달 외울 정도로……."

하연은 약간은 도발적인 눈빛으로 태환의 얼굴을 쳐다보았다. '변태도 아니고 남의 가슴은 왜 그렇게 빤히 쳐다봐요?'라는 항의를 담고서…….

태환은 아예 고개를 창밖으로 돌리고 지나가듯 툭 말을 내뱉었다.

"준비 잘해요. 이번 기회에 정하라 씨의 연기를 제대로 보고 싶으니까."

"네?"

말뜻을 정확히 이해하지 못한 하연이 살짝 인상을 찌푸렸다.

"정하라 씨의 오디션을 기대한다는 말입니다."

그 말을 끝으로 태환은 자리에서 일어났다.

"그럼 전 이만."

그는 살짝 고개를 끄덕이곤 주방 쪽으로 등을 돌렸다. 태환이 사라질 때까지 하연은 그의 뒷모습에서 시선을 뗄 수가 없었다.

바보같이 오디션을 기대한다는 그 한마디에…… 뭐랄까, 이제야 조금이나마 진정한 배우로 인정받았단 뿌듯함이랄까?

주위를 둘러싼 방어의 벽이 조금은 낮아진 느낌이다.

잠시 후, 하연은 다시 테이블 위에 놓인 카레를 먹기 시작했다. 아까보다 음식이 식긴 했지만, 그 어느 때보다 진하고 독특한 카레 맛이 혀끝을 자극했다. 꼭 누구처럼…….

"어서 오십시오, 대표님."

태환이 주방 안으로 들어오자, 제일 먼저 데이지의 총괄 셰프가 앞으로 다가왔고 수셰프가 그 뒤를 따랐다. 요새 태환의 방문이 부쩍 늘어 모두 뒤에서 '도대체 무슨 일일까?' 걱정하던 차에, 그가 주방에까지 들어오니 바짝 긴장할 수밖에 없었다.

한동안 영화 제작에 바빠 레스토랑에는 모습을 드러내지 않고, 비서를 통해서 각 레스토랑의 매니저와 연락을 주고받던 태환이다. 그랬기에 직원들 모두, 최근 자주 찾아오는 태환의 행동이 낯설기만 했다.

"요새 미디어에서 커큐민 효과에 관해서 많이 다루니까, 이번에 강황 가루가 좀 더 많이 들어간 메뉴를 개발해보세요."

"네, 수셰프와 의논해보겠습니다."

처음에 태환이 전 세계의 카레를 한곳에 모으는 레스토랑을 연다고 했을 때, 모두 반신반의하는 반응을 보였었다. 하지만 데이지가 문을 열고 난 후, 상상도 하지 못했던 다양한 종류의 카레 맛에 모두 놀라고 말았다.

데이지는 처음 영업을 시작한 이후로 지금까지 한 번도 적자를 내지 않고 지속적인 순이익을 낼 만큼 순탄하게 운영되고 있었다. 대중이 무엇을 원하는지 꿰뚫고 적절한 시기에 새로운 메뉴를 내놓았기 때문이다. 그렇게 되기까지는 태환의 공이 컸다. 어떤 맛이 대한민국 젊은 세대의 미각을 사로잡는지, 사람들이 어떤 건강 정보에 관심을 두는지 바로바로 짚어냈으니까.

"저는 혼자서 둘러보다 갈 테니까, 신경 쓰지 말고 일 봐요."

"네, 대표님."

총괄 셰프와 수셰프가 제자리로 돌아가고, 힐끔힐끔 태환을 곁눈질하던 조리사들도 시간이 지나자, 저마다 맡은 일에 집중하기 시작했다.

태환은 주방 구석 벽에 등을 기대고 바쁘게 돌아가는 주방을 지켜보았다. 주방은 오픈 형태여서 홀이 그대로 보였다. 특히나 정면에 있는 창가 쪽 자리는 더 잘 보였다.

정하라를 상대하지 않고 혹시나 올지 모를 여의사를 기다리려고 주방으로 들어왔는데, 속마음과는 다르게 자꾸만 창가 쪽으로 시선이 쏠렸다. 그뿐 아니라, 주방을 들락날락하며 정하라에 관해 수군덕거리는 종업원들의 대화까지 귀에 들어왔다.

"TV에서 보던 것보다 실물이 훨씬 더 예쁘네."

"엄청 말라서 통 안 먹을 줄 알았는데, 진짜 잘 먹는다!"

"우리 단골 됐으면 좋겠다. 그지?"

태환이 주방에 있는 줄 모르고 말을 주고받던 종업원들은 싸늘한 시선을 느끼고 즉시 입을 다물었다. 부리나케 주방을 빠져나가는 종업원들을 노려보던 그의 눈길이 다시금 창가 쪽으로 돌아갔다.

왜 정하라를 그녀로 착각했을까? 비슷한 몸매를 가지고 있을 뿐, 정하라와 그녀는 전혀 다른 외모를 가졌는데…….

하지만 두 사람 모두, 잠잠하던 그의 심장박동을 빨라지게 한다는 점에서는 동일했다.

전자는 드디어 찾았다는 기쁨에 기분이 들떠서, 후자는 또 만나게 됐다는 짜증에 기분이 가라앉아서,라는 것만 다를 뿐.

그나저나 저 여자, 계속 여기에 나타날 생각인가? 설마, 아니겠지?

여의사를 만나려면 자주 와야만 하고, 그러자니 눈에 거슬리는 정하라를 보게 될지도 모르고⋯⋯. 진퇴양난에 빠진 태환은 복잡한 심정으로 정하라가 있는 창가 쪽을 노려보았다.

혹시⋯⋯?

낯익은 누군가를 발견한 재호는 걱정스러운 얼굴로 걸음을 빨리했다. 병원 안에서 아는 사람을 만나게 되는 건, 반갑다기보다는 두려운 일이었다. 하루에도 몇 번씩 수많은 생명을 살리는 재호였지만, 가끔 심장이 덜컹 내려앉곤 했다.

"여긴 어쩐 일이십니까?"

"오랜만이구나, 재호야."

재호가 다가오자, 차 회장의 얼굴에 인자한 미소가 퍼졌다.

"어디 편찮으신 데라도?"

"아니다. 오늘은 정기 검진하러 왔다."

재호의 얼굴에 잠시 안도의 기색이 떠올랐다 사라졌다.

"혹시 시간이 괜찮다면 잠시 차라도 마실 수 있을까?"

"네, 회장님."

"또, 또 회장님. 우리끼리 있을 때는 '외삼촌'이라고 부르라니까."

그 말에 재호는 어색하게 웃으며 한 발 뒤로 물러섰다. 언제나 그랬다. 조금이라도 가까이 다가가려고 하면 그는 곧바로 경계의 신호를 보내고 거리를 두었다. 재호의 그런 태도가 이제는 적응될 만도 한데, 차 회장은 재호가 받았을 상처가 느껴져 가슴이 답답했다.

"제 사무실도 괜찮다면 그곳으로 모시겠습니다."

"그러자꾸나."

차 회장은 뒤를 돌아 대기 중인 오 실장에게 따라오지 말라는 손짓을 보냈다. 오 실장은 알았다는 듯 고개를 숙이고는 경호원과 함께 반대 방향으로 사라졌다.

"요새 병원 일로 제대로 쉬지 못한다고 김 원장이 그러던데, 그래도 너무 무리는 하지 마라."

사무실로 들어간 차 회장은 찻잔을 앞에 두고 말을 꺼냈다.

"너도 이제 슬슬 결혼해야지?"

"아직은 그럴 여유가 없습니다."

"이젠 조교수가 되었는데도 그럴 여유가 없다니. 만나는 사람은 있고?"

"아뇨. 아직……"

"내 자식도 장가 못 보내면서 내가 너에게 뭐라고 할 처지는 아니지."

차 회장이 풀 죽은 목소리로 중얼거렸다.

"그런데 재호야, 같이 일하는 동료 의사 중에…… 그러니까 여자 의사 중에 말이다, 화장 안 하고 다녀서 그렇지 꾸미면 화사하게 예쁘고 그러겠지?"

말뜻이 선뜻 이해가 되지 않는 듯 재호가 눈을 가늘게 모았다.

"그러니까 내 말은······."

차 회장은 말을 정리하기 위해 잠시 뜸을 들였다. 태환에게 외국에서 활동하는 한국계 의사까지 알아보라는 말을 들은 후, 차 회장은 요 며칠 밤새도록 이리저리 고민해보았다. 이 녀석이 정말 진심으로 그러는 건지, 아니면 이 아비를 놀리려고 수작을 부리는 건지, 도저히 그 속뜻을 알아챌 수가 없었다.

그러다 동이 틀 때쯤 문득 떠오른 생각이 있었다.

녀석이 누구 아들인데!

눈 높기로 둘째가라면 서러운 차한근 회장의 까다로운 취향을 그대로 쏙 빼닮았다는 말을 듣는 태환이다. 상당한 미모의 소유자가 아니었다면, 그는 절대로 그녀를 마음에 두지 않았을 것이다. 쉽게 말해서 써전 중에서, 보는 순간 '헉!' 할 만큼 아름다운 사람을 고르면 될 거란 소리다.

그러나 여자는 꾸미기 나름이라고, 보기엔 평범하지만 한번 꾸미면 신데렐라로 변신할 수 있다는 변수가 남아 있었다. 그때 전혀 기대하지 않은 대답이 재호의 입에서 튀어나왔다.

"민얼굴에 헝클어진 머리를 하고도, 땀에 젖은 채 수술실에서 나와도 예쁜 사람은 있습니다."

어딘지 모르게 미소 짓는 것 같은 얼굴로 재호가 말했다.

지금까지 한 번이라도 재호가 저리 웃는 모습을 본 적이 있었던가?

차 회장은 어리둥절해 멍하니 재호를 바라보았다. 그러다 곧 정신을 차리고 재호가 한 말을 되짚었다. 그나저나 누구라고? 누가 예뻐?

"그래? 네 동료 중에 그런 미인이 있다는 말이냐?"

"네. 저와 함께 외상 외과에서 근무했었죠."

이럴 수가! 보석은 가까운 곳에 숨겨져 있다고 하더니. 바로 코앞에 두고서 지나칠 뻔했군!

"그 의사가 누구냐?"

쇠뿔도 단김에 빼라고 했는데, 차 회장은 오늘 온 김에 얼굴이라도 한번 봐야겠다고 생각했다.

혹시 아나? 태환이 녀석이 마음에 둔 의사가 바로 여기에 근무하고 있을지……. 오 실장이 급하게 처리하다 명단에서 빼먹었을 수도 있으니까.

그러나 그 희망은 재호의 다음 말로 산산이 부서졌다.

"지금은 여기 없습니다. 몇 년 전에 의사직을 그만두어서."

"아? 그래……."

차 회장의 얼굴에 실망의 그림자가 내려앉았다. 그는 땅이 꺼져라 한숨을 내쉬며 두 손으로 찻잔을 집어 들었다. 아무래도 미래 며느리를 찾기란 모래밭에서 바늘을 찾는 것만큼이나 어려울 것 같다.

진짜 해외까지 뒤져야 하나?

이건 꿈이다. 꿈일 수밖에 없다! 그렇게 찾아 헤매던 그녀가 지금 눈앞에 서 있다는 건 그 이유밖에는 설명이 안 된다.

태환은 숨을 죽이며 조심스레 그녀에게 손을 뻗었다. 안개에 쌓인 듯 그녀의 얼굴을 정확하게 볼 순 없었지만, 그의 본능은 그녀가 틀림없다고 외치고 있었다. 손끝에 와 닿는 생생한 느낌에 온몸의 솜털이 모두 일어나는 것만 같았다. 그녀는 나른하게 웃으며 그의 손을 잡아 자신의 뺨으로 이끌었다.

하아. 손바닥 전체에 느껴지는 녹아들 것같이 부드러운 피부의 감촉. 그래, 이 느낌이야. 그녀의 숨결 하나하나, 빠짐없이 기억난다. 몽롱한 의식에도 숨이 막힐 것처럼 스며들던 그녀의 재스민 향.

이젠 절대로 놓치지 않아.

태환은 두 손으로 그녀의 어깨를 꽉 움켜잡았다.

―이봐요, 괜찮아요?

그녀가 허스키한 목소리로 나직하게 속삭였다. 동시에 안개가 낀 것처럼 흐릿했던 얼굴이 점점 또렷해지기 시작했다.

―쉿! 긴장하지 말아요.

그녀의 허스키한 목소리가 어느새 부드러워지고 있었다. 드디어 흐릿했던 갸름한 얼굴 윤곽과 이목구비가 제대로 모습을 드러냈다.

당신은……!

태환은 믿을 수 없다는 눈으로 앞에 선 여자를 노려보았다.

정하라?

어느 순간 여의사는 사라져버리고 정하라가 그녀의 자리에 서 있었다.

"헉!"

태환은 감았던 눈을 뜨고 자리에서 벌떡 몸을 일으켰다.

"하아. 하아."

그는 거친 숨을 몰아쉬며 흘러내린 앞머리를 쓸어 올렸다. 천천히 주위를 둘러보자, 간접 조명만 남은 어두운 실내가 시야에 들어왔다. 다행히 꿈이었다. 태환은 이마에 흐르는 식은땀을 손등으로 닦으며 다시 침대에 몸을 뉘었다.

미쳤다. 미친 게 분명하다. 도대체 어쩌자고 말도 안 되게 황당한 꿈을. 왜 불현듯 그녀가 정하라로 바뀌었는지 도저히 이해할 수 없었다. 뒷모습을 보고 정하라를 그녀로 착각했기 때문일까? 아무리 그래도 그렇지. 전혀 다른 두 사람인데…….

그나저나 뒤숭숭한 마음에 다시 잠들 수 있을지 모르겠다. 정하라, 이젠 꿈속에서까지 나를 못살게 괴롭힐 작정이군.

"후우."

태환은 긴 한숨을 내쉬며 두 손으로 얼굴을 감쌌다. 다시금 잠을 청했지만, 쉽게 잠들 수 없었다.

밤새도록 천장을 뚫어지게 노려보던 태환은 커튼 사이로 스며드는 푸르스름한 여명을 본 후에야 겨우 잠들 수 있었다.

"야? 너, 얼굴이 왜 그래?"

초췌한 얼굴에 퀭한 눈을 하고 나타난 태환을 보며 창훈이 놀란 듯 자리에서 일어났다.

"밤잠이라도 설쳤어?"

"응. 두통이 심해서."

태환은 한 손으로 관자놀이를 짚으며 짧게 대답했다. 꿈속에서 다정하게 안아주던 여의사가 갑자기 정하라로 변해버리는 탓에 잠을 설쳤다는 말은 할 수 없었다.

"지금도 머리 아파? 두통약 줄까?"

"됐어."

태환은 차갑게 대꾸하고 털썩 소파에 앉아 손목시계를 들여다보았다. 공개 오디션이 시작되려면 아직 한 시간쯤 남아 있었다. 태환은 소파 등받이로 고개를 젖혀 천장을 바라보며 느슨하게 넥타이를 풀었다. 길고도 긴 하루가 될 것 같다.

그때 어디선가 흘러드는 재스민 향에 가뜩이나 날카로운 신경이 곤두섰다. 태환은 옆에 앉아 재스민 차를 홀짝거리는 창훈에게 고개를 돌렸다.

커피만 마시던 녀석이 왜 갑자기 재스민 차를 마시고 난리인지.

창훈을 말없이 노려보던 태환은 벌떡 일어나 창가로 자리를 옮겼다. 그러나 재스민 향은 그가 어디로 가든지 끈질기게 따라왔다. 태환은 신경질적으로 유리창을 활짝 열어젖혔다. 매서운 찬바람이 얼굴 위에 쏟아져 내렸다.

"흐읍."

태환은 크게 심호흡하며 폐부 깊숙이 공기를 빨아들였다. 하지만 차디찬 바깥 공기에서마저도 재스민 향이 느껴지는 것 같아 도무지 진정할 수가 없었다.

"언니, 막 떨려요. 어떡해. 어떡해."

오디션을 보는 당사자인 하연은 아무렇지도 않은데 아까부터 서영은 뭐 마려운 강아지처럼 안절부절못하고 왔다 갔다 발을 동동 굴렀다. 모르는 사람이 보면 하연이 아니라 서영이 오디션에 참가한다고 착각할지도 모르겠다.

"하필 민성 오빠는 오늘 같은 날, 아프다고 빠지고 말이죠."

민성 대신 밴을 운전하고 온 서영은 몹시도 못마땅한 얼굴이었다.

"감기 걸렸다는데 그럼 어떡하니."

"아니, 화보 촬영하면서 생고생한 언니도 이리 멀쩡한데 왜 오빠가 쓰러져요?"

민성이 오늘 나타나지 않은 이유는 감기에 걸려서가 아닐 것이다. 아무래도 태환과 마주치게 될까 봐 미리 겁을 집어먹고 피한 게 틀림없었다.

"서영아, 그렇게 서 있지 말고 앉아. 응?"

그러자 서영은 하연 옆에 털썩 궁둥이를 붙이며 조잘조잘 말을 쏟아냈다.

"언니, 그런데 공개 오디션은 오늘이 처음이잖아요. 맞죠?"

"응."

"아우! 신인도 엄청 많고 일반인도 신청했다는데…… . 오디션에서 똑 떨어지면 뭔 망신이래요?"

"별수 있니? 망신당하고 말지 뭐."

하연은 느긋하게 대답하며 대본으로 눈길을 돌렸다.

2천 명이 넘는 지원자 중에서 우선 서류 심사로 200명을 걸러낸 후, 인터넷으로 공개 투표를 진행해 다시 40명을 뽑았다고 한다. 이미 인지도가 높은 하연과 몇몇 아이돌 출신 신인 연기자와 모델 등이 40명 안에 들었다.

제법 얼굴이 알려진 배우가 다섯 명이나 지원했지만, 그들은 공개 오디션에는 모습을 드러내지 않았다. 화제성 때문에 지원했을 뿐, 정말로 진지하게 오디션을 볼 마음은 없는 듯했다. 공개 오디션에서 신인과 겨루어 떨어지기라도 한다면 크나큰 망신일 테니까.

결국 최종으로 35명의 지원자만 오디션에 참가하게 되었다. 카메라 테스트와 대본을 낭독하는 콜드 리딩, 즉흥 연기 테스트가 포함된 1차 오디션은 오전에 끝내고 오후부터는 2차 오디션, 콜 백이 진행될 예정이었다.

서영은 불안한 얼굴로 웅성거리는 대기실을 찬찬히 둘러보았다.

누가 알아? 혹시라도 이 중에 연기 천재 신인이 숨어 있을지.

"언니, 쟤. 요새 엄청 잘나가는 CF 모델이에요."

서영은 손가락으로 구석 끝자리에 앉아 대본을 읽는 여자를 가리켰다. 하연이 보기에도 그녀는 '와!' 하고 탄성이 나올 만큼 주먹만 한 얼굴에 굴곡 있는 몸매를 자랑하고 있었다.

"쟤는 얼마 전, 스포츠 중계 카메라에 관객으로 잡혔다가 유명해진 대학 얼짱이에요."

서영은 이번에는 반대쪽에 앉아 있는 긴 생머리의 여자를 가리켰다.

"쟤, 웃긴다. 자긴 죽어도 연예계 쪽으로 진출하지 않을 거라고 그랬거든요. 그런데 여긴 왜 왔어?"

하연이 슬쩍 눈치를 주자, 서영은 그제야 입을 다물었다.

그때였다. 대기실 밖 복도에서 소란스러운 소리가 들리기 시작했다. 멀리서 시작한 웅성거림은 점점 대기실에 가까워지고 있었다.

무슨 일이지?

하연은 대본에 집중하려고 했지만, 자꾸만 바깥 소리에 신경이 쓰였다.

달칵―.

문이 열리는 동시에 하연은 반사적으로 뒤를 돌아보았다. 대기실로 들어온 상대가 누구인지를 깨달은 하연의 눈이 동그랗게 변했다.

어째서? 커다란 의문 부호가 그녀의 머리 위에 떠올랐다.

분명히 심사 위원 명단에 없었고, 1차 오디션 때도 자리에 없었는데……. 왜 그가 여기에 나타난 걸까?

대기실을 가득 채운 지원자들은 문 앞에 서 있는 태환을 호기심 어린 눈으로 바라보았다. 배우도 아닌데 배우보다 더 훌륭한 외모를 가진 남자가 들어왔으니, 어쩌면 주목받는 게 당연할지도 모르겠다. 하연을 포함한 몇몇 지원자들 빼고는 아무도 저 앞에 서 있는 남자가 이 영화의 제작자라는 것을 알지 못할 것이다.

이어서 또다시 문이 열리며 창훈과 나머지 3명의 심사 위원이 대기실 안으로 들어왔다. 그들은 약속이라도 한 듯, 태환의 등 뒤에 나란히 둘러섰다.

"점심시간을 가진 후, 2시부터 2차 오디션에 들어갈 겁니다."

대기실 안을 쭉 둘러본 태환은 자기소개를 생략한 채, 2차 오디션 방식에 관해 설명했다.

"2차 오디션에선 대본은 필요 없으니까, 오디션장 안으로 가지고 올 필요 없습니다."

대본이 필요 없다고? 지원자들은 의외라는 표정으로 서로를 마주 보았다. 2차 오디션은 대본을 가지고 감독이 지정하는 부분을 연기할 예정이었다. 그런데 지금 태환은 대본이 필요 없다고 말하고 있었다.

도대체 뭘 보고 심사하겠다는 거지? 대본에도 없는 부분을 어떻게 연기하라는 거야? 저마다 궁금증이 가득한 눈으로 태환을 바라보았다.

태환은 무표정한 얼굴로 지원자들을 마주 바라볼 뿐, 자세한 설명은 하지 않았다.

"자, 그럼. 2시까지 이곳에 다시 모이세요. 2차 오디션 순서는 추첨으로 정해질 겁니다."

말을 마친 태환은 그대로 등을 돌려 대기실을 걸어나갔다. 그 뒤를 나머지 심사 위원들이 따랐다.

"방금 뭐였죠?"

서영이 어안이 벙벙한 표정으로 고개를 갸우뚱거렸다.

"뭐긴 뭐겠니."

하연은 혼잣말처럼 중얼거리며 기분 나쁜 눈으로 태환이 걸어나간 문을 노려보았다.

'어디 한번 골탕 먹어봐라!' 하는 거지.

"진짜 건질 만한 인물은 거의 없었다니까. 정하라랑 몇 명 빼곤 기본도 없는 아마추어더라고."

1차 오디션 결과를 묻는 태환에게 심사 위원 중 한 명인 카메라 감독이 큰소리로 투덜거렸다. 영화계에서 잔뼈가 굵은 그는 겨우 50대 초반인데도 벌써 백발이 성성한 모습을 하고 있었다.

"내가 이래서 공개 모집이 싫다니까. 정말 어중이떠중이 다

지원해요."

창훈과 함께 '따뜻한 심장'을 공동 작업한 각본가도 마음에
들지 않는다는 얼굴로 카메라 감독을 거들었다. 캐스팅 감독
만 유일하게 그중에서 단역 배우라도 건질 수 있지 않을까 하
는 희망으로 각각의 지원자의 특징을 수첩 가득 빽빽이 적어
놓았다.

"서류 심사에서 그렇게나 걸렀는데도 꼭 폭탄이 한둘 끼어
있어요."

"잘나가는 기성 배우가 왜 공개 오디션에 지원하겠어요. 괜
히 지원했다가 떨어져서 뭔 망신을 당하려고."

창훈은 항의라도 하듯 제법 큰 소리로 태환을 향해 말했다.

"망신당하는 게 무서워서 몸을 사리는 배우라면 우리도 필
요 없어."

태환은 무뚝뚝하게 창훈의 말을 받아치고는 소파에 놓은
코트를 집어 들며 자리에서 일어났다.

"2차 오디션은 좀 다를 겁니다. 하여간 여기서 이럴 게 아니
라, 식사하면서 이야기하죠."

자리에는 없었지만, 태환은 카메라에서 전송된 영상으로 처
음부터 끝까지 오디션을 지켜보고 있었다. 다른 심사 위원의
불평대로 예상했던 것보다 지원자들의 수준이 떨어지는 건
사실이었다. 결국 보다 못한 그를 오디션장으로 달려오게 했
으니까.

차곡차곡 연기 공부하고 경험을 쌓은 지원자도 있었지만,

열정만 앞선 지원자가 더 많았다. 충분한 현장 경험이 없어서 일까? 배역의 성격마저 파악하지 못하고 계속해서 단편적인 모습만 보여주는 지원자들이 많았다. 몇몇 아이돌 출신 지원 자는 쇼 프로그램에선 빛나는 외모일진 몰라도, 카메라 테스트에선 평범하기 짝이 없었고, 외모가 되는 CF 모델 출신 지원자는 호흡이 짧은 대사 처리가 문제로 떠올랐다.

이러다 정하라를 뽑아야 하는 건 아니겠지?

태환은 씁쓸한 표정을 지으며 오디션장을 걸어나갔다.

"맛없어요? 언니, 왜 한 입도 안 먹어요?"

하연이 물끄러미 그릇만 바라보고 음식을 하나도 건드리지 않자, 서영이 걱정스러운 얼굴로 물었다. 그러나 하연은 대답은커녕 질문도 제대로 듣지 않은 건지, 서영에게 눈길조차 주지 않았다.

"언니, 괜찮아요? 언니?"

서영의 큰소리에 하연은 그제야 정신을 차리고 고개를 들어 올렸다.

"어? 아……, 미안. 뭐 좀 생각하느라고."

서영은 갑자기 바뀐 2차 오디션 때문에 걱정하느라 하연이 식사를 하지 못한다고 판단한 모양이었다. 서영은 젓가락으로 반찬을 집어 하연의 밥그릇에 올려주었다.

"언니. 걱정은 나중에 하고 우선 밥부터 먹어요, 네?"

걱정은 나중에 하라고? 사실은 걱정해서가 아니라 열 받아서 그런 건데.

─오디션 준비는 잘하고 있습니까?
─네, 물론이죠. 모든 대사를 달달 외울 정도로…….

하연은 어제 태환과 나눈 대화를 떠올리며 미간을 찌푸렸다.

대사를 모두 외웠다고 하니까, 아예 대본을 치워버린 거야? 도대체 얼마나 미운털이 박혔기에…….

은여경이란 인물을 효과적으로 표현하기 위해, 대사 한마디, 한마디 공을 들였건만, 말짱 도루묵이 되고 말았다.

"알았어. 어서 먹자."

하연은 숟가락 가득 밥을 퍼 올렸다.

그래, 힘내서 싸우려면 꾹꾹 잘 먹어야지!

점심시간이 끝나고 지원자들이 대기실로 모이자, 2차 오디션 순서를 정하기 위한 추첨이 시작되었다. 2차 오디션은 5명씩 조를 짜 7팀이 구성되었고, 하연은 맨 마지막 팀으로 정해졌다.

기나긴 기다림의 시간이 지나고, 7시가 넘어서야 하연의 차례가 돌아왔다.

2차 오디션이 끝난 지원자는 곧바로 반대쪽 문을 통해 건물을 빠져나가기 때문에, 지원자들은 오디션장 안에서 어떤 일이 벌어졌는지 짐작조차 할 수 없었다. 오디션장은 1차 오디션 때와 비교해 크게 달라진 점은 없었다. 심사 위원 자리에 의자가 하나 더 놓였고, 그곳에 태환이 싸늘한 표정으로 앉아 있는 것만 빼고는.

"각자의 의자 위에 놓인 종이, 모두 보이죠?"

지원자들이 오디션장 안으로 들어오자 캐스팅 감독은 자리에서 일어나며 오디션 보는 방법에 관해서 설명했다.

"종이에 적힌 대사를 읽고 여주인공인 은여경을 연기해주세요. 여경이 집도한 수술에서 '테이블 데스(수술 중 사망)'가 일어났고, 여경은 수술실 안에서, 그리고 밖에서 기다리는 가족 앞에서 각각 사망 선고를 해야 합니다. 저기 있는 카메라를 정면으로 바라보며 연기하면 됩니다."

> 25세 여자 환자, 12월 8일, 22시 26분에 사망했습니다.
> 따님이 사망하셨습니다. 수술 도중, 예상하지 못한 심정지가 발생했고, 심폐 소생술을 시도했지만, 심장박동이 돌아오지 못했습니다. 죄송합니다.

얼핏 보기에는 아주 간단한 대사처럼 보였다. 하지만 대사가 간단할수록 마음먹은 대로 표현하기가 쉽지 않다는 건 연기를 좀 해본 사람이라면 누구나 아는 사실이었다.

"연기가 끝나면 왜 그렇게 표현했는지 그 이유를 말하면 됩니다."

웅성웅성 작은 술렁임이 오디션장 안에 퍼져나갔다.

어쩌면 모두들 자신의 예상을 한 치도 벗어나지 못할까.

태환은 속으로 긴 한숨을 내쉬며 계속해서 이어지는 지원자
의 연기를 지켜보았다.

하나같이, 다 오버 액팅이다.

빨갛게 충혈된 눈으로 카메라를 바라보거나, 울음을 참는
듯 마구 떨리는 목소리로 대사를 읊어나갔다. 여주인공인 은
여경에 관해서 제대로 분석하지 않은 게 틀림없었다.

불행 중 다행이라면 그래도 그중에서 서너 명은 쓸 만하다
는 거다. 아직 연기가 무르익지는 않았지만, 창훈이 잘만 지도
하고 능숙하게 끌고 나간다면 그런 단점쯤이야 쉽게 덮어버릴
수 있을 것이다. 태환은 아까부터 유심하게 지켜보았던 지원
자 몇몇을 머릿속에 떠올렸다.

"35번 정하라입니다."

추첨을 통한 순서였는데도 전혀 의도하지 않게 그녀가 맨
마지막이 돼버렸다. 정하라는 대사가 적힌 종이를 의자 위에
내려놓고 방 안 가운에 설치된 카메라 앞으로 걸어갔다.

그런데, 뭐랄까? 그녀가 자리에서 일어나는 순간, 정하라는
사라지고 은여경이 나타난 느낌이랄까?

방금까지 의자에 앉아 대사를 훑어보던 분위기와는 확실히

달랐다. 그녀는 카메라를 정면으로 바라보며 첫 번째 대사를 시작했다.

"25세 여자 환자, 12월 8일, 22시 26분에 사망했습니다."

눈물을 글썽이며 강하게 감정을 내보인 다른 지원자와 달리 그녀는 흔들림 없는 목소리로 대사를 또박또박 단번에 읊어나 갔다. 카메라를 직시하는 그녀의 눈빛에서 태환은 뭔가 쉽게 표현할 수 없는 서늘함을 느낄 수 있었다.

환자를 구하지 못한 것에 대한 분노라고 해야 하나? 아주 미묘한 근육의 움직임이었지만, 태환은 그녀가 표현하는 감정을 온몸으로 느낄 수 있었다.

"따님이 사망하셨습니다. 수술 도중, 예상하지 못한 심정지가 발생했고, 심폐 소생술을 했지만, 심장박동이 돌아오지 못했습니다. 죄송합니다."

두 번째 대사에서도 그녀는 정확한 발음으로 전혀 흔들림 없이, 하지만 문장마다 조금은 뜸을 들이며 대사를 소화했다. 다른 지원자들과 비교해 확실하게 다른 점은 이번에도 눈물을 보인다거나 목소리가 떨리지 않았다는 것이다. 보통은 가족에게 죄송한 마음을 나타내며 슬픔을 표현하려고 애썼는데 정하라에게선 그런 점이 보이지 않았다.

태환은 그 의사가 은여경이었다면 거친 허스키 목소리여도 조금은 말꼬리를 흐리는 것으로 동정심을 나타냈을 거라고 상상했다. 거칠고 강인한 모습 속에 숨어 있는 부드러움이랄까.

그런데 정하라는 부드러움 속에서 차가운 강인함을 표현하고 있었다.

"정하라 씨, 가족에게 사망 선고를 할 때도 무척 냉정하고 딱딱하게 표현하셨는데, 그 이유가 뭡니까?"

창훈도 전혀 의외라는 표정으로 질문을 던졌다. 순간 차가웠던 정하라의 얼굴이 가면이 벗겨지듯 부드러워졌다. 어느새 평소에 태환이 느끼던 정하라로 돌아와 있었다. 그녀는 심사위원을 쭉 둘러보며 천천히 입을 열었다.

"여주인공 은여경에게는 하루에 돌봐야 하는 환자가 수십 명이 넘습니다. 24시간을 전부 쪼갠다고 해도 환자 한 명에게 돌아가는 시간은 한 시간이 채 되지 않죠. 그런 그녀가 감정에 흔들리는 건 사치라고 생각했습니다. 물론 '테이블 데스'는 누구라도 피하고 싶은 최악의 상황입니다. 의사도 사람인데 당연히 감정을 추스르기 쉽진 않을 거예요. 그러나 의사가 흔들려서 손해를 보는 건, 수술 대기 중인 다른 환자들입니다."

정하라가 분석한 은여경은 창훈과 태환이 각각 그려낸 이미지와 너무나도 다른 모습이었다. 그런데도 오디션장 안에 있는 모든 이들은 그녀의 설명에 빨려 들어갔다.

태환 역시 정하라에게서 시선을 뗄 수가 없었다. 그녀에게 설득되는 자신을 느끼며 태환은 미간을 찌푸렸다.

"그렇다면 말이죠."

자리로 돌아가려는 하연을 향해 태환이 재빨리 다음 질문을 던졌다. 그녀는 제자리에 우뚝 멈춰 서며 긴장된 얼굴로 그를 바라보았다. 태환은 손바닥으로 테이블을 짚고 의자에서 몸을 일으켰다.

큰 키 때문일까? 그가 자리에서 일어나는 것만으로도, 하연은 왠지 모를 위압감을 느끼며 짧게 숨을 들이마셨다.

"감정에 흔들리는 게 사치라고 생각한다면……, 은여경이란 인물이 그렇게 냉정한 의사라면 말입니다."

태환은 일자 형태의 긴 테이블을 돌아, 아주 느릿한 걸음으로 그녀에게 다가왔다.

"환자가 저체온증에 걸렸을 때, 그녀는 어떻게 대처할까요? 그것도 병원 안이 아니라, 아무것도 없는 허허벌판에 단둘만 남겨진 상황이라면."

"그, 그건……."

하연의 얼굴이 순식간에 빨갛게 달아올랐다. 말라위에서 저체온증에 걸린 태환을 알몸으로 안아준 일이 떠올랐기 때문이다. 불행 중 다행이라면 지원자들에게 등을 돌리고 선 상태였기에 아무도 하연의 당황스러워하는 모습을 보지 못했다.

심사 위원들 역시 태환의 몸에 가려진 그녀를 제대로 볼 수 없었다. 오로지 태환만이 목덜미까지 붉게 물들인 채 어쩔 줄 모르는 하연을 흥미롭게 관찰할 수 있었다.

어쩌면 아주 평범한 질문일 수도 있었다. 환자라고만 했을 뿐 태환, 그 자신이라고는 하지 않았으니까. 환자의 성별도 밝히지 않았다. 환자가 남자일 수도 있지만, 반대로 여자일 수도 있었다. 그랬기에 그녀가 당황하며 부끄러워할 이유는 전혀 없었다. 그런데도 하연의 머릿속은 하얗게 타들어갔다. 아무 생각도 떠오르지 않았다.

태환은 한 손을 바지 주머니에 넣고 비스듬히 선 자세로 그녀의 대답을 기다렸다. 그의 야릇한 눈빛이 노골적으로 그녀 안에 파고드는 것만 같았다. 맨살에 닿았던 감촉과 그녀를 꽉 끌어안던 강인한 팔, 넓고 단단한 가슴하며……. 그뿐인가? 입술을 짓이길 것처럼 거칠게 내리누르던 키스는 어떻고.

그 모든 게 한꺼번에 떠올라 하연은 당장에라도 숨이 막힐 것 같았다.

"하아."

이윽고 그녀의 입에서 나직한 한숨이 흘러나왔다. 최대한 빨리 옷을 벗고 알몸으로 환자를 껴안았을 거라고 대답해야 한다. 하지만 입에 풀이라도 바른 것처럼 좀처럼 입술이 떨어지지 않았다.

그 장면이 마치 어제 일처럼 생생하게 눈앞에 펼쳐졌으니까.

"됐습니다. 굳이 대답할 필요는 없습니다. 어떻게 대처해야 할지는 전직 의사인 정하라 씨가 누구보다 더 잘 알 테니까."

하연이 머뭇거리며 대답에 뜸을 들이자, 태환은 피식 한쪽 입꼬리를 올리며 제자리로 돌아갔다.

굳이 직접 말해주지 않아도 그녀는 알 수 있었다. 태환의 의기양양한 표정으로 봐선 아무래도 이번 오디션은 망친 것 같았다.

5. 감정을 내보이는 건
   사치야

"대표님, 오디션 결과 발표 났어요?"

하연과 서영이 사무실로 들어오자, 창가에 서 있던 상원이 두 사람을 향해 등을 돌렸다.

"글쎄, 아직인가 봐."

"생각보다 오래 걸리네요. 원래는 다음 날 발표하는 거였는데……."

"하연이 네가 보기엔 어땠어?"

"지원자 모두, 하나같이 다 예쁘고 연기 잘하고 그랬죠, 뭐."

"그런 입바른 소리 말고, 진짜, 네 생각은 어땠느냐고."

하연은 대답 대신 생긋 미소를 지으며 소파에 앉았다. 진짜 생각을 말한다면, 최선을 다해서 그녀가 분석한 은여경을 연기했고 오디션은 망쳤다. 아이러니하다면 참 아이러니했다.

원래 하연이 분석한 은여경이란 인물은 가냘프면서도 강했기에 크게 달라진 점은 없었다. 다만 거기에 냉정함을 더했다.

예전에 재호가 수술을 집도하던 도중, 환자가 사망하는 사건이 일어났었다. 심각한 교통사고로 응급실에 실려 온 환자였는데 처음부터 살아날 가망성은 희박했다.

그를 걱정해서 위로하러 온 하연에게 재호는 아무런 감정 없는 얼굴로 짧게 말했다.

─난 슬퍼할 시간도, 흔들릴 시간도 없어. 의사로서 감정을 내보이는 건 사치야.

많은 환자를 잃으며 그가 나름대로 찾아낸 대처법이었을 것이다.

하연은 처음 대본을 받았을 때, 은여경이란 인물이 성별만 바뀌었을 뿐, 한재호와 많은 부분이 비슷하다고 느꼈다. 하지만 그건 그녀의 분석이었고, 태환과 창훈은 좀 더 다른 생각을 하고 있을지도 모른다.

그래도 후회는 없었다. 오디션에서 떨어질 땐 떨어지더라도, 그녀가 만들어낸 여주인공을 태환에게 강렬하게 각인시키고 싶었으니까. '당신이 아무리 잘난 척해도 난 나의 길을 가렵니다!' 하는 그런 쿨한 자세로 말이다.

전혀 예상하지 못한 태환의 돌발적 질문에 크게 흔들리지 않았더라면 더 좋았겠지만, 이미 지나간 일인데 어쩌겠어. 오디션도 끝났겠다, 이젠 마음 편하게 지내기만 하면 된다. 앞으로 데이지에 갈 때마다 그와 마주칠까 항상 긴장해야 한다는 점이 아쉬울 뿐이지만.

"대표님!"

갑자기 문이 '꽝' 열리며 민성이 상기된 얼굴로 뛰어 들어왔고, 상원과 서영이 동시에 뒤를 돌아보았다.

"지금 컴퓨터 켜보세요! 3시에 '따뜻한 심장' 홈페이지에서 오디션 발표한다고 연락 왔어요."

"가만있자, 지금 몇 시지?"

"2시 45분인데요."

"그럼 15분만 있으면 한다는 소리네?"

모두 급하게 책상에 놓인 컴퓨터 앞으로 달려갔다. 하연 혼자만이 팔짱을 낀 채, 소파에 남았다.

안 봐도 떨어졌을 게 분명한데 구태여 눈으로 확인할 필요가 있을까?

공개 오디션에 지원했다가 떨어졌으니, 대외적으로 망신당하게 생겼다.

죄송해요, 대표님.

하연에겐 크게 실망할 일이 아닐지 몰라도, 상원은 크게 상심할지도 모른다.

"발표 10분 남았다. 10분!"

컴퓨터 앞에 옹기종기 모인 상원과 민성, 서영은 컴퓨터 하단의 시계를 보며 초읽기에 들어갔다.

똑똑―.

그때 노크 소리가 들리며 '달칵' 문이 열렸다. 아무 생각 없이 뒤돌아본 하연의 눈이 충격으로 커다래졌다. 태환이 굳은 표정을 한 채, 한 손에 코트를 들고 서 있었다. 전혀 예고 없는 태환의 방문에 조금 전까지 컴퓨터 모니터만 죽어라 노려보던 상원과 민성, 서영도 하연만큼 놀란 표정으로 앞을 바라보았다.

태환은 긴 다리를 움직여 성큼성큼 안으로 들어오더니 느릿한 동작으로 실내를 둘러보았다. 별거 아닌 동작인데도 모두는 묘한 긴장감을 느끼며 꿀꺽 마른침을 삼켰다. 사무실 안을 둘러보던 그의 시선이 소파 한가운데 앉은 하연에게 와 닿았다. 그녀를 빤히 바라보기만 하던 태환이 이윽고 입을 열었다.

"발표 기다릴 필요 없습니다."

차태환 대표가 사전 연락도 없이 불쑥 드림즈에 찾아온 건 참으로 의외였다. 그런데 그의 입에서 나온 말은 더욱더 의외였다.

"홈페이지에 올라간 명단은 여자 주인공을 제외한 나머지 배역에 관한 겁니다."

이번 공개 오디션에선 여자 주인공뿐만 아니라 몇몇 중요한 배역도 함께 찾는다고 공고했었다. 그렇다면 우선 조연만 발표했다는 뜻인가?

"차 대표, 여기까지 무슨 일로……"

상원은 놀란 표정을 숨기지 않은 채 벌떡 자리에서 일어나 태환에게 다가갔다.

"갑자기 찾아와서 죄송합니다."

태환은 상원을 향해 사무적인 미소를 떠올렸다.

"아닙니다. 나야, 반가워서 그렇죠. 자, 여기 앉으시죠."

상원이 하필이면 하연이 앉은 소파를 권하자, 그녀는 은근 슬쩍 일어나 상원의 옆자리로 옮겼다. 딱 그때를 맞춰 책상 쪽에 있던 민성은 한 손으로 얼굴을 가리고 빠른 걸음으로 사무실을 빠져나갔다. '무슨 일이지?' 하는 눈빛으로 눈치를 살피던 서영도 곧 민성을 따라나갔다.

'탁' 소리와 함께 사무실 문이 닫히자, 태환이 먼저 말을 꺼냈다.

"탈락자에게는 제작진이 직접 찾아가 알리기로 했습니다. 오디션에 참가해주었으니까, 송 감독이 그 정도 성의는 보여줘야 한다고 해서."

"오디션에서 탈락한 모두에게 말입니까?"

"네. 송 감독이 그러더군요. 대부분 신인이니까, 떨어진 이유를 잘 설명해주는 것도 그들에게 도움이 될 거라고."

"야, 역시 송 감독다운 생각이네요. 대부분은 오디션 과정까지만 신경 쓰고 그 후엔 나 몰라라 하는데……."

'지옥에서 온 제작자'라고 불리는 태환과 달리, 사람들은 창훈을 '영화계의 신사'라고 불렀다. 별명만큼이나 두 사람은 물과 기름처럼 달랐다. 그러나 태환과 창훈은 사람들의 선입견을 깨고 한 사람은 악역을, 다른 한 사람은 선한 역을 맡으며 한 치의 삐걱거림 없이 능숙하게 일을 처리했다.

그렇기에 상원은 슬슬 불안해지기 시작했다. 송창훈 감독이 아니라, 처음부터 하연을 반대했던 차태환 대표가 찾아온 걸로 보아, 아무래도 예감이 좋지 않았다. 상원은 옆에 앉은 하연에게 슬그머니 시선을 돌렸다.

하연도 왜 그가 찾아왔는지 예상하고 있는 걸까? 그녀는 일자로 입을 꽉 다문 채, 딱딱하게 굳은 자세로 맞은편에 앉은 태환을 지그시 노려보고 있었다.

정말 해도 해도 너무하네!

하연은 벌떡 일어나 나가버리고 싶은 충동을 꾹 참았다.

떨어졌다는 말을 직접 해주려고 몸소 찾아왔다는 말이잖아! 어떤 표정을 짓는지, 두 눈으로 확인하려고?

오디션을 망쳤다는 건 잘 알고 있었지만, 이렇게까지 놀림거리가 될 거라곤 생각하지 못했다. 그녀는 애써 아무렇지 않은 표정으로 태환을 바라보며 무릎에 놓인 두 손을 꽉 움켜쥐었다.

"그러면 차 대표가 여기에 온 이유는……."

상원도 하연과 마찬가지로 실망을 감춘 목소리로 조심스럽게 입을 열었다. 태환은 대답 대신 가방을 열고 서류 봉투를 꺼내 상원의 앞으로 내밀었다.

"이번에 새로 손본 대본입니다."

"새 대본이라고요?"

상원은 어리둥절한 얼굴로 태환이 건넨 서류 봉투를 받아 들었다.

"송 감독과 민 작가 모두, 정하라 씨가 오디션에서 보여준 캐릭터 분석에 감동했다더군요. 그래서 요 며칠 여자 주인공 대사를 손봤답니다."

"아, 네. 그런데 그걸 왜 우리에게……?"

'오디션도 끝났겠다, 우린 이제 이거 필요 없는데요?'라는 말을 목구멍으로 삼키며 상원은 서류 봉투를 만지작거렸다. 태환은 특유의 무표정을 유지한 채 건조한 목소리로 대답했다.

"긴 회의 끝에 정하라 씨에게 은여경 역을 맡기기로 했습니다. 언론에는 계약서 검토 끝내고 최종 사인한 후에 발표하기로 하죠."

지금 내가 뽑혔다고 말하는 거야? 하연은 어안이 벙벙한 표정으로 상원에게로 고개를 돌렸다. 태환의 말을 어떻게 해석해야 할지 도무지 알 수 없었으니까. 상원 역시 쉽게 믿어지지 않는 듯 상기된 얼굴이었다.

"우선 대본부터 읽어보시죠. 몇 번 더 손을 보겠지만, 여자 주인공의 성격은 이대로 진행할 겁니다."

상원과 하연이 대본을 읽는 동안, 태환은 소파 등받이에 기댄 채 느긋하게 기다렸다.

"계약서 초안은 이메일로 보낼 테니까, 변호사와 상담한 후, 연락 주시면 됩니다."

상원과 용건을 끝낸 태환은 이번에는 하연을 향해 손을 내밀었다.

"정하라 씨, 영화는 이번이 처음이죠? 우리, 잘해보죠."

"아, 네."

하연은 얼떨떨한 표정으로 그가 내민 손을 조심스럽게 맞잡았다. '우리, 잘해보죠.'란 말이 이상하게도 그녀에겐 '앞으로 각

오해요!'라는 말로 들렸다. 하연은 그녀의 손을 꽉 움켜쥔 태환의 손을 말없이 바라보았다. 손이 아니라, 그녀 자신이 그의 커다란 손 안에 단단히 잡힌 느낌이라고 해야 하나? 오디션에 합격했음에도, 하연은 하나도 기쁘지 않았다.

[그래서 김상원 대표가 뭐래?]

기필코 자신이 직접 하겠다고 새벽부터 불합격 통보에 나선 창훈의 목소리가 휴대폰 너머로 흘러나왔다. 직접 방문해 결과를 알려주면, 대부분은 더 열심히 하겠다고 각오를 다졌다. 하지만 가끔 억울하다는 듯 울음을 터뜨리는 지원자도 있었다. 그들을 달래느라 창훈은 아침부터 죽을 맛이었다.

"변호사와 계약서 초안 검토해보고 바로 연락 준다더군. 넌 어때? 거의 끝나가?"

[응. 두 곳만 더 찾아가면 돼. 하여간 자세한 이야기는 만나서 하자.]

"그래. 계속해서 수고하고 일 끝나면 모두 나폴레옹으로 와라. 함께 저녁이나 하자."

[어, 태환아, 잠깐만!]

전화를 끊으려던 창훈은 뭔가 생각난 듯 급하게 태환을 불렀다.

[여자 주인공도 확정됐는데 우리끼리만 저녁 먹을 게 아니라

주성욱이랑 정하라, 다 같이 봐야 하는 거 아니야?]

"아직 계약서에 사인도 안 했어."

[야, 야. 사인하고 말고가 어디 있어? 상세한 계약 내용은 저번에 나폴레옹에서 구두로 대충 의견 교환했잖아. 우리 영화에 노출 신이 있는 것도 아니고, 연애 금지 사항 말고는 특별할 것도 없는데…… 성욱이 오늘 스케줄 빈다고 하니까, 정하라 측엔 내가 연락할게.]

창훈은 태환이 뭐라고 말할 기회도 주지 않고 곧바로 전화를 끊어버렸다. 태환은 어이가 없다는 얼굴로 끊긴 휴대폰을 노려보며 실소를 내뱉었다.

녀석, 내가 그새 마음이라도 바뀔까 봐 무척이나 안달 난 모양이군.

솔직히 결정을 내리기까지, 태환은 고민을 무수히 거듭했다. 누가 보더라도 정하라가 최고의 선택이었지만, 그는 선뜻 결정할 수 없었다.

―환자가 저체온증에 걸렸을 때, 그녀는 어떻게 대처할까
 요? 그것도 병원 안이 아니라, 아무것도 없는 허허벌판에
 단둘만 남겨진 상황이라면.

그녀를 곤란하게 하려고 던진 질문에 우습게도 그 자신이 먼저 당황해버렸다. 정하라에게 가까이 다가가던 순간 그때 그 장면이 머릿속에 펼쳐졌다.

그녀에게서 은은히 풍겨 오는 재스민 향 때문이었을까?

—쉿! 긴장하지 말아요.

그뿐이 아니었다. 어느새 꿈속에서처럼 여의사의 모습이 정
하라로 서서히 변해가고 있었다. 급기야 태환은 지금 앞에 서
있는 정하라가 자신을 포근하게 안아주고 있다는 착각에 빠
졌다. 맨살에 와 닿던 부드러운 감촉도 현실처럼 느껴졌다.

—하아.

그녀의 입술이 살며시 벌어지며 가느다란 숨이 흘러나왔다.
아주 미세한 움직임이었지만 그녀의 입술이 바르르 떨리고 있
었다. 촉촉하고 도톰한 입술에 시선이 가는 순간, 태환은 목에
이물질이 걸린 것처럼 숨이 탁 막혔다.

—됐습니다. 굳이 대답할 필요는 없습니다.

결국 그는 대답을 기다릴 새도 없이 자리로 돌아가야만 했
다. 계속해서 정하라 앞에 서 있다간 자신이 무슨 행동을 할
지 알 수 없었으니까. 데이지에서 만났을 때도 그렇고, 오디션
에서도 그렇고, 자꾸만 그녀를 보면 사춘기 소년처럼 온몸의
신경이 제멋대로 반응했다. 정하라를 곁에 가까이 둔다는 건,

활활 타오르는 불 옆에 기름통을 두는 거나 다름없었다.

그렇다고 사적인 감정을 심사에 끌어들일 순 없었다. 사업적 결정을 내리는 순간에는 절대로 감정에 휘둘려선 안 된다. 철저히 이성적으로만 판단해야 한다.

정하라가 은여경을 아주 훌륭하게 연기할 거라는 건 믿어 의심치 않았다. 전직 의사니까 따로 자문을 구할 필요도 없고, 실제 촬영에서도 훨씬 더 유리할 것이다. 남자 주인공인 주성욱과의 분위기 조합도 제법 어울렸다. 함께 나온 장면은 없었지만, 두 사람은 같은 드라마에 출연한 적도 있었다. 정하라가 단역으로 나온 첫 TV 드라마에서 조연이었던 주성욱은 그 길로 스타가 되었다. 두 사람의 그런 인연을 잘 활용해서 캐스팅을 발표한다면 대중의 시선을 끌 게 분명했다.

힘들이지 않아도 자연스럽게 전체적인 그림이 나왔다. 결론은 정하라였다. 정하라에게 흔들리는 이유는 그녀가 여의사를 연상시키기 때문일 것이다. 전혀 다른 외모이지만 어딘지 모르게 얽히는 두 사람의 공통점 때문에…….

여의사에게 품은 야릇한 감정 역시 단순히 '흔들다리 현상'일 가능성이 컸다. 막상 그녀를 다시 만나게 되면 모두 사라질 현상이다. 그렇게 되면 자연히 정하라를 향한 이상한 반응도 바로 없어질 것이다. 그때까지만 참으면 된다.

"후우."

태환은 길게 숨을 내쉬며 마른세수를 하듯이 손바닥으로 얼굴을 쓸어내렸다.

"저번에 만나서 이야기한 계약 조건과 거의 같네. 이 정도면 좋은 편이야."

이메일로 받은 계약서 초안을 훑어본 상원의 얼굴에 흡족한 미소가 떠올랐다.

"물론 윤 변호사와 검토할 거지만, 지금으로선 큰 문제 없어 보여. 촬영이 진행되는 세 달 동안만 더블 스케줄 잡지 말라는 거니까, 우리도 크게 손해 볼 건 없고."

분명히 떨어진 줄 알았는데……. 도대체 무슨 꿍꿍이지?

신바람이 난 상원의 말을 한 귀로 흘려들으며 하연은 골똘히 생각에 잠겼다. 상원은 하연의 상태를 전혀 깨닫지 못한 채, 이번에는 민성에게 지시를 내렸다.

"캐스팅 모두 끝내야 크랭크 인에 들어간다니까, 아직 시간은 많이 남았어. 그동안 광고 들어온 거 다 찍고, 방송 출연 소화하면 될 거다. 민성이 네가 알아서 잘 관리해."

"네."

민성의 풀 죽은 목소리에 상원은 눈살을 찌푸렸다.

"넌 왜 다 죽어가는 얼굴이야? 하연이가 송 감독 영화에 출연하게 됐다는데 안 기뻐?"

"기쁘죠. 왜 안 기쁘겠습니까. 에후."

민성은 고개를 숙이며 땅이 꺼져라 긴 한숨을 내쉬었다.

"에후? 너 지금 한숨 쉰 거야?"

하연은 재빨리 팔꿈치로 민성의 옆구리를 쿡 찔렀다. 그러자 민성은 서둘러 말을 둘러댔다.

"저, 원래 기분 좋으면 한숨 쉬잖아요."

말도 안 되는 변명이었지만, 상원은 그냥 넘기기로 한 모양이다. 그는 싱글벙글 웃으며 이번에는 하연에게로 관심을 돌렸다.

"하연이는 이제 당분간 한재호 선생과 단둘이 만나는 거 자제하고. 앞으로 1년 동안은 어떤 스캔들에도 휘말리면 안 되니까."

"저, 한 선배와 그런 사이 아니거든요. 그건 대표님이 제일 잘 아시면서……."

외과 전문의의 꿈이 좌절된 하연에게 다른 꿈을 꾸게 준 사람은 다름 아닌 한재호였다. 상원은 당시 하연의 멘토였던 재호를 찾아가 그녀를 설득해달라며 부탁했었다.

"알아, 나도 잘 아는데, 기자들은 아니잖아. 특종 잡는다고 확인도 안 해보고 먼저 터뜨리고 보는 악질 만나면, 그냥 스캔들 나는 거야. 대중은 그게 사실인지 아닌지에 대해서는 관심 없잖아. 나중에 오보라고 정정 기사 나가도, 읽어보는 사람 없어. 처음에 터진 스캔들만 기억한다고."

"그렇다고 영화 끝날 때까지 가까운 지인도 만나지 말라고요?"

하연의 항의에 상원은 곤란한 표정을 지어 보였다.

"듣고 보니까 그건 좀 그렇긴 하다."

"요샌 광고 모델 계약도 그런 조건은 안 내걸어요. 그리고 너무 걱정하지 마세요, 한 선배 만날 때는 정하라가 아니라 유하연의 모습으로 가니까요."

"아프리카 갈 때처럼 변장하고?"

"변장 아니거든요. 그냥 수수한 차림이라니까요!"

'변장'이라는 말에 하연은 살짝 눈살을 찌푸렸다.

띠리리리리―.

그때 마침 전화벨이 울렸다. 반가운 상대인지 수화기를 집어든 상원의 얼굴이 단번에 환해졌다.

"송 감독! 난 차 대표 대신 송 감독이 직접 올 줄 알았는데. ……네? 오늘 저녁이요? 물론이죠, 시간 안 돼도 되게 해야죠. ……알겠습니다. 이따 뵙죠."

상원은 전화를 끊자마자, 빠르게 민성에게 지시를 내렸다.

"민성아, 오늘 저녁 일정 모두 비워라."

"정하라 씨, 오디션 감명 깊게 잘 봤어요."

레스토랑 안으로 들어서자, 먼저 와 있던 카메라 감독이 하연 일행에게로 다가왔다. 간단히 담소를 나누는 도중, 창훈을 비롯한 영화의 주요 제작진이 속속 도착했다. 하지만 어찌 된 일인지 태환의 모습은 보이지 않았다. 태환은 오지 않느냐고 묻고 싶었지만, 하연은 입을 다물고 꾹 참았다.

식사 준비가 될 때까지 잠시나마 혼자 있고 싶었던 그녀는 레스토랑 옥상 정원으로 걸음을 옮겼다. 아무도 없는 줄 알고 올라왔는데, 정원의 어두운 구석에 누군가가 서 있었다. 남자는 그녀에게 등을 진 채로, 조명을 받아 금빛으로 반짝이는 분수대를 바라보고 있었다.

설마 그는 아니겠지?

정원을 거닐던 하연은 흠칫 놀라며 걸음을 멈추었다. 알 수 없는 흥분으로 심장이 거칠게 요동치기 시작했다. 저기 서 있는 사람이 태환이라면 지금이라도 피하는 게 맞는데, 마음과 달리 그녀의 몸은 뻣뻣하게 굳어버려 한 걸음도 뗄 수 없었다.

이윽고 분수대를 바라보던 남자가 천천히 뒤를 돌아보았다. 혼자만의 시간을 방해받았다고 생각했는지 남자의 미간에 깊은 주름이 새겨졌다.

잠시 후, 상대를 확인한 남자는 굳은 표정을 풀며 조명이 비치는 곳으로 걸어 나왔다.

"정하라 씨?"

어둠 속의 인물은 차태환 대표가 아니라, 남자 주인공을 맡은 주성욱이었다. 태환이 아니라서 정말 다행인데 실망스러운 기분이 드는 건 왜일까?

하연이 제자리에 가만히 서 있자, 성욱은 활짝 웃으며 그녀에게 다가왔다.

"스크린으로만 봤지, 실제로 만나는 건 처음이죠?"

"네, 처음 뵙겠습니다."

하연은 고개를 숙이며 어색하게 웃어 보였다. 주성욱은 까다로운 성격의 소유자로 웬만해선 먼저 말을 거는 법이 없다고 들었다. 아무리 진한 애정 신을 찍더라도 카메라만 멈추면 같이 연기한 여배우와 눈도 마주치지 않는다고. 그런 주성욱이 무슨 까닭인지, 그녀 앞에서 환하게 미소 짓고 있었다.

"창훈이 형이…… 아, 그러니까 송창훈 감독님이 정하라 씨에 관해서 자주 이야기했었어요. 물론 나도 정하라 씨를 예전부터 눈여겨보고 있었고."

"눈여겨보았다고요?"

하연이 의아한 표정으로 묻자, 성욱은 씩 웃으며 그녀 쪽으로 상체를 기울였다.

"정하라 씨가 처음 데뷔한 드라마에, 나도 출연했던 거 알아요?"

"처음 데뷔한 드라마라면, '르네 마그리트의 연인'이요?"

"아뇨. 그건 정식으로 데뷔한 작품이고. 얼떨결에 찍은 드라마 있잖아요. '녹아들다'에서 단역으로 나왔었죠?"

"아……."

순간 하연은 연기자의 길을 걷게 된 계기를 떠올렸다.

레지던트 1년 차 수료 중, 하연은 응급실에서 일어난 불의의 사고로 손목을 다치고 말았다. 그 부상으로 일상생활에는 지장이 없지만, 장시간의 수술은 불가능하게 되었다. 메스를 잡을 수 없다니! 외상 외과 전문의를 꿈꾸던 그녀에겐 마른하늘에 날벼락 같은 일이었다. 다른 분야로 전향할 순 있겠지만, 그건 그녀에겐 노른자 없이 달걀흰자만 먹으라는 것이나 마찬가지였다. 하루하루가 무의미했다. 힘이 빠졌다.

그러던 중, 자문을 얻기 위해 병원에 들렀던 드라마 감독이 그녀를 눈여겨보고 수술 장면에 출연을 부탁했다. 대부분 수술하는 손만 나온다고 해서 허락했는데, 배우 뺨치는 외모와 수술에 집중하는 진지함에 감동한 카메라 감독이 그녀를 클로즈업으로 잡아버렸고, 거기에 더해 영상을 검토한 감독과 편집자, 제작자 모두 만장일치로 그 장면을 방송에 내보내기로 결정했다.

그렇게 해서 하연은 전혀 계획에 없었던 TV 드라마에 단역으로 얼굴을 내밀게 되었다. 대사 몇 마디 없는 단역이었지만, 그녀가 출연한 장면이 방영되자마자 단아한 외모와 안정된 발음, 뛰어난 눈빛 연기로 큰 주목을 받았다.

그 일이 있고 정확히 일주일 후, 한국 최고 엔터테인먼트 회사 드림즈의 김상원 대표가 '정하라'란 예명을 들고 그녀를 찾아왔다. 이미 사전 조사로 하연이 어떤 상황에 처해 있음을 알고 있었던 상원은 그녀의 마음을 다독이고 어루만졌다.

―잠시라도 연기하면서 다른 사람의 인생을 살아보는 건 어때요? 때로는 그런 방법이 치유에 큰 힘이 되는데…….

그렇게 상원은 몇 번이나 하연을 찾아와 설득했고 결국 그녀는 드림즈와 전속 계약을 맺었다.

"난 그 드라마에서 철없는 재벌 막내아들 이민기로 나왔었어요. 촬영 장소가 달라서 정하라 씨와 부딪칠 일은 없었죠. 우리, 멋지게 잘해봐요."

성욱은 치아를 드러내어 웃으며 그녀에게 손을 내밀었다.

"저도 잘 부탁해요."

하연 역시 환하게 웃으며 그가 내민 손을 맞잡았다.

"와! 하라 씨, 손이 정말 부드러운데요."

성욱의 눈이 놀란 듯 커다래졌다.

"대본에도 이렇게 손잡는 신이 있었는데……. 여자 주인공의 손이 너무 거칠어서 남자 주인공이 깜짝 놀랐죠. 안쓰러운 마음에 눈물도 글썽이고."

그는 벌써부터 자신의 배역에 몰두한 것 같았다. 악수 한 번만으로 대본에 있는 내용을 떠올리다니…….

"네. 그 순간 남자 주인공은 여자 주인공에게 동료 이상의 감정을 느끼게 되죠."

"하라 씨는 어떨지 모르겠지만, 저는 그 장면에서 제일 마음이 설레더라고요."

"맞아요. 저도 그랬어요."

그때였다. 뒤에서 익숙한 중저음의 목소리가 들렸다.

"두 사람, 뭐 하는 거지?"

깜짝 놀란 두 사람은 손을 잡은 채로 소리가 나는 쪽으로 고개를 돌렸다. 태환이 가슴 앞으로 팔짱을 낀 채, 아치 구조물에 비스듬히 어깨를 기대고 서 있었다. 추운 날씨에도 불구하고 그는 블랙 드레스 셔츠 차림에 소매를 걷어붙이고 있었다.

단추 두 개를 푼 셔츠 사이로 은 목걸이가 불빛을 받아 반짝거렸고, 실버만큼이나 차가운 태환의 눈빛이 하연과 성욱을 향하고 있었다.

제작진의 애를 먹이는 것으로 악명 높은 주성욱. 오죽하면 건드리지 말라고 '고슴도치'라는 별명이 붙었을까! 그런 성욱이 정하라에게 호감을 보였으니 제작자로서 흐뭇해야 하는데, 이상하게도 태환은 기분이 그다지 좋지 않았다. 이유는 모르겠지만.

한참이 지나도, 둘 다 악수하기 위해 잡은 손을 풀지 않자 태환은 슬슬 짜증이 밀려왔다.

"그 손, 놓고 이야기하지."

차갑게 두 사람을 쏘아보던 태환은 아치 구조물에서 천천히 몸을 일으켰다.

"주성욱. 한정애와 헤어진 지 얼마나 됐다고 벌써 스캔들 일으키고 싶어?"

"그런 게 아니라……."

성욱은 멋쩍게 웃으며 재빨리 손을 놓았다.

"그냥 잘해보자고 악수한 겁니다."

못마땅한 눈초리로 성욱을 보던 태환은 이내 정하라에게로 고개를 돌렸다. 그녀는 잘못하다 들킨 아이처럼 시선을 피했다. 태환은 다시 성욱에게로 고개를 돌리며 차갑게 말했다.

"촬영 시작도 안 했는데 벌써부터 이럴 거면 계약 파기해."

"에이, 대표님. 무섭게 왜 그러세요?"

성욱의 능청스러운 대응에도 태환은 굳은 표정을 풀지 않은 채, 그대로 뒤돌아 가버렸다.

악수 좀 오래 했다고 계약 파기 운운이라니! 뭐야, 저 남자!

하연은 기분 상한 티를 내지 않으려 했지만, 입술이 바르르 떨리는 것은 어쩔 수 없었다.

"기분 나쁘게 생각하지 말아요. 저 대표님은 늘 촬영 전에 좀 세게 나가시는 편이라서. 저번에 민수아 스캔들 때문에 손 해 본 것도 있고……."

태환이 레스토랑 안으로 사라지자, 성욱은 미안한 표정으로 태환을 변호했다. 그러나 하연의 귀에는 아무 소리도 들리지 않았다.

두고 봐. 저 남자의 콧대, 꼭 눌러주고야 말겠어.

하연은 날카로운 눈으로 태환이 사라진 쪽을 뚫어지게 응시 했다.

6. 어떤 감촉일까?
솜사탕처럼 부드러울까?

"후."

태환은 긴 한숨을 내쉬며 어둠이 내리는 거리로 시선을 돌렸다. 촬영 준비는 계획대로 큰 변동 없이 착착 진행되고 있었다. 단역 캐스팅까지 모든 계약이 마무리되었고, 이틀 후면 대본 연습에 들어간다.

정하라를 보지 않은 지도 2주일이 조금 더 넘어가고 있었다. 혹시라도 정하라와 마주치게 될까 봐, 태환은 아예 데이지에 발걸음을 끊었다. 어차피 그가 간다고 안 오던 여의사가 나타날 것도 아니니까, 그녀가 나타나면 연락을 주기로 했으니 잠자코 기다리기만 하면 된다.

그 덕분일까? 몸이 멀어지면 마음도 멀어진다고, 그녀가 정하라로 바뀌는 황당한 꿈의 횟수도 점차 줄어들었다. 역시 해답은 정하라를 피하기만 하면 되는 거였나 보다. 그렇게 간단한 걸 깨닫지 못하고 혼자 끙끙거렸다니.

차에 오른 태환은 창훈에게 전화를 걸었다. 곧 전화가 연결되고 창훈의 목소리가 스피커에서 흘러나왔다.

[어, 태환아.]

"어디야?"

[지금 촬영 있어서 경복궁이야.]

"갑자기 무슨 촬영?"

[민 감독님이 찍는 관광 홍보 영상 있잖아. 너 대신 내가 나가기로 한 거.]

"오늘이었나?"

한류 스타 배시아를 중심으로 해서, 한국의 유명 인사들이 출연하는 대한민국 홍보 영상으로 먼저 태환에게 출연 요청이 왔었다. 태환이 정중히 거절하자, 그다음으로 창훈에게 출연 요청이 들어왔다.

[여기 엄청나게 추우니까, 괜히 나 응원한다고 오지 마라.]

"내가 거길 왜?"

[하여간 나는 분명히 여기 오지 말라고 했다.]

"알았어."

오지 말라는 말은 제발 와달라는 뜻. 민 감독과 의논해야 할 일도 있으니까, 겸사겸사 촬영장에 가보는 것도 나쁘진 않을 것이다. 통화를 끊은 태환은 시동을 걸어 차를 출발했다.

테헤란로 교차로에 들어서자, 여느 때처럼 LED 옥외 광고판에서 정하라의 광고가 흘러나왔다. 이젠 어느 정도 익숙해졌는지, 처음 봤을 때처럼 짜증이 나진 않았다. 그래도 눈에 거슬리는 건 매한가지였다.

태환은 재빨리 도로로 눈을 돌리며 가속 페달을 밟았다.

"오늘 밤 날씨 포근할 거라고 하더니, 이게 웬일이래?"

말할 때마다 하얀 입김이 특수 효과 안개처럼 쏟아졌다.

"아후, 추워."

서영은 혼자 구시렁거리며 몸을 떨었다. 일기예보와 달리, 해가 저물자마자 살을 에는 듯한 찬바람이 세차게 불었다. 발을 동동 구르던 서영은 입 안에 얼음을 가득 문 하연을 안쓰러운 눈으로 바라보았다.

"언니, 괜찮아요?"

서영의 물음에 하연은 입을 다문 채 고개를 끄덕거렸다.

"가만히 있어도 추워 죽겠는데 입에 얼음을 물고 있으라니."

"어쩔 수 없잖아. 안 그러면 말할 때 입김이 나와서 안 돼. 그나저나 우리보고 배시아 땜빵을 하라는 게 말이 돼?"

이번엔 민성이 불만 어린 얼굴로 투덜거렸다. 라디오 게스트 출연을 마친 하연과 민성이 막 밴에 올라타려는데, 상원에게 전화가 걸려왔다. 배시아가 교통사고를 당했는데 그녀 대신 야간 촬영을 할 수 없겠느냐면서……

가볍게 거절해도 되었지만 하연은 "알았어요. 민 감독님, 데뷔 초에 많이 도와주셨는데, 이럴 때 도와야죠."라며 흔쾌히 부탁을 받아들였다. 그랬는데 오자마자 혹독히 추운 겨울밤에 얇은 한복에 두루마기만 입고 촬영하란다. 카메라가 멈출 때마다 민성이 달려와 오리털 롱 패딩으로 감싸주긴 했지만, 촬영하는 동안에는 얇은 두루마기 하나로만 찬바람과 맞서야 했다.

하지만 하연은 불평 한마디 없이 묵묵히 촬영에 임했다. 가만히 있는 것보단 바쁘게 일하는 게 정신 건강에 훨씬 좋으니까.

이틀 후로 다가온 대본 연습 때문에 하연은 신경이 바짝 곤두선 상태였다. 영화 촬영이 처음이라 긴장된 탓도 있었지만, 그것보다는 태환을 만나게 될지 모른다는 기대감 또는 불안감 때문이었다.

그를 안 본 지 2주일이 좀 넘었나? 눈앞에서 안 보이면 괜찮을 줄 알았는데, 요 며칠 그를 떠올리기만 해도 가슴이 저릿하게 조였다. 절대로 심장에 문제가 있거나, 호르몬 불균형이나 몸이 피곤해서 나오는 반응은 아니었다.

단지 초조해서 그런 걸 거야. 은여경을 보란 듯이 멋지게 연기해야 하니까.

그의 판단이 틀렸다는 걸 실력으로 증명해 보이고 싶을 뿐이다. 잡생각을 떨치며 대본을 들여다보려는데 어디선가 웅성거리는 소리가 들렸다. 대한민국의 내로라하는 명사는 모두 출연하는 홍보 영상이기에 하연은 '또 누구 굉장한 사람이라도 왔나?' 생각할 뿐 크게 신경 쓰지 않았다.

"어머나!"

그런데 민성의 입에서 놀란 탄성이 흘러나왔다. 힐끗 훔쳐보니 뭔가에 충격을 받은 듯 민성의 입이 살짝 벌어져 있었다.

누구지? 하연은 호기심에 웅성거리는 쪽으로 시선을 돌렸다. 태환이 저 멀리서 촬영이 진행되는 정원 쪽으로 걸어오고 있었다. 전혀 예상하지 않은 태환의 등장에 하연은 들고 있던 대본을 땅에 떨어뜨렸다.

"어머, 언니?"

서영이 몸을 구부려 대본을 줍는 사이, 촬영장을 둘러보는 태환과 시선이 마주쳤다.

"큭!"

하연은 자신도 모르게 얼음을 꿀꺽 삼키고 말았다. 차가운 얼음이 마치 불덩이처럼 식도를 타고 뜨겁게 밑으로 내려갔다. 시선을 피하려는데 어찌 된 일인지 고개가 돌아가지 않았다. 눈도 내리깔 수 없었다.

너무 긴장해서일까? 몸 전체가 빳빳하게 굳어버렸다. 그가 먼저 고개를 돌리기 전까지는 자석에 끌리듯 시선을 뗄 수 없었다. 하연은 입을 꼭 다물며 두 손을 꽉 움켜쥐었다.

쿵. 쿵쿵. 쿵쿵쿵.

별거 아닌 일에 바보 같은 심장이 미친 듯이 요동쳤다.

정하라를 촬영장에서 맞닥뜨리는 상황을 전혀 예상하지 못한 태환은 크게 미간을 찌푸렸다.

"원래 배시아 아니었어?"

"배시아가 오는 길에 교통사고를 당했대. 그래서 급하게 교체했대."

"그럼 그렇다고 왜 아까 말 안 했어?"

태환의 살벌한 눈초리에 창훈은 기가 막힌 듯 헛웃음을 지었다.

"하! 내가 그런 거까지 너에게 말해줘야 하냐?"

물론 메인 모델이 교체되었다는 사실을 그에게까지 알려줄 의무는 없었다. 하지만 왜 하고많은 배우 중에 정하라일까! 낭패도 이런 낭패가 아닐 수 없었다. 그렇다고 여기까지 왔는데 곧바로 가버리긴 좀 그렇고, 태환은 적당한 기회를 봐서 돌아가야겠다고 마음먹었다.

민 감독과 '따뜻한 심장' 타이틀 시퀀스에 관해 의논하려고 했는데 아무래도 다음 기회로 미뤄야겠다.

촬영장을 둘러보던 태환의 시야에 정하라에게 스토리보드 내용을 설명하는 민 감독이 들어왔다. 두 사람은 제법 심각한 얼굴로 의견을 나누고 있었다. 그럴 의도는 전혀 없었는데 시선은 자꾸만 민 감독이 아닌 정하라에게로 향했다. 그녀도 태환의 존재를 알아챘는지 힐끗 그에게로 시선을 주었다.

눈길이 마주치기 직전, 태환은 재빨리 고개를 돌려버렸다. 정하라와 눈 마주치는 것조차 꺼렸으니까. 이제 겨우 진정돼 가는 중인데 다시 혼돈 속으로 빠져들 순 없었다.

그런데 이상하다. 정하라와 같은 장소에 있다는 것을 깨달은 순간부터 어디선가 달콤한 재스민 향이 느껴졌다. 동시에 심장이 두근거리며 칼에 찔렸던 옆구리가 욱신거린다.

"으음."

태환은 인상을 찌푸리며 손으로 옆구리를 감쌌다.

"저 남자, 차 대표 맞지?"

민 감독이 자리를 뜨자마자, 민성은 하얗게 질린 얼굴로 하연에게 귓속말로 속삭였다. 하연은 가만히 고개를 끄덕거렸다.

"차태환 대표님이요? 어디요?"

표정이 한껏 굳어진 두 사람과는 달리 서영은 환한 얼굴로 주위를 두리번거렸다. 잠시 후, 저 멀리에 있는 태환을 발견하곤 작게 탄성을 내질렀다.

"와, 송 감독님 보러 오셨나 봐요!"

민성은 호들갑 떠는 서영을 한심하다는 눈으로 흘겨보았다.

"야, 나서영. 모르는 사람이 보면, 아이돌 만난 사생 팬인 줄 알겠다."

"뭐요? 차 대표님 멋있는 건 사실이잖아요. 웬만한 배우보다 더 잘생겼는데!"

내 말이…….

서영의 말에 하연은 속으로 맞장구치며 쓸쓸한 미소를 떠올렸다. 배우도 아니면서 태환은 촬영장 모두의 시선을 사로잡았고, 본인도 그걸 잘 아는지 도도한 자세로 주위를 둘러보고 있었다. 하연은 싱숭생숭 설레는 마음을 억누르려 지그시 아랫입술을 깨물었다.

"언니, 춥죠."

서영은 그녀가 추워서 입술을 깨문다고 오해한 모양이다.

"괜찮아."

그렇게 말하면서도 추위로 목소리가 덜덜 떨리는 건 어쩔 수 없었다.

"참, 아까 휴게실에서 다른 코디랑 수다 떨다 들었는데, 차 대표님 별명이 왜 지옥에서 온 제작자인지 알아요?"

서영은 대단한 사실을 알아낸 것처럼 흥분한 목소리로 말을 이었다.

"차 대표님이 성질이 더럽거나, 걸핏하면 소리 지르거나 하진 않잖아요. 그런데도 사람들이 지옥에서 온 제작자라고 부르는 이유는 첫째, 뭐든지 한 번 잡으면 절대로 놓치지 않기 때문이래요."

"성공한 사람 대부분 다 그런 편이잖아."

하연의 말에 서영은 의미심장한 눈빛으로 다음 말을 이었다.

"둘째, 일에 관해서 차 대표님 사전에는 '정상 참작'이란 단어가 없대요."

"갑자기 웬 정상 참작?"

법률 용어가 튀어나오자, 민성이 인상을 찡그렸다.

"그런 거 있잖아요. 판사가 판결을 내릴 때, 피고는 중형을 받아야 마땅하다. 다만 이전에 죄 지은 적이 없고 자신의 잘못된 행동을 뉘우치고, 등등, 이러면서 감형해주잖아요."

"초범일 경우엔……."

"차 대표님은 그런 게 없대요. 일 처리할 때 보면 완전 저승사자가 명부에 오른 망자 데리고 가는 수준이라고. 저번에도 배우 한 명이 계약서 조항을 잘못 이해해서 약간 실수했는데, 한 번 봐주고 이런 거 없이 바로 소속사에 통보해서 위약금 물리게 했대요. 피도 눈물도 없는 냉혈한이라고."

그 남자라면 그러고도 남을 것 같다.

—촬영 시작도 안 했는데 벌써부터 이럴 거면 계약 파기해.

저번에도 별일 아닌 일로 무섭게 굴었으니까.

정상 참작이란 게 없다면, 말라위에서 자신을 구해준 이가 그녀임을 알게 된다고 해도 그 일과 상관없이 그는 모든 일을 자신의 방식대로 처리할 것이다.

민성도 하연과 마찬가지로 불안한 모양이었다. 아예 태환의 시선이 닿지 않는 나무 뒤쪽으로 슬그머니 몸을 숨겼으니까. 하연은 짧게 숨을 들이마시고 서영이 내미는 얼음을 입에 물었다.

"언니, 이러다 감기라도 걸리면 어떻게 해요?"

"괜찮아."

서영이 걱정스럽게 바라보자, 하연은 얼음을 입에 문 채로 손을 내저었다. 지금 추위가 중요한 게 아니니까. 아까부터 그녀의 온 신경은 뒤쪽에 서 있는 태환에게 몰려 있었다.

직접 눈으로 확인하지 않아도 태환이 자신을 바라보고 있다는 건 짐작할 수 있었다. 왠지 뒤통수가 짜릿짜릿하고 시선이 닿는 부분이 불에 덴 듯 뜨거웠다.

"정하라 씨."

조감독이 자신을 찾자, 하연은 서영이 들고 있는 컵에 얼른 얼음을 뱉어냈다.

"네!"

그리고 종종걸음으로 카메라 앞으로 걸어갔다.

"후우."

열악한 촬영 현장에 슬슬 짜증이 나서, 태환은 한 손으로 넥타이를 풀어헤쳤다. 문화재인 경복궁이라 난방 화기류는 설치할 수 없었기에 모두 추위에 덜덜 떨어야만 했다. 그중에서도 얼음을 물고 있는 정하라가 제일 힘겨워 보였다. 그녀가 춥든 말든, 아무 상관이 없는 일인데도 태환은 은근히 부아가 치밀었다. 그의 표정이 가면 갈수록 험악해지자, 창훈은 손등으로 그의 어깨를 툭 밀었다.

"왜 그래?"

태환은 대답 대신 창훈을 힐끗 노려본 후, 그의 손에 들린 대본을 빼앗았다.

"네가 마지막이야?"

"응."

대충 훑어보니, 적어도 두어 시간은 있어야 촬영이 끝날 것 같았다. 손목시계를 들여다보자, 이미 시간은 자정을 넘기고 있었다. 지금에라도 돌아가버리면 그만인데, 이상하게도 그 자리에 얼어붙은 듯 발이 떨어지지 않았다. 가슴은 답답하고 목은 이물질이 걸린 듯 불편했다.

태환은 복잡한 머릿속 생각을 잠시 멈추고 정하라의 모습이 담긴 촬영 모니터로 눈길을 돌렸다.

그녀는 대사 하나 틀리지 않고, 발음 한 번 새지 않고 차분하게 대사를 전달하고 있었다. 더 중요한 건 관객의 기를 빨아들이는 무언가가 있다는 사실이었다. 그러면서도 묘하게 보호해주고 싶은 본능을 자극했다.

찬바람으로 빨갛게 된 그녀의 귀가 자꾸만 눈에 들어왔다. 붉은 립스틱에 가려졌을 뿐, 입술 역시 파랗게 질렸을 것이다. 품에 안아서라도 따뜻하게 해주고 싶다는 충동이 밀려왔다.

제길!

일반인 출연자가 또다시 NG를 내자, 태환은 주먹을 불끈 움켜쥐었다.

벌써 몇 번째야!

그녀는 카메라를 향해 환히 웃고 있었지만, 분명 속으로는 어서 끝나기만을 바라고 있을 것이다. 정하라의 얼굴이 서서히 클로즈업되며 모니터를 가득 메우기 시작했다.

얼마나 오랫동안 얼음을 물고 있었기에 입김이 전혀 나오지 않는 거지? 그녀의 입술은 얼음처럼 차가울까?

태환은 그녀의 도톰한 입술을 뚫어질 듯 응시했다. 대사를 내뱉을 때마다 입술이 위아래로 오므라들며 달싹달싹 움직인다.

버릇인가?

잠시 촬영이 중단될 때마다 그녀는 분홍색 혀를 내밀어 위, 아랫입술을 쓸어내렸다. 출연자가 실수하면 짜증을 감추려 살짝 아랫입술을 깨물기도 했다. 서영이 얼음이 담긴 컵을 들고 달려오면 그녀는 다른 이들이 눈치채지 못할 정도로 작게 한숨을 내쉬고는 얌전히 얼음을 받아 물었다.

지금 그녀의 입술과 입 속은 얼음만큼 차가울까?

두근. 두근. 두근.

상상하는 것만으로도 심장이 걷잡을 수 없이 격렬하게 뛰었다.

어떤 맛일까? 재스민처럼 달콤할까? 어떤 감촉일까? 솜사탕처럼 부드러울까?

어디선가 아찔한 재스민 향이 코끝에 살며시 흘러드는 것만 같았다.

"차 마실래?"

그 순간 정체불명의 물체가 불쑥 나타나 그녀와 그의 사이를 방해했다. 눈앞의 사물에 초점이 맞춰지자, 김이 모락모락 올라오는 종이컵이 눈에 들어왔다. 고개를 돌리자, 창훈이 씨익 웃으며 종이컵을 더 가깝게 내밀었다.

"나, 재스민 차 안 마신다고 분명히 말했을 텐데."

태환은 험상궂은 눈으로 창훈을 노려보았다.

"맞다! 미안. 녹차로 바꿔 올……."

"됐어."

태환은 창훈의 말을 끊으며 낚아채듯 종이컵을 받아 들었다. 한 모금 들이켜자, 입 안 가득 차는 재스민 향에 잠시 진정되었던 심장이 다시금 널뛰었다. 태환은 두 손으로 컵을 꽉 쥐고 다시 한 모금을 들이켰다.

"오케이, 컷!"

명색이 영화감독인지라, 창훈은 NG 한 번 없이 촬영을 끝냈지만, 시간은 이미 새벽 4시를 넘어서고 있었다.

"모두 수고하셨습니다!"

조명이 꺼지기가 무섭게 제작진 모두 부산하게 움직였다. 그런데 어쩐 일인지, 민성과 서영의 모습이 보이지 않았다.

"다들 어디 갔지?"

하연은 두 사람을 찾아 분주한 촬영장을 두리번거렸다. 살을 에는 찬바람에 그녀의 머리카락이 허공에 나부꼈다. 민 감독은 창훈과 대화하느라 정신이 없었고, 나머지 스태프는 촬영 장비를 거두느라 아무도 그녀에게 관심을 두지 않았다.

차에 뭐 가지러 갔나? 갈 때 가더라도 패딩은 좀 놔두고 가지.

촬영할 땐 오기로 버텼지만, 끝나고 나니 뼛속까지 스머드는 추위에 단 1초도 견디기 어려웠다. 하연은 빨개진 귀를 양손으로 감싼 채, 차를 세워둔 주차장으로 걸음을 옮겼다. 짙은 어둠이 내린 고궁은 오늘따라 을씨년스럽게 느껴졌다.

"으, 춥다. 추위."

이가 덜덜 떨리는 혹독한 추위에 저절로 불평이 튀어나왔다. 이건문을 통과해 막 경회루를 빠져나오려는데 누군가 뒤에서 그녀의 어깨를 잡았다. 동시에 커다란 코트가 그녀의 몸을 감쌌다. 꽉 끌어안는 강인한 힘에 하연은 걸음을 멈추었다. 은은하게 전해지는 온기에 이대로 몸이 녹아버릴 것만 같았다.

아, 이제야 살 것 같네. 그런데 뭔가 민성 오빠와는 다른 거 같은?

"오빠?"

하연은 자신의 몸을 감싼 코트로 시선을 내렸다.

오리털 패딩이 아니잖아? 한눈에 보기에도 값비싸 보이는 캐시미어 코트인데…….

그때야 하연은 어딘지 모르게 익숙한 우디 계열의 남자 향수 냄새를 느낄 수 있었다. 예전에도 이런 느낌을 받은 적이 있다. 그러니까…….

"정하라 씨, 내일 대본 연습 있는 거 잊었습니까?"

나직한 남자의 목소리가 뒤에서부터 들려왔다. 목소리의 주인을 깨달은 하연은 흠칫 몸을 굳히며 곧바로 뒤를 돌아보았다. 놀랍게도 짙은 회색 슈트 차림의 태환이 싸늘한 얼굴로 그녀 뒤에 서 있었다. 태환을 보자마자 그녀의 눈이 커다래졌다.

그럼 이 코트는?

하연이 어리둥절한 얼굴로 코트를 벗으려 하자, 태환은 그러지 못하게 두 손으로 코트를 꽉 여몄다.

"그냥 입고 있어요."

무척 화가 난 듯 그의 입매는 일자로 딱딱하게 굳어 있었다.

왜 저런 표정일까?

하연은 몹시 화가 난 얼굴로 서 있는 태환을 도무지 이해할 수 없었다.

이럴 줄 알았어!

예상했던 대로 그녀의 몸은 얼음장처럼 차가웠다.

이렇게까지 몸을 혹사할 필요는 없잖아!

미련할 정도로 묵묵히 촬영에 임하는 그녀의 태도에 태환은 이상하게도 화가 치밀어 올랐다.

"정하라 씨, 지금 제정신입니까?"

"그, 그게 무, 무슨 뜻이죠?"

찬바람에 뺨이 얼어서인지 말이 더듬더듬 흘러나왔다.

"제길."

태환의 입에서 짧은 욕설이 튀어나왔다.

"내일이 첫 대본 연습하는 날인데, 밤샘 촬영, 그것도 야간 촬영이라니. 그 정도로 우리 영화는 관심이 없나?"

잔뜩 날이 선 태환의 질문에 하연은 눈살을 찌푸렸다.

갑자기 나타나서 웬 신경질이래. 대본 연습 앞두고 광고 촬영했다고 이러는 건가?

하연은 날카로운 눈으로 태환을 노려보았다.

"뭡니까? 지금 그 눈빛은……?"

하연은 대답 대신 조용히 코트를 벗어 그에게 내밀었다.

"감사하지만, 코트는 필요 없습니다. 차에 가서 코트 입으면 되니까……"

"그러다가 감기 걸려서 연습에 차질 생기면 정하라 씨가 책임질 겁니까?"

"이 정도 추위로 감기 안 걸……"

"지금 추워서 말도 제대로 못 하잖아!"

태환은 눈살을 찌푸리며 그녀의 손에서 코트를 빼앗아 다시 그녀의 몸에 둘렀다. 멀리서 이런 모습을 본다면 그가 그녀를 다정하게 챙긴다고 오해할 수도 있을 테지만 가까이에서 험상궂은 그의 얼굴을 본다면 그런 생각은 쏙 들어갈 것이다.

"이 정도론 감기 안 걸려요."

"가만히 있어요."

태환은 그녀가 코트를 벗지 못하게 두 손으로 코트 앞깃을 꽉 붙잡았다. 순간 찬바람이 휘잉 두 사람 사이를 매섭게 지나갔다.

뼛속까지 스며드는 추위에 하연은 자신도 모르게 몸을 떨었다. 어쩌면 그의 말을 따르는 게 맞을지도 모르겠다. 정말 춥긴 추우니까.

"그럼 빨리 옷 갈아입고 올게요."

하연은 태환에게서 몸을 돌려 주차장으로 빠르게 향했다. 그런데 너무 서두른 탓에 바닥 돌 가장자리에 긴 살얼음을 미처 보지 못했다. 가뜩이나 추위로 굳어진 몸이 얼음 위를 밟자마자 크게 휘청거렸다.

"어, 어, 어!"

중심을 잡으려고 두 팔을 휘젓는데 갑자기 나타난 태환의 팔이 그녀의 허리를 감았다. 하지만 오히려 그 탓에 그녀는 완전히 중심을 잃고 태환에게 등을 기댄 채로 쓰러지고 말았다.

"……괜찮아요?"

이런! 그에게 등 뒤로 안긴 자세가 되어버렸다. 뺨으로 느껴지는 태환의 뜨거운 입김에 하연은 몸을 경직시키며 다급히 숨을 들이켰다.

"고, 고맙습니다."

당황한 하연은 그에게서 급히 몸을 일으키며 고맙다고 인사하기 위해 뒤돌아섰다. 뒤도는 순간 하연은 태환이 그녀를 살펴보기 위해 상체를 숙이고 있다는 사실을 깨달았다. 어느새 그의 얼굴이 너무나도 가까이 다가와 있었다.

위험해!

그녀는 화들짝 놀라며 곧바로 뒤로 물러섰다.

"하연아!"

그때 다급하게 그녀를 부르는 소리가 들렸다. 저 멀리서 오리털 패딩을 안은 민성이 헐레벌떡 달려오고 있었다.

"미안, 미안! 내일 스케줄 바꾸느라고 급하게 컴퓨터로 확인하다가."

예상치 않은 사람에게 방해를 받자, 태환은 눈살을 찌푸리며 민성을 향해 뒤를 돌았다.

"히익!"

태환을 본 민성이 창백한 얼굴로 제자리에 멈춰 섰다.

"저, 저……기…… 그러니까. 크윽."

민성의 반응에 태환은 미간을 찌푸렸다.

갑자기 나타나 방해하는 것도 마음에 들지 않는데, 마치 귀신을 본 것처럼 놀라다니. 혹시 아는 사람인가? 어딘지 모르게 낯이 익은 것 같기도 하고.

"당신은……?"

태환은 기억해내기 위해 민성을 날카롭게 훑어보았다.

"우리 예전에 만난 적 있죠?"

"네, 네……에? 아, 네. 저번에 드림즈로 찾아오셨을 때…… 그때 대표님 사무실……에서…… 인사는 못 드렸지만…… 저는 장민성이라고, 정하라 씨 로드 매니저 겸 보……보디가드로서……."

민성은 태환의 눈길을 피하며 듣기 애처로울 정도로 덜덜 떨리는 목소리로 대답했다.

오빠, 그렇게 티 나게 행동하면 어떡해!

하연은 당황스러운 얼굴로 태환과 민성을 번갈아 바라보았다. 태환의 표정으로 보아, 민성의 대답에도 불구하고 여전히 의심을 풀지 않는 것 같았다.

저러다 제 발 저린 민성이 먼저 털어놓기라도 한다면?

"오빠, 뭐 해요!"

그때였다. 혜성처럼 나타난 서영이 짝 소리 나게 민성의 등

을 때렸다. 덕분에 다행히도 태환의 관심이 이번에는 서영에게
로 옮겨갔다. 서영은 화난 얼굴로 양손을 허리에 올린 채 민성
을 향해 씩씩거렸다.

"잠깐 화장실 다녀올 테니까, 촬영 언제 끝나나 잘 보고 있
으라고 했잖아요. 그새를 못 참아서, 어휴. 대표님한테 전화 못
받았어요? 언니 곁에서 일분일초도 떨어지지 말라는 전화?"

"난데없이 그게 무슨 말이야?"

서영에게 맞은 등을 손으로 문지르며 민성이 볼멘 얼굴로
투덜거렸다.

"다니엘이 중국에서 납치됐대요. 소속사에서 지금 난리 났
어요."

"뭐, 납치?"

"보디가드가 잠깐 화장실 간 사이에 사생 팬이 차에 뛰어들
었다나, 뭐라나. 눈 깜짝할 사이도 없이 차를 몰고 어디론가
가버렸대요. 지금 그것 때문에 발칵 뒤집혔어요. 날 밝으면 언
론에 쫙 보도될 거래요. 하여간 그래서 우리 대표님도 연락받
고…… 앗!"

흥분해서 다다다 말을 쏟아내던 서영은 앞에 서 있는 태환
을 발견하고 흠칫 놀라 입을 다물었다. 이어서 얼굴을 살짝
붉히며 태환을 향해 다소곳하게 고개를 숙였다.

"차 대표님, 안녕하세요."

"다니엘이면 배우 손다니엘을 말하는 겁니까, 가수 독고다니
엘을 말하는 겁니까?"

태환은 가볍게 고개를 끄덕이는 것으로 서영의 인사를 받고 단도직입적으로 질문을 던졌다. 가수 독고다니엘이라면 문제가 없지만, 배우 손다니엘은 체인점 광고 계약 문제가 맞물려 있었기 때문에 골치 아파질 것이다. 그 때문인지 그의 미간이 살짝 일그러져 있었다.

"독고다니엘이라는데요."

"그래요."

그제야 딱딱하게 굳었던 그의 표정이 조금이나마 풀어졌다. 잘못한 것도 없는데 서영과 민성은 태환의 살벌한 기에 눌려 깨갱하며 서로 눈치만 살폈다.

"장민성 씨, 방금 로드 매니저 겸 보디가드라고 했었나요?"

"네, 넷!"

태환이 자신을 부르자, 민성은 상원 앞에서도 하지 않는 차렷 자세를 취했다. 그런데 그 모습이 너무나도 자연스러웠다.

"보디가드라면서 촬영장에서 정하라 씨를 이렇게 혼자 돌아다니게 해도 됩니까?"

"네? 저 그게……."

"만약에 내가 이상한 사람이었다면 어쩔 뻔했어요. 중국에서 일어난 일, 여기서도 일어나지 말란 법 있습니까?"

또박또박 존댓말을 쓰고 있는데도, 왜 이리도 살 떨리게 무서운 걸까?

민성은 태환의 날 선 눈초리에 오금을 저리며 꿀꺽 마른침을 삼켰다. 솔직히 말하면 하연은 이미 말라위에서 납치를 당했었다. 그리고 납치한 상대는 바로 앞에 서 있는 차태환이었다. 정작 납치한 당사자만 모를 뿐이지.

"정신 똑바로 차리고 일 제대로 해요. 만약에 정하라 씨에게 무슨 일이 생겨서, 영화 촬영에 차질이 생긴다면 그쪽에게 손해 배상 청구할 테니까."

한심하다는 눈으로 민성을 바라보던 태환은 더는 상대하기 싫었는지 그대로 등을 돌렸다.

어색한 침묵이 흐르고 태환의 모습이 완전히 사라지고 나서야 하연과 민성은 가슴에 손을 얹고 긴 안도의 숨을 내쉬었다.

"그런데 언니, 그 코트 뭐예요?"

서영은 하연이 두르고 있는 낯선 코트를 의아한 시선으로 바라보았다.

"어? 이거."

너무 긴장하고 경황이 없어 태환의 코트를 두르고 있다는 사실을 깜빡 잊고 말았다.

"잠깐만, 코트 돌려주고 올게."

하연은 서둘러 코트를 벗어 태환이 걸어간 쪽으로 뛰어갔지만 그는 이미 감쪽같이 사라진 후였다.

혹시라도 그가 눈치채거나 하진 않았겠지?

살얼음판을 걷는 것처럼 불안해서 가슴이 철렁 내려앉는 것 같은 기분이다. 하연은 제자리에 우두커니 서서, 어둠과 적막에 휩싸인 정원을 멍하니 바라보았다. 싸늘한 바람만이 휘잉, 어둠 속의 고궁 정원을 훑고 지나갔다.

집에 들어오자마자, 태환은 거칠게 넥타이를 풀어 바닥에 던지고 소파에 주저앉았다. 어느새 동이 트려는지 커튼이 내려진 창가로 하얀 햇살이 스며들고 있었다. 태환은 이마에 손등을 대며 그대로 소파에 몸을 뉘었다.

―어, 어, 어!

가냘프게 휘청거리다 그대로 품 안에 쓰러지던 그녀의 모습이 눈앞에 아른거렸다.

입술에 닿을 듯 말 듯 가깝던 그녀의 하얀 뺨과 가느다란 목덜미. 그리고 온 신경을 자극하는 재스민 향기.

제기랄! 잠깐 끌어안았다고 애송이처럼 아직까지 심장이 날뛰다니. 포옹이라고 할 수도 없고 그저 잠시 서로의 몸이 맞닿은 것뿐인데…….

태환은 한 손으로 얼굴을 쓸어내리며 질끈 눈을 감았다. 이 모든 건 그동안 여자를 너무 멀리해서 생긴 부작용일 뿐이다. 마지막으로 여자와 데이트한 게 언제였더라?

저번에 찍은 영화가 관객 천만이 넘는 대박을 치고 난 후, 눈코 뜰 새도 없이 바빠져서, 그 이후엔 말라위에서 예기치 못한 사고를 당해서, 그리고 나서는 생명의 은인인 그녀를 찾느라 정신없어서……. 이것저것 피치 못할 이유로 1년 반이 넘도록 여자와 단둘이 차 한 잔 마시지 못했다.

"하아."

신체 건강한 남자가 오랫동안 혼자서 수도자처럼 생활했으니, 달콤한 여자 향기에 몸이 저절로 반응하는 건 당연한 현상일지도 모른다.

정하라라는 여자가 딱히 마음에 들거나, 매력을 느껴서 이런 반응이 나오는 건 절대로 아니다. 정하라가 아닌, 다른 어떤 여자였더라도 그의 몸은 분명히 반응했을 것이다.

태환은 두 눈을 뜨고 이제는 햇빛이 완전히 스며든 밝은 창가로 고개를 돌렸다. 게다가 어젯밤은 전혀 예정에 없이 밤을 꼬박 새우고 말았다. 어쩌면 잠이 모자라서일 수도 있겠다. 우선 한숨 푹 자고 나서 생각해도 늦진 않을 것이다.

태환은 느릿한 걸음으로 계단을 올라 침실로 향했다.

"회장님, 이렇게 무턱대고 찾는 건 모래밭에서 바늘 찾는 것과 같습니다."

해외까지 그 범위를 넓힌 이후로 미래의 며느리를 찾아내는 일은 전혀 진척이 없었다. 보다 못한 오 실장이 넌지시 자신의 의견을 전했다.

"나도 그렇게 생각하네."

의자 등받이에 머리를 기댄 차 회장이 침통한 얼굴로 고개를 끄덕거렸다. 혹시나 하는 마음에 태환이 첫눈에 반하고도 남을 미모의 의사를 찾아 나섰지만, 그것도 여의치 않았다.

녀석이 나를 닮아서 오죽 눈이 높아야 말이지.

차 회장의 눈에 차지 않는다면 태환의 눈에도 마찬가지일 것이다.

"아무래도 차 대표와 뭔가 맞닿는 부분이 있는 인물로 초점을 맞추어야 할 것 같습니다."

"뭔가 맞닿는 부분?"

"네. 차 대표가 가는 병원이거나, 아니면 영화 촬영 때 자문을 구했던 의사이거나, 같은 사교 모임에 나간다거나."

오 실장의 말이 맞다. 아무리 태환이 이리저리 빠져나간다고 해도 일거수일투족이 차 회장에게 그대로 보고되고 있었으니까. 상대가 외계인이 아닌 바에야 차 회장이 뿌려놓은 그물망에서 벗어났을 리가 없었다. 말라위에서 사고를 당했을 때만 빼고는…….

"자네 말이 맞네. 우선 태환이 주변부터 조사해봐. 아 참, 그리고 말라위에서 입원했던 병원도 알아보도록. 혹시 거기에 한국인 의사가 있었을지도 모르니까."

"네. 알겠습니다."

오 실장이 회장실을 나서자, 차 회장은 손으로 턱을 문지르며 곰곰이 생각에 잠겼다.

제발 이번만큼은 성과가 있었으면 좋겠는데……. 태환이 녀석, 얼마나 오래 숨길 수 있는지 두고 보자.

또 같은 꿈이다. 이젠 어느덧 익숙해져버린 꿈. 손을 뻗으면 그녀는 언제나 늘 그랬듯 연기처럼 사라질 것이다.

알면서도 태환은 조심스럽게 그녀를 향해 손을 뻗었다. 그녀의 어깨에 손이 닿으려는 순간, 안개가 사라지며 그녀의 얼굴이 희미하게 나타났다.

또…….

태환의 입에서 탄식이 흘러나왔다.

정하라?

어느 순간 여의사는 사라져버리고 대신 정하라가 그녀의 자리에 서 있었다.

분명 정하라인데, 그녀가 아닌데…….

차갑게 식기는커녕 심장은 폭발할 것같이 날뛰며 전혀 진정할 기미를 보이지 않았다. 아니, 모세혈관까지 진동이 느껴질 정도로 더욱더 격렬하게 피를 뿜어냈다.

―태환 씨?

정하라는 무슨 일이냐는 듯 느린 동작으로 눈꺼풀을 깜박이며 옆으로 고개를 갸우뚱거렸다. 그리고 그를 향해 나른한 미소를 지어 보였다. 입꼬리만 살짝 끌어올린, 보일 듯 말 듯 한 미소. 그 미소에 태환은 가까스로 잡고 있던 이성의 끈이

'툭' 끊어지는 걸 느꼈다. 더 이상은 참을 수 없었다.

태환은 두 손으로 그녀의 얼굴을 감싸고 그녀의 입술에 거칠게 입술을 겹쳤다. 힘겹게 내리눌렀던 본능이 불꽃처럼 폭발하기 시작했다.

언제부터였을까? 언제부터 키스하고 싶었을까? 처음 만났던 그 순간부터? 나는 지금 정하라에게 키스하고 있는 걸까? 아니면 그녀에게 키스하는 걸까?

상관없다. 이 미칠 것 같은 목마름을 풀 수만 있다면……

태환은 자신을 감싼 달콤한 향기를 더더욱 세차게 빨아들였다.

너무 달콤해서 온몸이 타들어가는 것만 같았다.

"헉!"

태환은 두 눈을 뜨고 자리에서 벌떡 몸을 일으켰다. 그러고는 흘러내린 앞머리를 쓸어 올리며 천천히 주위를 둘러보았다. 곧 간접 조명만 남은 어두운 실내가 눈에 들어왔다.

"하아."

태환은 길게 안도의 한숨을 내쉬며 다시 침대에 몸을 뉘었다. 아무리 꿈이라지만, 정하라를 끌어안고서 미친 듯이 입술을 탐하다니……

"흐음."

태환은 원망의 탄식을 내뱉으며 두 손으로 얼굴을 감쌌다.

—으음.

도톰한 입술을 깨물자, 희미하게 흘러나오던 정하라의 신음이 아직도 선명하게 귓가에 흘러들었다.

도저히 참을 수 없어, 태환은 침대에서 벌떡 일어나 욕실로 향했다. 황당한 망상을 지워버리는 데 찬물로 샤워하는 것만큼 효과적인 방법은 없을 테니까.

쏴아아아―.

세차게 쏟아지는 차가운 물줄기 아래서 태환은 깊은 생각에 빠져들었다. 사춘기 때를 제외하곤 꿈속에서조차 이렇게까지 이성을 잃어본 적이 없었는데……. 특히나 현실에 존재하는 누군가와 육체적 사랑을 나누는 꿈 같은 건 절대로 꾸지 않았다.

―너는 다른 또래 아이들과는 다르다. 그 점 명심해라.

고등학교에 진학한 후부터 차 회장은 귀에 못이 박힐 정도로 태환에게 충고했다.

―네가 조금만 실수해도 아주 커다란 스캔들로 돌아온다는
    거, 잘 알겠지?
―어떤 상황이라도 여자에게 여지를 남겨선 안 돼.

그의 형들인 태우와 태석은 허구한 날 여자 문제로 차 회장의 골치를 썩였다. 태석의 경우는 본인이 이 여자, 저 여자 자

유분방한 연애를 즐긴 결과였지만, 태우의 경우는 그가 재벌 3세라는 걸 알고서 작정하고 달라붙은 여자들 때문이었다.

차 회장의 충고가 아니더라도 본디 사랑이란 것 자체에 관심 없었던 태환은 두 형과 다르게 특별한 사건 없이 학창 시절을 마쳤다. 혹시라도 스캔들에 휘말릴까, 상대가 이상한 착각을 할까, 조심에 조심하며 가능성을 차단했다.

그런데 기가 막히게도 지금, 그는 사춘기 소년처럼 본능을 통제하지 못하고 있었다. 머리는 경솔함을 꾸짖는데, 몸은 꿈속에서 맛보았던 입술 감촉을 끊임없이 떠올렸다. 목구멍이 타들어갈 만큼 달콤하고 수줍은 듯 뒤로 숨기만 하던 그녀의 분홍빛……

"제길!"

태환은 세차게 머리를 내저으며 한 손으로 욕실 벽을 내리쳤다.

꿈인 주제에 생생하게 감촉이 느껴진다는 게 말이 되나!

아무리 찬물을 뒤집어써도 뜨겁게 달군 심장은 예전으로 돌아가지 않을 것 같았다.

그래서 화가 나고……

그래서 두렵다.

7. 입술이
닿아버렸다!

"오늘 모두 수고했습니다."

첫 대본 연습은 큰 문제없이 순조롭게 끝났다. 배우들끼리 호흡이 착착 맞자, 창훈은 연습 내내 흡족한 미소를 지었다. 이어진 회식 자리에서도 배우와 제작진 모두, 작품에 관한 이야기를 나누며 환상의 팀워크를 보여주었다.

"차 대표가 웬일이지?"

회식이 끝날 때까지 태환이 모습을 드러내지 않자, 인사차 들른 상원이 궁금증을 나타냈다.

"내가 알기론 무슨 일이 있어도 대본 리딩 첫날에는 꼭 나오는데……."

며칠 계속된 연습에도 태환은 나타나지 않았다.

"모두 수고했습니다. 내일 아침 9시에 다시 모이죠."

"네, 잘 가요."

모두 연습실을 빠져나갔지만 하연은 미동 없이 자리에 앉아 대본을 뚫어지게 내려다보고 있었다.

오늘도 그는 오지 않았다. 끝날 때까지 모습을 안 보여줄 건가?

"하라 씨, 뭐 할 말이라도 있어요?"

대본을 챙겨 자리에서 일어나던 창훈이 의아해하며 물었다.

"네? 아, 아뇨."

하연은 어색한 미소를 던지며 황급히 자리에서 일어났다.

"좀 생각할 게 있어서. 그럼 내일 봬요."

그녀는 창훈에게 인사한 후, 대본과 짐을 챙겨 연습실을 빠져나왔다. '대표님은 연습에 오지 않으시나요?'라고 물어보고 싶었지만, 그런다고 안 올 사람이 오는 건 아니니까.

하연은 복도에 선 채로 손에 쥔 가방을 말없이 내려다보았다. 그의 코트가 들어 있는 가방이었다. 언젠가부터 그에게 돌려주기 위해 항상 코트를 가지고 다니게 됐다. 대본 연습을 하는 장소와 태환이 사무실로 사용하는 건물과는 불과 몇 미터밖에 떨어져 있지 않았다.

그러나 약속도 하지 않은 상태에서 불쑥 찾아가는 것도 그렇고, 그가 사무실에 있으리는 법도 없었다.

이러지도 저러지도 못하고 한참을 망설이던 그녀는 결국 코트가 든 가방을 들고 데이지로 향했다. 그곳에서 태환을 만날지도 모른다는 희망을 안고서……

데이지는 여느 때와 마찬가지로 많은 손님으로 북적거렸다. 그래도 식사 때가 아니기에 순서를 기다리는 줄은 없었다. 자리를 안내해야 할 웨이터는 등을 돌린 채, 벽에 걸린 '오늘의 메뉴' 사인을 바꾸고 있었다. 아무리 기다려도 웨이터가 뒤돌아보지 않자, 하연은 먼저 말을 걸었다.

"저, 자리 있나요?"

하연의 목소리에 웨이터는 깜짝 놀란 듯 말했다.

"정말 오랜만에 오셨네요."

활짝 웃으며 뒤돌아보던 웨이터는 하연이 뒤에 서 있자, 의아한 표정으로 미간을 모았다.

"이런, 죄송합니다. 단골손님과 목소리가 비슷해서, 제가 잠시 착각을 했습니다."

"단골손님이요?"

"네. 일주일에 서너 번은 꼭 들러주시던 분이 계셨는데 한동안 안 보이셔서. 아, 이쪽으로 오십시오."

웨이터는 하연을 창가 쪽 테이블로 안내했다. 그러나 식사를 마칠 때까지 태환은 나타나지 않았다. '여기에 맡기고 갈까?' 하는 생각이 들었지만, 그렇게 돌려주면 너무 성의가 없을 것 같아, 그대로 자리에서 일어섰다. 그리고 코트가 든 쇼핑백을 들고 천천히 데이지를 걸어나갔다.

하연이 떠나고 한 시간 후, 태환이 데이지 안으로 들어섰다. 아까 하연을 안내했던 웨이터가 태환의 앞으로 다가왔다.

"오셨습니까?"

"그냥 둘러보러 온 거니까, 신경 쓰지 말고 일 봐."

"네."

"아, 그런데……."

웨이터가 자리로 돌아가려고 하자, 태환이 잠시 그를 불러 세웠다.

"그때 뿔테 안경 썼던 단골손님, 요새 전혀 오지 않나?"

고민에 고민을 거듭하다 떠오른 첫 번째 해결 방법은 무슨 수를 써서라도 그녀를 찾아내는 것이었다. 야릇한 꿈이 시작된 것도 그녀 때문이고 재스민 향에 반응하게 된 것도 그녀 때문이니, 그녀를 다시 만나게 되면 복잡하게 꼬여버린 상황이 조금이라도 나아지지 않을까 하는 기대감으로.

"네, 그날 이후로 한 번도 오지 않으시네요."

"그래."

태환의 얼굴에 어두운 그림자가 내려앉았다.

또 해외로 나간 건 아니겠지?

"아 참, 사실 저도 오늘 그분이 오신 줄 알고 깜짝 놀랐었어요."

웨이터가 뭔가 재미난 일이 생각난 듯 피식 실소를 흘렸다.

"목소리만 듣고 그분이 오신 줄 알고 뒤돌아봤는데 정하라 씨더라고요. 목소리가 비슷해서 제가 잠시 착각했습니다."

"뭐?"

웨이터의 황당한 소리에 태환은 미간을 찌푸렸다.

"그 손님 말투가 참 상냥하시잖아요. 목소리도 워낙 고와서 듣고만 있어도 기분이 좋아지죠."

"목소리가 곱다고? 허스키한 게 아니라?"

태환은 믿어지지 않는다는 표정으로 다시 한 번 물었다. 동시에 알 수 없는 이유로 심장이 두근거리기 시작했다.

"네."

웨이터는 확신에 찬 어조로 짧게 대답했다. 그때 홀에 있던 손님이 웨이터를 향해 손을 들어 올렸다. 웨이터를 부르는 손님 때문에 두 사람의 대화는 그것으로 끝이 났다.

"그럼 전 이만."

웨이터는 태환에게 고개를 숙인 후, 재빨리 손님이 있는 테이블로 걸어갔다. 잠시 웨이터의 뒷모습을 바라보던 태환은 그가 했던 말을 심각하게 받아들이지 않고 사무실로 걸음을 옮겼다.

상대하는 손님이 많다 보니 착각한 거겠지?

띠리리리―.

때를 맞춰 태환의 휴대폰이 울렸다.

"여보세요."

[태환아. 너, 정말 낼모레 파티 안 올 거야?]

지은의 카랑카랑한 목소리가 휴대폰 너머로 흘러나왔다.

"무슨 파티?"

['실버 크릭 클럽'에서 내 귀국 파티 해주기로 했다고 전에 말했잖아.]

'실버 크릭 클럽'은 친목 사교 목적으로 자연스럽게 인맥을 형성하거나 새로운 이성을 만날 수 있게 해주는 성격을 띤 모임이었다.

"나는 분명히 관심 없다고 말했던 것 같은데."

[그건 그때고. 마음 안 변했어? 아직도 관심 없어?]

그녀가 이리도 안달 난 것을 보면 누군가 지은에게 태환을 소개시켜달라고 조르는 모양이다. 실제로 그런 일이 하루 이틀이 아니었다.

"관심 없어. 바쁘니까 그만 끊어."

[야! 차태환!]

태환이 전화를 끊어버리려고 하자, 지은이 빽 소리를 질렀다.

[그러지 말고 내 얼굴 봐서 잠깐이라도 들러. 응?]

"내가 왜 누나 체면을 신경 써야 하지? 우리가 그렇게나 애틋한 남매 사이였나?"

[그래도 원수 사이는 아니잖니. 안 그래?]

방법을 바꾸기로 했는지 지은의 말투가 부드럽게 변했다. 그녀의 말대로 다른 두 형제에 비해 지은과의 관계는 그리 나쁘진 않았다. 어릴 때부터 지은은 자신이 여자라서 남자인 태우와 태석, 태환에게 자신의 몫을 빼앗긴다고 불만스러워했다. 그 때문에 커서는 그녀의 몫을 건드리지만 않으면 원만히 지낼 수 있었다.

태환은 그룹 경영권에는 관심을 보이지 않고 본인의 사업에만 열중했다. 그랬기에 지은은 경계심을 조금씩 푸는 중이었다.

[내가 아주 괜찮은 애 소개해줄 테니까 꼭 참석해. 너, 요새 통 여자 안 만났잖아.]

지은의 말이 맞다. 그동안 너무 여자를 멀리하긴 했다. 우선

가벼운 데이트라도 해야겠다.

잠시 침묵을 지키던 태환은 차갑게 입을 열었다.

"내 취향이 어떤지는 알아?"

모든 대본 연습이 끝나고 다음 주면 첫 촬영에 들어간다. 촬영을 앞두고 며칠 짬이 나자, 하연은 미뤄두었던 행사 참여와 화보 촬영 일정을 소화했다. 앞으로 영화 촬영을 제외한 모든 활동은 잠시 접어야 하기에, 소화해야 할 스케줄이 꽤 빡빡했다. 마지막 화보 촬영은 결국 새벽까지 이어졌고 하연은 아침이 되어서야 집에 돌아올 수 있었다.

미인은 잠꾸러기라던데, 그게 사실이라면 항상 수면 부족에 허덕이는 그녀는 미인과는 거리가 멀었다. 옷도 벗지 않고 침대에 누운 하연은 그대로 곯아떨어졌다.

불행 중 다행이라면 오늘은 스케줄이 비는 날이라 오랜만에 늦잠을 잘 수 있다는 거.

"하암."

사방이 환하게 밝아지고서야 잠에서 깬 하연은 기지개를 하며 벽에 걸린 시계로 눈을 돌렸다. 시간은 정오를 넘어 2시에 가까워지고 있었다. 느긋하게 샤워하고 점심을 먹으려고 냉장고 문을 여는데, 식탁 위에 놓아둔 휴대폰이 울렸다. 액정에 떠오른 발신 화면을 확인한 하연의 얼굴이 단번에 환해졌다.

서둘러 통화 버튼을 누르자, 반가운 목소리가 흘러나왔다.

[유 선생, 나야.]

"네, 선배님."

[오늘, 같이 저녁 식사할까? 4시 이후에 오프거든.]

"네. 좋아요."

오프라고 해도, 응급 연락이 오면 곧바로 병원으로 돌아가야 해서 약속 장소는 병원 근처로 정했다.

[그래, 그럼. 내 사무실로 와.]

"네, 이따가 봬요."

전화를 끊은 하연은 냉장고 문을 열고 심각한 표정으로 안을 들여다보았다. 조금만 먹고 갈까?

잠시 고민하던 하연은 고개를 가로저으며 냉장고 문을 '탁' 닫았다.

"어디야?"

차에 오른 태환은 시동을 걸기 전, 창훈에게 먼저 전화를 걸었다. 다음 주 첫 촬영을 앞두고, 진행에 차질이 없는지 창훈에게 직접 확인해야 할 것 같았기 때문이었다.

정하라를 피하려 한 건 아니었지만, 지난 한 주 동안 태환은 창훈과 제작진에게 모든 진행을 맡겼다.

그 덕분인지, 이상한 꿈은 더 이상 꾸지 않았다. 여의사의 꿈도 매일 밤이 아니라 이틀에 한 번 꼴로 줄어가고 있었다.

[어? 어……. 나. 지금 한국 대학 병원이야.]

"병원? 거긴 왜? 어디 아파?"

[에휴.]

태환의 물음에 수화기 너머로 긴 한숨만이 흘렀다.

[촬영 허가 내줬던 강남 병원이 갑자기 마음을 바꿨어. 그래서 지금 새 로케이션 장소 물색하는 중이야.]

촬영을 앞두고 종종 돌발적인 사태가 일어나곤 했지만 촬영을 며칠 앞두고 촬영 장소가 변경되는 건, 큰 문제였다.

[조감독이랑 함께 찾고 있지만 쉽지가 않네. 쓸 만한 병원은 이미 TV 드라마 촬영 중이거나, 아니면 병원에서 모든 촬영은 불가…….]

"왜 나한테 말 안 했어!"

태환이 화난 목소리로 창훈의 말을 끊었다.

[이렇게까지 심각할 줄은 몰랐지. 지금 한국 대학 병원만 남았는데 여기도 엄청 까다로워. 사무장을 만나긴 했는데, 원장님이 허락하지 않으면 자신도 어쩔 수 없다고.]

"원장님은 만나봤고?"

[지금 만나려고 세미나실 앞에서 기다리고 있어.]

"다음 주부터 촬영 아니었어?"

[응. 여기도 안 되면 우선은 다른 신부터 찍고. 병원 신은 나중에 찍어야지.]

그렇게 되면 촬영 일정이 꼬여버리는데…….

태환은 초조하게 운전대를 손가락으로 두드렸다. 역시 창훈에게 영화 진행을 맡겨두는 게 아니었다. 고작 정하라 한 명을 피하려다가, 일이 이렇게 꼬일 때까지 내버려두다니.

태환은 경솔한 자신에게 화가 치밀었다. 하지만 지금은 한가롭게 자책할 시간 따윈 없었다. 한시라도 빨리 문제를 해결해야 한다.

"나도 갈 테니까, 거기서 기다려."

한국 대학 병원 김 원장과 차 회장은 아주 오랜 친분이 있는 사이였다. 김 원장 앞에서 아버지의 이름을 들먹이는 건 내키지 않았지만, 지금 상황에선 어쩔 수 없었다. 태환은 서둘러 시동을 걸고 차를 출발했다.

약속 시각까지 30분쯤 남았지만, 하연은 차에서 기다리지 않고 건물 안으로 들어가기로 했다. 그녀는 백미러에 모습을 비추며 복장 상태를 점검했다. 도수가 높아 보이는 뿔테 안경과 치아 교정기를 끼고, 오늘은 특별히 하얀 콧등에 주근깨도 잔잔하게 그려 넣었다. 데이지에선 변장을 써먹을 수 없지만, 다른 곳은 괜찮을 테니까.

하연은 화장은 생략하고 입술에 연한 색의 립스틱을 발랐다. 머리는 고무줄로 질끈 묶었고, 물 빠진 헐렁한 청바지에 펑퍼짐한 스웨터, 그 위에는 커다란 야상 점퍼를 걸쳤다.

재호에게 예쁘게 보이고 싶은 마음은 간절했지만, 타인의 시선에서 벗어나려면 어쩔 수 없었다. 그래도 혹시 몰라서 배낭에 하얀 모직 원피스를 챙겼다. 단둘이 있는 기회가 오면 스웨터와 야상 점퍼를 벗어버리고 원피스로 갈아입을 계획이었다.

하연은 배낭을 메고 차에서 내린 후, 경쾌한 걸음으로 병원을 향해 걸었다. 지나치던 행인이 힐끗 그녀를 쳐다보았지만, 아무도 그녀가 배우 정하라라는 걸 알아보지 못했다. 어쩌면 2%가 아닌 좀 많이 부족한 정하라 닮은 일반인이라고 생각할지도 모른다.

로비를 지나, 재호의 사무실이 있는 동관 건물로 갈 때까지만 해도 하연은 곧 악몽 같은 현실과 마주치게 될 거라곤 상상도 하지 못했다. 중앙 건물에서 엘리베이터를 타고 15층으로 올라간 후, 동관 건물을 잇는 구름다리 통로로 향했다. 일반 환자와 최소한으로 적게 부딪히면서 가장 빨리 재호의 사무실로 갈 수 있는 지름길이었다.

그녀가 구름다리를 중간쯤 건넜을 때, 반대편에서 장신의 남자가 모습을 드러냈다. 성인 두어 명이 겨우 지나갈 수 있을 정도로 좁은 통로였기에 하연은 자연스럽게 벽 쪽 가까이 몸을 붙였다. 그런데 멀리서 보이는 남자의 모습이 어딘지 모르게 낯이 익었다.

"헉!"

서로 얼굴을 알아볼 수 있을 정도로 가까워지자, 하연은 그만 제자리에 얼어붙고 말았다.

저 남자는……?

남자를 알아본 하연의 얼굴이 충격으로 굳어버렸다. 상대
도 하연을 알아봤는지 우뚝 제자리에 멈춰 섰다.

[미안하다. 내가 착각했어. 동관이 아니라 서관이야. 동관은
의사 전용 건물이고. 다시 건물 밖으로 나가서 서관 쪽으로
차 타고 와라. 걸어오기에는 거리가 좀 멀어.]

김 원장이 참석 중인 세미나 장소를 잘못 알려준 창훈이 태
환에게 쩔쩔매며 사과했다.

"알았어, 걱정하지 마. 내가 알아서 찾아갈게."

전화를 끊은 태환은 벽에 걸린 병원 안내도로 시선을 돌렸
다. 창훈의 말대로 거리가 좀 멀긴 했지만, 차를 몰고 갈 정도
는 아닌 것 같아 그냥 걸어가기로 마음먹었다.

병실이 있는 서관으로 가려면 우선은 중앙 건물로 돌아가야
한다. 중앙 건물과 이어진 구름다리로 막 들어서려고 하는데
왠지 눈에 익은 여자가 눈에 들어왔다.

한 번 보면 잊을 수 없는 촌스러운 뿔테 안경과 앞으로 툭
튀어나온 입술, 아무렇게나 하나로 묶어버린 머리하며 헐렁한
청바지.

저 여자는……?

태환은 우뚝 걸음을 멈추었다.

그녀가 틀림없다!

여자도 그를 알아보는 것 같았다. 제자리에 우뚝 멈춰 선 채, 넋이 나간 표정으로 그를 바라보고 있었다.

드디어 찾았다! 이렇게 다시 만나게 되다니…….

잠잠하던 심장박동이 미친 듯이 빨라졌다.

태환은 크게 숨을 들이마시며 앞으로 나아갔다. 그런데 그녀는 가까이 다가오기는커녕 갑자기 홱 등을 돌리더니, 반대 방향을 향해 전속력으로 달리기 시작했다.

지금 뭐 하는 거야? 어째서 도망가는 거지?

"이봐요! 잠깐만."

태환은 멀어지는 그녀를 따라 빠르게 뛰어갔다.

"거기 서요!"

태환이 외치는 소리를 한 귀로 흘리며 하연은 빛의 속도로 앞을 향해 뛰어갔다.

악! 어떡해, 어떡해! 눈 빠지게 기다릴 때는 안 나타나고 왜 하필 변장했을 때……. 원수는 외나무다리에서 만난다고 하더니. 어? 아니지, 난 원수가 아닌데……. 난 생명의 은인이라고! 그런데 왜 도망가야 하는 거야? 확 말해버릴까?

뛰는 속도가 느려지려는데 별안간 서영의 목소리가 귓속에 울려 퍼졌다.

—사람들이 '지옥에서 온 제작자'라고 부르는 이유는…… 차 대표님 사전에는 '정상 참작'이란 단어가 없대요.

―일 처리할 때 보면 완전 저승사자가 명부에 오른 망자 데리고 가는 수준이라고.

분명 그녀가 그를 구해준 건 맞으니까 고맙다고 사례를 하려고 할 것이다. 하지만 어디까지나 보답으로 끝날 뿐……

―한 번 봐주고 이런 거 없이 바로 소속사에 통보해서 위약금 물리게 했대요.

영화 촬영 중에 무슨 일이 생긴다면 태환은 모든 일을 자신의 방식대로 처리할 것이다. 그러니까 피도 눈물도 없는 냉혈한에게 조금이라도 약점을 잡혀선 안 된다.

―정신 똑바로 차리고 일 제대로 해요.

태환의 싸늘한 목소리가 바로 옆에서 들리는 것만 같았다.

―만약에 정하라 씨에게 무슨 일이 생겨서, 영화 촬영에 차질이 생긴다면 그쪽에게 손해 배상 청구할 테니까.

하연은 다시 서둘러 뛰는 속도를 올렸다.
"헉, 헉, 헉."
하여간 지금은 괜한 생각으로 에너지를 낭비할 여유가 없었다. 한시라도 빨리 저 남자의 시야에서 벗어나고 봐야 한다.

변장했다고 해도 가까이서 보게 되면 내가 정하라라는 걸 알아챌 거야. 명색이 그래도 영화 제작자인데, 매의 눈을 가졌을 게 틀림없어!

호출을 받는 즉시 응급실로 뛰어가던 과거 덕분에 달리기 하나만큼은 자신 있었다. 그런데 쫓아오는 태환의 달리기 실력도 만만치 않았다. 남들과 비교해 월등히 다리가 길어서 그런가 보다.

구름다리에서 빠져나온 하연은 빠르게 주위를 둘러보았다. 천만다행이라면 그곳이 그녀의 손바닥 위에 있는 한국 대학 병원이라는 거였다. 어디로 도망가야 할지 눈에 빤히 보이니까. 지금은 한가로이 엘리베이터를 기다릴 시간이 없었다.

비상계단으로 빠져야 해!

하연은 '걸음아, 나 살려라!' 비상계단으로 이어진 복도로 달려갔다.

"헉, 헉."

태환은 이해할 수 없다는 표정으로 벅찬 숨을 골랐다.

저 여자, 스프린터야? 뭐, 저렇게 빨라!

그녀는 배낭을 앞으로 끌어안은 채, 미친 속도로 달려가고 있었다.

"이봐요, 거기 서라니까!"

아무리 불러도 그녀는 뒤도 한 번 돌아보지 않고 열심히 앞으로만 뛰어갔다. 모르는 사람이 보면 쫓고 쫓기는 추격전이라도 벌어진 줄 알겠다.

구름다리 통로를 빠져나온 태환은 황급히 그녀가 사라진 텅 빈 복도를 둘러보았다.

왼쪽으로 돌았던 것 같은데……

왼쪽으로 돌자, 엘리베이터가 눈에 들어왔다. 태환은 재빨리 엘리베이터 층 표시기를 올려다보았다. 불빛은 지하 2층에서 반짝이고 있었다. 그때 멀리서 철문이 '쾅' 닫히는 소리가 들렸다. 소리가 나는 쪽으로 고개를 돌리자, 복도 끝으로 비상계단 표시가 눈에 들어왔다. 태환은 본능적으로 비상계단을 향해 달려갔다.

비상계단으로 연결된 철문을 열자, 저 밑에서 계단을 뛰어 내려가는 소리가 들렸다. 그녀는 운동화를 신고 있었다. 지금 들리는 소리는 확실히 구둣발 소리는 아니었다. 그렇다면 저 소리의 임자는 그녀가 분명하다. 태환은 한 손으로 넥타이를 느슨하게 풀며 빠르게 계단을 뛰어 내려갔다.

오늘은 무슨 수가 있어도 잡고 만다!

탁ㅡ. 탁ㅡ. 탁ㅡ.

계단을 뛰어내려오는 소리에 하연은 힐끗 위를 올려다보았다. 태환이 험악하게 인상을 찌푸린 채, 쫓아오고 있었다.

헉! 비상계단으로 온 걸 어떻게 알았지?

이쪽으로 빠지면 안 따라올 거라고 생각했는데, 너무 얕잡아본 모양이다. 한 번 잡으면 절대로 놓치지 않는 성격이라고 하더니. 정말 사소한 일에도 목숨을 거는 유형이구나!

이대로 있다가는 얼마 안 있어 그에게 따라잡힐 게 뻔하다.

"헉, 헉, 헉!"

하연은 거칠게 숨을 몰아쉬며 재빨리 철문을 열고 복도로 빠져나갔다. 그리고 바로 눈에 보이는 여자 화장실로 뛰어들었다. 다행히 화장실은 텅 비어 있었다. 맨 처음 칸에 들어가, 옷을 갈아입는데 밖에서 아이들이 재잘거리는 소리가 들려왔다.

"자, 줄 서야지. 여기서부터 차례대로 줄 서봐."

이어서 성인 여자의 목소리가 뒤를 따랐다. 옷을 갈아입고 밖으로 나오니 열 명은 족히 넘는 여자 아이들이 나란히 줄 서서 차례를 기다리고 있었다.

"나, 이 언니. TV에서 본 것 같아. 엄마가 보는 드라마에 나왔어."

하연을 알아본 아이 한 명이 대단한 걸 알아낸 것처럼 큰소리로 외쳤다.

"정하라 씨?"

아이들이 웅성거리자, 뒤쪽에 서 있던 인솔 교사가 앞으로 다가왔다. 그녀의 가슴에 달린 '제3회, 어린이 병원 체험 학습'이란 명찰이 하연의 눈에 들어왔다.

"헉, 헉, 헉."

분명히 여기로 빠져나갔는데……

허탈한 표정으로 텅 빈 복도를 뛰어가던 태환은 옆구리에 통증을 느끼며 자리에 멈춰 섰다.

"으음."

아물었다고는 하지만 워낙 깊게 찔린 상처라, 한동안 격렬한 운동은 피해야 하는데 너무 무리한 모양이다. 태환은 한 손으로 옆구리를 움켜쥐고 천천히 발을 내디뎠다. 발을 움직일 때마다 타는 듯한 통증이 밀려왔다. 그렇다고 이대로 그녀를 놓칠 순 없었다.

태환은 복도를 지나며 문에 달린 유리창을 통해 병실 안을 들여다보았다. 하지만 그녀의 모습은 어디에서도 보이지 않았다. 그렇게 빠른 사이에 사라질 수가 없는데, 귀신이 곡할 노릇이었다.

"와아아아."

그때였다. 재잘거리는 소리와 함께 초등학생으로 보이는 여자아이들이 화장실 안에서 몰려나왔다. 태환은 본능적으로 소리가 나는 쪽으로 뒤를 돌았다.

순간 태환의 얼굴이 딱딱하게 굳어졌다.

"……어째서?"

정하라가 환하게 웃으며 아이들에게 둘러싸인 채, 걷고 있었다. 그녀는 태환을 보지 못한 듯 인솔 교사로 보이는 여자와 함께 아이들을 이끌고 그를 지나쳐갔다. 태환은 멍하니 제자리에 선 채, 아이들과 멀어지는 그녀의 뒷모습을 바라보았다.

하연은 떨리는 마음을 다잡으며 걸음을 빨리했다.

못 알아봤겠지? 눈치채지 못했을 거야.

아이들에 둘러싸인 덕분에 자연스러워 보였지만, 등줄기로 는 식은땀이 흘렀다. 아무것도 모르는 인솔 교사는 자신을 도 와주는 그녀에게 연신 고맙다고 인사했다. 하연은 인솔 교사 를 향해 환하게 웃으며 힐끔 태환을 훔쳐보았다.

그는 제자리에 가만히 선 채, 그다지 특별한 행동은 보이지 않았다.

드디어 태환이 뒤를 돌아 반대편으로 걸어가기 시작했다.

"휴우."

긴장이 풀리자, 무릎이 탁 꺾이며 다리가 후들거렸다. 하연 은 선 자세를 유지하기 위해 다리에 힘을 꽉 주었다.

"웬 땀을 이렇게 흘려? 너, 걸어왔어?"

"아니. 뛰어왔다."

"뛰어오다니? 왜?"

태환은 창훈의 물음을 회피하며 텅 빈 세미나실을 둘러보 았다.

"원장님은?"

"방금 세미나 끝나고 나가셨어. 너도 온다고 하니까 30분 후에 원장실에서 보자고 하시더라고."

"그래."

태환은 가볍게 고개를 끄덕이며 의자에 털썩 주저앉았다. 잘못 본 게 아니다. 분명히 그녀였다.

그녀는 도대체 어디로 사라진 거지? 그리고 왜 하필 정하라가 그 자리에?

아무리 우연이라곤 하지만, 뭔가 기분이 묘했다.

"창훈아. 나, 그 여자 봤어."

"그 여자라니? 누구?"

고개를 갸우뚱거리던 창훈이 뭔가 생각이 났다는 듯 눈을 크게 떴다.

"잠깐. 그 여자라면 아프리카에서 널 살려준 의사?"

"응."

"여기서 근무해?"

"그런 것 같아."

태환은 뭔가 찝찝하다는 얼굴로 골똘히 생각에 잠겼다.

이상하다. 왜 그녀는 나를 보자마자 미친 듯이 도망쳤을까? 피할 이유가 전혀 없는데……. 써전이니까 갑자기 응급 환자 호출이라도 받은 걸까?

어쩌면 그녀는 자신을 알아볼 수 없을지도 모른다. 그때는 완전 피범벅으로 죽어가는 상태였고, 지금은 깔끔한 슈트 차림이니까.

그건 그렇다 치고 왜 정하라는 거기 있었던 거지?

데이지에서도 그랬다. 그녀가 사라진 자리에 정하라가 나났다. 아무리 우연이라도 한 번 이상 되풀이되는 건 무언가 수상하다. 그리고…….

태환은 목이 타는 듯 혀로 마른 입술을 축였다. 잠시 정하라와 마주쳤다는 사실 하나만으로도 속이 답답해지며 참을 수 없는 갈증에 목이 탔다. 또다시 겨우 진정되기 시작한 신경을 헤집듯이 긁어댄다.

태환은 쓸쓸하게 웃으며 재킷에서 휴대폰을 꺼내 들었다. 하여간 그녀가 여기서 근무한다는 걸 알아냈다는 건, 큰 수확이었다.

"강 비서, 한국 대학 병원 써전 리스트에서 빠진 사람 있었나, 확인해봐. ……응, 그래. 아 참, 그리고……."

태환은 창훈이 대화 내용을 들을까 봐 빠르게 세미나실을 빠져나갔다.

"정하라에 관해서 알아봐. 프로필이나 기사에서 나온 내용 말고, 대중이 모르는……. 그래, 응. 알아낼 수 있는 선까지 하나도 빠짐없이 낱낱이 조사해봐."

아직 확실하진 않지만, 두 사람 사이에 어쩌면 뭔가 연결점이 있을지도 모르겠다. 전화를 끊은 태환은 휴대폰을 만지작거리다 다시 세미나실로 돌아갔다. 지금은 김 원장을 설득해 촬영 협조를 받는 게 최우선이니까.

김 원장과의 면담을 성공적으로 끝난 후, 창훈은 연신 이마에 흐른 땀을 닦아냈다.

"너 아니었으면 큰일 날 뻔했어. 고맙다, 태환아."

태환과 김 원장의 대화를 듣는 것만으로도 숨이 훅 막혔다.

겉으로는 웃으며 대화를 나누었지만 얼마나 팽팽한 기 싸움을 벌이던지.

김 원장은 사적인 감정을 배제하고 철저하게 손익 계산을 따졌다. 태환에게서 흡족할 만한 제안을 받아내고서야 김 원장은 사무장에게 영화 촬영에 협조하라는 지시를 내렸다.

"다음부턴 너 혼자 해결하려고 하지 말고 바로 연락해. 알았어?"

"내가 입이 열 개라도 할 말 없다. 사과할 겸, 저녁 사마."

"아니, 다음에. 난 오늘 선약 있어."

"선약?"

태환은 대답 대신 창훈의 어깨를 한 번 툭 친 후, 차에 올랐다. 오늘은 '실버 크릭 클럽' 사교 모임 파티가 있는 날이다. 교외에 있는 고급 프렌치 레스토랑의 3층 전체를 예약했다고 했다. 지은이 소개해준다고 한 여자에겐 전혀 관심이 없었지만, 심란한 마음을 바로잡는 데 조금이나마 도움은 될 것 같았다.

—내 취향이 어떤지는 알아?
—말만 해. 내가 책임지고 찾아줄게.

지은을 100퍼센트 믿는 것은 아니었지만, 그래도 확실히 그가 말한 취향의 여자를 소개해줄 것이다.

—재스민 향이 나는 여자. 그게 내 취향이야.

만약 오늘 만나는 여자에게 가슴이 두근거리거나 끌린다면, 그건 오로지 재스민 향 때문일 것이다. 그리고 지금까지 그가 보인 반응은 모두 다 그 때문일 것이다. 절대로 상대방에게 마음이 있거나 끌려서가 아니다.

어둠이 내리기 시작하는 거리를 말없이 바라보던 태환은 이윽고 시동을 걸고 차를 출발했다.

다시 변장할 수도 없었기에 하연은 원피스 차림으로 재호의 사무실로 향했다. 가끔 지나가는 사람들이 힐끗힐끗 쳐다보았지만, 어쩔 수 없었다. 재호의 사무실 앞에서 기다리고 있자니, 약속 시간보다 40분 늦게 재호가 나타났다.

"많이 기다렸지? 미안해. 갑자기 응급 환자가 생겨서."

땀을 많이 흘리는 것으로 봐선 아주 다급한 환자였나 보다.

"미안하지만, 나 샤워하고 와야 할 것 같은데, 괜찮겠어?"

"그럼요. 당연히 괜찮죠."

"사무실 안에서 기다리고 있어."

사무실 문을 열어주던 재호가 어두운 얼굴로 혼잣말처럼 중얼거렸다.

"……정말 미안하다. 매번 이래서."

항상 환자가 우선이기에 매번 그녀와의 약속을 제대로 지키지 못하는 게 마음에 걸리나 보다.

"아니에요, 선배님. 미안하긴 뭐가 미안해요."

하연은 빠르게 두 손을 내저었다.

"조금만 기다리고 있어. 빨리 준비하고 올 테니까."

사무실에서 재호를 기다리며, 하연은 태환과 마주친 아슬아슬했던 상황을 떠올렸다. 방심했다가 정말 큰일 날 뻔했다.

하연은 앞으론 조심에 또 조심하자고 다짐했다.

병원 근처에 있는 레스토랑으로 갈 줄 알았는데 재호는 교외에 있는 레스토랑으로 차를 몰았다. 회원제로만 운영된다는 한적한 교외에 있는 프렌치 레스토랑이었다. 지하 2층과 지상 3층으로 이루어진 레스토랑은 겉으로 잠깐 보기에도 아주 운치가 있고 근사해 보였다.

"여기 오너가 고등학교 동창이야. 한번 오라는데 바빠서 계속 미루다가 오늘에서야 시간이 났네."

"요새 더 바쁘신 것 같아요."

"응. 인원이 좀 모자라서……. 힘든 외과 쪽으론 잘 안 오려고 하거든."

재호의 얼굴에 어두운 그림자가 내렸다. 시간이 가면 갈수록 외과를 지원하는 의대생이 줄어드는 것에 걱정이 되는 모양이었다.

레스토랑 안으로 들어가자, 매니저가 두 사람 앞으로 다가왔다.

"오늘은 3층 전체가 예약되어 있기 때문에 2층 홀에서만 식사가 가능합니다. 괜찮으시겠습니까?"

"상관없습니다."

"이해해주셔서 감사합니다. 그럼 이쪽으로 오십시오."

매니저는 두 사람을 정원이 훤히 내려다보이는 전망 좋은 창가로 안내했다.

"오늘은 내가 사는 거니까, 유 선생 먹고 싶은 거 마음대로 시켜."

그와 이야기하다 보니까 어느새 근심은 눈 녹듯이 녹아내렸다. 한재호처럼 따뜻한 사람이 지인으로 옆에 있어준다는 건 크나큰 행운이다.

"네."

하연은 활짝 웃으며 앞에 놓인 메뉴판을 열었다.

"만나서 반가워요."

스페인에서 왔다는 유민은 이목구비도 서구적으로 큼직큼직하고 까무잡잡한 피부가 돋보이는 미인이었다. 화려한 명품으로 휘감은 그녀는 태환을 빤히 바라보며 손을 내밀었다. 붉은 매니큐어를 바른 긴 손톱이 눈에 확 들어왔다.

"만나서 반갑습니다."

태환은 유민은 손을 짧게 잡았다 놓았다. 지은이 귀띔해주었는지 유민에게선 너무 강하지도 않고 약하지도 않은 재스민 향이 났다. 손을 들어 긴 머리카락을 쓸어 넘길 때마다 달콤한 향이 강하게 흘러나왔다. 그런데 이상했다. 가슴이 두근거리거나 앞에 선 여자에게 끌려야 하는데 태환은 아무런 감정도 느낄 수 없었다.

태환은 지은과 유민의 대화에 대충 고개를 끄덕이며 파티장 안을 둘러보았다. 삼삼오오 무리를 진 남녀끼리 서로 상대를 체크하기에 여념이 없었다.

역시 믿는 게 아니었어.

태환은 따분한 표정으로 손에 든 버진 칵테일을 연신 들이켰다. 아무래도 기회를 봐서 자리를 떠야겠다.

"태환 씨는 어떻게 생각하세요?"

그가 대화에 끼어들지 않자, 유민은 태환의 팔에 손을 얹으며 몸을 기대었다. 대부분의 남자라면 유민의 적극적인 태도에 녹아들었을지도 모르겠다. 그러나 태환은 전혀 흔들리지 않고 오히려 싸늘하게 유민을 내려다보았다. 그는 뒤로 한 걸음 물러서 팔에 얹힌 유민의 손을 자연스럽게 뿌리쳤다.

"잠시, 실례하겠습니다."

그는 당황해하는 두 여자에게 눈길 한 번 주지 않은 채, 곧장 테라스로 걸어나갔다. 답답한 실내 공기에 숨이 막힐 것만 같아 더는 견딜 수 없었다.

"하아."

밖으로 나오자마자 태환은 넥타이를 느슨하게 풀며 길게 숨을 내쉬었다. 두통이 올 정도로 재스민 향이 독한 줄 몰랐다. 못 견디게 강한 향은 아니었지만, 이상하게도 뭔가 거슬렸다.

222

같은 재스민 향이었지만, 여의사나 정하라에게서 느꼈던 향과는 느낌이 달랐다.

사람들로 꽉 찬 파티장이어서 그런 걸까?

파티장과 마찬가지로 테라스도 많은 사람으로 북적거렸다. 누군가 태환을 알아보고 손을 흔들었지만, 그는 외면하고 2층 테라스로 연결된 계단으로 향했다.

대낮처럼 밝은 3층 테라스와는 달리 2층 테라스는 바닥에서 올라오는 조명 불빛만이 은은히 어둠을 밝히고 있었다. 사람 없는 빈 공간이 눈에 들어오자 저절로 안도의 숨이 흘러나왔다.

태환은 난간에 몸을 기대어 어두운 정원을 내려다보았다. 한참이 지난 후, 난간에서 몸을 일으키려는데, 또각거리는 구두 소리가 들려왔다. 유민이 그를 찾아서 내려온 모양이다. 짜증이 밀려와 눈살을 찌푸리는데, 어디선가 불어온 바람이 달콤한 재스민 향기를 실어왔다.

순간 그의 심장박동이 걷잡을 수 없이 빨라졌다. 파티장 안에선 사방이 막힌 구조여서 재스민 향이 역겨웠나보다. 확 트인 밖에 나오니 몸이 정상으로 반응하는 것 같다.

역시 재스민 향 때문이었어. 지금까지 괜한 걱정을 했군.

태환은 피식 웃으며 천천히 뒤를 돌았다. 그를 혼돈에서 구해준 유민이니까 오늘 밤만은 다정하게 대해줘야 할 것 같다. 그러나 뒤돌아 상대를 확인한 태환의 얼굴이 딱딱하게 굳어졌다.

"대표님?"

정하라가 조금은 놀란 표정으로 서 있었다.

당신이 왜 여기 있는 거지? 왜!

태환의 얼굴이 서서히 일그러졌다.

띠링—. 띠링—.

메인 코스가 막 시작되려는 찰나 문자 신호음이 울렸다.

"이런."

문자를 확인한 재호의 안색이 급속도로 어두워졌다.

"유 선생, 미안한데…… 아무래도 병원에 연락해봐야겠어."

하연이 괜찮다는 얼굴로 고개를 끄덕이자, 재호는 휴대폰을 들고 테라스로 향했다. 멀리서 지켜보던 웨이터가 무슨 일인지 알아보기 위해 테이블로 다가왔다.

"곧 있으면 메인 요리가 나옵니다만."

"급하게 전화할 일이 생겨서요."

"동행 분 돌아오시면 요리를 가져올까요?"

"그래주시겠어요? 감사합니다."

웨이터가 물러가고 한참이 지났음에도 재호는 돌아오지 않았다. 하연은 할 수 없이 재호를 찾아 테라스로 나갔다. 창가와 연결된 테라스에서 통화하는 줄 알았건만, 재호의 모습은 어디에도 보이지 않았다. 하연은 모퉁이를 돌아 조명이 미치지 않은 테라스 구석으로 다가갔다. 어둠 속, 저 멀리 난간에 기댄 남자의 음영이 시선을 잡아끌었다.

선배님?

어쩌면, 하는 마음에 다가간 하연은 전혀 예상하지 못한 사람을 발견하고 걸음을 멈췄다. 그곳에선 태환이 난간에 기댄 채 정원을 내려다보고 있었다. 만나려고 할 땐 코빼기도 안 보이더니 오늘은 너무나 자주 부딪힌다. 병원에서 마주친 것도 모자라 왜 그가 여기에 있는지 도저히 이해할 수 없었다.

날 의심해서 미행한 건 아니겠지? 살짝 확인해볼까?

하연은 태환을 향해 조심스럽게 다가갔다. 태환이 인기척을 느끼고 뒤로 몸을 틀었다. 기분이 좋은지, 그의 입가에는 옅은 미소가 어려 있었다.

"대표님?"

뒤에 서 있는 사람이 하연이라는 걸 깨닫는 순간, 그의 얼굴에서 미소가 사라졌다. 태환은 미간을 좁히며, 일자로 입을 다물었다. 매섭게 쏘아보는 눈빛과 딱딱하게 굳어버린 표정에서 그녀를 향한 태환의 적대감이 그대로 드러났다. 상대가 저렇게 나온다면 그녀 역시 상냥할 필요는 없겠지만, 얼굴 붉힐 일은 만들고 싶지 않았기에 애써 기분 나쁜 표정을 감췄다.

"정하라 씨, 여기서 지금 뭐 하는 겁니까?"

마치 형사가 용의자를 조사하는 것 같은 고압적인 말투에 하연은 인상을 찌푸렸다.

"저녁 먹으러 왔죠. 대표님은 무슨 일로……?"

태환은 대답 대신 고갯짓으로 3층을 가리켰다. 하연은 태환을 따라 3층으로 고개를 돌렸다. 3층 전체가 예약되었다고 하더니, 파티라도 열렸는지 화려한 조명과 북적거리는 소음이 흘러나오고 있었다.

하연은 잠시 3층을 바라보다, 다시 태환에게로 시선을 옮겼다. 그는 그녀의 존재를 무시하는 듯 계속해서 3층만 바라보고 있었다. 아예 상대하기도 싫다는 건가?

이런 경우라면 짜증이 나야 정상인데, 반대로 하연은 그의 조각 같은 옆 선에 감탄하고 말았다.

희미한 조명이 그의 뚜렷한 얼굴 윤곽을 더 잘 드러내고 있었다. 날렵한 콧대와 말끔한 턱선, 살짝 위로 올라간 입꼬리와 어딘지 공허해 보이는 눈빛이 완벽한 조화를 이루고 있었다.

아니, 나 지금 뭐 하는 거야?

자신이 태환을 빤히 바라보고 있다는 걸 깨달은 하연은 재빨리 시선을 돌렸다.

"저는 그럼 이만."

딩딩딩—.

막 자리를 뜨려는데 그녀의 휴대폰이 울리기 시작했다. 하연은 태환이 옆에 있다는 사실을 까맣게 잊고 얼떨결에 통화 버튼을 눌렀다.

[미안해. 유 선생.]

"선배님?"

[많이 기다렸지.]

휴대폰 너머로 재호의 가라앉은 목소리가 흘러나왔다.

[병원으로 돌아가야겠어. 올림픽대로에서 10중 추돌 사고가 났대. 응급실로 환자들이 몰렸다는데 의료진이 모자라서…….]

자세히 설명하지 않아도 하연은 얼마나 다급한 상황인지 알 수 있었다. 통화하는 시간조차도 아까울 것이다.

"전 괜찮으니까 어서 가보세요."

[이미 계산했으니까, 천천히 먹고 와. 정말 미안해. 오늘은 무슨 일이 있어도 함께 식사하려고 했는데…….]

"뭐가 미안해요. 생명을 구하는 일이잖아요. 어서 가보세요."

하연이 심각한 얼굴로 통화를 끝내자, 태환이 지나가는 투로 물었다.

"동행한 사람이 의사인가 보죠?"

"네? 아…… 네."

"남자?"

갑자기 짧아진 말꼬리에 하연은 미간을 찌푸렸다.

"왜요? 남자면 문제가 되나요?"

휴대폰 볼륨이 컸기 때문에 태환도 분명히 재호의 목소리를 들었을 것이다. 그런데도 남자인지 재차 확인하려는 속셈이 마음에 들지 않았다. 하연이 대답을 거부하자, 태환은 조금은 화가 난 표정으로 한 걸음 가까이 다가섰다.

"계약서 조항 잊지 않았을 텐데……?"

"스캔들을 일으키지 말라는 조항만 있었죠. 연애 자체를 금지하거나, 식사 등의 만남까지 막는 조항은 없었던 것으로 기억하는데요."

하연도 지지 않고 맞받아쳤다. 대답이 마음에 들지 않는 듯 태환의 얼굴이 딱딱하게 굳어졌다.

"첫 미팅 잊었습니까? 나폴레옹에서 송 감독이 말했었는데…… . 영화 상영이 끝날 때까지 적어도 1년 동안은 스캔들에 휩쓸리지 않게, 아예 이성 교제 자체를 자제해달라고. 그때 분명히 정하라 씨도 좋다고 동의했고. 어차피 바빠서 연애할 시간도 없다고 하지 않았었나요?"

물론 하연은 그렇게 대답했었고, 그때나 지금이나 누구와도 연애할 생각은 없었다. 그러나 순순히 태환의 뜻을 따르긴 싫었다.

한재호를 마음에 두고 있지만, 그건 어디까지나 선배 의사로서 존경과 동경이 합쳐진 감정일 뿐. 재호 옆에 있으면 왠지 모르게 마음이 편하고 기분이 좋았다.

확실히 태환과는 정반대의 느낌이었다. 태환은 존재 자체로 마음이 불편하고 기분이 언짢았다. 이유는 알 수 없었다. 그의 말 한 마디 한 마디가 거슬리고 불쾌했다. 그런데 막상 그가 눈에 보이지 않으면 궁금했다. 그래서 더더욱 거슬리게 되고 더 불쾌해진다.

"물론 그땐 그렇게 대답했습니다."

태환의 얼굴에 '그것 봐!' 하는 비웃는 듯한 조소가 떠올랐다. 불현듯 하연은 그에게 반항하고 싶다는 오기가 생겼다.

"하지만 그건 법적 효력이 전혀 없는 구두 약속이죠. 중요한 사항이었다면 계약서에도 명기했어야죠. 아닌가요?"

도발에 성공한 모양이다. 그의 눈꼬리가 날카롭게 위로 올라갔다.

하지만 도전은 여기까지! 더이상 그의 신경을 건드렸다간 어떤 결과를 초래할지 알 수 없으니까.

하연은 부드러운 표정으로 돌아가며 상냥하게 말을 이었다.

"스캔들에 휘말릴 일은 절대로 없으니까, 걱정하지 마세요. 만약에 무슨 일이 생기더라도 소속사에서 알아서 처리할 거고요."

그녀가 나긋나긋하게 태도를 바꾸자, 태환은 굳게 입을 다문 채로 침묵을 지켰다.

"그럼 전 이만."

그가 뭐라고 한마디 하기 전에 자리를 뜨는 게 상책이다. 하연은 서둘러 건물 안으로 걸음을 옮겼다. 누가 발목을 잡아당기는 것도 아닌데 다리가 제대로 움직이지 않았다. 그럴수록 그녀는 더욱더 고개를 빳빳하게 세우고 당당하게 발을 내디뎠다. 직접 눈으로 확인하지 않아도 태환이 얼마나 강렬한 눈빛으로 자신을 노려보는지 알 것 같았다. 뒤통수가 찌릿찌릿할 정도였으니까.

하연이 안으로 들어오자, 대기하고 있던 웨이터가 다가왔다.

"메인 요리 내올까요?"

"죄송하지만, 요리 하나는 포장해주고 나머지 하나만 주실 수 있나요?"

"물론입니다."

모두 포장해서 가도 되지만, 그러면 재호가 더욱 미안해할 것이다. 하연은 혼자라도 끝까지 식사를 마치고, 재호에게 포장한 요리를 가져다주기로 마음먹었다. 정신없이 환자를 돌보고 난 후, 재호가 어떤 음식을 먹을지는 안 봐도 뻔하니까. 식어빠진 피자 아니면 불어터진 컵라면이 고작일 것이다.

주방으로 내려갔던 웨이터는 얼마 지나지 않아, 메인 요리인 농어 구이를 들고 나타났다.

"그럼 즐거운 식사 되십시오."

웨이터가 물러가고, 하연은 포크로 먹음직스럽게 구워진 농어의 한 부분을 떠서 입에 넣었다. 완벽하게 구워진 생선 살은 입에 넣는 순간 아이스크림처럼 부드럽게 녹아들었다. 하지만 그뿐, 아무런 맛도 느낄 수 없었다.

재호가 옆에 없기 때문일까? 아니면 이글거리는 눈빛으로 노려보던 태환이 떠올라서일까?

하연은 오랫동안 생선 살을 입에 물고 맛을 음미하려 애썼지만 어째 마음이나 입맛이나 제 갈 길을 잃고, 갈팡질팡하고 있었다.

"태환 씨, 한참 찾았잖아요."

홀 안으로 들어서자, 유민이 다가와 기다렸다는 듯 태환의 팔에 매달렸다. 오늘 처음 만났을 뿐인데도, 유민은 그와 각별한 사이인 것처럼 행동했다.

"지금까지 어디 있었어요?"

훅 치고 들어오는 재스민 향에 태환은 반사적으로 눈살을 찌푸렸다. 아까는 깨닫지 못했는데 유민의 재스민 향은 속이 매슥거릴 정도로 역겨웠다.

가슴골이 훤히 드러나는 드레스를 입은 유민은 어떻게 해야 남자의 시선을 끌 수 있는지 아는 모양이었다. 태환의 팔에 풍만한 가슴을 지그시 누르며 생긋 웃어 보였다.

"내가 그쪽에게 대답해야 할 의무라도 있습니까?"

태환은 대놓고 교태를 부리는 유민을 싸늘한 눈빛으로 내려다보았다.

"네?"

얼음장처럼 차가운 반응에 유민은 잠시 당황한 것 같았다. 이런 거절에 전혀 익숙하지 않은지, 그녀의 속눈썹이 파르르 경련을 일으켰다. 태환은 아랑곳하지 않고 유민의 손을 매몰차게 떼어냈다. 이대로 가버리고 싶었지만, 나중에 지은에게서 쏟아질 잔소리를 예방하자면 말하고 가는 편이 나을 것이다. 파티장 안을 둘러보았지만, 지은의 모습은 어디에도 보이지 않았다.

"후우."

태환은 손으로 앞머리를 쓸어 올리며 길게 숨을 내쉬었다.

모든 게 엉망이다. 여자를 멀리해서 생긴 부작용이라는 걸 증명하려고 왔는데, 오히려 정하라에게만 반응한다는 걸 확인한셈이 돼버렸다.

하지만 왜?

충분히 납득할 만한 이유가 있어야 했다. 그저 예쁜 외모에 끌린다는 건 말이 안 된다. 정하라보다 더 섹시하고 아름다운 배우, 모델이 주위에 넘쳐났지만, 한 번도 흔들린 적이 없었으니까.

그런데 왜? 도대체 왜!

―중요한 사항이었다면 계약서에도 명기했어야죠. 아닌가요?

당돌한 말을 또박또박 내뱉는 입술에서 시선을 떼지 못하다니……. 약 올리듯 살짝 비틀린 그녀의 입매를 보는 순간, 심장이 조이는 것만 같았다. 당장 키스하고 싶다는 충동을 물리치려 태환은 주먹을 꽉 움켜쥐어야만 했다.

이건 모두 허황된 꿈 때문이다. 꿈과 현실을 혼동해선 안 된다. 아무리 달콤하고 뜨거운 입술이었다고 해도 그건 어디까지나 꿈속에서일 뿐, 현실에선 씁쓸하고 차가울 것이다.

골똘히 생각에 잠긴 탓에 태환은 유민이 그의 허리를 끌어안는 것을 눈치채지 못했다. 재스민 향기가 코끝에 확 스며들고서야 유민이 안기듯 기대 있다는 사실을 깨달았다. 저절로 눈살이 찌푸려졌다. 태환의 못마땅한 표정에도 유민은 물러서지 않고 손가락으로 그의 가슴을 쓸어내렸다.

"우리 조용한 곳으로 갈까요?"

우리? 신체적 접촉보다는 '우리'라는 단어에 참을 수 없는 짜증이 치솟았다. 평소였더라면 좀 더 세련된 방법으로 밀쳤을 테지만, 어느새 그의 인내심은 바닥을 치고 있었다.

"꺼져."

태환은 낮게 내뱉으며 유민의 손을 쳐냈다. 그녀는 당황하기는커녕 그의 반응에 흥미를 느끼는 것 같았다. 그녀는 가슴 앞으로 팔짱을 끼며 느긋한 눈빛으로 그를 마주 보았다.

"그렇게 말 놓으니까…… 어쩌죠? 난 태환 씨에게 더 끌리는데."

역시 만만한 상대는 아니었다. 예전이라면 가볍게 사귈 수도 있었겠지만, 지금은 아니다.

"좋아. 내가 대신 꺼져주지."

태환은 유민을 노려본 후, 빠르게 파티장을 걸어나갔다. 유민은 그를 붙잡으려고 하지 않았다. 상대를 밀고 당기는 놀이에 능숙한 듯, 피식 웃으며 어깨를 으쓱거렸을 뿐이다.

한두 번 유혹받은 것도 아니면서, 태환은 풋내기처럼 행동하는 자신에게 부아가 치밀어 올랐다. 숨이 탁 막히는 것처럼 답답했다.

언제부터일까? 머릿속이 온통 뒤죽박죽 엉망이 돼버렸다. 태환은 손바닥으로 가슴을 누르며 이금니를 꽉 깨물었다.

택시 회사에 전화를 걸었지만, 신호만 가고 아무도 받지 않았다. 결국 택시를 잡기 위해 도로까지 걸어 나왔는데 교외라서 그런지 차도 사람도 뜸했다.

"아우, 추워."

하연은 손으로 소름이 돋은 팔을 내리 문질렀다. 겉옷이 필요 없을 줄 알고, 야상 점퍼를 차 트렁크에 놓고 왔는데……. 모직 소재의 원피스라 따뜻하긴 했지만, 차가운 밤바람을 막기에는 턱없이 부족했다. 추위에 떨던 하연은 택시 앱을 이용하기 위해 핸드백에서 휴대폰을 꺼냈다. 그러나 아무리 요청을 보내도 서비스 가능 택시 아이콘이 뜨지 않았다.

아무래도 다시 레스토랑으로 돌아가야겠다는 생각에 레스토랑 쪽으로 등을 돌리려는데 갑자기 검은 스포츠카가 그녀 앞에 멈춰 섰다. 동시에 조수석 쪽 창문이 내려가고 익숙한 목소리가 흘러나왔다.

"여기서 뭐 합니까?"

하연은 두 눈을 가늘게 뜨며 어두운 차 안을 들여다보았다. 잠시 후, 차 문이 열리고 태환이 차에서 내려섰다.

"차, 안 가지고 왔습니까?"

혼내는 것 같은 말투가 하연의 심기를 건드렸다.

"그러는 대표님은 지금 뭐 하시는 거예요?"

태환은 질문을 무시하고 썰렁할 정도로 텅 빈 거리로 시선을 돌렸다.

"얼마나 오랫동안 택시를 잡은 겁니까?"

손목시계로 시간을 확인하며 그가 무뚝뚝하게 물었다.

"별로 그다지……."

"타요. 바래다줄 테니까."

태환은 조수석 문을 열고 그녀를 향해 몸을 틀었다.

"괜찮아요. 택시 부를 거예요."

"이 시간에 택시 잡기, 쉽지 않을 텐데?"

괜히 하는 소리는 아닌 거 같았다. 택시는 고사하고 지나가
는 차도 거의 없었으니까. 그래도 그와 단둘이 차를 타고 가
는 건 절대로 사양이었다. 이렇게 떨어져서 대화하는 것만으
로도 불편해 죽겠는데, 같이 차에 탔다간 숨 막혀 죽을지도
모른다.

"주차장에 차를 두고 와서 한국 대학 병원에 다시 가야 해
요."

태환은 그녀가 무슨 말을 하든지, 관심 없는 것 같았다. 그
는 하연의 팔을 잡아 조수석으로 끌어당겼다.

"영화가 끝날 때까지는 당신은 내가 투자한 상품이라는 거
잊지 말아요."

"네?"

하연은 기가 막힌다는 표정으로 입을 벌렸다.

뭐라니, 지금? 투자? 상품?

"내 상품, 흠집 나지 않게 챙기겠다는데, 할 말 있어요?"

말을 마친 태환은 그녀의 팔을 잡아 억지로 차에 태우고는 '탁' 소리 나게 차 문을 닫았다.

하, 기가 막혀서.

하연은 곧바로 차에서 내리려 손잡이를 움켜잡았다. 그런데……

"아!"

차 안의 공기가 너무나 따뜻했다. 꽁꽁 얼었던 몸이 풀리며 온몸에 소름이 돋자, 그를 향한 적개심이 한풀 꺾이기 시작했다. 하연은 꼿꼿한 자세로 앉아 뚫어져라, 앞만 노려보았다.

그냥 타고 가자니 자존심이 상했고, 그렇다고 내리자니 얼마나 추운지 이제야 실감 났으니까.

결국 하연은 화난 표정을 유지하며 침묵하기로 했다. 태환은 딱딱하게 군은 하연을 잠시 쳐다보더니 지나가는 투로 물었다.

"혹시, 눈 나쁩니까?"

"네?"

갑작스러운 질문에 하연은 눈을 가늘게 뜨고 태환을 마주보았다.

"앞이 안 보이는 것처럼 유리창을 노려봐서……."

"저, 눈 좋아요. 양쪽 시력 다 1.2 넘는걸요."

"그래요? 그럼 됐고."

태환은 피식 입꼬리를 비틀며, 시동을 걸고 차를 출발시켰다.

서울에 가까워지자, 여기저기서 차량이 모여들었다. 사거리를 지나기 직전, 빨간 정지 신호가 들어오자, 태환은 차를 멈추고 옆 좌석으로 시선을 돌렸다.

아까와 마찬가지로 정하라는 입을 꾹 다물고 무릎에 놓인 핸드백을 움켜쥐고 있었다. 목적지에 도착할 때까지 한마디도 하지 않을 건가? 어차피 그 역시 그녀와 대화할 생각은 없었으니까, 아무래도 상관없었다.

정하라를 차에 태운 건 옳은 결정이 아니었다는 후회가 밀려왔다. 이렇게까지 가시방석에 앉은 기분이 될 거라곤 예상하지 못했다. 밀폐된 공간에서 퍼지는 재스민 향기의 위력은 실로 대단했다. 달콤하다 못해 숨이 막힐 지경이었다.

향이 독하거나 진한 건 결코 아니었다. 은은히 흘러나왔지만, 그의 몸은 이상하리만치 지나치게 반응했다. 역겹게 느껴진 유민의 재스민 향과는 전혀 달랐다.

오히려 그때 그 의사의 재스민 향과 일치했다. 그녀와 정하라는 180도 다른데도, 정하라를 만나면 자꾸만 그녀가 연상되었다.

꿈 때문일까?

태환은 넥타이를 느슨하게 풀고, 손을 뻗어 라디오를 틀었다. 스피커를 통해 끈적끈적한 재즈 연주가 흘러나왔다.

하연은 살짝 눈동자만 돌려 힐끗 옆을 훔쳐보았다. 태환은 한 손은 이마를 짚고 다른 한 손은 운전대를 잡은 채 운전에만 열중하고 있었다.

왜 아무 말도 없지?

이리도 막막한 분위기일 줄 알았으면 얼어 죽는 한이 있더라도 안 타고 버틸 걸 그랬다.

역시 불편한 사람과는 같이 차를 타는 게 아니야.

아까부터 쿵쾅대는 심장은 전혀 진정될 기미를 보이지 않았다. 너무 긴장해서일까? 아니면 차 안이 너무 따뜻해서일까? 서서히 눈앞이 흐려지기 시작했다.

[300미터 전방에서 좌회전하십시오.]

내비게이션에서 나오는 상냥한 목소리에 바짝 곤두선 신경이 나른해지며 자꾸만 눈꺼풀이 감기려 한다. 어디서부터일까? 영상이 흐려지며 어두운 정지 화면으로 서서히 변해갔다.

서울로 진입하는 도로에서만 조금 막혔을 뿐, 그다음부턴 원활한 교통이 이어졌다. 덕분에 예상보다 조금 더 빠르게 목적지에 도착할 수 있었다.

"후우."

저 멀리 대학 병원 건물이 보이자, 태환의 입에서 저절로 한숨이 흘러나왔다. 정하라를 내려주고 유리창을 열어 환기하면 이 악몽 같은 재스민 향에서 벗어날 수 있을 것이다.

차가 주차장 안으로 들어서는데 정하라에게선 아무런 반응이 없었다. 보통 '여기서 세워주세요.'라든지, '옆으로 돌아주세요.'라고 말하는 게 정상인데……. 옆으로 고개를 돌리자, 차창에 얼굴을 기댄 채 곤히 잠든 그녀가 눈에 들어왔다.

"정하라 씨?"

태환은 그녀의 어깨를 흔들어보았다. 하지만 굳게 감긴 두 눈은 떠지지 않았다. 정하라는 아주 평온한 얼굴로 새근새근 잠들어 있었다.

잔뜩 긴장한 얼굴로 앉아 있을 땐 언제고.

태환은 실소를 내뱉으며 주차장 빈 곳에 차를 세웠다. '곧 깨어나겠지.' 하는 생각에 태환은 시동을 끄고 안전벨트를 풀었다. 송풍구로부터 흘러나오던 더운 바람이 끊기자, 서늘한 기운이 차 안으로 퍼져나갔다. 잠결에 추위를 느꼈는지 그녀의 감긴 눈꺼풀이 꿈틀거렸지만, 깨어나진 않았다.

태환은 조수석 쪽으로 완전히 몸을 틀어 깊게 잠든 그녀를 바라보았다. 긴 속눈썹으로 인해 생긴 그림자가 얼굴 위로 내려지고, 살짝 벌어진 입술 사이로 보일 듯 말 듯한 핑크 색 혀가 모습을 드러냈다.

"으응."

잠결에 그녀의 고개가 앞으로 기울려 하자, 태환은 반사적으로 손을 뻗어 머리를 받쳐주었다. 손바닥 전체로 느껴지는 매끄러운 살결의 감촉에 태환은 숨을 들이켰다.

문득 여의사의 모습이 머릿속에 떠올랐다. 몽롱한 의식이었지만, 따뜻하게 안아주던 그녀에게서 부드러운 살결의 감촉을 느낄 수 있었다. 그때의 그 아늑한 느낌 때문이었는지, 구출되고 난 후부터 그녀의 꿈을 꾸게 되었다.

지금의 이 느낌은 뭘까? 처음으로 정하라와 단둘이 차 안에 있는 건데도 낯설지가 않았다. 뺨을 받친 손이 서서히 저려오자, 태환은 그녀를 깨우지 않고 손을 빼기 위해 몸을 가까이 기울였다.

막 손을 빼내려는데, 정하라의 속눈썹이 파르르 떨리더니 천천히 눈이 떠지기 시작했다. 그녀의 초점 풀린 눈동자가 멍하니 태환을 바라보았다. 앞에 있는 사람이 태환이라는 걸 깨닫자마자 느릿하게 깜박거리던 눈이 커다랗게 떠졌다.

당황한 그녀가 반사적으로 몸을 일으켰고, 그 탓에 그만, 서로의 입술이 닿아버렸다.

헉!

태환의 입술을 느끼자마자, 하연은 화들짝 놀라며 뒤로 물러났다. 그렇다고 있었던 접촉이 없어지진 않았다. 스치듯 말듯 닿긴 했지만, 분명히 그녀의 입술은 그의 입술에 닿았다.

어떡하지? 모른 척할 수도 없고, 대놓고 티를 낼 수도 없고, 도무지 무슨 말을 해야 할지 알 수 없었다.

하연은 연신 마른침만 삼켰고, 태환은 미간에 깊은 주름을 새긴 채, 침묵을 지켰다. 의도한 바는 아니었지만, 어찌 됐든 몸을 일으키려다 그와 부딪힌 거니까 그녀의 잘못이었다.

화났을까? 일부러 자는 척하면서 유혹한 거라고 오해하진 않겠지?

태환의 안색이 어두워질수록 하연은 아무 말도 할 수가 없었고, 어색한 침묵만 이어졌다.

이윽고 태환이 크게 한숨을 내쉬더니 그녀에게 가까이 다가왔다.

앗, 왜 가까이 오는 거예요?

"컥!"

너무 당황한 나머지 그만, 하연은 사레들리고 말았다.

"쿨럭, 쿨럭."

급히 손으로 입을 막았지만 흘러나오는 기침을 막을 순 없었다. 거우 기침을 진정한 하연은 안전벨트를 풀며 최대한 빠르게 말했다.

"바래다주서서 감사합니다."

동시에 그녀는 차 문을 열고 뛰듯이 차에서 내려 뒤도 돌아보지 않고 주차장 저편으로 달려갔다.

"헉, 헉."

건물 옆을 돌아 태환의 차가 보이지 않자, 하연은 뛰는 것을 멈추고 자리에 멈춰 섰다.

처음 키스하는 것도 아니면서 왜 당황하는 거야.

아니다, 키스는 뭘! 살짝 입술만 닿은 건데…….

"하아."

아무 일도 아닌데 어째서 입술을 타들어가는 것처럼 뜨거운지 모르겠다. 하연은 제자리에 우두커니 선 채, 아직도 얼얼한 것 같은 입술을 손으로 쓸어보았다.

그녀가 건물 옆을 돌아 보이지 않게 된 후에도 태환은 한동안 시선을 돌릴 수 없었다.

미친놈, 도대체 뭐 하자는 거냐?

그는 속으로 욕을 퍼부으며 손바닥으로 운전대를 내리쳤다.

막 잠에서 깨어난 몽롱한 눈빛과 발그레해진 두 뺨. 살며시 벌어진 입술 사이로 보이는 연한 분홍빛 속살.

그의 인내는 한계에 다다르고 있었다. 그녀가 조금 더 오래 머물렀다면 아마도 그는 꿈에서처럼 그녀를 끌어안고 키스했을 것이다. 욕구 불만은 머리끝까지 차올랐고 조그마한 자극에도 터지기 일보 직전이었다. 일을 저지르기 전에 그녀가 차에서 내린 게 얼마나 다행인지 모르겠다.

태환은 손가락으로 입술을 쓰다듬으며 어두운 차창 밖을 응시했다.

키스라고 할 수도 없는, 아주 살짝 입술이 맞닿은 것뿐이었다. 뭘 제대로 느낄 수도 없는 찰나의 접촉이었지만, 그 느낌은 감각을 통째로 흔들 만큼 강렬했다.

쉽게 설명할 수 없는 어딘지 모르게 익숙한 느낌. 어떤 여자와도 이런 적은 없었는데…….

태환은 나직이 한숨을 내쉬며 운전대에 고개를 파묻었다.

하, 오늘은 끝까지 모든 게 엉망진창이다.

정하라와 부딪쳤다는 이유만으로 뒤죽박죽 엉켜버렸다. 모든 일을 냉철하게 바라보고 차분하게 분석하는 자신이 정하라와 관계된 일에선 갈피를 못 잡고 우왕좌왕한다는 사실에 분통이 터졌다.

그런 와중에도 부드러웠던 입술 감촉이 자꾸만 떠올라 목이 바싹바싹 타들어갔다.

이쯤 되면 완전 중증이군.

태환은 운전대에서 얼굴을 들어 올리며 쓴웃음을 지었다.

"얘가 도대체 어디 갔지?"

파티가 막바지에 이르러서야, 지은은 태환이 보이지 않는다는 사실을 깨달았다.

"유민아, 태환이 못 봤니?"

"태환 씨요? 아까 먼저 가는 것 같던데."

"정말? 나에게 말도 없이?"

씩씩거리는 지은에게 유민이 애교 부리듯 팔짱을 끼었다.

"언니, 저, 태환 씨 마음에 들어요. 저랑 잘되게 언니가 좀 도와주세요. 저도 이제 슬슬 결혼을 생각할 나이잖아요."

그 말에 지은이 눈살을 찌푸렸다.

"가볍게 즐기는 거라면 몰라도 그 이상은 안 돼. 태환이 머릿속에는 '결혼'이란 단어 자체가 없다고."

"사랑하는 사람이 생기면 바뀔 거예요. 평생 결혼하지 않을 것 같던 조지 클루니도……."

"내 말 잘 들어."

유민의 말이 길어지려고 하자, 지은은 심각한 얼굴로 유민의 어깨를 움켜쥐었다.

"태환이가 사랑에 빠질 리도 없겠지만, 만약에 그렇다고 해도 결혼은 안 할 거야. 상대를 사랑하게 되면 더더욱 못 할 거라고."

"왜요? 사랑하는 사람에게 배신당하기라도 했어요? 아니면 사고로 잃었거나?"

"둘 다야. 그러니까 심각하게 생각하지 마."

지은은 침통한 얼굴로 한 번 더 쐐기를 박았다.

똑똑똑—.

재호의 방에선 아무런 대답이 없었다.

"선배님?"

조심스럽게 안을 들여다보자, 책상에 엎드린 재호의 모습이 눈에 들어왔다. 그는 아주 많이 지친 모습으로 하연이 들어왔다는 것도 눈치채지 못한 채, 깊이 잠들어 있었다. 옆에 놓인 종이 접시 위에는 한입 먹다가 만 피자가 덩그러니 남아 있었다. 하연은 소리 나지 않게 피자 접시를 치우고 레스토랑에서 가져온 포장 요리를 내려놓았다.

"……으음."

잠결에 인기척을 느꼈는지 재호가 여린 신음을 흘리며 몸을 뒤척였다. 하연은 혹여라도 그를 깨우게 될까 봐, 까치발로 살금살금 사무실을 빠져나왔다. 재호를 본 덕분에 기분이 조금 나아졌지만, 애석하게도 효과는 그리 오래가지 못했다.

차로 돌아와 운전석에 앉는 순간, 다시 태환의 얼굴이 떠오르며 마음이 가라앉았다. 하연은 머릿속에서 태환을 떨쳐내려 세차게 고개를 내저었다. 하지만 그러면 그럴수록 더욱더 선명하게 떠오르고 짜릿한 입술의 감촉마저 생생하게 느껴졌다.

"하아, 진짜 왜 이러는 거야."

결국 그녀는 자포자기한 심정으로 조수석 밑에 놓아둔 쇼핑백을 내려다보았다. 가방 안에 담긴 태환의 코트가 눈에 들어왔다.

돌려줄 수 있었는데, 또 아까운 기회를 놓쳐버렸다. 그냥 사무실에 가져다놓을까?

막 시동을 걸려는데 휴대폰이 울렸다.

[하연아, 송창훈 감독 영화에 출연하게 됐다면서?]

통화 버튼을 누르자 반가운 목소리가 흘러나왔다.

[그런 좋은 일 있으면 바로 연락해야지. 내가 인터넷 기사 읽다가 알아야겠니?]

어머니, 홍혜란 여사는 유학생인 하석을 챙기기 위해 잠시 미국 체류 중이었다. 우연히 국내 사이트에 접속했다가 그녀의 캐스팅 기사를 본 모양이었다.

"엄마가 전화하면 그때 이야기하려고 했지."

[아, 몰라. 엄마 삐쳤어. 다음 달, 하석이랑 갈 때까지 문단속 잘하고.]

집에 황금 덩어리를 둔 것도 아니면서 홍 여사는 언제나 문단속 걱정이었다.

"알았어, 엄마."

그래도 아버지가 돌아가시고 한동안 활기를 잃었던 어머니가 예전처럼 밝아지신 것 같아 다행이었다.

그나저나…….

하연은 문득 썰렁한 목으로 손을 가져갔다.

엄마가 돌아오면 목걸이 어디 갔냐고 물어볼 텐데, 뭐라고 대답하지? 아프리카에서 잃어버렸다고 하면 속상해하시려나? 그냥 행운이 필요한 사람에게 주고 왔다고 사실대로 말할까?

하연은 아랫입술을 깨물며 손바닥으로 목을 꾹 눌렀다.

허전한 건 목인데 왜 마음까지도 허전해지려고 하는지 모르겠다.

8. 방금 뭐라고 그랬어?
베드 신?

촬영 첫날만큼은 꼭 촬영장에 방문하는 태환이었지만, 대본 연습 때와 마찬가지로 오지 않았다. 그때그때 현장에 관한 소식만 창훈을 통해 전해 들을 뿐이었다. 태환이 계속해서 현장에 나타나지 않자, 이젠 영화 제작에 흥미를 잃어 모든 걸 창훈에게 넘기고 곧 손을 뗄 거라는 등, 헛소문도 돌았다. 하지만 태환은 크게 신경 쓰지 않았다.

똑똑―.

새 레스토랑 창업 계획서를 읽고 있는데 노크 소리와 함께 문이 열리고 강 비서가 안으로 들어왔다. 강 비서의 손에는 두툼한 서류 봉투가 들려 있었다.

"전에 부탁하신 자료입니다."

책상 위에 서류 봉투를 내려놓으며 강 비서가 말했다.

"대표님이 찾는 그분은 한국 대학 병원에서 근무하지 않더군요."

태환은 보고에 귀를 기울이며 서류를 찬찬히 훑어보았다.

"혹시나 해서 의사뿐만이 아니라 간호사를 포함한 수술 PA (Physician Assistant) 등 모든 의료진을 대상으로 찾아봤습니다만 결과는 마찬가지였습니다. 대표님이 말라위에 머무르시는 동안 병원에 출근하지 않은 여성 의료진은 모두 열일곱 명이었는데, 그 당시 모두 한국에 있었습니다."

"……그렇다면 여기엔 정말 없다는 말이군."

태환은 혼잣말처럼 중얼거리며 주머니에서 하트 목걸이를 꺼내 손에 움켜쥐었다.

불안하거나 초조할 때, 하트 목걸이를 만지작거리는 게 어느새 습관이 돼버렸다. 목걸이를 만지다 보면 어느새 기분이 안정되니까. 행운의 목걸이라고 하더니 정말로 행운을 가져다주는 건 아닐까 하는 생각도 가끔 들 정도였다.

"흠."

태환은 한 손으로 이마를 짚으며 짧게 숨을 내쉬었다.

"그리고 이건 정하라에 관한 자료입니다."

강 비서는 정하라에 관한 서류를 책상 위에 쭉 늘어놓았다. 간간이 인터뷰 사진도 눈에 띄었다.

"별로 특이한 사항은 없었습니다, 본명은 유하연. 드림즈 김상원 대표에게 계약을 포함한 거의 모든 것을 위임한 터라, 그녀의 본명을 아는 사람이 별로 없더군요. 남동생 유하석이 미국 유학 중이라 어머니 홍혜란과 단둘이 살고 있답니다. 아버지는 한국의 슈바이처로 불리셨던 유영찬 박사입니다. 암으로 돌아가시기 전까지 전 세계를 돌며 의료 봉사한 분이시죠."

"정하라의 아버지가 유영찬 박사라고?"

전혀 예상하지 못한 정보에 태환이 미간을 찌푸렸다. 유영찬 박사는 지금도 가끔 방송 다큐멘터리 프로그램에서 다뤄지는 사회 저명인사였다.

"어떻게 아무도 정하라가 유영찬 박사의 딸이라는 걸 모를 수 있지? 드림즈에서 그렇게 좋은 홍보 카드를 써먹지 않았다는 게 말이 돼?"

"신비주의 전략으로 밀어붙여서가 아닐까요? 의사 출신이라는 것을 빼곤 알려진 개인 정보는 거의 없으니까 말입니다."

"그건 나도 알아."

그래서 더욱더 그녀를 건방지다고 생각했었다. 태환은 손가락으로 정하라, 그러니까 유하연의 사진을 톡톡 내려쳤다. 한참 동안 사진을 들여다보던 태환이 뭔가를 발견한 듯 눈을 가늘게 모았다. 인터뷰 사진마다 정하라는 항상 같은 하트 목걸이를 하고 있었다.

보통 의상에 따라 액세서리를 바꾸는 법인데……. 이 여자, 액세서리 협찬도 안 받나? 그건 그렇고, 그 목걸이를 그렇게 아낀다면 왜 실제로 그녀가 한 걸 본 적이 없을까?

태환은 하트 목걸이를 집어 가장 선명하고 크게 나온 정하라의 사진 위에 내려놓았다. 사진 속의 목걸이와 실제 목걸이는 정확하게 같은 모양으로 맞물렸다.

"가장 최근에 찍은 인터뷰 사진은 어느 거지?"

"이겁니다. 저번 주에 찍은 사진입니다."

강 비서가 손으로 가리키는 사진에서 정하라는 목걸이를 착용하지 않고 있었다. 아무것도 없는 정하라의 하얗고 가느다란 목이 눈에 들어왔다.

태환은 유심히 사진을 들여다보았다. 그러나 곧 피식 입꼬리를 비틀었다. 줄이 끊어져 수리를 보냈다든지, 싫증이 났다든지, 목걸이를 착용하지 않은 이유는 많을 것이다. 심각하게 생각할 필요는 전혀 없는데……. 그런데도 그냥 흘려보내기엔 무언가 중요한 걸 놓치고 있는 것 같았다.

"정하라가 레지던트로 있을 때, 근무한 병원은 어디지?"

"한국 대학 병원이었습니다."

한국 대학 병원이라고? 여의사가 그곳에서 근무할 거라고 생각했는데, 그녀가 아니라 정하라가 그곳에서 근무했다고?

왠지 그녀와 정하라가 보이지 않는 끈으로 이어져 있는 것만 같았다. 하트 목걸이를 손에 쥐고 이리저리 살피던 태환은 강 비서에게 목걸이를 내밀었다.

"목걸이에 관해서 한번 알아봐줘. 어디 제품이고 언제 출시되었는지 등등."

"네, 알겠습니다."

강 비서가 목걸이를 가지고 사무실을 나가자, 태환은 사진으로 눈길을 돌렸다. 마지막으로 정하라를 본 지 일주일이 넘어간다. 사진 속 정하라를 뚫어지게 노려보던 태환은 손을 뻗어 사진을 확 뒤집어버렸다.

실물도 아닌 사진 따위에 가슴이 뛰다니.

일을 계속하려 컴퓨터 모니터로 시선을 돌렸지만, 어찌 된 일인지 아무것도 눈에 들어오지 않았다.

"제길!"

태환은 거칠게 넥타이를 풀어 헤치고 의자 등받이에 고개를 기대었다.

오늘이 병원에서의 마지막 촬영이라고 했던가? 촬영 시작한 지가 언제인데, 한 번쯤은 현장에 가봐야 하는 건 아닐까? 고작 여자 하나 때문에 일을 멀리하다니……. 전혀 나답지 않은 행동이군.

태환은 시간을 확인하기 위해 손목시계를 들여다보았다.

"흠."

오후 3시 30분. 한창 촬영으로 바쁠 시간이라, 지금 가보았자 방해만 될 터였다. 태환은 다시 컴퓨터 모니터로 시선을 돌려 계획서 내용에 집중하려 노력했다.

"큭, 큭."

난방으로 실내 공기가 건조해진 탓인지, 한참 심각하게 서류를 훑어보던 태환의 입에서 기침이 흘러나왔다. 불현듯 태환의 머릿속에 마지막으로 봤던 정하라의 모습이 떠올랐다.

―쿨럭, 쿨럭.

그녀는 한 손으로 입을 틀어막고, 갑자기 터져 나온 기침을 진정하려 애썼다. 다시 돌이켜보면 그 모습이 낯설지 않았다. 마치 예전에 기침하는 모습을 본 것만 같은…….

―바래다주서서 감사합니다.

급하게 차에서 뛰어내리는 모습 역시 왠지 처음 본 게 아닌 것 같았다.

왜 이렇게 익숙하지? 데자뷔일까?

뭔가 잡힐 것 같으면서도 잡히지 않는 실체를 쫓는 느낌이다. 태환은 고민에 빠진 얼굴로 책상 위를 톡톡 두드렸다.

오후 촬영은 로비에서 진행되기에 최대한 NG 없이 빨리 끝내야 한다. 곳곳에 조명 세트가 세워지고 카메라가 돌아가기 전, 짧은 리허설에 들어갔다. 카메라 감독과 함께 동선을 확인하는 하연에게 창훈이 다가왔다.

"오늘이 병원에서의 마지막 촬영이니까, 간단하게나마 함께 저녁 하기로 했어요. 하라 씨도 꼭 와요."

"마지막 촬영이라고요?"

그럴 리가? 중요한 신이 남아 있는데.

하연은 의아한 표정을 지으며 손에 쥔 대본을 펼쳐보았다.

그새 대본이 또 바뀌었나?

"감독님. 아직 촬영할 신이 더 남아 있는 걸로 아는데요."

"그 신은 국내 촬영 맨 마지막으로 미뤘어요. 지금 촬영분은 어차피 두 사람이 톡탁거리는 장면이라서 크게 상관없는데, 남은 신은 남주가 병원을 떠나면서 숨겨둔 감정이 폭발하는 거라서. 그런데 하라 씨와 성욱이는 아직 서로 서먹서먹하잖아요. 아무래도 그 신은 두 사람이 좀 더 친해진 다음에 찍는 게 나을 것 같단 말이죠."

감정이 폭발하는 신이라······.

참으로 송창훈 감독다운 표현이었다. 그렇게 말하니까 단순하게 키스신이라고 표현하는 것보다 더 로맨틱하게 느껴졌다.

"자, 그럼 로비 신은 민폐 끼치지 말고 한 번에 갑시다! 조명 세트업 끝나는 대로 촬영 들어갑니다."

창훈은 사람 좋은 웃음을 짓고는 분주하게 움직이는 조명 팀에게 걸어갔다. 하연은 대본을 열어 키스신 부분을 찾아냈다. 지문에는 '아주 격렬하게'라고 적혀 있었다. 문장을 노려보던 하연은 '탁' 소리 나게 대본을 덮었다.

그런데 왜 이 남자는 촬영장에 코빼기도 보이지 않는 거지? 제작자라는 사람이 격려 차원에서라도 한 번쯤은 얼굴을 내보여야 하는 거 아닌가?

솔직히 마주치게 되면 어색하고 불편하기만 할 테니까, 촬영장에 안 나타나주는 게 고마운 일이긴 한데 왜 이리도 가슴 한쪽이 서늘한 걸까.

"정하라 씨, 준비해주세요. 곧 촬영 들어갑니다."

조감독이 자신을 부르자, 하연은 퍼뜩 상념에서 벗어나 현실로 돌아왔다.

"네."

하연은 대본을 내려놓고 메이크업을 손보기 위해 서둘러 자리로 돌아갔다.

"컷!"

"모두 수고하셨습니다!"

마지막 신의 촬영이 끝나고, 제작진 모두 철수하기 위해 바쁘게 손을 놀렸다. 하연은 하나씩 분해되어 박스 안으로 사라지는 조명 기구를 착잡한 눈으로 바라보았다.

역시나 오늘도 태환은 끝내 촬영장에 나타나지 않았다. 예상은 했지만 그래도 끝까지 그를 볼 수 없자, 이상하게도 기분이 착 가라앉았다.

그렇다고 태환이 보고 싶다거나 그런 건 절대 아니었다. 이건 어디까지나 찜찜해서였다.

코트도 돌려줘야 하고, 본의 아니게 입술 사고 친 것도 깔끔하게 정리해야 하니까, 그래서 그런 거다.

혼자 속으로 투덜거리는 하연에게 조감독이 다가왔다.

"오늘 수고 많으셨습니다. 데이지에 자리 마련해놓았으니까 그쪽으로 먼저 가 계세요. 우리는 촬영장 뒷정리 끝내고 바로 갈 겁니다."

'데이지'라는 말에 하연의 귀가 솔직해졌다.

그곳에서 모인다면 혹시 그도 참석할지 몰라.

하연과 반대로 민성은 회식 장소가 데이지란 말에 난처한 표정을 지었다. 저번에도 태환 앞에서 말도 제대로 못 하고 벌벌 떨었던 민성이었기에 혹시라도 데이지에서 태환과 마주칠까 봐 고개를 설레설레 내저었다.

결국 민성은 밴을 끌고 드림즈 사무실로 돌아가고 서영 혼자만 하연을 따라 데이지로 향했다.

오늘은 데이지 정기 휴업일로, 레스토랑 안은 일반 고객 대신 '따뜻한 심장' 영화 팀으로 북적거렸다.

"하라 씨, 여기 앉아요."

성욱을 비롯한 배우들은 먼저 도착해 테이블에 쭉 둘러앉아 있었다. 하연과 서영이 레스토랑 안으로 들어오자, 성욱이 손을 들어 옆자리를 가리켰다. 테이블에는 간단한 안주와 와인, 맥주병 등이 가득 놓여 있었다.

"감독님은 현장 정리하느라 조금 늦으신다고 연락 왔어요."

하연과 서영이 자리에 앉자, 성욱은 잔에 맥주를 가득 따라 두 사람 앞으로 내밀었다.

"우선 한 잔 쭉 들이켜요. 오늘 수고 많았어요."

"네, 감사합니다."

성욱이 건네준 맥주를 쭉 들이켜고 있을 때, 레스토랑 문이 열리며 태환이 안으로 들어섰다.

"어, 대표님이다!"

"큭."

태환의 갑작스러운 등장에 하연은 사레가 들리고 말았다. 그녀는 급히 한 손으로 입을 막으며 맥주잔을 내려놓았다. '키스 사고' 이후 처음이었다. 한껏 긴장되었는지 은근히 목이 조이는 것처럼 불편해지기 시작했다.

태환은 무표정으로 하연이 앉아 있는 테이블 쪽을 힐끗 쳐다보더니 그대로 지나쳐 유리문을 열고 정원으로 걸어나갔다. 그때 누군가 태환에 관한 이야기를 꺼냈다.

"대표님, 촬영장에 통 안 나오셔서 무슨 일인가 했더니, 이번에 새로운 체인점 계획 중이시라며?"

그러자 저마다 자신이 아는 이야기를 꺼내기 시작했다.

"그 전에 분당에 새 레스토랑 하나 더 오픈한대요."

"와, 지금 있는 레스토랑만 해도 얼만데 또?"

하지만 하연은 아무렇지 않게 그들의 대화에 낄 수 없었다. 그에 관해 아는 것도 별로 없었고, 또 알고 싶지도 않았기 때문이었다.

정원으로 나간 태환은 한참이 지나도 돌아오지 않았다.

이대로 그냥 가버린 걸까?

하연은 괜히 가시방석에 앉은 것처럼 불편했다. 이렇게 누구 때문에 불편하거나 불안한 적이 한 번도 없었는데, 왜 이 남자와 얽힌 일에는 안절부절못하는지 모르겠다.

"……하라 씨, 그러니까 그게 말이죠."

아까부터 쉴 새 없이 쏟아져 나오는 성욱의 말은 귀에 하나도 들어오지 않았다. 그녀의 시선과 신경은 온통 정원과 통한 유리문을 향하고 있었다.

안 되겠어. 바보처럼 끙끙거리지 말고 한시라도 빨리 해결하자.

결국 하연은 혹시나 해서 챙겨 온 태환의 코트가 든 쇼핑백을 움켜쥐고 자리에서 일어났다. 대부분 대화에 열중한 나머지, 하연이 자리를 뜨는 것에 관심을 두지 않았다.

하연은 유리문을 열고 정원으로 걸어나갔다. 낮에 창가에서 바라본 정원과 날이 저물어 어두워진 정원의 분위기는 하늘과 땅 차이로 달랐다. 알록달록한 꽃과 나무로 가득 찬 포근했던 그곳이 어둠이 내리자, 왠지 서늘하면서도 무거운 분위기로 변해 있었다. 어쩌면 그녀의 마음이 무거워서 그렇게 느껴지는 것일 수도 있었다.

정원에서 밖으로 나가는 문이 있었나?

어디에서도 태환의 모습이 보이지 않아, 하연은 그를 찾아 정원 구석을 두리번거렸다.

"날 찾습니까?"

밝은 금빛 조명이 흘러나오는 분수대 앞에 다다랐을 때, 뒤에서 나직한 목소리가 들려왔다.

재빨리 등을 돌리자, 태환이 커다란 단풍나무에 기대어 선 채 그녀를 바라보고 있었다. 어두운 나무 그림자 안에 서 있어서 그를 미처 발견하지 못한 모양이었다. 그렇다면 그는 지금까지 나무 그림자 속에서, 그녀가 자신을 찾아 헤매는 모습을 지켜보았단 말인가?

"······아."

당황하는 바람에 혀가 굳었는지 말이 쉽게 나오지 않았다. 태환은 가슴 앞으로 팔짱을 낀 자세로 느긋하게 그녀의 대답을 기다렸다. 그런 그의 모습이 아주 얄밉게 느껴졌다. 그녀만 억울하게 손해 본다는 생각이 들었지만, 어쩌겠는가? 다른 방법이 없는 걸.

볼일이나 어서 빨리 끝내고 가자.

"저, 이거."

하연은 태환에게 쇼핑백을 불쑥 내밀었다.

"전부터 돌려드리려고 했는데 여의치가 않았네요. 그날 고마웠습니다."

"뭡니까?"

"대표님 코트요. 저번에 경복궁에서 빌려주신."

"아."

태환은 손을 뻗어 그녀가 내미는 쇼핑백을 건네받았다. 쇼핑백 안을 확인한 태환은 건조한 눈빛으로 그녀를 바라보았다.

"뭐 또 할 말 있습니까?"

왜 이렇게 딱딱하지?

전에는 혼내는 말투이긴 했지만 이렇게까지 냉담하진 않았는데.

"네. 또 할 말 있습니다. 아무래도 그때 그 일, 사과해야 할 것 같네요."

"그때 그 일? 사과?"

"그날은 차 안에서…… 그 일에 관해 제가 사과도 못 하고 허둥지둥 내리는 바람에……. 하여간 죄송합니다."

"차 안에서, 그 일이라는 게 뭡니까? 정확히 말해요."

태환의 사무적인 무뚝뚝한 말투에 하연은 미간을 찡그렸다.

이렇게까지 설명했으면 됐지, 뭘 더 정확히 말하라는 건지. 일부러 사람 곤란하게 하려고 이러는 거다. 하지만 상대에게 말려들어 발끈하지 말고 끝까지 냉정함을 유지해야 한다. 버럭 화를 낸다고 상대에게 이기는 건 절대로 아니니까.

"차 안에서 잠들었다 깨면서 저도 모르게 몸을 일으키다가 그만……."

입술이 닿았다고 하기는 좀 그렇고, 뭐라고 해야 하지?

열심히 적당한 말을 찾던 하연은 그냥 건너뛰고 결론만 말하기로 마음먹었다.

"하여간 그건 순전히 제 실수였습니다. 과실이라고 생각해주세요. 죄송합니다."

사과의 표현으로 태환을 향해 고개를 숙인 하연은 그가 뭐라고 한마디 하기도 전에 그대로 등을 돌려 레스토랑 건물로 향했다.

안으로 들어갈 때까지 한 번도 뒤를 돌아보지 않았으므로 하연은 태환이 뚫어지게 자신의 뒷모습을 바라본다는 것을 알지 못했다.

다시 레스토랑 안으로 들어오니, 어느새 요리가 한가득 테이블 위에 올려져 있었다. 창훈이 말한 간단한 식사와는 거리가 아주 멀어 보였다.

　"우리 이거, 얼마 만에 데이지에서 먹어보는 거야?"

　카레에 볶아낸 김이 모락모락 나는 꽃게를 바라보며 중견 배우 한 명이 입맛을 다셨다. 하연이 의아한 표정을 짓자, 옆에 앉은 성욱이 슬쩍 귀띔해줬다.

　"대부분 데이지 말고 나폴레옹 아니면 다른 곳에서 모이거든요."

　"아, 그래서……."

　하연은 알겠다는 듯 고개를 끄덕이며 성욱을 바라보았다.

　"대표님, 여기저기에 레스토랑이 많은가 봐요?"

　"하라 씨는 잘 모르겠군요. 우리 차 대표, 영화보다 외식 사업을 먼저 시작했어요. 셰프 실력까진 아니지만, 요리도 꽤 잘하는 편이고. 요리를 좋아하니까 외식 사업도 하는 거고. 본인이 직접 개발한 메뉴를 셰프에게 넘기기도 해요. 지금 이 요리도 차 대표가 새로 개발한 거예요."

　이번엔 맞은편에 앉은 민 작가가 성욱의 말을 거들었다. 그 말과 동시에 정원과 연결된 유리문이 '띠리릭' 기계음을 내며 양쪽으로 벌어졌다. 하연의 시선은 자동으로 유리문을 향했다. 예상대로 태환이 열린 문 사이로 들어서고 있었다. 그는 실내를 쓱 둘러보더니 하연이 앉은 테이블 맨 끝 반대편으로 자리를 잡았다.

하연이 자신을 바라본다는 것을 눈치챘는지 태환이 그녀 쪽으로 눈길을 돌렸다. 순간 두 사람의 시선이 허공에서 마주쳤다. 태환은 싸늘한 눈초리로 그녀를 마주 보더니 곧 자리에서 일어나 주방 쪽으로 걸어갔다.

왜 저런 표정이래?

사과했는데도 불구하고 그는 아직도 뭔가 기분이 나빠 보였다.

무슨 남자가 저리도 뒤끝이 길어? 구해줬는데 아무런 티도 못 내고, 항상 억울하게 당하는 사람도 여기 있는데!

하연은 뽀로통해진 얼굴로 앞에 놓인 요리로 시선을 옮겼다.

그러니까 이 요리를 그가 개발했단 말이지? 본인처럼 씁쓸한 맛이라도 개발했나?

하연은 속으로 '흥!' 하며 게살 레드 카레를 한 입 떠먹었다. 천천히 맛을 음미하던 그녀의 얼굴이 서서히 굳어졌다. 하연은 서둘러 다시 카레를 숟가락으로 떠서 입에 넣었다.

어떡해, 어떡해. 너무 맛있어!

지금까지 데이지에서 먹었던 카레와는 맛이 약간 다른 듯했지만, 그녀의 입맛에는 태환이 새로 개발한 카레가 훨씬 더 맛있었다. 색다른 향신료를 첨가한 것 같은데…….

"하라 씨, 카레 좋아하나 봐요? 맛있어요?"

하연의 감동한 표정을 보며 성욱이 넌지시 물었다. 동의의 뜻으로 고개를 끄덕이려던 하연은 때맞춰 태환이 주방에서 걸어 나오자, 동작을 멈췄다. 되도록 그의 앞에서 칭찬하기는 싫었으니까.

"이번에 새로 들어온 와인인데 시음해볼래?"

그녀의 테이블로 다가온 태환이 성욱에게 와인 병을 내밀었다. 공교롭게도 성욱의 자리가 바로 옆이라 눈길이 자연스럽게 태환 쪽으로 돌아갔다.

"그럼요. 언니, 여기 단골이에요. 일주일에 서너 번은 오죠, 아마?"

태환과 눈을 마주치지 않으려고 고개를 돌리는데 옆에 앉은 서영이 그녀 대신 대답했다.

당황한 하연이 서영을 막기도 전에 성욱의 잔에 와인을 따르던 태환이 먼저 말을 걸었다.

"서너 번이요? 직원이 그런 이야기 안 하던데……."

"아, 그건 언니가 여기 올 때는 아무도 모르게 변……."

안 돼!

그녀의 입에서 '변장'이라는 단어가 나오려 하자, 하연은 테이블 밑으로 서영의 발을 콱 밟아버렸다.

"악!"

인상을 찌푸리며 고개를 돌리던 서영은 하연의 서늘한 눈빛과 마주치자, 곧바로 입을 다물었다.

이래 봬도 연예계에서 잔뼈가 굵은 그녀였다. 왜 하연이 발을 밟았는지 바로 알아챈 서영은 아무렇지 않은 표정으로 말을 이었다.

"아무도 모르게, 벼……, 별로 사람 없을 때도 항상 사람을 시켜서 포장해 가거든요."

서영이 둘러댄 말을 믿었을까? 안 믿었을까?

태환은 무표정한 얼굴로 서영의 말에 고개를 두어 번 끄덕거릴 뿐이었다. 도둑이 제 발 저린다고 그를 똑바로 바라볼 수 없는 하연은 애꿎은 그의 손으로 눈길을 돌렸다. 그런데 손을 감싼 냅킨 위로 비친 붉은 핏자국이 눈에 들어왔다.

"저기, 피가……."

뭐 눈에는 뭐만 보인다고, 아직도 의사 직업병이 남아 있는 그녀의 눈에는 상처만 보였다.

저렇게 피가 많이 번진 걸 보면 큰 상처 같은데…….

"다쳤어요?"

하연은 자리에서 일어서며 두 손을 뻗어 태환의 손을 잡았다. 그녀가 냅킨을 풀려고 하자, 태환은 미간을 찡그리며 거칠게 손을 잡아 뺐다.

"별거 아닙니다. 칼에 약간 베인 거니까."

"약간 베인 게 이렇게 피를 많이 흘려요?"

하연은 다시 태환의 손을 잡으려 손을 내밀었다. 그러나 그는 등 뒤로 손을 감춘 채 하연을 매섭게 노려보았다.

"내가 알아서 할 테니까, 의사 흉내 낼 생각 말아요."

그러나 그녀는 물러서지 않고 뒤로 돌아가 등 뒤로 숨긴 태환의 손을 잡았다.

"지금 뭐 하는 겁니까?"

"가만히 있어요!"

태환이 움찔하며 인상을 일그러뜨렸지만, 하연은 아랑곳하지 않고 피로 물든 냅킨을 풀었다.

"이런."

손바닥을 살펴보던 하연은 생각보다 심한 상처에 눈살을 찌푸렸다.

도대체 어떻게 칼질을 했기에 손바닥을 이렇게까지 베였지?

"그래도 다행히 신경은 피했네."

하연은 혼잣말처럼 작게 중얼거리며 테이블 위에 놓인 깨끗한 냅킨을 집어 상처 난 부분을 꽉 눌렀다.

"지혈을 제대로 안 해서 계속 피가 나는 거예요. 손바닥 베인 거라고 가볍게 보면 안 돼요. 치료 잘못하면 두고두고 고생한다고요."

그녀는 두 손으로 상처 부분을 꽉 누른 채, 상냥한 말투로 차근차근 설명을 늘어놓았다.

"정말 운이 좋은 거예요. 딱 꿰매지 않아도 될 만큼만 베였으니까."

태환은 지혈하느라 정신없는 하연의 정수리를 말없이 내려다보았다. 어째서일까? 어디선가 들어본 것 같은 말투에 분위기마저 익숙하게 느껴졌다. 화끈거리는 통증조차 그녀에게 손을 잡힌 후부터는 아무것도 느껴지지 않았다. 달콤하게 스며드는 재스민 향기에 정신이 아득할 뿐.

"응급 상자, 여기 있습니다."

누군가 허겁지겁 응급 상자를 가져오자, 하연은 능숙한 손놀림으로 태환의 상처를 치료했다.

"항생제는 복용할 필요 없어요. 하지만 조금이라도 열이 난다거나 상처 부위가 붉어지면 바로 병원으로 가요. 염증을 유발할 수도 있으니까 당분간 금주하고."

재스민 향이야 그렇다 치고 왜 말투마저 그녀와 비슷한 거지? 의사 말투라서 그런 걸까?

자꾸만 심장이 두근거려 태환은 차마 그녀를 마주 볼 수가 없었다. 그래서 더 기분이 언짢았다.

누구 때문에 칼에 베였는데…….

태환은 자꾸만 그녀에게 시선이 가는 자신이 못마땅해 주방으로 자리를 피했다. 아무 생각 없이 손에 망고를 올려놓고 자르던 중, 갑자기 정하라의 얼굴이 떠올라 그만 힘 조절에 실패하고 말았다.

제길!

칼날은 망고를 자르는 것으로 모자라 그의 손바닥까지 베고 말았다.

"치료해줘서 고마워요."

영 내키지 않았지만, 태환은 짧게 말했다.

그녀는 아까처럼 살며시 미소 짓더니 빠르게 자신의 자리로 돌아갔다. 그도 자리에 돌아가려고 등을 돌리는데 서영의 걱정스러운 목소리가 들렸다.

"언니, 손목 괜찮아요? 너무 무리한 거 아니에요?"

"괜찮아."

"괜찮긴 뭐가 괜찮아요. 지금 포크도 못 들고 있…… 악!"

난데없는 비명에 뒤를 돌아보자, 서영이 인상을 쓰며 호들갑스럽게 발등을 문지르고 있었다. 정하라는 자신과 상관없다는 얼굴로 앞에 놓인 토마토 조각을 포크로 꾹 찍었다. 포크를 잡은 그녀의 손은 눈에 띌 정도로 덜덜 떨리고 있었다.

태환은 그대로 제자리에 선 채, 떨리는 손을 유심히 바라보았다. 뭔가 잘못된 것 같은데, 그게 무엇인지는 정확히 알 수 없었다. 솔직히 별로 알고 싶다는 생각 역시 들지 않았다.

그녀에 관한 모든 것에 관심이 없었다. 아니, 없어야만 했다.

정하라의 떨리는 손과 자신의 붕대 감은 손을 번갈아 바라보던 태환은 천천히 등을 돌려 정원으로 향했다. 머리를 식히기 위해선 차가운 바깥바람이 필요하니까.

한창 저녁 식사 진행 중에 창훈이 난처한 얼굴로 레스토랑 안으로 들어왔다. 예상보다 창훈이 돌아오는 시간이 늦어지자, 모두 의아해하던 참이었다. 항상 웃는 얼굴이던 창훈은 이상하게도 아주 심각한 표정이었다. 그는 사람들과 대충 인사를 나눈 후, 곧바로 태환이 앉은 테이블로 다가왔다.

"태환아, 일정 바꿔야겠다. 될수록 빨리 한국 대학 병원으로 돌아가서 남은 촬영, 마저 끝내야 해."

"무슨 말이야? 그건 국내 촬영, 마지막 일정 아니었어?"

"어, 그랬는데. 현장 정리하고 원장님께 인사하고 나오는데 사무장님이 날 부르더라고. 한 달 후에 로비 인테리어 디자인 공사를 한다나, 뭐라나."

"그러면 앞부분 찍어놨던 거랑 배경이 달라지잖아."

태환의 말에 창훈은 어두운 표정으로 고개를 끄덕거렸다.

"응. 그래서 공사 전에 촬영 모두 끝내야 해. 하라 씨와 성욱이 두 사람이 조금 더 가까워진 다음에 키스신이랑 베드 신 찍으려고 맨 뒤로 빼놓았는데, 할 수 없지. 일정 조정해야지."

창훈의 말에 순간 태환의 한쪽 눈썹이 올라갔다.

"너, 방금 뭐라고 그랬어? 베드 신?"

"어, 왜?"

속 뒤집어지는 말을 내뱉은 주제에, 창훈은 태연한 얼굴로 태환을 마주 보았다. 본인 입에서 나간 말이 얼마나 큰 폭풍우를 몰고 왔는지 전혀 감도 잡지 못하나 보다.

"계약서에는 베드 신에 관한 사항이 없는데, 계약 위반이라도 하겠다는 거야?"

예상하지 못한 태환의 반응에 창훈 역시 약간은 놀란 것 같았다. 그는 눈을 크게 뜨며 속사포처럼 말을 내뱉었다.

"베드 신이 어때서? 노출이 심할 때나 계약서 쓰지, 이건 그렇게까지 야한 건 아니라고. 김상원 대표와는 이미 이야기 끝났어. 정하라도 크게 반대하지 않았고."

반대하지 않았다고?

태환의 눈꼬리가 미세하게 경련을 일으켰다.

이 여자, 지금 제정신인가? 첫 영화 출연에서 베드 신까지 소화하겠다는 거야?

당사자가 괜찮다고 하는데 제삼자가 뭐라고 할 수도 없고, 태환은 부아가 치미는 것을 참으려 주먹을 꽉 움켜쥐었다.

"윽!"

제길! 손바닥 상처를 까맣게 잊고 말았다. 손 전체가 타는 듯한 통증에 태환은 아랫입술을 깨물며 미간을 찌푸렸다. 태환이 다친 것을 전혀 모르는 창훈은 그가 화났다고 오해하고는 슬그머니 뒤로 한 걸음 물러섰다.

"왜 또 그런 표정이야? 이번이 처음도 아니고. 예전에도 이런 적 있었잖아. 정 찝찝하면 법무 팀과 의논해서 수정 계약서 작성하든가, 그럼. 내가……."

"대본은?"

태환은 창훈의 말을 중간에 자르고 다음 말을 이어나갔다.

"그건 또 언제 고쳤어? 마지막 수정 대본에는 분명히 베드 신 없었는데."

"그건 엊그제 촬영하다 보니까……."

"제작자인 내가 모른다는 게 말이 돼?"

크게 언성을 높인 것도 아닌데, 태환의 목소리는 뭔가 무시무시하고 소름이 끼쳤다.

"너…… 너……한테는 나중에 말…… 말해주려고 했지."

저승사자처럼 싸늘한 태환의 눈초리에 창훈은 자신도 모르게 말을 더듬었다.

　"촬영하다 보니까, 키스만 하고 헤어지기엔 너무 약하더라고. 그래서 민 작가님이랑 의논했지. 짧게나마 베드 신을 넣는 게 어떨까 하고. 노출 없는 상태에서, 분위기만 보여줘도 충분히……."

　"됐다. 알았으니까 그만해라."

　태환은 설명이 채 끝나기도 전에 자리에서 벌떡 일어섰다. 동시에 못마땅한 얼굴로 하연과 성욱이 앉아 있는 테이블 쪽으로 고개를 돌렸다. 두 사람은 그새 친해졌는지 서로 마주 보며 다정하게 대화를 나누고 있었다. 북적거리는 소음에 상대방 말이 잘 들리지 않으면 귓가에 얼굴을 가깝게 가져가기도 했다.

　잠시 두 사람을 노려보던 태환은 자리를 떠나 건물 꼭대기에 있는 사무실로 향했다.

　"헉, 헉. 이놈의 사무실은 왜 꼭대기 층에 있어가지고……."

　계단 좀 올라왔다고 창훈은 거칠게 숨을 몰아쉬며 느린 걸음으로 사무실 안으로 들어섰다. 태환은 창훈이 사무실에 들어왔건 말건, 등을 보인 채 창밖을 바라보았다. 창훈은 태환이 또다시 계약서를 수정해야 해서 짜증을 부린다고 생각한 모양이었다. 일 처리에 있어서 한 치의 빈틈도 없어야 직성이 풀리는 차태환이니까.

　"하여간 공사 들어가기 전, 이달 말까진 다시 병원으로 돌아가야 해."

"그래서 어떻게 할 거야?"

시선을 창밖에 고정한 채로 태환이 건성으로 물었다. 솔직한 심정으론 촬영이 어떻게 돌아가든 모른 척하고 싶었다. 자꾸만 신경 쓰여 다른 일에 집중하기 어려울 테니까.

"다음 주에 강원도에서 2주 동안 촬영하잖아. 촬영 끝나면 잠깐 짬을 이용해서 편법을 좀 쓰려고. 서먹서먹한 신입끼리 가장 빠르게 친해질 수 있는 방법이 뭐야? 바로 엠티 아니겠어?"

"엠티?"

말도 안 되는 엉뚱한 발언에 태환은 미간을 찌푸리며 뒤를 돌아보았다. 창훈은 나름대로 꽤 괜찮은 아이디어를 냈다고 자화자찬하는 표정이었다.

"두 사람을 며칠이라도 함께 있게 하는 거지. 한적한 곳에 둘이 딱 붙어 있다 보면 더 빨리 친해질 테니까. 그러니까 네 별장 좀 빌려줘라."

"미친놈."

창훈의 말도 안 되는 아이디어에 태환의 입에서는 저도 모르게 욕설이 튀어나왔다. 그러나 이번에도 창훈은 획기적인 아이디어에 감동한 태환이 남자답게 욕으로 대응했다고 넘겨짚었다. 그는 두 주먹을 불끈 쥐어 보였다.

"나만 믿어. 내가 알아서 할 테니까. 스크린을 뜨겁게 불태울 키스신, 기대해도 좋다!"

태환이 뭐라고 대꾸하기도 전에 창훈은 곧장 사무실을 걸어 나갔다.

"야, 송창훈!"

창훈을 쫓아가려던 태환은 제자리에 멈추었다.

괜한 일에 에너지를 낭비하지 말자. 지금 처리해야 할 일이 산더미처럼 쌓여 있는데…….

태환은 손으로 이마를 짚으며 고개를 내저었다. 자신과 전혀 상관없는 일에 골치를 썩일 이유는 없었다.

"흐음."

태환은 유리창에 이마를 가져다 대며 길게 숨을 내쉬었다. 이마를 통해 스며든 차가운 기운이 온몸으로 서서히 번져나 갔다.

9. 이번엔
쌍방 과실로 하지

"컷! 좋았어."

"자, 모두 철수 준비하지."

수월하게 촬영이 진행된 덕분에 예정된 날짜보다 이틀이나 빨리 촬영을 마칠 수 있었다. 읍내 보건소로 옮긴 남자 주인공 하준혁을 찾아서, 여자 주인공 은여경이 산길을 헤매는 장면으로 스치듯 지나치는 내용으로 끝을 맺었다.

"두 사람 모두 수고했어요!"

조금이라도 촬영 일정이 늘어나면, 하연과 성욱이 별장에 머무르는 날이 줄어들거나 최악의 경우, 그대로 서울로 돌아가야 했기에 창훈은 촬영 내내 식은땀을 흘렸었다. 그 이유로 마지막 신 촬영을 끝낸 창훈은 세상 다 가진 사람처럼 환하게 웃었다.

"두 사람만 별장에 갈 순 없으니까, 소속사 직원도 동행하는 건 어떨까요?"

"네, 좋아요."

"저희도 괜찮습니다."

정하라 측은 서영과 민성이, 주성욱 측은 매니저인 김 이사가 동행하기로 했다.

"그런데 어디로 가는 거예요?"

창훈이 제작진에게 가버리자, 하연은 넌지시 성욱에게 물어보았다. 동의하긴 했지만, 성욱과 별장에 가라는 부탁은 이해할 수 없었다.

상대 배우와 잘 어울리지 못한 성욱이 종종 문제를 일으켰다는 말을 듣긴 했지만, 직접 만나보니 성욱은 많은 점에서 소문과 달랐다. 좀 더 가까워지기 위해 별장까지 갈 필요는 없을 것 같은데······.

"근처에 차태환 대표님의 별장이 있어요. 산속 깊숙이 있어서 운전하고 가기 좀 까다롭긴 한데, 경치 하난 죽여요. 특히 겨울에는 설경이 끝내주죠."

하연과 달리 성욱은 첫 엠티를 떠나는 신입생같이 들뜬 표정이었다. 그는 매니저인 김 이사와 함께 바비큐 재료를 사가지고 가겠다며 먼저 현장을 떴다. 반대로 추운 건 질색인 서영과 민성은 떨떠름한 표정이었다.

"언니, 거기 난방 잘되죠? 혹시 장작 패서 불 때고 그러는 건 아니겠죠?"

"하연아, 더운물 팔팔 나올까? 난 찬물에 샤워 못 하는데······."

"더운물 나오겠지. 요샌 아무리 외진 곳이라고 해도 전기는 다 들어오니까."

괜히 서영과 민성까지 억지로 끌고 가는 것 같아 하연은 마음이 불편했다.

그리고 왜 하필 그 남자 별장일까?

촬영장에 코빼기 한번 드러내지 않는 사람이 별장에 들이닥칠 일이야 없겠지만, 그래도 태환의 별장에 머물자니 꺼림칙한 것도 사실이었다.

"추우면 어디 나가지 말고, 별장 안에만 있자."

하연은 툴툴거리는 두 사람을 달래며 서둘러 짐을 챙겼다. 별장에 도착하면 그동안 부족했던 잠이나 실컷 보충해야겠다고 생각하면서.

"대표님, 좀 흥미로운 사실을 몇 가지 알아냈습니다."

강 비서는 목걸이와 정하라 인터뷰 사진을 책상에 내려놓으며 말을 이어나갔다.

"이 목걸이, 알고 보니까 유명한 보석 디자이너 이니스의 작품이더군요. 여기 끝부분을 확대경으로 들여다보시면 이니셜을 찾을 수 있습니다."

"이니스라면 유럽 왕실 보석 디자이너로 유명한 그 이니스?"

"네. 맞습니다. 특별한 누군가를 위해서 딱 하나만 제작한 목걸이랍니다."

"그럼 여의사와 이니스가 아는 사이라는 건가?"

태환의 예측은 강 비서의 뒷말로 곧 깨졌다.

"아뇨. 이니스가 아프리카 여행 중에 병에 걸린 적이 있었는데 그때 치료해준 의사가 바로 유영찬 박사였답니다. 회복 후, 스웨덴으로 돌아간 이니스가 보답의 뜻으로 목걸이를 만들었다더군요. 이건, 목걸이 사진을 찾던 중 발견한 기사입니다."

강 비서는 손끝으로 정하라의 인터뷰 사진을 가리키며, 사진 밑에 적힌 기사를 소리 내어 읽기 시작했다.

"'이 목걸이는 고등학교 때 아버지에게 선물 받은 거예요.'라고 정하라는 말했다. 특별한 의미가 있는 목걸이라, 항상 하고 다닌다고 그녀가 덧붙였다."

"그러니까 이니스가 준 목걸이를 유 박사가 딸 정하라에게 선물했다는 거야? 좋아, 사진 속의 목걸이는 그렇다 치고……."

태환은 책상에 놓인 은 목걸이를 집어 들었다.

"이건 모조품일 수도 있잖아."

세계적인 보석 디자이너가 특별한 선물이라면서 순금도 아니고 플래티넘도 아닌, 고작 은으로 제작했다고? 태환은 쉽게 이해되지 않았다. 그러나 강 비서는 진지한 얼굴로 보고를 이어나갔다.

"저도 그럴지도 모른다고 의심했습니다. 이니셜쯤은 누구라도 쉽게 조작할 수 있는 거니까요. 그런데 이니스의 작품에는 특별한 비밀이 숨겨져 있답니다. 확대경을 이용한 검사로는 쉽게 알 수 없지만, X선 형광 분석기를 이용하면 그 차이를 알 수 있다고 하더군요."

"그러면 지금 내 손에 있는 이 목걸이가 이니스의 작품이 분명하다는 건가? 유 박사가 딸, 정하라에게 준 목걸이라고?"

"네. 지금 대표님이 가지고 계신 그 목걸이는 정하라의 목걸이가 확실합니다."

어지럽게 흩어진 퍼즐이 하나씩 제자리를 찾아가고 있었다.

"그러면 정하라가 자신의 목걸이를 여의사에게 줬고, 그 여의사는 나에게 이걸 주었다?"

"그건…… 저도 모르겠습니다."

자신만만하게 말하던 강 비서의 목소리가 조금 작아졌다. 태환은 목걸이를 움켜쥐며 고민에 빠졌다. 정하라와 그 여의사는 서로 아는 사이일까? 예전에 함께 근무했던 동료?

"혹시 정하라가 해외로 의료 봉사를 떠난 적이 있었나?"

목걸이를 보며 생각에 잠겼던 태환이 강 비서에게 질문을 던졌다.

"네. KNN 방송사 후원으로 캄보디아 해외 봉사를 떠난 적이 있더군요. 그런데 문제가 좀 있었습니다. 진심 어린 봉사가 아니라, 홍보를 위한 가식적인 행동이었다는 소문이 돌았죠. 나중에 모함으로 밝혀졌지만, 그 당시엔 시청자 게시판이나 관련 기사 댓글난이 악플로 도배되었다더군요. 그 이후로는 일절 해외 봉사에 나서지 않는답니다."

"그래."

혹시 그때 여의사와 함께 봉사를 떠났던 건 아닐까? 봉사자 명단을 조사해보라고 할까?

"그런데 말입니다."

생각에 잠긴 태환의 귓가에 강 비서의 목소리가 들어왔다.

"이번 9월, 10월 두 달 동안 정하라는 한국에 없었습니다. 영국으로 출국했다가 며칠 후, 말라위에 떠난 것까진 알아냈습니다."

'말라위'라는 말에 태환은 자신의 귀를 의심했다. 같은 목걸이를 소지한 것 자체도 지나친 우연인데, 그녀도 비슷한 시기에 말라위에 있었다고?

"하지만 여기까지만 알아낼 수 있었습니다. 좀 더 자세한 정보를 위해선……."

"아버지밖엔 없겠군."

정하라의 사진을 뚫어지게 응시하던 태환은 뭔가를 결심한 듯 느릿하게 고개를 끄덕였다.

"좋아. 회장님 측에 정보 흘려."

"알겠습니다."

강 비서가 물러가고, 태환은 어느새 아물어가는 손바닥의 상처를 바라보았다.

손바닥을 가로질렀던 붉은 줄은 어느새 연한 분홍 줄로 변해 있었다. 손바닥의 상처가 아물 듯, 머릿속을 헤집는 혼돈도 곧 깔끔히 정리될 것이다.

태환은 자리에서 일어나 코트를 들고 사무실을 나섰다. 허무맹랑한 연결일지도 모르겠지만, 뭔가 보이지 않는 연결 고리를 발견한 것 같았다. 어떤 그림이 그려질지는 알 수 없었지만, 연결점에 선을 잇다 보면 조만간 그 형체를 드러낼 것이다. 주차장으로 향하는 그의 걸음이 차츰 빨라졌다.

"으아아! 추워."

추위라면 질색인 서영은 신발을 벗을 생각도 하지 못하고 현관에서 동동 발을 굴렀다. 겨우내 비워놓았다고 하더니 현관문을 열자마자, 싸늘한 냉기가 느껴졌다.

"이럴 줄 알았으면 내복 챙겨오는 건데……."

"어머, 그지? 여기저기서 찬바람이 숭숭 들어온다, 야."

민성도 서영의 말에 맞장구를 치며 호들갑스럽게 몸을 움츠렸다. 성욱과 김 이사가 먼저 별장에 도착해야 하는데, 읍내에서는 쉽게 구할 수 없는 양갈비를 꼭 사야겠다며 인근 도시 대형 마트까지 가느라 좀 늦는단다. 결국 하연 일행이 선발대가 되고 말았다.

"보일러 틀면 금방 따뜻해질 거야."

하연이 실내 온도 조절기의 난방 버튼을 꾹 누르며 말했다.

"하아, 하! 우와, 입김 나는 거 봐. 오빠, 벽난로도 피우게 장작 좀 패봐요."

"싫어. 추운데 왜 밖에 나가니?"

보일러를 최대한 틀었지만, 워낙 별장이 크고 천장이 높은 탓에 한참을 기다려도 따뜻해질 기미가 보이지 않았다. 담요를 두르고 앉아 덜덜 떨던 서영과 민성은 급기야 소파에서 벌떡 일어났다.

"하연아, 아무래도 안 되겠어. 날 어둡기 전에 내복이랑 손난로라도 사 와야지."

서늘하긴 했지만, 그래도 견딜 만하다고 생각하던 하연은 가만히 고개를 내저었다.

"서영이랑 오빠, 둘이 다녀와. 난 벽난로 피우고, 냉장고 정리하고 있을게."

"어!"

급했는지 민성이 차 키를 챙겨 쪼르르 밖으로 달려나갔고, 그 뒤를 서영이 강아지처럼 따랐다.

"조심해서 다녀와."

서영과 민성을 배웅한 하연은 그들이 탄 차가 더 이상 보이지 않자, 구름 한 점 없는 파란 하늘을 향해 고개를 젖혔다. 일기예보에 의하면 일주일 내내 맑은 날씨가 이어진다고 했는데. 성욱이 말한 그 끝내준다는 설경은 아쉽게도 볼 기회가 없을 듯했다.

"하아아!"

처음엔 내키지 않았는데 막상 공기 좋은 산속에 오니까 괜스레 몸과 마음이 가벼워진 기분이었다. 하연은 하늘을 향해 두 팔을 뻗으며 별장으로 돌아갔다.

하연은 커피잔을 내려놓고 주위를 둘러보았다. 돌 재질로 올린 벽과 이음새가 없는 커다란 유리창, 호두나무로 제작된 장식 벽면 등이 현대적인 건축미를 우아하게 뽐내고 있었다.

하연은 커다란 창문 앞에 있는 그랜드 피아노로 다가갔다. 가까이에서 보니 아기자기한 사진 액자가 피아노 위에 놓여 있었다. 하연은 그중 하나를 집어 올렸다. 사진 속에는 아름다운 여인이 10살쯤 보이는 남자아이를 품에 안고 있었다.

남자아이는 차 대표가 분명할 테고, 옆에 여인은 어머니인가?

지금의 태환과는 다르게 꼬마 태환은 행복한 얼굴로 환하게 웃고 있었다. 사진을 들여다보던 하연의 얼굴에도 자연스럽게 미소가 떠올랐다.

보기만 해도 상대를 행복하게 하는 밝은 미소. 꼬마 태환은 그런 미소를 가지고 있었다.

그리고 보면 지금까지 태환이 환하게 웃는 모습을 한 번도 본 적이 없는 것 같았다. 입꼬리를 비틀어 비웃는 듯한 미소를 보여준 게 전부였다.

태환의 외모는 어머니에게서 물려받은 게 분명했다. 빛바랜 사진으로 보기에도 태환의 어머니는 감탄사가 절로 튀어나올 정도로 아름다웠으니까. 그런데 어딘가 모르게 낯이 익은 것 같기도 했다.

이상하지? 분명 오늘 처음 보는데…….

고개를 갸우뚱거리던 하연은 조심스럽게 액자를 내려놓고

옆에 놓인 사진으로 시선을 옮겼다. 초등학교 졸업식 때 찍었는지, 태환은 제법 소년티를 내고 있었다. 그는 꽃다발을 품에 안고 싸늘한 얼굴로 카메라 렌즈를 마주 보고 있었다.

어릴 때 보여주었던 아름다운 미소는 어디에도 남아 있지 않았다. 대신 아무런 감정도 담겨 있지 않은 냉담한 표정만 있을 뿐이었다. 그러면서도 어딘가 슬퍼 보이는 눈빛에 하연은 차마 시선을 뗄 수 없었다. 그녀는 제자리에 선 채, 오랫동안 태환의 사진을 들여다보았다. 어느새 창밖으로는 하얀 눈송이들이 하나둘씩 날리기 시작했다.

"태환아, 네가 여긴 어쩐 일이야?"

창훈이 놀란 얼굴로 다가오자, 태환은 대답 대신 험상궂은 얼굴로 주위를 둘러보았다.

"촬영 안 해? 다들 어디 갔어?"

한창 촬영 중이어야 하는데 모두 장비 정리에만 바빴지, 조명 세트 하나 세워져 있지 않았다.

"어? 아…… 촬영이 순조롭게 진행돼서 일찍 끝났어. 내일쯤 서울로 철수하려고."

정하라와 주성욱의 모습은 촬영장 어디에도 보이지 않았다.

이미 별장으로 떠났나?

꼭 만나야 하는 건 아니지만, 그녀를 보면 뭔가 힌트가 떠오르지 않을까, 기대한 건 사실이다.

"어? 언제 먹구름이 저렇게 꼈지?"

그때 제작진 중 누군가가 우중충한 회색 하늘을 가리켰다. 잠시 후, 눈송이가 하나둘씩 허공에 흩날리기 시작했다.

"분명히 이번 주는 해만 쨍쨍이랬는데, 웬 눈이래?"

한 번 내리기 시작한 눈은 하늘에 구멍이라도 난 듯 엄청난 속도로 쏟아져 내렸다. 생각보다 눈이 엄청나게 많이 내리자, 태환은 미간을 찌푸렸다.

"두 사람, 당장 돌아오라고 해. 이러다 별장에서 고립될 수도 있어."

"고립되면 더 좋은 거 아닌가? 원래 위기에 놓일 때, 친밀감이 더 높아지는 법이니까."

"야, 송창훈!"

"알았어. 성욱이에게 전화해볼게."

태환이 죽일 것처럼 노려보자, 창훈은 그대로 꼬리를 내리고 휴대폰을 꺼냈다.

"성욱아, 응, 그래. ……어? 너 아직 별장 안 갔어? ……뭐? 차가 고장 나서 견인차 기다린다고?"

황급하게 전화를 끊은 창훈은 당황한 표정으로 태환을 바라보았다.

"성욱이 아직 별장 안 갔단다."

"잘됐군. 그러면 정하라 빨리 돌아오라고 해. 정 두 사람을 붙여놓고 싶으면 다른 곳으로 해. 위험하게 산속 별장으로 하지 말고."

"알았어. 민성 씨에게 전화해볼게. ……민성 씨? 네, 저 송창훈 감독입니다. ……네? 뭐라고요?"

잠시 후, 통화를 끊은 창훈이 아까보다 더 당황스러운 얼굴로 태환을 바라보았다.

"민성 씨 지금 별장 아니라는데? 추워서 내복 사러 나왔대. 지금 근처래."

"그럼 별장에 정하라와 스타일리스트, 둘만 있다는 거야?"

"……아니."

창훈은 태환의 눈치를 보더니 조심스럽게 말을 이었다.

"서영 씨는 지금 민성 씨랑 같이 있나 봐."

"뭐? 지금 그럼 별장에 정하라 혼자 있단 말이야?"

태환은 곤혹스러운 듯 얼굴을 일그러뜨리더니 다급히 차를 세워둔 곳으로 달려갔다. 그러고는 차에 오르자마자 그대로 시동을 걸고 차를 출발했다.

계속해서 전화했지만, 정하라는 전화를 받지 않았다.

"젠장, 전화 좀 받으라고!"

태환은 욕설을 내뱉으며 가속 페달을 힘껏 밟았다. 은근히 시작된 불안과 초조는 이제 슬슬 걷잡을 수 없는 공포로 번져가고 있었다.

매섭게 몰아치는 눈보라 속에서 저 멀리 별장이 보이기 시작하자, 태환은 길게 안도의 숨을 내쉬었다. 그런데 환하게 불이 켜져 있어야 할 별장이 컴컴한 어둠에 묻혀 있었다. 우려가 현실로 일어난 건 아닐까 하는 마음에 태환은 차를 세우고 미친 듯이 별장으로 달려갔다. 비밀번호를 누르고 거칠게 현관문을 열자, 강한 바람과 함께 눈보라가 별장 안으로 쏟아져 들어갔다. 하지만 안에서는 아무런 반응도 없었다. 은은한 불빛만이 거실 벽난로에서 흘러나오고 있을 뿐이었다.

"정하라 씨, 정하라 씨!"

태환은 눈 범벅이 된 구두를 벗을 생각도 하지 않고 별장 안을 뛰어다녔다. 바닥 여기저기에 눈 자국을 남기며 찾아 헤맸지만, 그녀의 모습은 어디에도 보이지 않았다.

이 여자, 누굴 말려 죽일 생각인가? 도대체 어디 있는 거야?

그때 갑자기 소파 구석에 있는 정체불명의 무언가가 눈에 들어왔다. 소파로 가까이 다가가던 태환은 미간을 찌푸리며 제자리에 얼어붙었다.

어처구니없게도 하연이 몸을 웅크린 자세로 평온하게 잠들어 있었다. 소파와 같은 색상의 옷이라 그녀를 미처 발견하지 못하고 지나친 모양이다.

그래도 그렇지, 그렇게 큰 소리로 불렀는데 대답도 안 하고 이리 태평하게 자고 있다니.

"이봐요, 정하……."

한마디 하려는 순간, 그의 시야에 곤히 잠든 사랑스러운 얼굴이 들어왔다.

무슨 좋은 꿈을 꾸는지 그녀의 입꼬리가 보기 좋게 위로 말려 올라가 있었다. 벽난로에서 흘러나오는 불빛은 도자기처럼 매끈한 그녀의 얼굴 위로 넘실대듯 흘러내렸다.

태환은 자신이 머리끝까지 화난 상태라는 것도 잊어버리고 그저 하연을 내려다보았다.

"정하라, 정하라 씨!"

누군가가 그녀를 부른다.

듣기 좋은 나직한 목소리에 하연은 무거운 눈꺼풀을 힘겹게 들어 올렸다.

"으음."

잠에서 깨어난 그녀는 게슴츠레한 눈으로 어두컴컴한 주위를 둘러보았다.

"헉!"

서늘한 표정의 남자가 그녀를 내려다보고 있었다. 하연은 화들짝 놀라며 소파에서 벌떡 몸을 일으켰다. 단숨에 잠이 확 날아가며 온몸에 소름이 돋았다.

그런데 잠깐만!

앞에 선 남자가 너무나도 낯이 익었다. 남자가 그녀 앞으로 한 걸음 다가오자, 벽난로에서 흘러나오는 불빛에 남자의 이목구비가 흐릿하게나마 윤곽을 드러냈다.

"……대표님?"

믿기 어렵게도 태환이 몹시도 화난 표정으로 그녀 앞에 서 있었다. 잠시 말없이 그녀를 노려만 보던 태환이 천천히 입을 열었다.

"전화는 왜 안 받는 겁니까?"

분노로 그의 목소리가 여리게 떨리고 있었다.

"전화하셨어요?"

왜 태환이 여기 있는지, 왜 저리 화가 났는지, 하연은 도무지 이해할 수 없었다.

전화 받지 않았다고 여기까지 찾아와서 따지는 건 아니겠지?

냉장고 정리를 끝내고, 잠시 눈을 붙인다고 소파에 누웠는데 그대로 깊이 잠들었나 보다. 하연은 벽에 걸린 시계를 올려다보았다.

말도 안 돼! 3시간 넘게 잤다는 거야? 어쩐지 왜 주위가 벌써 어두워졌나 했네.

하연은 얼떨떨한 얼굴로 다시 태환에게로 고개를 돌렸다. 그제야 그의 머리와 어깨에 소복하게 쌓인 눈이 시야에 들어왔다. 태환은 못마땅한 눈초리로 하연을 바라보며, 코트에 묻은 눈을 툭툭 털어냈다.

"고립된 것도 모르고 있었습니까?"

"고립이요? 깜빡 잠이 들었었는데……."

하연은 건성으로 대답하며 창밖으로 눈을 돌렸다. 아까까지만 해도 푸른색과 갈색이던 세상이 온통 하얀 눈으로 뒤덮여 있었다.

"와, 눈 온다."

태환은 활짝 웃는 하연을 기가 막힌다는 듯 바라보았다. 그녀는 지금 어떤 상황인지 전혀 모르는 모양이었다.

"서영이랑 민성 오빠는요? 성욱 씨도 올 때가 됐는데……."

"이런 눈보라에 말입니까?"

음, 다시 보니까 눈앞이 안 보일 정도로 눈이 쏟아지긴 했다.

아무리 스노타이어에 체인을 장착한다고 해도 길이 미끄러워 운전하기 쉽진 않을 것이다. 특히나 구불구불 꺾이는 산길에서라면 더욱더.

창밖을 바라보던 하연은 태환에게로 천천히 시선을 돌렸다.

"그러는 대표님은 여긴 웬일이세요?"

"여긴 웬일이세요?"

걱정돼서 위험을 무릅쓰고 달려왔더니 고작 한다는 말이…… 여긴 웬일이세요?

태환은 밀려오는 짜증을 억누르며 나직한 목소리로 말했다.

"책임감 때문이라고 해두죠."

"책임감이요?"

"아직 사태가 잘 이해가 안 되는 모양인데, 그쪽이 전화도 받지 않고 쿨쿨 자는 동안, 대설주의보가 내렸습니다. 어디 오도 가지도 못하게 당신 혼자 산속에 고립되었다고!"

"아, 고립……."

겁에 질려 있을 줄 알고 달려왔는데, 그녀는 팔짱을 낀 채로 시큰둥하게 고개만 끄덕거렸다. 걱정했던 것과는 다르게 하연은 담담하게 상황을 받아들였다.

"잠시만 기다리세요. 짐 챙겨서 나올게요."

"짐은 왜 챙깁니까?"

"저 데리고 돌아가려고 오신 거 아니었어요?"

"눈보라를 헤치고 다시 산에서 내려가라고?"

말하는 도중에도 끊임없이 눈이 내려, 아까보다 더 많은 눈이 세상을 덮고 있었다. 하늘이 무너진 것처럼 어찌나 거세게 내리는지 눈앞이 안 보일 정도였다.

"내일 아침이면 제설차가 올 테니까, 날 밝아지면 그때 출발하죠."

태환은 한 손으로 단추를 끌러 코트를 벗더니, 무너져 내리듯 소파에 주저앉았다. 별장에 도착하기까지 몇 번이나 죽을 고비를 넘겼는지 그녀는 설명해줘도 모를 거다. 와이퍼가 눈을 닦아내는 속도보다 눈이 유리창을 뒤덮는 속도가 훨씬 더 빨랐다. 나중에는 시야가 너무 좁아져 거의 기다시피 차를 몰아야 했다. 별장에 고립된 사람이 정하라가 아니었다면 그는 어쩌면 중간에 차를 돌렸을지도 모른다.

그녀가 무사하다는 것을 확인하자, 긴장이 한꺼번에 풀려서인지 급속도로 피곤이 밀려왔다. 태환은 손등으로 눈을 가리며 그대로 소파에 몸을 눕혔다.

하연은 제자리에 우뚝 선 채, 소파에 누운 태환을 난처한 눈으로 바라보았다.

정말 내가 걱정돼서 눈보라를 헤치고 와준 건가? 투자한 상품에 흠집이라도 날까 봐?

혼자 고립되었다는 걸 알았다면 당황은 했겠지만, 그리 겁에 질릴 정도는 아니었다. 냉장고에 먹을 것도 꽉꽉 차 있었고 난방도 잘되니까. 걱정하지 말고 기다리고 있으면 아침에 데리러 오겠다고 전화만 해주어도 됐을 텐데……. 책임감에 위험을 무릅쓰고 직접 왔다니까 조금은 뭉클했다.

그나저나 단둘이 밤을 보내야 하나?

그와 처음으로 함께 밤을 보내는 건 아니었지만, 그래도 뭔가 어색했다.

"저…… 그런데…… 저녁은 드셨어요?"

눈보라를 헤치고 달려왔다는데, 밥 한 끼 정도는 차려줘야 하지 않을까, 하연은 생각했다. 태환은 소파에 누워 아무 말도 하지 않았다.

대답할 기운도 없다는 건가? 밥 차리다 보면 알아서 오겠지?

하연은 서둘러 주방으로 가, 저녁을 차릴 만한 식재료를 훑어보았다. 넉넉하게 준비했기에 일주일 넘게 고립된다고 해도 끄떡없을 정도로 충분했다. 단지 요리와는 거리가 먼 사람들의 집합이었기에 대부분이 즉석 식품이었다. 일회용 밥과 종류별로 챙긴 컵라면, 전자레인지용 찌개, 스팸, 참치 통조림, 햄, 소시지, 냉동 피자 등등. 민성이 해물 파전을 해주겠다며 준비한 새우와 오징어, 관자 등 해산물과 양파, 파, 마늘, 토마토 등 채소도 조금 있었다.

"지금 이 상황에 밥이 목구멍으로 넘어갑니까?"

어떤 찌개의 포장을 뜯을까 고심하고 있는 하연에게 태환이 다가왔다.

"당연하죠."

하연은 태연하게 대꾸하며 고무줄로 머리를 질끈 묶었다.

양심상 즉석 요리만 달랑 내놓을 순 없으니까 양파라도 썰어 넣을 생각이었다.

"빈속으로 오래 있으면 위장 버려요."

하연이 부대찌개 포장을 뜯으려 하자, 태환이 하연의 손에서 그것을 빠르게 낚아챘다. 그리고 미간을 찌푸린 채, 포장 용기 뒤에 인쇄된 재료 명을 읽어 내려갔다.

"빈속으로 오래 있으면 위장 버린다는 사람이 방부제와 조미료로 범벅된 쓰레기를 먹으라는 겁니까? 한때 의사였다던 사람이?"

그 말에 하연은 '풋' 실소를 터뜨렸다.

"의사에 대한 잘못된 환상이 있는 모양인데요. 오히려 의사가 건강식 이런 거 더 못 챙겨 먹어요. 온종일 시리얼 아니면 컵라면, 피자 같은 거로 버틴다고요."

그가 부대찌개를 돌려주지 않자, 하연은 우선 양파부터 썰기로 했다. 태환은 서툰 칼질로 아슬아슬하게 양파를 써는 그녀를 보며 설레설레 고개를 내저었다.

"외과 의사라고 하더니, 칼질이 그게 뭡니까? 비켜요."

눈 뜨고 보지 못할 수준이라고 생각했는지 태환은 그녀를 옆으로 밀어버렸다. 그는 비누로 손을 씻고 능숙한 솜씨로 채소 손질에 들어갔다. 하연은 빠른 속도로 채소를 손질하는 태환을 경외의 눈으로 바라보았다.

"칼질 잘하네요."

"왕년에 의사였다는 사람보다는."

"너무 구박하지 말아요. 저도 손목 다치기 전에는……"

발끈해서 한마디 쏘아붙이려던 하연은 순간 멈칫하며 혀끝을 깨물었다. 다 지난 이야기인데 해서 뭐할까? 돌이키고 싶지 않은 사고를 떠올려봤자, 우울해질 뿐이다. 하연은 서둘러 화제를 바꿨다.

"그럼 저는 뭘 할까요?"

"할 수 있는 거, 아무거나."

어째 말투가 할 수 있는 게 뭐가 있느냐고 비아냥거리는 것만 같았다.

"달걀 프라이쯤은 노른자 터뜨리지 않고 예쁘게 할 수 있어요."

상대가 시큰둥하게 나온다고 자신까지 툴툴거리긴 싫었기에 하연은 일부러 더 밝게 말했다.

"좋아요, 그럼."

태환이 냉장고에서 해산물을 꺼내 손질하는 동안, 하연은 묵묵히 달걀 프라이를 만들었다.

"그런데 뭐 만드는 거에요?"

"해산물과 토마토가 있길래, 간단하게 치피노(Cioppino : 이탈리아식 해물 스튜)나 만들어볼까 해서."

레스토랑에서나 먹을 수 있는 요리를 만들면서 '간단하게'란다.

그런데 재료를 손질하는 거나, 냄비에 재료를 집어넣는 거나, 마치 라면을 끓이는 것처럼 간단하고 쉬워 보였다. 하연은 감탄의 눈빛으로 그가 요리하는 모습을 지켜보았다. 그녀의 시선을 느꼈는지 태환은 동작을 멈추고 그녀를 향해 날카로운 시선을 날렸다.

"왜? 독이라도 넣을까 봐 감시합니까?"

태환의 날 선 물음에 하연은 빠르게 고개를 흔들었다.

역시, 요리 좀 해준다고 긴장을 늦추는 게 아니었다. '지옥에서 온 제작자'란 별명이 왜 붙었겠어?

"테이블 세팅하고 있을게요."

하연은 재빨리 등을 돌려 테이블로 걸어갔다.

"후우."

그녀가 멀어지자, 태환은 작게 한숨을 내쉬었다.

지금 여기서 독을 쓰는 사람이 누구인데…….

이제는 그녀에게서 흘러나오는 재스민 향이 독처럼 느껴질 정도였다. 요리하는 도중에도 재스민 향을 맡을 수 있다니, 이쯤 되면 아주 심각한 상태다.

같은 향, 같은 목걸이, 같은 장소, 종종 느껴지는 비슷한 말투…….

단도직입적으로 물어볼까? 어쩌면 궁금증은 손쉽게 풀릴지도 모른다. 그러나 일을 더 복잡하게 할 가능성도 있었다.

당장에라도 질문 공세를 던지고 싶었지만, 우선은 기다려야 한다. 토끼몰이를 하려면 도망갈 구석을 다 막아놓고 시작해야 하니까.

테이블에 냅킨을 내려놓던 하연은 슬그머니 뒤를 돌아 태환의 손을 훔쳐보았다. 2주일이나 지났으니 손바닥의 상처는 거의 아물었을 것이다.

하연은 데이지에서의 일을 떠올리며 아랫입술을 깨물었다. 본인이 싫다는 거, 굳이 치료해줄 필요까진 없었는데……. 자신이 오지랖을 부린 건 아니었나, 잠시 후회했었다. 하지만 그때는 그를 치료해야겠다는 생각밖에 들지 않았다.

틈이 벌어져 피가 흐르는 손바닥을 보는 순간, 가슴이 철렁 내려앉는 것만 같았다. 의사로서의 냉정함은 저 멀리 날아가고 없었다. 그때 일도 아직 머릿속에서 정리하지 못했는데 이렇게 그와 맞닥뜨리게 되다니…….

하연은 당혹스러운 감정을 최대한 억누르며 곱게 접힌 냅킨 위에 포크를 내려놓았다.

태환이 치피노를 그릇에 옮겨 담고, 곧 꽤 근사한 저녁이 식탁 위에 차려졌다.

"와, 맛있어요."

빈말이 아니라, 태환이 요리한 치피노는 아주 훌륭했다. 하연의 칭찬에도 태환은 아무런 반응 없이 음식을 입으로 가져갔다.

"정말 맛있어요."

그녀가 다시 중얼거리자, 태환은 무뚝뚝하게 짧게 대답했다.

"별거 아닙니다."

말을 마친 태환은 묵묵히 식사를 계속했다.

음식이 맛있으면 뭐 하나. 바늘방석 위에 앉은 기분인걸.

맞은편에 앉은 태환에게서는 뭔가 암울한 기운이 흘러나왔다. 왜 '지옥에서 온 제작자'라고 불리는지 이제 확실히 알 것 같았다. 가만히 있어도 주위가 싸늘해지는 것 같다. 불편하고 어색하고……. 어쩌면 혼자 있는 편이 나았을지도 모르겠다. 전기만 들어오면 진짜 혼자서도 끄떡없는데! 그런데 말이 씨가 된다고…….

"앗!"

설거지를 끝내고 물을 잠그려는데, '팍' 소리와 함께 전기가 끊어졌다. 순식간에 주위로 칠흑 같은 어둠이 내려앉았다. 갑자기 눈앞에 아무것도 안 보이자, 하연은 아찔한 기분에 싱크대를 꽉 붙잡았다.

서서히 어둠에 눈이 적응하며 주위가 어렴풋이 보이기 시작했다. 다행히도 벽난로의 붉은빛이 희미하게나마 어두운 실내를 밝혀주었다. 거실에 있던 태환이 주방으로 들어와 캐비닛에서 손전등을 꺼냈다. 처음으로 혼자가 아니라, 태환이 함께 있다는 사실에 안도의 숨이 흘러나왔다.

"여기 있어요. 무슨 일인지 알아보고 올 테니까."

태환이 별장 주변을 살피러 나가고, 하연은 거실로 나아가 벽난로 앞에 자리를 잡았다. 한참 후, 몸 여기저기에 하얗게 눈이 쌓인 채로 태환이 돌아왔다.

"두꺼비집은 아무 이상 없고. 아무래도 폭설로 전선에 문제가 생긴 것 같아요. 수리도 눈이 그쳐야 가능할 테니까, 내일 아침까지 전기가 안 들어올지도 모르겠군요."

그제야 하연은 산속 깊숙이 고립됐다는 사실이 현실로 느껴졌다. 당황스러우면서도 한편으론 기분이 묘했다. 그와 단둘이 고립된 적은 이번이 처음이 아니었으므로…….

"회장님, 뭔가 있는 것 같습니다."

저녁 회의를 마치고 회장실로 돌아온 차 회장에게 오 실장이 심각한 얼굴로 다가왔다. 드디어 뭔가를 알아낸 모양이다.

"이번 차 대표가 제작하는 영화에 관해 들어보셨습니까?"

"'따뜻한 심장'인가, '따뜻한 신장'인가, 뭐 그렇던데. 창훈이 녀석이 감독을 맡았고."

외과 의사인 미래의 며느리를 찾아오라고 했건만, 왜 난데없이 영화 이야기로 빠지나.

심기가 불편한 듯, 차 회장의 이마에 주름이 새겨졌다.

"여자 주인공을 맡은 배우 말입니다. 정하라라는 배우인데 전직 의사였답니다."

오 실장은 준비한 자료를 파일에서 꺼내 차 회장 앞으로 내밀었다.

"강 비서가 지금 정하라의 뒷조사를 하고 있답니다. 아, 아닙니다. 뒷조사라기보다는, 뭐라고 해야 하나요. 정보를 수집한다고 해야 하나요?"

"정보를 수집하다니? 그게 무슨 소린가?"

"뭔가 꺼림칙해서 알아보는 게 아닌 것 같았습니다. 그보다는 차 대표가 정하라에게 관심이 있어서 알아보는 것 같은 느낌을 받았습니다."

"태환이가 관심을 보인다고?"

"네. 그것도 아주 많이."

"하, 믿을 수 없군."

차 회장은 탄성을 흘리며 책상에 놓인 서류로 시선을 돌렸다. 생전 처음, 태환이 여자에게 관심을 보인다는 보고를 받았다. 마음에 둔 여자가 있다고 하더니, 아예 상대에게 마음을 몽땅 빼앗긴 것 같다.

괘씸한 녀석! 바로 옆에 몰래 숨겨두고 나보곤 해외에서 찾아보라고 했단 말이지.

놀라운 보고는 계속해서 이어졌다.

"조사한 바로는 한국 대학 병원에서 한재호 선생과 함께 근무했었답니다."

차 회장은 문득 예전에 재호가 해준 말을 머릿속에 떠올렸다.

―민얼굴에 헝클어진 머리를 하고도, 땀에 젖은 채 수술실에서 나와도 예쁜 사람은 있습니다.

좀처럼 웃는 모습을 보이지 않는 재호를 미소 짓게 했던 상대가 그럼 바로……?

"흠……."

차 회장의 얼굴에 어두운 그림자가 내려앉자, 오 실장이 넌 지시 물었다.

"좀 더 깊숙하게 파볼까요?"

"그래주게나."

오 실장이 회장실을 걸어나가자, 차 회장은 책상 위에 놓인 정하라의 사진으로 시선을 돌렸다. 아내가 죽고 난 후, TV 드라마를 비롯해 영화와 연극도 본 적 없었다. 그쪽에는 전혀 관심도 없었다. 우연히 길거리에서 만난다고 해도 그녀가 배우라는 걸 알지 못할 것이다. 사진 속에서 상큼한 미소를 머금은 여자가 그를 빤히 바라보고 있었다. 선한 눈빛도 그렇고 웃는 모습이 참 매력적이었다.

그런데 왜 하필 배우인 거야, 왜 하필.

"후우."

유심히 사진을 들여다보던 차 회장의 입에서 긴 한숨이 흘러나왔다.

전직 의사였으면 뭐하나. 지금은 배우라는데…….

배우는 절대로 안 된다.

차 회장은 씁쓸하게 웃으며 힘없이 의자 등받이에 몸을 기대었다.

"아직도 전화 안 받아요?"

창훈의 질문에 민성은 어두운 표정으로 고개를 내저었다.

"폭설로 휴대폰도 불통인 거 같아요."

"미치겠네. 태환이 이 녀석, 별장에 도착한 거야, 만 거야?"

워낙 어릴 때부터 위험 속에서 살았던 태환인지라 이제는 그러려니 이력이 생길 법도 한데, 그래도 창훈은 슬슬 겁이 나기 시작했다.

이럴 줄 알았으면 엠티 어쩌고 하면서 두 사람을 별장에 보낼 계획을 세우지 말걸.

창훈은 이 모든 것이 자신의 잘못인 것 같아서 속이 바짝바짝 타들어갔다.

"안 되겠어요. 지금이라도 가봐야겠어요."

민성이 벌떡 자리에서 일어나자, 창훈이 두 손으로 민성의 팔을 와락 잡아당겼다.

"안 됩니다. 눈이 저렇게 오는데, 지금 운전했다간 바로 저승길이에요."

"그래도……."

"차 대표, 무사히 별장에 도착했을 겁니다. 녀석이 운전 솜씨 하난 끝내주거든요. 칼에 찔린 상태에서도 레이싱하는 것처럼 차를 몬다고요."

"그거야 말라위는 평지니까 그랬죠. 여긴 꾸불꾸불 산길 많은 강원도라고요!"

하연의 걱정에 눈물을 글썽거리던 민성이 언성을 높였다.

"뭐, 그렇긴 하지만……."

민성에게 동의하며 혼자 중얼거리던 창훈은 문득 이상하다는 표정을 지어 보였다.

"저기요, 장민성 씨?"

"네?"

"우리 차 대표가 말라위에서 칼에 찔린 사고, 어떻게 알아요? 그거 아무도 모르는 아주 극비 사항인데……?"

순간 민성의 얼굴이 흙색으로 변해버렸다.

어머나! 이놈의 주둥아리! 내가 이럴 줄 알았어.

민성은 손으로 입을 틀어막으며 눈동자를 위아래로 굴렸다.

변명을 하긴 해야 하는데, 뭐라고 하지? 생각하자! 뭐라도 생각해내자!

"저……저, 저는 말……라위라고 안 했는데요. 말……말라비틀어진 평지라고 했……는데요."

"……아."

말도 안 되는 변명이었지만, 다행히도 창훈은 그의 말을 믿어주는 것 같았다.

"그런가요? 제가 정신이 없어서 잘못 들었나 봅니다."

"네, 네! 완전히 잘못 들으신 겁니다. 저, 저는 잠시 화장실 좀……."

민성은 자리에서 벌떡 일어나, 그대로 화장실로 달려갔다. 당장에라도 토할 것 같았다. 말라위에서 하연이 사라졌던 그날 밤처럼 변기를 끌어안고 밤새도록 구역질을 할 것 같았다.

그놈의 내복이 뭐라고. 왜 그걸 사러 나와서는.

보디가드라면서 제일 필요할 때마다 그녀 옆에 없는 자신이 원망스럽기만 했다.

타닥ㅡ. 타닥ㅡ. 타닥ㅡ.

벽난로 안의 장작더미가 타들어가며 작은 불꽃이 일었다. 넘실대는 불길을 바라보며 하연은 놀란 가슴을 쓸어내렸다. 태환이 아니었으면 정말 큰일 날 뻔했다.

전기가 나가서 사방이 컴컴해진 것은 촛불이나 손전등으로 대처한다고 해도 멈춰버린 전기보일러는 방법이 없었다. 거실에 놓인 벽난로가 유일한 난방 기구였는데, 불을 지펴야 하는 장작은 고작 한 시간을 버틸 수 있을 정도만 남아 있었다. 태환이 눈보라 속을 헤치고 장작을 준비해주지 않았더라면 꼼짝없이 밤새도록 추위에 덜덜 떨 뻔했다.

전기가 나가면 벽난로 이외에는 난방이 가동하지 못한다는 사실을 까맣게 잊고 있었다. 전기가 들어올 땐 아무것도 무서울 게 없었지만, 지금은 상황이 180도 바뀌었다. 최악의 경우, 혼자 추위에 떨다가 얼어 죽었을지도 모른다.

ㅡ……이 은혜…… 꼭 갚죠.

하연은 그녀의 손을 꽉 움켜쥔 채, 강렬하게 바라보던 태환의 모습을 떠올렸다. 진심을 담은 눈빛에 그녀도 모르게 눈물이 핑 돌았었는데……. 어쩌면 그는 그녀가 생명을 구해준 의사라는 걸 모르는 상태에서 은혜를 갚았는지도 모르겠다.

그래, 이걸로 된 거야. 앞으로는 구박받아도 괜히 억울해하고 그러지 말자. 이걸로 빚은 깨끗하게 청산한 거라고 치고…….

아, 그나저나 너무 춥다.

"으, 추워."

하연은 자신도 모르게 파르르 몸을 떨었다. 벽난로의 열기가 미치는 앞부분만 따뜻하고, 등 쪽으로는 서늘한 한기가 느껴졌다. 침실에서 가져온 이불을 두 개나 꽁꽁 둘러쌌지만, 그걸로도 충분하지 않았다.

하연이 이불을 꽉 끌어안고 추위에 바들바들 떨자, 옆에 앉은 태환이 무덤덤하게 물었다.

"추워요?"

"……네, 조금."

이가 부딪쳐 딱딱 소리가 나는 주제에 하연은 '조금'이라는 단어에 팍 힘을 주어 대답했다.

"입에 얼음을 물고 한복 차림으로 돌아다니던 사람이……."

"비, 비교할 걸 비교해요!"

하연은 비아냥거리는 태환을 매섭게 흘겨보았다.

"서울 온도랑 여기 온도는 하늘과 땅 차이죠."

이제야 왜 서영과 민성이 춥다고 발을 동동 굴렀는지 알 것도 같았다. 웬만한 추위에는 끄떡하지 않던 하연에게도 강원도 산속의 추위는 결코 만만한 상대가 아니었다. 찬바람이 뼛속까지 파고들었다. 그런데 태환은 아무렇지도 않은지, 무덤덤한 얼굴로 앉아 있었다.

"……대표님은 안 추우세요?"

"별로."

지금 이 남자, 괜히 센 척하는 거, 맞지?

"군대를 최전방으로 갔다 왔기 때문에 웬만한 추위는 별로."

"최전방으로요?"

하연이 믿을 수 없다는 듯 커다랗게 눈을 떴다.

"왜 그런 표정이죠?"

"좀 의외라서……."

"의외일 것도 많군."

추위에 덜덜 떠는 하연을 잠자코 바라보던 태환은 그녀에게 한쪽 팔을 내밀었다. 그리고 건조한 목소리로 말했다.

"그렇게 혼자 떨지 말고 옆으로 오든가."

'옆으로 오든가.'라는 말은 옆으로 와서 함께 이불을 둘러쓰고 체온을 나누자는 말일 것이다. 하지만 하연은 선뜻 태환의 옆으로 갈 수 없었다. 본능은 어서 가라고 부추겼지만, 이성은 절대로 가면 안 된다고 그녀를 붙잡았다.

하연이 다가올 생각 없이 멀뚱멀뚱 바라만 보자, 태환은 피식 입꼬리를 비틀었다.

"공개 오디션에서 마지막 질문, 끝내 대답 못 했죠."

―환자가 저체온증에 걸렸을 때, 그녀는 어떻게 대처할까
요? 그것도 병원 안이 아니라, 아무것도 없는 허허벌판에
단둘만 남겨진 상황이라면.

그때와 마찬가지로 하연의 얼굴이 순식간에 빨갛게 달아올
랐다. 하연은 빨개진 얼굴을 숨기려 재빨리 옆으로 고개를 돌
렸다.

"춥다고 해서 다 저체온증이 오는 건 아니에요."

불현듯 말라위에서의 일이 떠올라 심장이 요동치듯 날뛰기
시작했다. 솔직히 그보다는 그녀 자신을 믿을 수 없었다. 어쩌
다 시선이 마주치거나 나직한 목소리만 들어도 심장이 덜컹
내려앉는데 품에 덜컥 안기라니.

말라위에서 만난 태환은 사경을 헤매는 환자였지만, 지금 옆
에 있는 태환은 카리스마를 내뿜는 짐승남 그 자체였다.

한참을 지나도 하연이 결론을 내리지 못하자, 태환이 다시
금 물었다.

"옆으로 안 올 겁니까? 난 두 번 이상 물어보지 않습니다."

여기서 거절하면 그녀는 밤새도록 혼자 추위와 싸워야 한
다. 춥긴 정말 추운데…….

그래도 밤새 추위에 덜덜 떠는 것보단 몸을 따뜻하게 유지
하면서 유혹과 싸우는 게 낫지 않을까?

하연은 결심한 듯 크게 숨을 들이마시고 슬그머니 몸을 움
직였다.

"앗!"

옆으로 다가가려는 순간, 태환이 먼저 팔을 뻗어 그녀를 품으로 잡아끌었다. 눈 깜짝할 사이, 하연은 빨려 들어갈 듯 그에게 안겨버렸다. 반항할 사이도 없이 태환은 하연의 등 뒤로 이불을 둘렀다. 뭐라고 한마디 해주고 싶었지만 온몸에 퍼지는 온기에 하연은 아무 말도 할 수 없었다.

지금 이 순간만큼은 이성이고 뭐고를 다 떠나서, 녹아들 것 같은 따뜻한 체온에 눈물이 나올 것처럼 행복했다. 지금까지 벌벌 떨며 버틴 게 억울할 정도로 그의 품은 너무나도 따뜻했다. 하연은 두 눈을 꼭 감은 채 아늑함에 몸을 맡겼다.

오랫동안 추위에 떨다가 몸이 따뜻해지니, 온몸이 노곤해지기 시작했다. 그녀도 모르게 자꾸만 고개가 밑으로 숙여졌다.

"눈 좀 붙여요."

귓가에 맴도는 태환의 나직한 목소리가 마치 자장가처럼 나른하다. 그의 말을 따를 생각은 없었지만, 어느새 눈앞이 흐릿해지며 스르르 눈이 감겼다. 그가 계속해서 뭐라고 중얼거리는 것도 같은데…… 더는 그녀의 귓속에 들어오지 못했다.

새근새근 잠든 하연을 말없이 바라보던 태환은 벽난로 안에서 활활 타오르는 불길로 시선을 돌렸다. 그녀를 품에 안는 순간, 말라위에서의 일이 머릿속에 떠올랐다.

─그래도 다행히 장기와 동맥은 피했네. 그쪽은 정말 운이 좋은 거예요. 어떻게 납치를 해도 의사를 납치했대?

─정말 운이 좋은 거예요. 딱 꿰매지 않아도 될 만큼만 베였
  으니까.

  태환은 곤히 잠든 하연을 조금 더 가깝게 끌어당겼다. 눈
과 귀는 아니라고 하지만, 그녀를 품에 안은 느낌은 그녀가 분
명 그 여의사가 맞다고 말하고 있었다. 연결점에 선을 다 이은
후, 완성될 그림은 어쩌면 예상했던 대로 황당하기 그지없는
그림이 될지도 모르겠다.

  태환은 자신에게 기댄 하연의 머리에 턱을 올려놓으며 그녀
의 어깨를 가만히 쓰다듬었다. 그녀로부터 흘러나오는 재스민
향이 오늘따라 더욱더 달콤하게 느껴졌다.

  미쳤나 봐! 이런 상황에 잠이 들다니!

  태환의 품에 안긴 채 잠들었단 사실을 깨달은 하연은 '끙' 신
음을 흘렸다.

  벽난로 안에서는 '타닥타닥' 소리를 내며 장작이 타들어가고
있었다. 아무 반응이 없는 것으로 보아 태환도 잠들었나 보
다. 하연은 살며시 그의 가슴에서 고개를 들어 올렸다.

  시야가 트이자, 제일 먼저 눈에 들어오는 건 열린 셔츠 사이
로 보이는 은 목걸이였다. 하연은 자신도 모르게 목걸이를 향
해 쓰윽 손을 뻗었다.

깊이 잠든 것 같은데, 눈 딱 감고 확 훔쳐버릴까? 지금같이 정신없는 상황이라면 목걸이를 잃어버려도 모를 거다. 하늘도 돕는다고 목걸이 잠금 고리 역시 풀기 쉽게 앞쪽으로 돌아와 있었다.

하연은 숨을 죽이며 조심조심 목걸이 고리에 손을 뻗었다.

조금만 더. 조금만 더 가면…….

그러나 손끝에 목걸이가 닿기도 전에 감고 있던 태환이 눈을 번쩍 떴다.

헉, 들켰다!

태환과 시선이 마주치자, 하연은 숨을 들이켜며 동그랗게 눈을 치켜떴다.

"지금 뭐 하는 겁니까?"

잠에서 깼는지 조금은 나른한 목소리로 태환이 물었다.

"아니에요, 아무것도."

하연은 황급히 손을 뒤로 빼며 빠르게 부인했다.

"아……무것도?"

잠결처럼 중얼거리던 그가 손을 들어 그녀의 목덜미를 조심스럽게 쓰다듬었다.

"목 허전하지 않아요?"

전혀 예상치 못한 질문에 하연은 곤혹스러운 표정을 지었다.

무슨 뜻이지? 겨울옷치고 목선이 파였다는 소리일까?

그녀의 대답을 기대한 것 같지는 않았다. 태환은 손바닥으로 그녀의 목덜미를 한 번 쓰윽 어루만질 뿐 더는 물어보지 않았다. 그는 다시 눈을 감고 잠을 청했다.

그런데 목덜미에 느껴지는 그의 손이 불타는 듯 뜨거웠다.

혹시 몸에서 열이 나는 건 아닐까?

태환이 눈보라 속을 헤치고 달려왔다는 사실을 깜빡했다. 긴장이 풀린 채로 잠들었다가 갑자기 상태가 나빠지기라도 했다면?

하연은 태환의 이마를 손으로 짚어보았다. 심각하진 않지만 미열이 느껴지자, 하연은 목덜미로 손을 미끄러뜨렸다.

"몸에 열이 있어요."

손끝에 전해지는 열기를 느끼며 하연은 걱정스러운 목소리로 속삭였다.

—제온 재야 하니까, '아', 해봐요.

눈을 감아서일까? 여의사의 목소리와 정하라의 목소리가 묘하게 겹쳐진다. 태환은 무의식적으로 하연을 자신 쪽으로 끌어당겼다.

"흐음."

말라위에서 느꼈던 포근하고 부드러운 감촉에 태환의 입에선 저절로 탄성이 흘러나왔다.

"저…… 잠시만."

그가 그녀를 끌어안은 건, 추워서 나온 반사적인 행동일 테지만, 하연은 심장이 쿵 떨어지는 것처럼 떨렸다. 혹하니 우디 계열의 남자 향수가 코끝에 밀려 들어왔다.

품에서 벗어나려고 고개를 들었는데, 태환이 고개를 숙인 탓에 오히려 서로의 입술이 부딪힐 정도로 가까워졌다.

하연의 입술이 종이 한 장 정도 들어갈 수 있을 정도로 가깝게 태환의 입술 위에 멈췄다.

"흡."

급하게 숨을 들이마셨지만, 이미 흘러나온 숨결이 태환의 입술로 쏟아졌다. 다시 눈을 뜬 태환은 가까이 다가온 하연의 얼굴을 보며 미간을 찌푸렸다.

"미안해요. 저는 단지……."

재빨리 뒤로 물러나려 했지만, 그녀의 등을 꽉 끌어안은 태환의 손 때문에 여의치가 않았다. 하연이 입을 열 때마다 앞에 놓인 태환의 입술로 뜨거운 숨이 스며들었다. 여기서 아주 조금만 움직여도 입술이 닿을 텐데…….

"실, 실수예요."

하연이 입을 열자 또다시 서로의 숨결이 공중에 섞였다.

"……이번에도 본인 과실일까?"

그가 그녀의 입술 위에서 속삭였다. 묘하게 진하면서도 느릿한 말투였다. 입술에 닿는 따뜻한 숨결에 오소소 솜털이 일어난다.

"네."

하연은 떨리는 마음을 가다듬으며 짧게 대답했다. 그러자 태환은 그녀의 등에 두른 팔을 풀며 뒤로 물러났다.

후, 다행이다.

그러나 안도감은 오래가지 않았다.

속으로 한숨 돌리고 있을 때, 갑자기 태환이 몸을 굴리더니 하연의 몸 위로 올라왔다.

"앗!"

눈 깜짝할 사이에 하연은 태환 밑에 깔리고 말았다. 그는 두 팔로 상체를 버틴 자세로 그녀를 내려다보았다.

"이번엔…… 쌍방 과실로 하면 어떨까."

쌍방 과실? 그게 무슨 뜻?

물어보기도 전에 태환의 입술이 그녀의 입술 위로 내려왔다. 동시에 뜨겁고도 달콤한 열기가 한꺼번에 쏟아져 들어왔다. 태환은 하연의 아래턱을 잡아당겨 입술을 열고 단숨에 뜨거운 혀를 밀어 넣었다.

"흐윽."

입 안을 휘젓는 말캉한 느낌에 하연은 두 손으로 태환의 서츠 깃을 꽉 움켜쥐었다.

그녀에게 입 맞춘 이유는 처음엔 그저 단순한 호기심 때문이었다. 좀 더 빨리 조각난 퍼즐을 완성하지 않을까 하는 기대감도 있었고, 잠시나마 부드러운 감촉을 느끼고 싶은 유혹에 무너진 점도 있었다.

입술이 닿은 순간, 지금까지 괴롭혔던 물음표는 사라지고 정확한 대답이 머릿속에 자리 잡았다.

그녀다. 그녀일 수밖에 없다. 이런 느낌을 줄 수 있는 여자는 그녀 이외에는 세상에 존재할 수 없다.

태환은 모든 것을 빨아들일 것처럼 하연의 얼굴을 두 손으로 감싸고 집요하게 입술을 공략했다.

"하아."

하연은 달뜬 숨을 내쉬었다. 머리는 잊었을지 몰라도 몸은 하나도 빼놓지 않고 기억하고 있었다.

뜨거운 숨결과 딱딱하면서도 강한 입술의 감촉, 달콤한 내음. 어쩌면 줄곧 태환의 입술을 그리워했는지도 모르겠다.

무의식중에 시작된 키스라고 해도 모든 감각을 송두리째 흔들 만큼 강렬했으니까. 태어나서 처음으로 심장이 아플 정도로 저렸으니까.

아무리 부인하려고 해도 이성적으로 끌리고 있다는 걸, 이제는 인정해야 하지 않을까?

가까이하기엔 위험한 남자라는 걸 알면서도 하연은 태환을 밀어낼 수 없었다.

키스가 깊어지면 깊어질수록 태환의 몸은 서서히 그녀의 몸과 밀착되어갔다. 위로부터 지그시 내리누르는 묵직한 체중을 느끼며 하연은 셔츠 깃을 잡고 있던 손을 태환의 등 뒤로 가져갔다.

그의 무게가 주는 압박감이 오히려 안정적으로 느껴졌다. 널찍한 가슴과 강인한 팔 안에서 아늑하게 보호받는 느낌이랄까?

태환이 입술이 집요하게 파고들면 파고들수록 하연은 아찔한 느낌에 눈앞이 흐릿해졌다.

"흐윽."

하연의 여린 신음이 태환의 귓속을 파고들었다. 여의사의 입에서 흘러나오던 소리도 지금과 같았다. 그때처럼 허스키하진 않았지만, 미묘하게 끝이 떨리는 소리는 한 번 들으면 잊을 수 없는 묘한 특색이 있었다.

흐릿한 의식 속에도 그 소리만큼은 화석처럼 뇌 속에 생생히 박혀버렸다. 눈을 감고 눈앞에 보이는 헛된 영상을 걷어내자, 도리어 모든 게 더 정확하게 보였다. 감촉에만 온 정신을 집중했다. 입술을 깨물며 그녀를 입 안 가득히 채웠다. 모든 감각은 정하라와 여의사가 동일 인물이라고 속삭이고 있었다.

너무나 달콤해서, 너무나 뜨거워서, 미칠 것만 같았다.

왜 이토록 그녀를 찾아 헤맨 걸까? 단지 은혜를 갚기 위해? 아니면 그녀 자체를 잊지 못해서?

말라위 공항에서 만났을 때도, 단둘이 고립되었을 때도, 나폴레옹에서 재회한 순간에도 강한 끌림에 가슴이 설레었다. 더는 부정할 수 없었다.

"하아, 하."

태환은 그녀가 언제 숨을 쉬어야 하는지 정확히 알고 있었다. 하연의 숨이 조금이라도 차오르려고 하면 잠시 물러났다가 호흡이 돌아오는 순간 다시금 거칠게 입술을 겹쳤다.

얼마나 오랫동안 태환과 숨결을 나누었는지 알 수 없었다. 절대 놓아주지 않을 것 같은 입술이 떨어져나가고 이어서 태환의 손이 엉망으로 흩어진 그녀의 머리카락을 쓰다듬었다.

서서히 눈을 뜨자, 그녀를 내려다보는 태환의 얼굴이 시야에 가득 찼다. 그의 두 눈은 오묘한 눈빛을 머금고 있었다. 언제나 마찬가지로 차갑지만, 또 한편으론 어딘지 모르게 따뜻한…….

확실히 그녀를 바라보는 눈빛에 변화가 있었다. 어째서일까? 키스 한 번에 '당신은 내 여자야!'라고 할 사람은 절대 아닌데…….

잠시 후, 태환은 하연을 품에 꽉 끌어안으며 자연스럽게 몸을 옆으로 굴렸다. 어느새 태환의 품에 안긴 채 누운 자세가 돼버렸다.

"후……. 이번엔 쌍방 과실, 확실하군."

태환의 나직한 웃음소리가 하연의 귓가로 스며들었다. 정열적인 키스보다 그가 웃었다는 사실에 가슴이 철렁 내려앉았다.

얼마간 어색한 침묵이 두 사람 사이를 감돌았다. 하연은 무슨 말을 꺼내야 할지 알 수 없었다. 키스한 후, 상대와 아무렇지 않게 대화할 수 있을 만큼 경험이 많은 것도 아니었으니까.

태환은 다시금 그녀의 입술을 맛보고 싶다는 유혹과 싸워야만 했다. 다시 입을 맞추었다가 과연 선을 넘지 않고 멈출 수 있을까? 자제력이 무너질지도 모른다. 아니, 이미 무너지는 중이다.

위험해!

그의 본능이 다급히 경계 신호를 보내고 있었다.

파박―.

갑자기 전기가 들어오며 순식간에 주위가 밝아졌다. 하연과 태환은 밝은 빛에 적응하기 위해 천천히 눈을 깜빡거렸다.

이윽고 시야가 정상으로 돌아오자, 두 사람은 약속이라도 한 듯 멀찍이 물러나며 자리에서 몸을 일으켰다. 자동으로 난 방이 가동되는지 따뜻한 공기가 실내로 내려앉기 시작했다.

태환은 하연을 바라보지 않은 채, 자리에서 벌떡 몸을 일으 켰다.

"전기가 들어왔으니 침실로 가도 될 겁니다. 아래층에 있는 방 중에 아무 방이나 골라요."

그는 재빨리 말을 끝내고 그대로 2층으로 향했다. 하연은 한동안 자리에서 일어날 수 없었다.

어색하지 않게 2층으로 피해준 태환이 고마우면서도 다른 한편으론 서운했기에.

하연은 갈팡질팡한 마음을 정리하기 위해 무릎을 끌어안고 빨갛게 타들어가는 벽난로를 하염없이 바라보았다.

우우웅―.

정체를 알 수 없는 소리는 계속해서 이어졌다.

아주 멀리서 들려오는 소리 같은데…….

"으음."

하연은 두 손으로 귀를 막으며 이리저리 몸을 뒤척였다. 그래도 소리가 그칠 것 같지 않자, 어쩔 수 없이 무거운 눈꺼풀을 들어 올렸다. 침실로 들어와 밤새워 뒤척이다가 새벽녘에 깜빡 잠이 든 모양이다.

위이잉―.

아까와는 다른 소음이 이번엔 가까운 곳에서 흘러나왔다. 하연은 침대에서 몸을 일으켜 침실을 걸어나갔다. 소리는 주방 쪽에서 흘러나오고 있었다.

급히 주방으로 들어서니 커피를 내리던 태환이 인기척을 느끼고 뒤를 돌아보았다. 방금 샤워했는지 그의 머리카락 끝이 물기에 젖어 있었다. 태환의 무감각한 눈빛이 하연을 향했다. 예전처럼 싸늘하진 않았지만, 따뜻하지도 않았다.

"커피 마실 겁니까?"

태환이 건조한 목소리로 물었다.

"네."

"설탕이나 우유는?"

"그냥 주세요."

태환은 묵묵히 커피를 내리고 그녀 앞으로 잔을 내밀었다.

"멀리서 제설차 소리가 들리는 걸 보니까, 큰길을 치우는 것 같군요. 슬슬 내려가도록 하죠."

"네."

태환은 어젯밤 쌍방 과실에 관해 이야기할 마음이 없는 것 같았다. 하연 역시 굳이 그 일을 화제로 꺼내고 싶진 않았다.

처음부터 쌍방 과실이라고 못 박고 진행한 일이니까, 어제 일은 실수니, 뭐니 하는 말을 되풀이할 필요는 없을 것이다.

밖에선 눈보라가 쳤고, 두 사람은 체온을 유지하기 위해서 끌어안았다. 성인 남녀가 부둥켜안고 잠들었다가 지극히 본능에 의해 실수를 저질렀을 뿐이다. 어차피 차태환은 가까이하기엔 너무나도 위험한 남자였다.

하연은 태환이 건네는 잔을 두 손으로 받아 들었다. 두 사람은 대화 없이 묵묵히 커피를 마셨다.

"정하라 씨."

잔을 다 비워갈 때쯤 돼서야 태환이 입을 열었다.

"전에 나에게 시력이 좋다고 그랬었죠?"

"네?"

무슨 뜻으로 물어보는지 알 수 없어 하연은 의아한 눈으로 그를 바라보았다.

"아니, 별 뜻은 없습니다. 다시 한 번 확인하고 싶어서."

"네. 맞아요. 양쪽 시력 다 1.2 넘어요."

"그렇군요."

커피 잔을 테이블 위에 내려놓던 태환의 눈길이 하연의 하얗고 가냘픈 목덜미에 머물렀다.

"그런데 그 목, 안 허전합니까?"

어젯밤에도 물어보더니 그는 지금 또 같은 질문을 던졌다. 하연은 한 손으로 목을 감싸며 무덤덤하게 대답했다.

"목을 감싸는 게 갑갑해서 될 수 있으면 목에 아무것도 두르지 않아요."

"겨울에도?"

"네."

"그러다 목이라도 쉬면 어쩌려고 그럽니까? 배우가 목을 보호해야 하는 거 아닌가?"

좀 잠잠해진 것 같더니 또 시비네.

태환의 빈정거리는 말투에 하연은 눈을 가늘게 모았다.

"춥다고 목이 쉬진 않아요. 아주 피곤할 때 빼고는. 촬영할 때는 철저하게 몸 관리 하니까 이번 촬영 중에 목이 쉬거나 하는 일은 없을 거예요."

"그러면 촬영이 끝나고 피곤이 쌓이면 목이 쉬기도 하겠군요."

이상하게도 질문이 꼬리를 이어 말라위에서의 일을 향하고 있었다. 알고 하는 질문은 아니겠지만, 하연은 더는 자세하게 대답하고 싶지 않았다.

"그럴 수도 있겠죠."

하연은 말꼬리를 흐리며 창밖으로 고개를 돌렸다. 저 멀리 하얗게 일어나는 눈보라가 시야에 들어왔다.

어? 뭐지?

잠시 후 눈보라 속에서 검은색 사륜구동 차가 모습을 드러냈다.

끼이이이익—.

별장 앞에 멈춰선 사륜구동 차에서 창훈과 민성이 동시에 튀어나왔다. 두 사람은 서로 앞서거니 뒤서거니 미친 듯이 별 장으로 달려왔다.

"태환아!"

문이 열리고, 사색이 된 얼굴로 창훈이 뛰어들어왔다.

"하연아!"

그 뒤를 울상이 된 민성이 뒤따랐다. 주방에 있는 태환을 발견한 창훈은 거친 숨을 몰아쉬며 다가왔다.

"헉헉, 어떻게 된 거야? 괜찮아? 하라 씨도 괜찮은 거예요?"

"괜찮지 않으면?"

태환은 호들갑 떠는 창훈을 차가운 눈으로 노려보았다. 일은 창훈이 다 저지르고 뒤처리는 항상 태환의 몫이었다. 자신의 죄를 잘 아는 창훈은 슬그머니 고개를 숙였다.

주방으로 뛰어들어온 민성은 살벌한 태환의 눈초리에 찍소리도 못하고 슬그머니 하연의 뒤로 몸을 숨겼다. 하연이 눈짓으로 괜찮다는 신호를 보내자, 민성은 "어머, 다행이다."라고 작게 중얼거렸다.

"왜 전화를 안 받아? 우리가 얼마나 걱정했는지 알아?"

창훈이 작게 투덜거렸다.

"어젯밤 눈 때문에 휴대폰 기지국이 피해 입은 거 몰라?"

"아후, 하여간 십년감수했다."

두 사람이 무사한 걸 확인한 창훈의 입에서 길고 긴 한숨이 흘러나왔다.

"근데 성욱이는 왜 안 데리고 왔어? 정하라 씨와 성욱이 단둘이 있게 한다며?"

태환의 빈정거림에 창훈은 크게 인상을 찌푸렸다.

"야! 내가 이 난리를 치고도 계속 그럴 거 같냐?"

"그래? 그러면. 나, 먼저 서울로 올라간다."

태환은 창훈의 어깨를 툭 내리치고는 옆에 놓아둔 코트를 집어 들었다. 그러고는 무심한 얼굴로 하연을 힐끗 쳐다본 후, 차 열쇠를 들고 곧바로 별장을 나섰다.

하연은 창가로 걸어가 차에 올라타는 태환을 말없이 지켜보았다. 어제 일은 아무것도 아니라는 듯 행동하는 태환 때문에 조금 가슴이 쓰렸다. 하연은 손바닥으로 가슴을 꾹 눌렀다.

하룻밤만 갇혀 있어서 천만다행이다. 더 이상 머물렀다 무슨 일이 일어났을지는 그녀도 그도 장담하지 못하니까. 한쪽의 일방적인 실수가 되었든 쌍방 과실이 되었든……

하연은 멀어지는 차를 바라보며 조심스레 입술을 손으로 만져보았다. 아직도 그의 감촉과 향이 입술에 남아 있는 것만 같았다.

10. 이제부터 은혜를
갚아가기로 하죠

"회장님, 아주 흥미로운 사실을 알아냈습니다."

오 실장은 회장실에 발을 들여놓자마자 곧바로 보고에 들어 갔다.

"배우 정하라가 매년 세인의 눈을 피해서 몰래 해외 의료 봉사를 떠난다고 하더군요. 배우 일을 하면서 1년에 몇 달은 의사로 활동한답니다."

"그래서 그게 왜?"

"이번 차 대표가 말라위에 머물렀던 시기와 정하라가 말라위 에 입국한 시기가 서로 맞물립니다. 혹시라도 두 사람이 그곳 에서 우연히 만났을 수도, 아니면 몰래 밀회했을지도 모릅니 다."

"뭐? 밀회?"

밀회라는 말에 차 회장의 눈꼬리가 위로 올라갔다.

"그렇지 않고서야 정하라가 말라위까지 가서 변장하고 다닐

리가 없으니까요."

"변장? 그게 무슨 말인가?"

"이걸 보십시오."

오 실장이 내미는 사진을 들여다보던 차 회장의 눈이 서서히 커다랗게 변하기 시작했다. 그리고 얼마 후, 착잡한 얼굴로 사진을 내려놓았다.

"당장, 태환이 불러들이게."

오늘은 평소와 달리 휴대폰 너머로 들려오는 오 실장의 목소리가 조금은 불안한 것 같았다.

―회장님이 오늘 꼭 보자고 하십니다.

또 무슨 일로 그러시나? 강 비서가 흘린 정보로 벌써 뭔가를 알아내신 걸까?

회장실로 들어서자, 차 회장은 온화한 얼굴로 태환을 맞이했다. 하지만 태환은 아버지가 가면을 쓰고 있다는 사실을 바로 눈치챘다. 겉으로는 저래도 속은 부글부글 끓고 있으리라. 태환은 그 이유가 궁금해졌다.

"이번에 우리 회사를 홍보할 모델을 찾아냈다. 네 생각은 어떤지 꼭 알고 싶구나."

차 회장은 태환이 자리에 앉기도 전에 먼저 말을 꺼냈다. 티를 내지 않으려고 해도 차 회장의 눈빛은 여느 때보다 초롱초롱 빛나고 있었다.

"누굽니까?"

"사진 한번 볼 테냐?"

차 회장은 애써 무표정을 유지하며 태환에게 사진 한 장을 내밀었다.

"……이건."

사진을 받은 태환의 눈꼬리가 미세하게 경련을 일으켰다.

그녀다!

정하라가 사진 속에서 흑인 아이를 안고 환하게 웃고 있었다. 아니, 정확하게는 의사 유하연의 사진이었다. 뿔테 안경을 끼고 치아 교정기를 낀 탓에 입이 튀어나왔지만, 맑게 웃는 미소는 정하라가 틀림없었다.

태환이 사진을 들여다보며 아무 말도 하지 않자, 차 회장은 바로 다른 사진 한 장을 내밀었다.

"배우 정하라인데 이 사진만 봐서는 모를 거다. 아프리카 봉사를 떠나면서 항상 변장하더라고. 자, 이게 변장 안 했을 때의 사진이다."

같은 흑인 아이를 안고 있었지만, 이번에는 뿔테 안경도 끼지 않고 치아 교정기도 착용하지 않은 모습이었다. 대중이 아는 배우 정하라의 모습 그대로 그녀는 흑인 아이를 품에 안고 예방 주사를 놓고 있었다.

이런 사진을 도대체 어디서 구한 걸까? 아무리 봐도 옆에서 찍은 게 아니라, 멀리서 망원 카메라로 몰래 찍은 것 같은데…….

아버지의 정보력이 대단한 줄은 알았지만, 이 정도인 줄은 몰랐다. 차 회장 덕분에 의구심은 풀렸지만, 다른 한편으론 등 뒤로 식은땀이 흘렀다.

"이런 사진은 어떻게 구하신 겁니까?"

태환이 퉁명스럽게 묻자, 차 회장은 씩 입꼬리를 올리며 소파 등받이에 상체를 기대었다.

"의료 봉사 어쩌고저쩌고하면서 비밀리에 신약 테스트를 하는 단체가 있는 모양이더라. 그래서 정부 차원에서 의료 봉사단의 활동을 몰래 감시한다는 거야. 해외에서 활동 중인 의사를 찾다가 어찌어찌해서 이 사진들이 내 손에 들어왔지. 소가 뒷걸음치다가 쥐를 잡는다고, 전혀 생각하지도 못한 선행을 발견했구나."

"그래요?"

"배우 정하라가 지금 네가 찍는 영화의 여자 주인공이라고 들었다만."

"네, 하지만 저도 이런 선행을 펼치고 있는 줄은 전혀 몰랐습니다."

태환은 철저히 감정을 숨기며 대수롭지 않다는 듯 대답했다. 차 회장 앞에서는 가능한 아무런 티도 내선 안 되니까.

"몰래 선행을 펼치는 사회 명사도 쎄고 쎘을 텐데, 왜 하필 정하라입니까? 배우잖아요. 지금까지 한 번도 홍보 모델로 배우를 쓴 적 없으면서 왜 갑자기?"

차 회장은 대답하는 대신 혹시 태환이 어떤 반응이라도 보일까, 그의 눈치를 살폈다. 태환은 무덤덤한 얼굴로 차 회장이 넘겨준 사진을 한 장씩 훑어볼 뿐이었다.

그래도 차 회장은 알고 있었다. 태환이 아무렇지 않은 척 연기하고 있지만, 뒤로는 뭔가를 숨기고 있다는 것을. 눈에 띄지 않게 아랫입술을 살짝 깨물고 있는 것이 바로 그 예였다.

정말 오 실장의 추측대로 두 사람이 대중의 눈을 피해 몰래 밀회라도 벌였다는 걸까? 녀석이 난데없이 강도에게 칼에 찔린 것도 이상하긴 했다. 혹시 정하라를 짝사랑했던 현지인에게 칼부림을 당한 건 아니겠지?

차 회장이 오해의 세계로 빠져드는 동안, 태환은 사진을 들여다보며 지금까지 알아낸 정보를 짜 맞추었다. 짐작은 하고 있었지만 직접 두 눈으로 보니, 저도 모르게 감탄사가 흘러나왔다. 사진 속에서 하연은 안경을 꼈다, 벗었다 하며 말라위 아이들을 치료하기에 바쁜 모습이었다.

사진 여러 장을 나름대로 분석해 보니 정하라는 외지로 나갈 때 안경과 치아 교정기를 꼈고, 마을로 돌아와서는 편하게 안경과 치아 교정기를 벗는 것 같았다. 정하라 옆에는 깍두기 머리의 남자가 보디가드처럼 항상 함께 있었다. 남자의 사진을 유심히 들여다보던 태환의 입꼬리가 슬쩍 위로 올라갔다.

역시 그래서 그렇게 반응했었군.

—네, 네……에? 아, 네. 저, 저번에 드림즈로 찾아오셨을 때……. 그때 대표님 사무실……에서…… 인사는 못 드렸지만……, 저는 장민성이라고, 정하라 씨 로드 매니저 겸 보……보디가드로서…….

태환은 자신의 눈길을 피하며 쥐어짜듯이 간신히 대답하던 민성을 떠올렸다. 배우인 정하라와 달리 장민성은 태환을 전혀 모르는 사람 대하듯 연기하기가 힘들었을지도 모른다. 태환은 빠르게 훑어보던 사진을 테이블 위에 내려놓고 자리에서 일어났다.

"꼭 정하라를 홍보 모델로 쓰고 싶다면 쓰세요. 반대하진 않겠습니다. 단, 영화 촬영 일정과는 겹치지 않게만 해주세요."

말을 마친 태환이 회장실을 걸어나가려 하자, 차 회장이 소파에서 일어나며 다급히 물었다.

"어디를 가는 거냐?"

태환은 우뚝 제자리에 멈춰 서더니 천천히 차 회장을 향해 등을 돌렸다. 그의 입가에 미소가 떠올랐다가 이내 사라졌다.

"은혜 갚으러 갑니다."

그리고 태환은 다시 등을 돌려 회장실을 빠르게 빠져나갔다. 문이 닫히고 얼마 후, 노크 소리와 함께 오 실장이 안으로 들어왔다. 차 회장은 오 실장에게 가까이 오라는 손짓을 하고 다시 소파에 앉았다. 오 실장이 옆으로 다가오자, 차 회장은 혹시라도 누가 들을까 손으로 입을 가리며 작게 중얼거렸다.

"태환이와 정하라 뒤에 사람 붙여."

"네, 회장님."

오 실장이 회장실을 빠져나가자, 차 회장은 어두운 얼굴로 소파 팔걸이를 손바닥으로 툭 내리쳤다.

우려했던 일이 일어나면 안 되는데……. 배우는 안 된다, 태환아. 절대로 안 돼.

"……세린아."

차 회장은 손으로 이마를 짚으며 탄식하듯 작게 중얼거렸다.

차를 출발하기 전, 태환은 회장실에서 몰래 빼돌린 사진 한 장을 강 비서에게 내밀었다.

"강 비서, 이 남자 알아보겠어?"

"글쎄요? 생긴 것으로 봐선 조폭 같습니다만."

사진을 들여다본 강 비서의 미간에 주름이 잡혔다. 모르는 사람이 보면 영화의 한 장면이라고 할 만큼 사진 속 남자의 인상은 험상궂어 보였다.

"정하라의 매니저인 장민성이야."

"네?"

강 비서가 놀람의 탄성을 내뱉자, 태환은 쓴웃음을 지으며 사진으로 눈길을 돌렸다.

깍두기 머리에 듬직한 체격을 가진 조폭 인상의 남자만 찾아다녔지, 그가 머리를 기르고 살을 뺐을 거라곤 상상도 하지 못했다. 한쪽은 뿔테 안경에 치아 교정기, 그리고 쉰 목소리로 완벽하게 변장을 했고, 다른 한쪽은 머리를 기르고 체중 감량을 하며 성형 수술 이상의 효과를 냈다.

그러니 두 사람이 함께 있는 모습을 보고도 전혀 눈치채지 못하고 넘겨버렸지.

태환에게 모든 설명을 들은 강 비서가 이해가 되지 않는다는 듯 고개를 갸우뚱거렸다.

"그런데 왜 아프리카에 봉사 활동 간 것을 숨겼을까요? 그것도 아주 철저하게."

그건 태환 역시 궁금한 사실이었다.

"먼저 그것부터 알아내야겠어. 왜 정하라가 자신의 신분을 감췄는지. 다른 것도 아니고 생명의 은인이면서."

"혹시……."

강 비서가 심각한 표정으로 목소리를 낮추었다.

"아프리카에 간 것 자체를 비밀에 부쳐야 하는 경우 아니었을까요? 아무도 몰래 신약 테스트를 하러 갔거나, 아니면 마약을 제조한다거나 그래서 그곳에서의 일을 철저히 숨겨야 하고, 아니면 스파이거나."

자신이 말하면서도 아주 허무맹랑한 추리라는 걸 알았는지, 강 비서는 재빨리 고개를 숙여 사과했다.

"죄송합니다. 제가 요새 '에드바르 뭉크의 뱀파이어'란 미스터리 소설에 심취해서."

강 비서의 추리를 탓할 필요는 없었다. 정말 누가 봐도 이해되지 않는 상황이었으니까. 당당하게 생명의 은인이라고 하면서 갑질을 해도 모자랄 판에 그녀는 철저히 신분을 속이고 그에게서 도망쳤다.

태환은 병원에서 정신없이 뛰어가던 하연의 뒷모습을 떠올리며 피식 실소를 떠올렸다. 지금 생각하니 허둥지둥 도망가던 그녀의 모습이 귀엽게만 느껴졌다.

"우선 정하라와 관련된 계약부터 알아봐줘. 소속사 드림즈와의 계약, 광고 계약 등등. 아마도 계약 조항 어디엔가 걸리는 부분이 있을 거야."

태환은 재킷 안주머니에 사진을 넣으며 지시를 내렸다.

"네, 알겠습니다."

당장에라도 하연에게 달려가 자신이 알아낸 사실을 말하고 싶었지만, 아직은 때가 아니었다.

먼저 왜 그녀가 자신의 정체를 숨겼는지부터 알아낼 필요가 있었다. 그것이 그가 그녀를 위해 해줄 수 있는 배려이자 은혜를 갚는 첫걸음일 것이다.

차가 지하 주차장을 빠져나오자, 밝은 햇살이 쏟아지는 거리 풍경이 눈에 들어왔다. 오늘은 교통 체증이 심하지 않아, 차는 목적지를 향하여 빠른 속도로 이동했다.

빨간불에 차가 정지하는 순간, 건물 옥외 광고판에서 정하라의 광고가 흘러나왔다. 광고 속 모습일 뿐인데도 심장이 덜컹 내려앉는 것만 같았다. 태환은 두 눈을 감으며 며칠 전 맛보았던 촉촉하고 달콤한 그녀 입술을 떠올렸다.

오늘은 오랜만에 촬영이 없는 날이다.

느긋하게 늦잠에서 깨어난 하연은 침대에 머물며 몸을 꼼짝거렸다. 강원도 지방 촬영으로 2주 넘게 데이지를 방문하지 못한 탓에 이번에도 어김없이 카레 금단 현상이 찾아왔다. 노랑, 빨강, 초록의 다양한 카레 이미지가 현란하게 머릿속을 왔다 갔다 했다. 하지만 데이지에 갔다가 그 남자와 부딪치기라도 한다면…….

"안 돼!"

하연은 두 손으로 얼굴을 감싸며 짧게 한숨을 내쉬었다. 강원도에서 돌아온 이후로도 태환은 촬영장에 일절 모습을 나타내지 않았다. 어색하게 그를 대하지 않아도 되니 다행이다 싶긴 했지만, 그래도 조금 서운한 건 사실이었다. 그는 이미 여러 여자와 경험이 있었겠지만, 그녀에겐 태환만이 유일한 경험이었으니까. 키스 하나 가지고 경험 어쩌고저쩌고하는 건 좀 우습지만, 아무 일도 아닌 것처럼 쿨하게 넘겨버릴 수만도 없었다.

동경의 눈빛으로 바라보던 재호 선배와는 손 한 번 제대로 잡아보지 못했는데, 전혀 생각하지도 못한 까칠한 남자와 벌써 두 번이나 키스를 해버리다니.

눈빛만 마주쳐도 등골이 서늘해지는 싸늘한 남자에게 겁도 없이 빠져들고 말았다. 지금의 이 두근거림이 육체적이든 정신적이든 그녀를 혼란 속에 빠뜨린 건 확실했다. 이제까지 하연은 누군가를 좋아한다는 건, 그 사람 옆에서 편안하고 행복한 감정을 느끼는 것이라고 생각했다. 하지만 차태환 옆에 있으면 전혀 다른 감정을 느끼곤 했다.

두근거려서 불편하고, 자꾸만 신경 쓰이고, 눈에 보이지 않으면 왠지 모르게 불안하고. 편안하고 행복한 감정과는 거리가 멀었다. 그냥 떠올리지 않으면 그만인데, 어느새 그는 그녀의 머릿속 대부분을 차지하고 말았다.

하연은 아랫입술을 깨물며 멍하니 천장을 바라보았다.

지금 내가 원하는 건 데이지의 카레일까? 아니면 그 남자의 입술…….

"아니야, 아니야."

하연은 자신의 터무니없는 상상을 꾸짖으며 세차게 머리를 내저었다. 눈을 감을 때마다 그날 밤의 키스가 떠올라 뺨이 달아오르고 심장이 미칠 듯이 날뛰었다. 그런 게 키스라면 너무 자주 하는 건 심장에 무리가 갈지도 모르겠다. 하연은 문득 영화 대본에 적힌 키스신 묘사를 떠올렸다. '아주 격렬하게'라고 적혀 있었는데, 그렇다면 성욱 씨와도 그런 키스를 해야 하는 걸까? 이젠 태환을 떠나선 그 누구와도 키스하는 모습을 상상할 수 없었다.

"미쳤어."

하연은 미간을 찌푸리며 상체를 벌떡 일으켰다.

말도 안 돼! 겨우 키스 두 번에 흔들리고 있다니.

이 모든 혼란은 '카레 금단 현상'으로 일어난 부작용 때문일 뿐이다.

카레를 한입 먹는 순간 모두 사라져버릴 거야. 혹시라도 그가 데이지에 나타난다고 하더라도 나는 그냥 당당하게……

"아, 맞아."

하연은 반짝 떠오른 아이디어에 환하게 웃으며 손뼉을 마주 쳤다.

꼭 레스토랑 안에서 먹으란 법은 없으니까. 포장해 와서 편하게 먹으면 되는 거잖아. 전화로 주문한 다음에 포장 음식을 받아 오기만 하면 되는 거야. 혹시라도 그가 데이지에 있다고 하더라도 그 짧은 사이에 무슨 일이 생기려고.

하연은 재빨리 휴대폰을 집어 들었다. 음식은 20분 후에 준비된다는 상냥한 직원의 목소리가 휴대폰 너머로 흘러나왔다.

잠시 후, 그녀는 모자를 푹 눌러쓰고 데이지로 향했다. 여느 때와 마찬가지로 레스토랑 밖과 대기실은 자리를 기다리는 손님으로 북적거렸다. 하연은 좌석을 기다리는 사람들을 헤치고 앞으로 나아갔다.

"안녕하세요."

하연을 알아본 직원이 먼저 그녀에게 다가왔다.

"전화로 포장 부탁했는데요. 20분이면 준비된다고 해서."

"아, 우선 저를 따라오시죠."

"네?"

"주문 과정 도중 실수가 생겨서 아직 포장하지 못했습니다. 대기실에 손님이 너무 많으니까 다른 방에서 기다리고 계시면 곧 가져다드리겠습니다."

웨이터가 안내한 방은 2층 복도 끝에 있는 특실이었다. 아주 널찍한 공간에 창가 쪽으로 2인용 테이블이 놓여 있었다. 연인을 위한 특별한 이벤트를 소화하는 장소처럼 보였다. 아무래도 그녀는 배우니까 일반 손님과 함께 있기 불편할까 봐 이곳에서 기다릴 수 있게 배려해준 것 같았다.

다행히 태환의 모습은 어디에서도 찾을 수 없었다. 그가 데이지에 있다고 하더라도 사무실이나 주방 안에만 있을 테니까 서로 부딪칠 염려는 없을 것이다. 하연은 직원이 권하는 자리에 앉아 창밖으로 보이는 풍경을 바라보았다.

얼마쯤 지났을까, 달칵 문이 열리며 누군가 안으로 들어왔다. 아무 생각 없이 문 쪽으로 고개를 돌린 하연은 뒤에 서 있는 태환을 발견하고 얼음처럼 굳어버렸다.

그녀가 왔다고 직원이 태환에게 알린 걸까? 그럴 필요 전혀 없는데……. 방금까지 고마웠던 직원의 배려가 지금은 말도 못 하게 야속했다.

하연이 입을 꼭 다물고만 있자, 태환은 문을 닫고 그녀 앞으로 자리를 잡고 앉았다.

"오늘 촬영 없는 날이죠?"

"네."

"직원이 그러던데, 카레 1인분을 포장하러 왔다고."

"왜요? 1인분은 포장이 안 되나요?"

긴장해서인지 그녀도 모르게 날카롭게 말했다. 그러나 태환은 크게 개의치 않는 것 같았다. 그저 입꼬리를 씩 비틀더니 다른 방향으로 다리를 꼬며 편안한 자세로 고쳐 앉았다.

"포장해 가는 이유가 뭐죠?"

"마음 편하게 집에서 먹으려고요."

"여기서 먹으면 마음이 불편합니까?"

그건 아니다. 아니, 정확하게는 과거형으로 아니었다. 이제는 그 때문에 마음 편하게 먹을 수 없는 곳이 돼버렸다. 하지만 하연은 태환에게 진실을 말할 수 없었다. 그건 그녀가 그를 의식하고 있다는 사실을 털어놓는 게 되니까.

"손님도 많은데 저 혼자 테이블 차지하는 게 좀 그렇잖아요."

"그런 거라면……."

그녀 앞에 놓인 유리컵에 물을 따르며 태환이 말을 이어나갔다.

"부담 가지지 말고 여기서 식사해요. 이 방은 나 개인을 위한 장소라, 정하라 씨 혼자 테이블을 차지한다고 해도 뭐라고 할 사람 없을 테니까."

태환의 말과 함께 문이 열리고 웨이터가 음식이 실린 수레를 끌고 특실 안으로 들어왔다. 하연은 웨이터가 다시 방을 나갈 때까지 아무 말도 하지 않았다. 그를 피해서 음식을 포장해 가려고 했는데 아예 단둘이 마주 보면서 식사하는 상황이 되다니.

지금이라도 자리에서 일어나버리면 되겠지만, 하연은 앞에 놓인 음식이 마음에 걸렸다. 세계 기아 인구가 증가하는 것을 알면서, 멀쩡한 음식을 버리게 할 순 없었다. 향긋한 카레 향기에 마음이 끌린 이유도 있었다. 하연은 할 수 없다는 듯 작게 한숨을 내쉬고 숟가락을 들었다.

"이것도 영화 촬영하는 동안 상품의 가치를 유지하기 위해서인가요?"

조금은 날이 선 것 같은 하연의 질문에 태환이 입꼬리를 씩 비틀었다.

"아뇨. 혼자 밥 먹기 싫어서라고 해두죠."

예상하지 못한 태환의 대답에 하연은 눈을 가늘게 모았다. 한 번도 그런 생각은 하지 못했었다. 혼자서도 아무렇지 않게 항상 꿋꿋하게 지낼 거라고 여겼다. 오히려 그가 남들과 함께 어울리는 모습이 어색하게 느껴질 정도였다. 그런데 태환의 입에서 혼자 밥 먹기 싫다는 말이 나오다니.

어느새 그를 향한 어색한 감정이 무뎌지고 있었다. 별장에서 식사할 때는 바늘방석에 앉은 것처럼 불편했는데 며칠 사이 그와 조금은 친밀해진 느낌이랄까? 솔직히 말하자면 그날 밤 서로 쌍방 과실을 일으키고 난 이후부터다. 어딘지 모르게 태환의 몸을 감싸고 있던 살얼음이 녹아버린 것 같은 느낌.

그래도 여전히 다정하게 대화를 나눌 분위기는 전혀 아니었다. 두 사람은 침묵을 유지하며 묵묵히 식사에만 열중했다.

"정하라 씨, 한 가지 궁금한 게 있는데."

디저트로 나온 녹차 아이스크림을 한입 떠먹으며 태환이 지나가는 투로 말했다.

"단도직입적으로 묻죠. 난 돌려 말하는 걸 싫어하는 편이라서."

잠시 뜸을 들이고 하연을 바라보던 태환이 이윽고 입을 열었다.

"혹시 나에게 숨기는 것, 있습니까?"

전혀 예상하지 못한 질문에 하연은 아이스크림을 꿀꺽 삼키다, 사레가 들리고 말았다.

"큭!"

그녀는 서둘러 두 손으로 입을 틀어막고 밑으로 고개를 숙였다. 태환은 하연의 반응을 예상한 것처럼 아주 태연한 얼굴로 자리에서 일어났다. 테이블을 돌아 하연에게 다가간 태환은 기침에 들썩거리는 하연의 등을 한 손으로 쓸어내렸다.

"쿨럭, 쿨럭."

그녀는 한참 후에야 기침을 진정할 수 있었다.

"미안하군요. 식사 중에 곤란한 질문을 해서."

말은 그렇게 하면서도 전혀 미안해 하지 않는 표정이었다. 하연은 붉게 충혈된 눈으로 태환을 짧게 흘겨보았다.

"곤, 곤란하다니요, 뭐가 곤란……. 아니, 그보다 전 대표님 속이는 거 없는데요. 무슨 말씀을 하시는 건지, 전 도무지."

"그래요?"

그가 무릎을 굽히며 그녀 가까이로 얼굴을 바짝 가져왔다.

너무 순식간에 일어난 일이라 하연은 미처 뒤로 몸을 피할 틈이 없었다. 하연의 입술에 묻은 물기를 엄지손가락으로 닦아내며 태환이 나직한 목소리로 속삭였다.

"눈에 보이는 것만, 귀에 들리는 것만 믿어서는 안 될 때가 있더군. 가끔은 몸에 전해지는 감촉이 눈보다 더 정확할 수도 있는데⋯⋯."

진실을 뚫어보는 것 같은 눈빛에 하연은 저도 모르게 꿀꺽 마른침을 삼켰다.

눈보다 감촉이 더 정확하다니? 그게 무슨 뜻이지? 이 남자의 머릿속에 어떤 생각이 들었는지 도무지 종잡을 수가 없었다.

하연은 가만히 숨을 죽이고 조심스럽게 태환의 표정을 살펴보았다. 입꼬리가 살며시 위로 올라간 모습이 마치 승리의 미소를 떠올리고 있는 것처럼 보였다.

정체 말고도 이 남자에게 다른 걸 숨긴 게 있었나?

곰곰이 머리를 굴려보았지만, 애석하게도 아무것도 생각나지 않았다. 마주 보는 태환의 진한 눈빛에 심장이 떨려서 제대로 머리를 굴릴 수도 없었다.

여기서 시간을 끌어봤자, 어차피 그녀만 손해였다. 태환 같은 남자를 상대하려면 혼자 넘겨짚지 말고 있는 그대로 답해야 한다. 질문에 어떤 덫을 놓고 기다리고 있을지 알 수 없으니까.

"시각과 청각, 촉각 모두 사람에겐 아주 중요한 감각 기관이에요. 갑자기 왜 그런 걸 물어보는지 이유를 모르겠네요."

복잡한 속마음과는 달리 하연은 차분한 목소리로 또박또박 말했다.

"후."

그녀의 반응을 예상한 것처럼 태환은 피식 조소를 떠올렸다.

"정하라 씨처럼 똑똑한 사람은 은근슬쩍 화제를 돌리면서 발뺌을 하는군요."

"발뺌이라니요?"

하연은 얼굴을 붉히며 빠르게 반박했다.

"말장난하고 싶은 거라면 상대를 잘못 고르셨네요."

순간 그의 얼굴에서 미소가 사라졌다. 태환은 표정 없는 얼굴로 입을 굳게 다문 채, 잠자코 그녀의 눈동자를 응시했다. 바라보는 눈빛이 너무 차가워서 오히려 뜨겁게 느껴질 정도였다.

하연은 흔들리는 눈동자를 감추려 슬그머니 고개를 옆으로 돌렸다. 그와 계속 마주보면 본의 아니게 진실이 툭 튀어나올 것 같았기에…….

두 사람 사이에 한동안 무거운 침묵이 이어졌다.

하연은 이러지도 저러지도 못하고 앞에 놓인 물 잔만 애꿎게 노려보았다. 화기애애할 정도까진 아니어도 그럭저럭 괜찮은 분위기에서 식사를 이어갔는데 왜 갑자기 분위기가 이렇게 무거워진 건지.

하연을 뚫어지게 바라보던 태환은 이윽고 자리에서 몸을 일으키더니 창가로 걸어갔다. 그가 자리에서 멀어지자, 하연은 그제야 가슴에 손을 얹으며 참았던 숨을 한꺼번에 몰아쉬었다.

너무 긴장한 탓에 그녀도 모르게 숨을 멈추고 있었나 보다.

"내가 빚지고는 못 사는 성미라서 말이죠."

말없이 창밖을 내다보던 태환이 먼저 말을 꺼냈다.

"가까운 길을 놔두고 멀리 돌아가는 것도 성가시고. 그래서 아예 대놓고 숨기는 게 없느냐고 물어본 겁니다. 말장난하자는 게 아니라."

물론 천하의 차태환이 말장난에 시간을 낭비할 리가 없다. 그녀를 은근슬쩍 떠보는 게 분명했다.

하지만 뭘?

하연은 자꾸만 밀려드는 불길한 생각에 아랫입술을 깨물었다. 더 머물렀다간 일어나선 안 될 일이 일어날 것만 같은 예감이 들었다. 하연은 더 이상 자리에 앉아 있을 수 없어 재빨리 핸드백을 챙겨 들고 자리에서 일어섰다.

"점심 잘 먹었습니다. 저는 이만 가볼게요."

"유하연 씨."

부랴부랴 문 쪽으로 향하던 하연은 태환이 자신의 본명을 부르자, 우뚝 자리에 멈춰 섰다.

"소속사 직원들은 정하라 씨를 유하연이란 본명으로 부르더군요. 특히나 매니저인 장민성 씨는 항상 '하연아'라고 부르던데……."

"네. 맞아요."

하연은 무표정을 유지하며 짧게 대답했다. 본명이야 조금만 신경 쓰면 쉽게 알 수 있는 거고, 태환이 유하연이란 이름을 안다고 해서 정체를 들킨 건 아닐 것이다.

"배우 정하라로 조사할 땐 뜨지 않던 정보가 의사 유하연으로 조사하니, 꽤 많이 뜨더군요. 예를 들면 해외 의료 봉사라든지……."

해외 의료 봉사란 말에 하연은 짧게 숨을 들이켰다.

"최근에 의료 봉사를 떠난 곳이 말라위였던가? 그렇죠?"

'말라위'라는 단어가 태환의 입에서 흘러나오자, 하연은 애써 아무렇지 않은 듯 표정 관리에 들어갔다. 그러나 태환의 날카로운 눈길을 피하기란 쉽지 않았다.

이러다가 불길한 예감이 딱 들어맞는 건 아니겠지?

"그래서 방금 숨기는 게 없느냐고 물어본 건가요? 여론에 숨기고 몰래 의료 봉사한 것 때문에?"

이럴 땐 어설프게 피하는 것보단 당당하게 맞받아치는 게 나을지도 모른다. 하연은 떨리는 손을 움켜쥐며 태연한 목소리로 말을 이어나갔다.

"꼭 자신을 드러내고 봉사할 필요는 없다고 보는데요. 그게 이번 영화 촬영에 문제라도 되나요?"

"물론 크게 문제가 될 건 없겠죠."

태환은 그제야 창밖을 바라보던 시선을 하연에게로 옮겼다. 목소리만 들었을 때는 전혀 흔들림 없이 당당한 것 같더니, 막상 얼굴을 보니 굳어버린 표정이 모든 것을 말해주고 있었다. 얼마나 창백한 얼굴로 서 있는지, 거울이 있다면 그녀 앞에 들이밀어 보여주고만 싶었다.

태환은 바지 주머니에 손을 꽂으며 느긋하게 유리창에 어깨를 기대었다. 하연의 떨리는 눈빛이 그의 동작을 조심스럽게 따라갔다.

"해마다 의료 봉사 활동을 떠나는 게 그렇게나 중요합니까? 모든 일정을 미루고 최고의 배역도 거절할 정도로?"

"하나하나 사정 봐가면서 계획을 잡으면 떠나지 못하니까요."

"김상원 대표가 좋은 기회를 포기하고 봉사 활동을 할 수 있게 허락했다는 사실이 더 놀랍군요."

"김 대표님은 항상 제 의견을 존중해주시니까요."

질문에 성실히 대답하고 있는 것으로 보아 그녀는 아직 태환이 모든 걸 알아냈다는 사실을 눈치채지 못하고 있는 것 같았다.

"후우."

태환은 쓸쓸히 웃으며 한 손을 옆구리에 가져다 대었다.

왜 그녀는 그에게까지 철저히 신분을 숨기는 걸까? 몰래 선행하기 위해서라기엔 뭔가 석연치 않았다. 아무리 그래도 생명의 은인인데······.

어젯밤, 강 비서에게서 드림즈 전속 계약 내용을 보고받고서야 의구심이 조금은 풀렸다. 예상한 대로 신변 안전을 위한 사항은 무조건 회사 결정을 따른다는 계약 조항이 포함되어 있었다.

말라위에서의 일은 결코 훈훈한 미담만은 아닐 테니까. 김상원 대표는 아직 말라위에서 있었던 납치 소동에 관해 모르고 있을 가능성이 높다. 어쩌면 하연과 민성 두 사람만의 비밀인지도 모르겠다.

태환 역시 말라위 사건을 철저히 비밀에 부치고 있었다. 불의의 사고라고 해도 F.T.R.그룹의 막내아들이 괴한의 칼에 찔려 사경을 헤맸다는 사실이 외부에 흘러나가서 좋을 건 없으니까.

여배우인 그녀도 마찬가지다. 생명의 은인이라는 미화의 주인공이 될 수도 있겠지만, 그 정반대가 될 수도 있다.

재벌 3세와 엮이는 스캔들로 비화하지 말란 법도 없었다. 없는 말을 만들어내어 추악한 소문을 퍼뜨리는 이들은 세상 어디에나 존재하니까. 한 번 퍼져버린 소문은 아무리 정정하려고 해도 쉽게 고쳐지지 않는다. 누구는 그렇게 사실이 아닌 꼬리표를 평생 달고 살기도 한다.

차 회장이 과거의 그 일을 외부에 흘러나가지 못하게 빈틈없이 막은 것 역시 그런 이유 때문이었을 것이다.

태환은 작게 한숨을 내쉬며 한 손으로 얼굴을 쓰다듬었다. 은혜를 갚는다는 게 생각보다 쉬운 일은 아닌 것 같다.

"만약에 영화 촬영이 무기한 연장돼서 의료 봉사를 떠나지 못하게 되면 어떻게 할 겁니까?"

"촬영이 끝나는 대로 떠나야겠죠."

"소속사에서 막는다면?"

"김상원 대표님은 제 활동에 아주 호의적이세요. 그럴 일은 없을 겁니다."

말을 그렇게 하면서도 확신이 서지 않는 듯 그녀의 말꼬리가 흔들리고 있었다.

"한 번 더 묻죠. 아직도 나에게 할 말 없습니까?"

"할 말 없습니다."

"그래요."

하연은 불안한 눈으로 태환의 눈치를 살폈다.

그는 어디까지 알아낸 걸까? 그저 내가 그 시기에 말라위에 있었다니까 그냥 넘겨짚고 떠보는 걸까? 아니면 혹시라도 내가 그 의사와 아는 사이라고 생각해서? 지금의 모습과 그때 그 모습은 하늘과 땅 차이니까, 같은 시기에 말라위에 있었다는 이유만으로 정체가 탄로 났을 리는 없을 텐데…….

"으음."

그때 뭔가 불편한 듯 미간을 찌푸리던 태환이 옆구리를 움켜잡으며 낮게 신음을 흘렸다. 여간해선 아픈 티를 내지 않는 태환이 고통스러운 듯 입을 꽉 다물자, 하연은 놀란 눈으로 태환을 바라보았다.

신음까지 낼 정도면 꽤 심각하다는 소리인데……. 지금 보니까 식은땀을 흘리는 것 같기도 하고.

하연은 옆구리에 놓인 태환의 손 위치가 마음에 걸렸다. 그녀가 봉합해준 상처가 있는 위치였으니까.

"우욱."

창백한 얼굴로 한 걸음 물러서던 태환이 한쪽 무릎을 꿇고 제자리에 주저앉았다. 하연은 반사적으로 핸드백을 내팽개치고 그에게 달려갔다.

"왜 그래요?"

"……별거 아닙니다."

태환은 이를 악문 채로 하연을 옆으로 밀쳤다. 그가 움켜쥐고 있는 옆구리 부분은 분명히 그때 상처가 났던 그곳이었다. 그때처럼 태환은 그녀의 손길을 피해 몸을 웅크렸다.

"별거 아니긴 뭐가 별거 아니에요?"

그 이후에 잘 치료받고 회복된 줄 알았는데 아니었나? 혹시 상처가 너무 깊어서 무슨 문제가 생긴 건 아니겠지?

"좀 봐요."

"괜찮다고 했……. 비……켜요."

하연이 옆구리를 움켜쥔 손을 잡으려 하자, 태환은 매서운 눈으로 노려보았다. 고통이 극심한지, 그의 아랫입술이 바르르 떨리고 있었다.

"안 괜찮으니까 그렇죠. 그렇게 깊게 찔린 상처는 겉이 멀쩡해도 다 회복된 게 아니라고요. 혹시라도 안쪽에서……."

태환이 자신의 말에 귀를 기울이는 것 같자, 하연은 재빨리 다음 말을 이어나갔다.

"그때 그 자상은 근육 반대 방향으로 났기 때문에 계속해서 조심해야 해요. 그렇게 앉아도 안 된다고요. 자, 다리를 이쪽으로 바꿔서."

우선 자세를 편하게 해야 했다. 지금 저 자세로는 상처 부분이 당겨서 더 큰 고통을 가할지도 모른다. 하연은 아이를 달래듯 상냥하게 속삭이며 태환의 어깨에 손을 뻗었다.

그때였다. 태환이 주머니에서 뭔가를 꺼내더니 재빨리 그녀의 얼굴에 씌워버렸다.

뭐지?

하연은 멍한 표정으로 두 손으로 얼굴을 더듬었다. 곧 자신의 얼굴에 두꺼운 뿔테 안경이 씌워졌다는 사실을 깨달았다.

"찾았다."

방금까지 고통으로 일그러졌던 태환의 얼굴에 야릇한 미소가 떠올랐다.

"내가 언제까지 그쪽 연기에 속아 넘어가는 척해야 하는 겁니까?"

"에?"

화들짝 놀라며 안경을 벗었지만, 태환은 이미 그녀가 안경 낀 모습을 본 이후였다.

하지만 괜찮을 거야. 안경만 썼을 뿐, 치아 교정기는 끼지 않았는데. 그리고 목소리도……

그녀의 희망은 태환의 다음 말로 산산이 깨져버렸다.

"아직도 내가 한 말 못 알아듣겠습니까? 눈에 보이는 것, 귀에 들리는 것만 믿어서는 안 된다는 거. 감촉이 눈보다 훨씬 더 정확할 수 있다는 거."

태환은 두 손으로 그녀의 뺨을 감싸 쥐며 흔들리는 눈동자를 응시했다. 그리고 그녀의 입술 위로 나직하게 속삭였다.

"지금 이 감촉이 당신이 그녀라는 걸 증명하니까."

말을 마친 태환은 두 팔을 뻗어 하연을 꽉 끌어당겼다. 이어서 그의 입술이 그녀의 입술 위로 내려앉았다.

"제 생각엔 말입니다. 사귄 지 조금 오래된 것 같습니다. 정하라는 데이지가 영업을 시작하고 나서 거의 일주일에 서너 번 데이지에 방문한다고 합니다."

오 실장의 보고에 차 회장은 길게 한숨을 내쉬며 소파 등받이에 머리를 기대었다. 어째서 가면 갈수록 점점 더 기가 막힌 이야기투성인지 모르겠다.

그렇게 오래된 연인이 있었으면서 한 번도 내색하지 않았다니……. 상대가 배우라서? 녀석도 양심은 있었던 모양이군. 배우는 절대로 안 된다는 걸 잘 아니까 그렇게 꼭꼭 숨기고 몰래 사귄 거겠지. 그렇다면 가볍게 만나는 사이는 아니라는 소리인데…….

차 회장의 근심이 깊어지는 동안에도 오 실장의 보고는 계속해서 이어졌다.

"그전에는 뿔테 안경을 쓰거나 하면서 변장한 모습으로 몰래 데이지에 들렀었는데 이번 차 대표 영화에 출연하고 나서부터는 정하라 그대로의 모습으로 간다고 합니다."

"이번에는 같이 영화 작업을 하니까 그곳을 방문해도 덜 수상하게 보여서인가?"

"아무래도 그런 것 같습니다. 같은 영화에 출연하는 배우들과 함께 가기도 한답니다."

"흠."

짐작대로 보통 사이는 아닌 것 같다. 그래서 안 되는 줄 알면서도 마음에 둔 여자가 있다고 슬쩍 흘린 건 아닐까?

"어떻게 할까요?"

어떻게 해야 하는지 오히려 그가 물어보고 싶은 심정이다. 마음대로 안 되는 게 자식 농사라더니, 믿었던 막내가 이렇게 뒤통수를 칠 줄은 몰랐다. 어두운 표정으로 천장을 노려보던 차 회장은 체념한 듯 고개를 설레설레 내저었다.

할 수 없다. 늦었지만 그래도 더 늦기 전에 손을 써야 한다.

"오 실장, 마케팅 부장과 홍보실장 좀 올라오라고 하게나."

F.T.R.그룹 역사상 처음으로 홍보 모델로 배우를 지명해야 할 것 같다. 차 회장은 미간을 잔뜩 좁힌 채 테이블 위에 놓인 하연의 사진을 의미심장한 눈길로 내려다보았다.

한참이 지난 후에야 태환의 입술이 떨어져나갔다. 한꺼번에 모든 일이 몰아쳐서인지 하연의 머릿속은 텅 비어버린 것처럼 아무 생각도 나지 않았다. 차가운 공기에 노출된 그녀의 입술 위로 알싸한 태환의 향만이 미미하게 남아 있을 뿐이었다.

하연은 방금 있었던 격렬한 키스를 증명하듯 한껏 부풀어 오른 입술을 손으로 더듬어보았다. 먼저 다가온 것은 태환이었지만, 하연 역시 한 치도 물러서지 않고 그의 입술을 오롯이 받아들였다.

이유는 모르겠다. 그가 다가오면 그녀는 자석에 이끌리듯 그의 품으로 끌려들어갔다. 정신을 차렸을 때는 이미 그의 품에 단단히 안긴 채, 그에게서 흘러나오는 열기를 흠뻑 빨아들이고 있었다.

입술이 닿기 전에 무슨 이야기를 하고 있었는지조차 기억나지 않았다. 그저 쿵쾅거리는 심장 소리에 의식이 아득해지는 것만 같았다.

"내 입술이 기억하고 있듯이……."

손등으로 하연의 뺨을 쓸어내리며 태환이 중얼거리듯 속삭였다.

"당신 입술도 기억하고 있는 것 같은데. 아닌가?"

아까처럼 그는 도저히 알아들을 수 없는 말만 했다. 하연은 살며시 눈을 가늘게 모았다. 그녀가 아무 말도 하지 않고 바라만 보자, 태환은 입매를 비틀며 한 손으로 그녀의 턱을 그러쥐었다.

"그때 날 구해준 의사가 당신이라는 거, 압니다."

"그……그건."

하연이 뭐라고 말하려고 하자, 태환은 손가락으로 그녀의 입술을 지그시 내리눌렀다.

"부정하려고 하지 말아요. 이젠 모습이 다르다고 착각하지 않을 테니까. 뿔테 안경을 썼건 쓰지 않았건, 목소리가 쉬었건 쉬지 않았건. 당신은 그때 의사와 같은 사람이야. 그렇지 않다면 칼에 찔린 상처가 근육 반대 방향이라는 걸, 어떻게 알았을까? 아닙니까, 유하연 의사 선생님?"

그제야 하연은 태환의 상태를 걱정한 탓에 자신이 꺼내면 안 되는 말을 술술 내뱉었다는 사실을 깨달았다. 아픈 척하는 연기에 감쪽같이 속아 넘어가다니. 하연은 자신의 바보 같은 실수를 인정하며 질끈 두 눈을 감아버렸다.

"언제부터 알았어요? 어떻게 알아차린 거죠?"

아랫입술을 깨물고 잠시 침묵을 지키던 하연이 입을 열었다. 천천히 눈을 뜨자, 태환이 집요한 눈빛으로 그녀를 빤히 바라보고 있었다.

"당신을 나폴레옹에서 처음 봤을 때부터……."

"말도 안 돼. 대표님은 그때……."

"알아. 말도 안 된다는 거."

그녀의 말을 중간에 자르며 태환이 말을 이었다.

"물론 내 이성은 당신을 알아보지 못했어. 분명히 다른 사람이었고 다른 모습이었고 다른 목소리였으니까. 하지만……."

태환은 그녀의 목덜미로 고개를 묻으며 숨을 깊이 들이마셨다. 그의 뜨거운 입김이 귓가에 느껴지자, 하연은 짜릿한 느낌에 얼굴을 붉혔다.

"당신의 재스민 향이 나를 부르더군."

"그래도 나를 알아보지 못했잖아요."

"그랬지. 눈에 보이는 증거에만 연연해서, 당신이라는 증거가 너무나도 많았는데 계속 놓치고 말았어."

아니면 알고 싶지 않았는지도 모른다. 정하라가 그 의사라는 걸 알게 되면 걷잡을 수 없이 빠져들지도 모르니까. 하지만 모두 알게 된 이상, 다시 되돌아가고 싶은 생각은 없었다.

태환은 목덜미에서 고개를 들고 하연과 얼굴을 마주했다.

"이제부터 은혜를 갚아가기로 하죠."

태환은 하연을 이끌고 위층 사무실로 자리를 옮겼다. 그녀가 소파에 앉자, 태환은 책상 서랍에서 서류 봉투를 꺼내 그녀에게 건넸다.

"이게 뭐예요?"

"계약서라고 해둡시다."

"계약서요?"

"비밀을 지킨다고 약속해도 나를 못 믿을 게 뻔하니까 아예 명확히 계약서를 작성하는 것이 좋을 것 같아서 준비했습니다."

하연이 왜 정체를 숨겼는지에 관한 의문은 그가 예상한 대로였다.

"장민성 씨에겐 내가 알게 되었다는 사실을 알리지 않아도 됩니다. 나도 적당히 모른 척할 테니까. 나 역시 송창훈 감독에게 아무 말도 하지 않을 겁니다."

하연이 자신을 믿지 못했다는 사실에 기분은 상했지만, 태환은 크게 문제 삼지 않기로 했다. 그녀가 자신을 믿지 못한다면 믿게 하면 되는 거니까.

"이 일에 관해서 비서가 알고 있긴 하지만, 입이 무거운 친구니까 그 점에 관해선 걱정하지 않아도 될 겁니다."

하연은 서류 봉투에서 계약서를 꺼내어 빠르게 훑어보았다. 촘촘하게 인쇄된 활자가 눈앞에 가득 펼쳐졌다.

"간단합니다. 말라위에서의 일을 완벽하게 비밀로 하고, 만약에라도 나 때문에 납치 소동 사건이 외부로 밝혀졌을 때는 거기에 상응하는 보상을 하도록 하죠."

정말 빈틈이라곤 찾아볼 수 없는 남자다. 말로 약속하는 것으론 충분하다고 생각지 않아, 이렇게 계약서까지 작성하다니.

"거기에 상응하는 보상이라고요? 뭐든지?"

"네. 뭐든지."

"그러면 예를 들어서 내가 데이지와 나폴레옹의 소유권을 넘기라고 한다면요?"

많은 레스토랑 중에서도 태환은 특히 데이지와 나폴레옹을 아낀다고 들었다. 숟가락과 포크 구입 하나하나에도 일일이 신경 쓴단다. 그렇게나 엄청 공들인 레스토랑인데 그리 손쉽게 넘겨줄 리가 없었다.

"후, 생각보다 통이 작은 편이군요."

하연의 예상과는 달리 태환은 피식 웃으며 고개를 흔들었다.

"내가 분명히 '뭐든지'라고 했는데 고작 레스토랑 몇 개의 소유권을 달라?"

"더 큰 걸 원한다면 그건 도둑 심보죠."

하연은 태환을 힐끗 노려보며 계약서 마지막 사항까지 꼼꼼히 읽어보았다. 계약서는 태환이 말한 대로 모두 그녀의 편의를 위한 내용이었다.

이렇게까지 준비해두었는데 이제는 믿어도 되지 않을까?

하연은 입을 다문 채, 잠자코 계약서를 들여다보았다. 그에게 정체를 들키는 순간, 모든 게 끝났다고 생각해 눈앞이 아찔했는데, 다행스럽게도 상황은 그녀가 전혀 예상하지 못한 쪽으로 흘러가고 있었다.

"별 이의 없으면 거기에 사인해요. 각자 한 통씩 보관하고, 원한다면 공증 절차를 거쳐도 좋고."

"공증까지는 필요 없어요."

사실 솔직히 말하자면 계약서를 작성할 필요까지는 없었다. 이 정도로 적극적으로 나오는데 태환의 입에서 정보가 흘러나갈 것 같진 않았으니까. 그래도 하연은 보험 드는 기분으로 계약서에 사인했다. 그녀에게서 계약서를 건네받은 태환은 사인을 마치고 각자 봉투에 넣어 밀봉했다.

"이 계약은 은혜를 갚는 첫걸음이라고 해두죠."

하연에게 봉투를 내밀며 태환이 말했다. 그런데 왜 은혜를 갚겠다는데 소름이 오싹 끼치는 걸까? 그의 진지한 태도 때문일까?

"은혜랄 것도 없어요."

태환에게서 건네받은 봉투를 핸드백에 집어넣으며 하연은 무뚝뚝하게 말을 이었다.

"난 의사고, 당신은 도움이 필요한 환자였을 뿐이에요. 내가 아닌 다른 그 누구라도 그 상황에선 우선 당신을 살리고 봤을 거예요. 그날 밤 일에 대한 보답은 여기 계약서에 서명한 것으로 충분해요. 그러니까 모두 없었던 것으로 해요."

"그렇게는 안 되겠는데……."

그녀의 말이 거슬리는지 태환은 슬그머니 눈썹을 찡그렸다.

그는 한 손으로 넥타이를 느슨하게 풀며 꼬고 앉은 다리의 방향을 반대로 바꾸었다. 아주 단순한 동작인데 왜 위압감이 느껴지는 걸까? 서늘한 눈빛 때문일까?

"난 당신에게 살려달라고 한 적 없고, 치료해달라고 부탁한 적도 없습니다."

"네?"

이건 또 무슨 소리?

"그쪽이 혼자 결정해서 날 치료하고 살려낸 거란 말입니다."

"그거야 그렇지만."

뭐야? 물에 빠진 사람 구해줬더니 구해달라고 한 적 없다고 하는 거야, 지금?

"당신도 당신 마음대로 날 구해줬는데, 나도 내 마음대로 은혜를 갚을 수 있는 거죠."

"아……."

묘하게 설득되는 말이었다. 하연은 태환의 다음 말에 가만히 귀를 기울였다.

"나는 내 방식대로 당신에게 은혜를 갚을 겁니다. 그러니까 기대해도 좋아요."

기대해도 좋다고? 은혜를 갚겠다는데 왜 소름이 오싹 돋는 걸까?

은혜를 갚는 쪽은 그가 아니라 마치 그녀인 것 같다는 착각이 들 정도였다. 부러진 다리를 치료해줬다고 금은보화가 든 박씨를 물고 온 제비를 기대한 건 아니었지만, 목숨을 구해준 인어공주를 매정하게 차버려 물거품이 되게 한 왕자님을 기대한 것도 아니었다. 평온한 그녀의 인생을 마구 휘젓지만 않으면 다행일 뿐. 우선은 혼자 생각을 정리해볼 필요가 있었다.

"그럼 이만 가볼게요."

하연은 핸드백을 움켜쥐고 서둘러 자리에서 몸을 일으켰다.

"바래다주죠."

"아니에요. 바로 요 앞인걸요."

"그래도 혼자 걸어가는 건 좋지 않습니다."

"이것도 은혜를 갚기 위해서인가요?"

"아뇨. 이건 영화 제작자로서 상품 보호를 위한 것이라고 해두죠."

기분이 나빠야 하는데도 하연은 이번에도 묘하게 설득당하고 말았다. 걸어갔더라면 10분쯤 걸렸을 텐데, 교통이 혼잡한 탓에 15분이 넘어서야 아파트에 도착할 수 있었다.

"내일 오전부터 한국 대학 병원에서 촬영 있죠?"

태환은 지하 주차장에 차를 세운 후, 차에서 내리는 하연의 등을 향해 지나가는 투로 물었다.

"네. 내일 아침 7시까지 가야 해요."

하연은 허리를 숙여 차 안을 들여다보며 태환을 향해 어색하게 웃어 보였다. 내일 주성욱과의 키스신 촬영이 있는 날이라는 것을 까맣게 잊고 있었다. 오늘 일만 아니었다면 지금쯤 방에 틀어박혀서 키스신 촬영을 위해 만반의 준비를 하고 있었을 텐데⋯⋯. 준비라고 해보았자, 비슷한 상황의 키스가 등장하는 영화들을 계속해서 돌려보는 것일 테지만.

"내일 촬영, 기대하죠."

태환은 그 말만을 남긴 후, 그대로 차를 출발시켰다.

기대한다는 말은 내일 촬영장에 오겠다는 말일까?

하연은 태환의 차가 보이지 않을 때까지 꼼짝도 하지 않고서 있었다. 도무지 뭐가 뭔지 모르겠다. 그래도 한 가지 확실한 건, 이제는 들킬까 봐 조마조마해하지 않아도 된다는 거다.

마음이 놓이면서도 다른 한편으로는 왠지 불안한 느낌.

　　―나는 내 방식대로 당신에게 은혜를 갚을 겁니다. 그러니
　　　까 기대해도 좋아요.

글쎄, 과연 기대해도 좋을까?

하연은 고개를 숙인 채, 터덜터덜 엘리베이터 쪽을 향하여 걸어갔다.

11. 키스신
흔적 지우기

"태환이와 같이 사교 모임에 갔다면서?"

차 회장의 물음에 지은이 '탁' 소리 나게 찻잔을 내려놓았다.

갑자기 회장실로 불러들여 차를 마시자고 하기에 "이 양반이 또 무슨 꿍꿍이신가?" 투덜거렸었다. 두 사람은 절대로 오붓하게 다과를 즐길 부녀 지간이 아니기에…….

그러면 그렇지.

"돌려 말하지 마세요. 뭐가 알고 싶으신 거예요?"

"흠."

차 회장은 대답 대신 길게 한숨을 내쉬었다. 평소와는 조금 다른 반응에 지은은 미간을 찌푸렸다.

어울리지 않게 왜 갑자기 약한 모습을 보이실까?

"지은아, 네가 그래도 형제 중에서 태환이와 제일 가깝지 않니. 녀석이 너에게 고민을 털어놓기도 하고."

내게 고민을 털어놓았던 적이 있던가?

지은은 기억나지 않는다는 듯 고개를 갸우뚱거렸다.

"오래전, 정원에서 너희 둘이 대화하는 걸 엿들은 적이 있다. 태환이가 어느 여자도 진지하게 사귀려 하지 않는 이유. 너에게 털어놓고 있었지."

"아, 그거요."

지은의 얼굴에 씁쓸한 미소가 떠올랐다.

"고민을 털어놓은 게 아니라, 말싸움하다가 진심이 튀어나와버린 거죠. 우리 집 같은 콩가루 집안에 사랑하는 여자를 들이고 싶지 않다…… 흡."

흥분하는 바람에 막말이 튀어나왔다. 지은은 얼른 한 손으로 입을 틀어막으며 차 회장의 눈치를 살폈다. 콩가루 집안인 것 맞지만, 그렇다고 아버지 앞에서 할 소리는 못 되니까.

"그리고 또 뭐라고 그랬지?"

"여자가 우리 집안에 들어오게 되면 제대로 지켜줄 수 없다고……. 그러니까 아버지도 태환이 억지로 결혼시키지 마세요. 걔가 말은 안 하지만……."

"너, 저번 사교 모임에서 태환이에게 여자 소개해줬다면서? 녀석이 어떤 반응을 나타내더냐?"

차 회장이 중간에 말을 끊어버리자, 지은은 어깨를 으쓱하며 찻잔을 집어 들었다.

언제나 한쪽의 일방적인 태도. 이러니 대화가 될 리가 없다.

"관심 없다고 차갑게 거절하던데요. 워낙 여자 보는 눈이 까다롭잖아요."

"이미 다른 여자에게 마음이 있어서가 아니고?"

"그럴 리가요."

"지은아, 만약에 태환이가 좋아하는 여자가 배우라면…….
어떨 것 같니?"

"배우라고요? 태환이가 배우를?"

지은의 두 눈이 충격으로 튀어나올 듯 커다래졌다.

"언니, 언니. 이거 한번 입에 물어봐요. 입 안 전체가 단번에
화하게 상쾌해져요."

키스하는 당사자인 하연은 무덤덤하게 대본을 읽는데, 오히
려 옆에 있는 서영이 안절부절못하고 있었다. 그녀는 효과가
짱이라는 민트 사탕을 구해 와 하연의 입에 쏙 집어넣었다.

"저기, 하연아. 나, 저기 밴에 가 있으면 안 될까?"

민성은 촬영장에 나타난 태환 때문에 바늘방석에 앉은 것처
럼 불안해했다.

"가긴 어디를 가요? 이제 조금 있으면 키스신 촬영한다고
요!"

"어머, 서영아. 하연이는 가만히 있는데 왜 네가 도끼눈을
뜨고 난리니?"

"필요할 때마다 쏙쏙 빠지니까 그렇죠! 오빤 그냥 매니저가
아니라 보디가드 겸 매니저라고요. 덩치만 크면 뭐하냐고요!"

서영과 민성의 투닥거림이 길어지자, 하연은 대본을 들고 자리에서 일어났다. 둘이 저러는 거, 하루 이틀이 아니었지만, 촬영을 앞에 두고 지금은 감정 이입에 방해가 되었다.

"야, 아무리 그래도 내가 너보다 먼저 드림즈에 입사했는데……."

"흥, 그러면 모범을 보이라고요. 모범을! 언니가 착하니까 오빠가 땡땡이쳐도 눈감아주는 거지."

"어머머, 뭐어? 땡땡이?"

격하게 말싸움에 돌입한 두 사람은 하연이 비상계단 뒤로 걸어간다는 사실도 알아차리지 못했다. 하연은 촬영 기기를 놓아두기 위해 임시 창고로 사용하는 사무실로 들어갔다. 이미 촬영에 필요한 모든 기기를 밖으로 옮겼기에 당분간은 아무도 그녀를 방해하지 않을 것이다.

하연은 조명 박스가 놓인 구석에 자리를 잡고 앉아 다시 대본을 펼쳐 들었다.

"가지 마."

하연은 여자 주인공인 은여경의 대사를 조그맣게 중얼거려 보았다. 남자 주인공인 하준혁의 팔을 붙잡는 순간, 그가 그녀를 와락 끌어안으며 키스를 퍼붓는다.

이별을 앞에 두고 격렬하게 키스하는 두 사람의 모습을 그려보았다.

키스라고 해봤자, 고작 한 남자와 해봤을 뿐인데…….

태환을 떠올리는 것만으로도 뺨이 확 붉어지며 후끈거렸다.

하연은 열기가 오른 두 뺨을 연신 손등으로 내리눌렀다. 아랫입술을 꽉 깨물며 대본에 집중하려 노력했지만, 한번 떠오른 태환의 모습은 그녀를 자유롭게 놓아주지 않았다.

그에게는 아무런 의미 없는 단순한 키스일 텐데, 왜 그녀만 초보자 티를 팍팍 내는지 자존심이 상했다.

먼저 그에게 입을 맞춘 건 그녀였다. 해열제를 먹이기 위해서였지만, 그래도 그녀가 먼저 다가갔다는 사실에는 변함이 없었다. 그다음엔 그가 입술을 밀어붙였다. 고열로 인해 본능만 남은 상태였기에 그것 가지고 뭐라고 할 생각은 없었다.

차 안에서는 실수였지만, 그녀가 먼저 입술을 대었고.

별장에선…… 그래, 쌍방 과실이었다고 해두자.

어제 데이지에서의 키스는?

그녀가 그 의사였다는 것을 증명하려고 그랬겠지? 그렇다면 이젠 그와 키스할 일은 없다는 걸까?

"후."

왠지 실연당한 것 같아 입맛이 썼다. 요즘 세상에 키스 몇 번 했다고 사귀는 것도 아니고, 상대에게 마음이 있는 것도 아니지만, 그래도 마음 한쪽이 허전해지는 건 어쩔 수 없었다.

오랜만에 촬영장에 나타난 태환은 그녀를 향해 고개만 숙이며 아는 척을 했을 뿐, 가까이 다가올 생각도 하지 않았다. 태환이 지금까지 보인 관심은 그녀가 혹시라도 자신의 '생명의 은인'이 아닐까 하는 호기심 때문이었을 거다. 이젠 모든 걸 알게 되었고, 그는 자신의 방식대로 차근차근 은혜를 갚아나가겠지.

그와는 그저 생명의 은인인 의사와 환자 사이, 배우와 제작자 사이, 그 이상도 그 이하도 아니었다.

"그래, 일목요연하게 정리하면 아무것도 아닌 거야."

하연은 씁쓸하게 웃으며 다시 대본으로 눈길을 돌렸다. 그때 '달칵' 하는 소리와 함께 문 손잡이가 돌아갔다. 하연은 대본을 쥔 채, 자리에서 몸을 일으켰다. 문이 열리고 태환이 안으로 성큼 들어섰다.

"깜빡 잊고 안 돌려준 게 있어서⋯⋯."

그의 손에 들린 목걸이를 보는 순간, 하연은 놀란 얼굴로 태환을 바라보았다.

아무리 정신이 없었다지만, 계약서는 찬찬히 훑어보며 사인까지 한 주제에 어떻게 목걸이에 관해서 잊고 있었지?

아빠, 미안해요.

"까맣게 잊고 있었네요."

"이게 없어서 목이 꽤 허전했을 텐데⋯⋯. 아닙니까?"

그래서였나?

하연은 몇 번이나 목이 허전하지 않은지 묻던 태환의 물음을 떠올렸다. 추운 날씨에 목도리를 두르지 않아서 물어본 거라고 생각했는데, 그게 아니라 목걸이 때문이었구나.

태환이 목걸이의 고리를 풀자, 하연은 자연스럽게 그에게로 등을 돌렸다. 목덜미에 손끝이 닿을 듯 말 듯 목걸이를 걸어주는 그의 손짓이 조심스러웠다.

"고마웠어요."

목걸이 고리를 잠그며 태환이 중얼거리듯 작게 속삭였다.

"행운의 마스코트가 맞더군요. 정말 행운을 주었으니까."

하연이 궁금하다는 듯 뒤돌아보자, 태환은 가벼운 미소를 떠올렸다.

"나중에 차차 이야기해주죠. 당신이 이 목걸이를 넘겨주고 어떤 일이 있었는지."

그리고 당신에게 어떤 감정을 느끼고 있는지도…….

그 말을 끝으로 태환은 빠른 걸음으로 창고로 쓰이는 사무실을 걸어나갔다. 더 있다가는 또다시 과실을 저지를지 모르니까.

언젠가부터 그녀 앞에만 서면 스스로 통제하지 못하는 자신을 발견하게 된다. 오늘처럼 키스신 촬영이 있는 경우에는 더욱더.

괜찮겠지. 괜찮을 거야. 연기일 뿐이야.

태환은 걱정스러운 마음을 애써 달랬다. 그러나 촬영에 들어가자, 아무렇지 않을 거란 생각이 큰 오산이었음을 깨달았다.

성욱이 하연의 허리를 그러잡는 순간부터, 숨을 쉴 수가 없었다. 뜨거운 무엇인가가 저 밑에서부터 밀려오는 것만 같았다. 두 사람의 입술이 닿는 순간, 불이 나는 것처럼 두 눈이 뜨거워졌다.

저렇게까지 할 필요는 없잖아!

하연의 입술을 먹어버릴 것처럼 깊게 키스하는 성욱을 이해할 수 없었다. 창훈도 마찬가지였다. '컷!' 할 생각이 전혀 없는지 키스하는 모습을 모니터로 뚫어지게 바라볼 뿐이었다.

한참이 지나서야 창훈은 자리에서 일어나며 "컷!"을 외쳤다.

"좋았어요. 자, 그럼 우리 한 번에 갑시다."

응원차 하연과 성욱의 어깨를 두드려준 창훈이 자리로 돌아오자 태환은 이해할 수 없다는 듯 인상을 찡그렸다.

"좋다면서 한 번에 가자니, 무슨 소리야?"

"방금 건 최종 리허설이었어. 카메라 안 돌렸는데, 왜?"

"뭐?"

몇 번이나 동작을 점검하고 몇 번이나 카메라 위치를 확인하더니, 이번 것도 리허설이었다고?

주위에 아무도 없었다면 태환은 창훈의 얼굴에 주먹을 날렸을 것이다. 이런 감정으로는 창훈에게 좋은 말이 나갈 것 같지 않아, 태환은 주먹을 쥐며 입을 다물었다.

리허설이 아닌 본 촬영은 더욱더 태환의 신경을 긁었다. 전신이 나오는 마스터 샷이기에 저렇게까지 연기할 필요가 없는데도 성욱은 거칠게 달려들었다. 사심 가득한 행동이 분명했다.

성욱이 이 녀석을······.

태환은 저도 모르게 어금니를 꽉 깨물었다.

"컷!"

이번에도 창훈은 흡족한 미소를 지으며 자리에서 일어섰다.

"오케이. 마스터 샷은 이걸로 됐고. 이제 클로즈업으로 갑시다. 두 사람은 거기 가만히 있고. 조명, 다시 세트업 해봐."

클로즈업 촬영에 맞게 조명 팀은 하연과 성욱 주위로 신속하게 조명 기구를 옮겼다. 동시에 서영이 쪼르르 달려와 하연의 흐트러진 메이크업을 손보았다. 진한 키스에 립스틱이 모두 지워졌는지 서영은 붓으로 하연의 입술에 립스틱을 덧발랐다.

격렬한 키스로 하연의 입술이 조금 부푼 것 같아 보이자, 태환의 주먹에 힘이 들어갔다.

"그냥 마스터 샷으로 가지. 촌스럽게 클로즈업으로 따야겠어?"

결국 태환의 입에서 불평이 튀어나왔다. 그러나 창훈은 듣는 둥 마는 둥 촬영 모니터와 스토리보드만을 바쁘게 번갈아 보았다. 태환은 한숨을 내쉬며 다시 하연과 성욱에게로 시선을 돌렸다.

두 사람은 얼굴을 맞댄 채, 다정하게 대화를 나누고 있었다. 무슨 내용인지는 모르겠지만, 하연의 눈꼬리가 반달로 휘어져 있었다. 서로 킥킥거리며 웃기도 했다.

제길!

태환은 질끈 두 눈을 감아버렸다.

"긴장 풀어요. 창훈 형은 웬만해선 러브신 클로즈업은 여러 번 가지 않으니까요."

하연을 안은 채, 신호를 기다리던 성욱이 작게 속삭였다. 조금만 더 참으면 모두 끝날 것이다. 지문에는 '아주 격렬하게'라고 적혀 있었지만, 글쎄…….

태환과의 키스가 유일한 경험이긴 했지만, 그것과 비교하자면 성욱과의 키스는 평범하기 짝이 없었다. 감정이 약하다며 다시 가자고 할까 봐 걱정했는데, 그대로 넘어가는 것 같았다.

"컷!"

잠시 후, 창훈의 외침과 함께 모든 촬영이 끝났다.

"수고하셨습니다!"

태환은 자신이 촬영한 것처럼 녹초가 돼버렸다. 특히나 정신적으로 갈기갈기 찢긴 것 같았다. 하연은 아무렇지 않은 얼굴로 제작진에게 인사하고는 서둘러 현장을 떠났다.

태환과도 시선이 마주쳤지만, 역시 담담한 얼굴로 고개를 숙여 인사했을 뿐이다. 멀어져가는 하연의 뒷모습을 바라보는 태환의 귀에 신난 듯 중얼거리는 창훈의 목소리가 들려왔다.

"두 사람, 저렇게 합이 잘 맞는 거 보니까, 베드 신, 완전 기대되는걸!"

태환은 상대할 가치도 없다는 얼굴로 창훈을 노려본 후, 그대로 등을 돌렸다. 맹세코 단둘이 있었다면 태환은 창훈의 얼굴에 주먹을 날렸을 것이다.

"왜 대표님이 여기까지 따라오신 거예요?"

조감독이 손가락으로 테이블 끝에 앉아 있는 태환을 가리켰다. 평소 같으면 법인 카드만 넘겨주었을 그가 오늘은 무슨 바람이 들었는지 회식에 따라나선 것이다.

"난들 아나?"

창훈은 볼멘 얼굴로 투덜거리며 한입에 소주를 털어 넣었다.

"민성 오빠, 또 도망갔어요."

서영은 주차장에 차를 대는 척하다가 몰래 가버린 민성에게 화가 난 듯싶었다. 태환이 나타날 때만 그가 자리를 피한다는 사실을 모르는 그녀는 민성이 땡땡이를 친다고만 생각했다.

"하라 씨, 한잔하죠?"

어느새 옆자리로 다가온 성욱이 소주병을 흔들어 보였다.

"조금만 주세요."

연기라고 생각해서인지 몇 시간 전만 해도 부둥켜안고 입술을 맞댄 성욱이 전혀 어색하지 않았다. 그녀나 성욱이나 얼마나 많은 민트 사탕을 먹었던지, 입술을 맞대어도 화하고 알싸한 느낌밖에 없었다. 애써 외면하긴 했지만, 오히려 옆에서 지켜보는 태환의 이글거리는 눈빛에 온몸이 타들어가는 것만 같았다.

하연은 성욱이 따라준 소주잔을 입에 가져가며 테이블 끝에 앉은 태환을 힐끔 훔쳐보았다. 그는 삼겹살은 한 점도 입에 대지 않고 무표정하게 사이다만 마시고 있었다.

고기도 안 먹을 거면 왜 따라온 거래?

"하라 씨가 적극적으로 해줘서 오늘 빨리 끝났어요. 자, 원샷!"

성욱이 그녀의 소주잔에 자신의 소주잔을 '챙' 소리 나게 부딪쳤다. 단숨에 소주를 들이켠 하연은 톡 쏘는 느낌에 미간을 찌푸렸다. 소주 몇 잔에 한층 기분이 들뜬 성욱은 다시 소주 잔을 부딪쳤다.

"베드 신도 오늘처럼 한 번에 가죠. 자, 그런 의미에서 원샷!"

"원샷!"

하연은 소주잔을 높이 들어 올리고 다시 잔을 비웠다. 멀리 태환이 노려보는 것도 같았지만 별로 신경 쓰고 싶지 않았다.

성욱과 스캔들이라도 일어날까 불안해하는 것 같지만, 그래 서 어쩔 건데? 난 당신의 생명의 은인이라고!

하연은 도발하듯 태환을 향해 소주가 가득 찬 잔을 들어 보 였다. 그녀와 시선이 마주친 태환은 입매를 굳힌 채, 가만히 그녀를 응시했다. 약간 화가 난 것처럼 보였지만 하연은 신경 쓰지 않기로 했다. 그녀는 태환을 향해 환하게 웃어 보이고는 단번에 소주잔을 말끔히 비워버렸다.

회식은 2차 호프집과 3차 민속 주점까지 거치고, 새벽 2시 가 지나서야 끝이 났다. 성욱은 매니저가 운전하는 차를, 흠뻑 취해버린 창훈은 대리 운전 기사에게 차 열쇠를 넘겼다. 창훈 이 같은 방향인 서영을 태우는 김에 하연도 바래다주겠다고 하자, 태환이 나섰다.

"정하라 씨는 내가 바래다줄게. 데이지에 들렀다 가야 하니 까."

창훈은 별말 없이 "내일 보자."는 말을 남기고 차에 올랐다. 하연 역시 반대하지 않았다. 데이지와 그녀의 아파트는 넘어 지면 코 닿을 거리에 있었으므로. 새벽 도로가 한산한 편이라

20분도 걸리지 않아 하연의 아파트에 도착했다.

"오늘 연기 감동했습니다. NG 없이 한 번에 가더군요."

지하 주차장에 차를 세운 태환은 앞을 바라보며 건조한 목소리로 말했다.

"성욱 씨가 잘 이끌어준 덕분이죠."

연기에 관한 이야기인 줄 알면서도 성욱이 잘 이끌어줬다는 말이 무척이나 거슬렸다. 운전대를 잡은 태환의 손에 힘이 들어갔다.

"아까 민트 사탕을 너무 먹어서 그런가? 아직도 혀가 얼얼해요."

취한 건 아니지만, 술이 들어가서인지 하연의 두 뺨은 약간 붉어져 있었다.

"이거 아까 서영이가 준 건데, 은근히 효과가 좋더라고요."

하연은 핸드백을 열어 사탕 봉지를 꺼내 들었다.

"드실래요? 아까 보니까 성욱 씨도 이 사탕을 먹더라고요."

그녀는 봉지에서 사탕을 꺼내 하나는 태환에게, 다른 하나는 자신의 입에 넣어 오물거렸다.

태환은 손바닥에 놓인 사탕을 말없이 내려다보았다. 성욱도 이 사탕을 먹었다는 사실에 은근히 기분이 나빴다.

이제부터 민트 사탕을 먹으며 성욱과의 키스를 떠올리는 건 아니겠지?

대본에 적힌 '아주 격렬하게'보다 몇 배는 더 격렬해 보였던 키스. 생각하는 것만으로 속이 부글부글 끓어올랐다. 태환의 그런 속마음도 모르고 하연은 장난기 어린 질문을 던졌다.

"대표님 덕분에 편하게 왔어요. 음…… 이번에 바래다준 이유는 뭐죠? 은혜 갚기? 아니면 상품 보호 차원?"

"아니."

민트 사탕을 입에 문 채, 자신을 향해 생글거리는 하연을 보는 순간, 힘겹게 억눌렀던 이성의 끈이 툭 끊어지고 말았다. 더는 참을 수 없었다.

"이건 '흔적 지우기'라고 해두죠."

태환은 한 손으로 하연을 와락 끌어당겨, 그대로 고개를 숙이고 거칠게 입술을 삼켰다.

분명히 아까와는 달랐다. 격렬하게 키스한다는 지문에도 불구하고 밋밋하기만 했던 성욱과의 키스와는 하늘과 땅 차이였다. 태환의 입술이 닿는 순간부터 온몸이 타들어가는 것만 같았다. 숨을 쉴 수가 없었다. 너무나 달콤해서, 너무나 뜨거워서, 너무나 거칠어서. 그리고 너무나도 좋아서.

화하고 알싸하던 민트 사탕의 맛은 그가 입술을 겹쳐오자, 흔적도 없이 사라져버렸다. 태환에게서만 받을 수 있는, 말로 표현할 수 없는 그 오묘한 느낌.

"으음."

그의 커다란 손이 머리카락을 쓸어 올리고 뒷머리를 받치자, 저절로 달뜬 신음이 터져 나왔다. 태환에게 떠밀려 등과 머리가 유리창에 닿아버렸다.

지금의 키스가 성욱과의 흔적 지우기이든, 상대의 과실이든 아니면 쌍방 과실이든 중요하지 않았다. 태환의 입술을 느낄 수 있다는 사실이 기쁠 뿐이었다. 기분 좋게 마신 술기운이 자잘한 걱정을 날려 보냈기 때문일까? 지금만큼은 그저 그의 입술을 오롯이 느끼고만 싶었다.

"으응."

귓가에 흘러드는 그녀의 여린 신음이 너무나도 달콤해서 태환은 도저히 멈출 수가 없었다. 성욱의 흔적을 지워버리려 시작한 키스였지만, 어느새 본래의 뜻을 잊어버리고 말았다. 이성은 저만치 날아가고 온몸에는 목마른 욕구만 남아버렸다.

한참이 흘러서야, 두 사람의 입술이 떨어졌다. 태환은 벅찬 숨을 몰아쉬는 하연의 뺨을 다정히 쓰다듬었다. 뭐라고 말을 해야 하는데, 아무 말도 나오지 않았다.

그녀에게 느끼는 감정을 언어라는 매개체로 제대로 표현할 수 있을지 자신이 없었다. 좋아한다는 말을 쉽게 내뱉고 싶진 않았고 끌린다는 말로 가볍게 표현할 수도 없었다. 그녀만 보면 제멋대로 날뛰는 감정을 어떻게 설명할 수 있을까?

"……이번에도 쌍방 과실인가요?"

태환의 품에서 몸을 일으키며 하연이 작게 속삭였다. 어쩌면 그녀도 혼란스러운 감정을 정리하느라 애쓰고 있는지도 모르겠다.

"실수냐고 묻는 거라면, 이번은 아닙니다."

하연의 뺨을 두 손으로 감싸며 그가 나직이 속삭였다.

"당신에게 흔들리고 있으니까."

아무리 연기라지만, 성욱과 입술이 겹치는 걸 볼 때마다 바늘로 심장이 찔리는 것처럼 괴로웠다.

"저도 이번은 아니었어요."

태환의 눈빛에서 진심을 읽었는지 하연도 용기를 내어 입을 열었다.

"그렇다고 대표님을 좋아한다는 건 아니에요."

끌리긴 했지만, 순수한 감정인지 아니면 말라위에서 보낸 하룻밤의 연장선인지는 정확히 알 수 없었다. 혹시 '흔들다리 현상'에서 오는 후유증은 아닐까? 의심되기도 했다.

"내게 흔들리는 건 내가 대표님을 구했기 때문인가요?"

"물론 아닙니다."

단순히 그런 감정이었다면, 키스신 연기 따위에 속이 바짝 타들어가진 않았을 것이다. 질투심을 유발하려 일부러 태환의 앞에서 키스하던 여자도 종종 있었다. 그때마다 태환은 무심한 얼굴로 지나치곤 했다. 괴로울 정도로 애타게 하는 건 유하연, 그녀가 처음이었다.

"저는 아직 잘 모르겠어요. 상대에게 끌린다고 백이면 백, 진지한 사이로 발전하는 건 아니고. 특히 서로를 잘 모르면서 스킨십 먼저 하는 건, 개인적으로 선호하지 않아요."

하연은 조금은 사무적인 어조로 말을 이어나갔다.

"앞으로 1년 동안, 스캔들에 휘말리면 안 된다는 계약서에 사인하기도 했고요."

계약서라는 말에 태환은 흠칫 표정을 굳혔다. 그 조항을 만

들어낸 사람은 다름 아닌 바로 그 자신이었으니까. 자신이 놓은 덫에 걸린 기분이었다.

"내가 어떻게 해줬으면 좋겠습니까?"

이대로 밀어붙인다면 연애에 서투른 하연은 쉽게 넘어올 것이다. 하지만 태환은 그녀의 의견을 존중하고 싶었다.

"시간을 두고 천천히 알아갔으면 좋겠어요. 먼저 대표님이 어떤 사람인지, 대표님도 제가 어떤 사람인지, 알아야 하지 않을까요? 스캔들 계약이 마음이 걸리는 것도 있고……. 그러니까 되도록 지극히 사적인 접촉은 피해주시면 감사하겠습니다."

그녀는 정말 연애 경험이 턱없이 부족한 것 같다. 남녀 관계라는 게, 교과서처럼 진행되는 건 아닐 텐데……. 단어 선택만 봐도 알 수 있다. '지극히 사적인 접촉'이라니.

"좋아요. 앞으로는 조심하죠."

태환은 별 반대 없이 그녀에게 동의했다. 그 역시 섣불리 그녀를 깊은 관계로 끌어들이고 싶진 않았다.

"바래다주셔서 감사합니다."

하연은 어색하게 웃어 보이고 차 문을 열고 차에서 내렸다. 태환은 그녀가 엘리베이터 안으로 들어가는 모습을 지켜본 후에야 차를 출발했다. 위층으로 올라가는 엘리베이터 불빛을 바라보며 하연은 작게 한숨을 내쉬었다.

미쳤어, 정말!

천천히 알아가자고 한 주제에, 벌써부터 보고 싶으면 어쩌자는 거야!

"훗."

하연은 자조적인 웃음을 뱉으며 엘리베이터 벽에 등을 기대었다. 등 뒤로 딱딱하고 차가운 벽이 느껴지자, 태환과의 격렬한 키스로 차 유리창에 닿았던 감촉이 떠올랐다.

정신 차려! 연애 안 해본 티를 너무 내잖아!

하연은 그런 자신에게 기가 막힌 듯 세차게 고개를 내저었다.

밤새워 뒤척이다가 겨우 잠든 탓에 하연은 평소보다 늦잠을 자고 말았다. 잠은 충분히 잔 것 같은데 전혀 개운하지가 않았다. 정확하게 기억나진 않았지만, 뒤숭숭한 꿈을 꾼 것 같다. 그녀는 미친 듯이 날뛰는 심장박동을 느끼며 잠에서 깨어났다.

"하아."

이러다 정말로 심장이 나빠지는 건 아닌지 모르겠다. 하연은 두근거리는 마음을 진정하기 위해 물을 마시기 위해 주방으로 향했다. 잔에 물을 따르려는데 식탁 위에 놓인 쪽지가 눈에 들어왔다.

하연아, 너무 곤히 자길래 안 깨우고 그냥 간다.
엄마, 친구들이랑 부산 다녀올 거야.
밑반찬은 냉장고에 있으니까 알아서 챙겨 먹어.

그러고 보니 홍 여사가 며칠 전에 대학 동창들과 여행을 떠난다고 했던 것 같다. 갑자기 식탁 위에 놓아둔 휴대폰이 울리기 시작했다. 발신자는 차태환 대표였다.

[지금쯤이면 일어났을 것 같아서. 속 괜찮습니까? 나와요. 해장국 먹으러 갑시다.]

"해장국이요?"

어젯밤 키스로 아직도 심장이 쿵쾅쿵쾅 뛰는데, 도저히 얼굴을 맞대고 아침을 먹을 순 없었다.

"저는 이미 먹었어요. 엄마가 해장하라고 콩나물국을 끓여주셔서."

[그래요. 그럼.]

아침을 먹었다는 말에 태환은 순순히 전화를 끊었다.

"어? 뭐야?"

밑반찬만 많으면 뭐하냐고…….

밥통은 텅 비어 있었고, 즉석 밥이나 라면 한 개도 남아 있지 않았다.

"할 수 없지."

하연은 구시렁거리며 근처 편의점에 가기 위해 코트를 꺼내들었다. 모자를 푹 눌러쓰고 밖으로 나가려던 그녀는 문득 현관 거울 앞에 멈춰 섰다.

어차피 들켜버렸으니까 이제는 예전처럼 변장해도 되지 않을까?

야구 모자만 쓰고 나려가던 하연은 마음을 바꿔 쪼르르 침실로 달려가, 당분간 사용할 일이 없을 거라고 생각했던 뿔테 안경을 서랍에서 꺼냈다.

"안녕."

하연은 거울에 비친 익숙한 모습을 보며 환하게 미소 지었다. 왠지 오래전에 헤어진 친구를 다시 만난 것처럼 코끝이 찡해질 정도로 반가웠다.

아파트 근처에 있는 편의점은 출근 시간이 지나서인지 한적한 편이었다. 하연은 바구니를 들고 즉석 음식 진열대로 다가가 해장할 만한 식품을 둘러보았다. 아쉬운 대로 콩나물 해장국밥을 집으려는데 '딩동' 소리와 함께 유리문이 열리며 누군가가 들어왔다. 얼떨결에 뒤를 돌아본 하연의 눈이 동그랗게 커다래졌다.

헉! 원수는 외나무다리에서 만난다더니.

편의점 안으로 들어선 태환이 주위를 두리번거렸다. 그가 즉석 음식 진열대로 걸어오자, 하연은 재빨리 고개를 숙였다. 변장했을 때는 태환에게서 도망쳐야 한다는 강박 관념이 생긴 모양이다. 이제는 숨을 필요가 없는데도 하연은 고양이가 머리만 숨기듯 진열대 틈새로 얼굴을 숨겼다.

제발 그냥 좀 지나가라!

지나칠 줄 알았던 발걸음 소리는 애석하게도 그녀의 뒤쪽에서 멈추었다.

"유하연 씨?"

이어서 진하고 나직한 목소리가 그녀를 불렀다.

거짓말! 뒷모습만 보고 알아본다고?

편의점에 들어가는 걸 보고 따라 들어왔다는 걸 모르는 하연은 어안이 벙벙할 뿐이었다. 하연은 당황함을 감추며 태환을 향해 등을 돌렸다.

"안녕하세요, 대표님."

"아침 먹었다면서……."

하연이 들고 있는 바구니 안을 들여다보며 태환이 중얼거렸다. 콩나물 해장국밥과 북엇국 즉석 밥 등, 어찌 죄다 해장에 필요해 보이는 음식이었다.

"아…… 이건 동생이 먹고 싶다고 해서."

하연은 미국에 있는 하석까지 소환하며 거짓말을 둘러댔다.

꼬르륵―.

겨우 위기를 넘기려는데, 눈치 없는 뱃속 시계가 요란스럽게 식사 시간이 지났음을 알렸다. 하연은 잽싸게 라면 판매대로 자리를 옮기고 아무거나 손에 잡히는 대로 바구니에 쓸어 담았다.

태환은 진열대 상품을 싹쓸이할 것처럼 바구니에 쓸어 담는 하연을 말없이 지켜보았다. 그녀는 그가 콩나물국을 끓이는 도중에 전화했다는 사실을 알지 못할 것이다.

아직은 함께 아침을 먹기가 부담스러운가? 좀 더 뒤로 물러서야 하나?

바구니가 무거울 정도로 라면이 담기자, 태환은 그녀의 바구니에 손을 뻗었다.

"제가 들죠."

"네? 별로 안 무거운데……."

"은혜 갚는 것 중 하나라고 해두죠."

그녀에게서 바구니를 건네받은 태환은 계속 쇼핑하라는 듯 고갯짓을 했다.

"은혜 갚는 거라고 해서 말인데……."

아무 생각 없이 라면 봉지를 더 집어 들던 하연이 태환에게로 고개를 돌렸다.

"해외 의료 봉사 팀을 후원해주시는 것으로 은혜를 갚는 건 어떨까요? 사실 이런 말 하는 건 좀 그렇긴 한데……."

"그건 은혜 갚는 걸 떠나서 당연히 하려던 일이었습니다. 지금 비서와 변호사가 체계적으로 후원할 방법을 알아보는 중입니다."

하연의 말을 중간에 자른 태환은 거침없이 자신의 말을 이어나갔다.

"생각해봤죠. 누구나 탐내는 배역도 고사하고 홀홀 봉사 활동을 떠나는 사람이라면 봉사 팀을 후원해달라는 식으로 대답할 거다, 그런데 그걸로는 내가 만족을 못 해서요. 후원은 후원이고 나, 나름대로 내 방식대로 은혜를 갚아나갈 겁니다."

"그 나름대로의 방식이라는 게, 어떤 건지 자세하게 말씀해주실 수 있나요?"

"아뇨."

태환은 단번에 그녀의 청을 거절했다.

"나도 아직 구체적으로 계획을 세운 건 아니라서……. 그때그때 즉흥적으로 갚아나가죠."

어째 은혜를 갚겠다는 말인데, 왜 빚을 받아내겠다는 것처럼 부담스럽지? 아예 은혜를 갚지 말라는 조건을 은혜 갚는 것으로 대신하라고 해볼까?

혼자 머릿속으로 이 생각, 저 생각을 펼치던 하연은 어느새 포기하고 라면 봉지를 하나 더 집어 들었다. 한동안 라면 떨어질 걱정은 없을 것 같다.

지은은 한껏 짜증스러운 눈으로 다리를 꼰 채 소파에 앉은 태석을 노려보았다. 분명히 오늘은 만날 수 없다고 비서 편에 전했는데도 태석은 그녀의 의견을 무시하고 들이닥쳤다. 또 어디서 무슨 소리를 듣고 온 모양인데…….

"무슨 일이야?"

"엊그제 아버지와 차 마셨다면서?"

"그게 어때서? 난 아빠랑 차도 못 마시니?"

"그럴 만한 부녀 사이가 아니니까 하는 말이지."

"왜, 내가 아빠를 꾀어서 유산이라도 빼돌렸나 궁금해?"

"훗, 역시 누나는 돈밖에 모르는군."

"실없는 소리 할 거면 나가라."

"아버지가 태환의 뒤에 사람 붙였다는 소리 들었어. 이유가 뭐야?"

태환이 거론되자, 지은은 못마땅한 듯 미간을 찌푸렸다.

개코가 따로 없네. 역시 냄새를 맡고 친히 탐색하러 오셨군.

"그걸 내가 어떻게 아니? 혹시 저번처럼 칼에 찔릴까 봐 걱정돼서 그러시나 보지."

지은이 딱 잡아떼자, 태석은 어깨를 으쓱거리며 소파에서 몸을 일으켰다. 특별한 정보를 얻어내지 못할 거라고 결론 내린 모양이다.

"쳇, 태환이 녀석, 이제 슬슬 여자 문제로 골치 썩일 때가 됐는데……."

"태환이가 넌 줄 아니?"

"누나, 방금 태환이 편든 거야?"

태석의 얼굴이 험상궂게 일그러졌다.

"난 그 누구의 편도 아니거든."

문 쪽으로 향하던 태석은 뭔가 생각난 듯 걸음을 멈추고 지은을 뒤돌아보았다.

"그 녀석 말이야. 배우랑 사랑에 빠지면 딱인데, 안 그래?"

"야!"

지은이 자리에서 벌떡 일어나자, 태석은 재미있다는 듯 킥킥거렸다.

"왜 흥분하고 그래? 그렇잖아! 제 엄마 잡아먹었듯이, 제 여자 잡아먹으면 딱 아니겠냐고. 안 그래?"

그 말을 끝으로 태석은 비열한 웃음을 날리며 사무실을 걸어나갔다.

　태석이 나가고 한참이 지났음에도 지은은 멍하니 선 채, 자리에 앉을 수 없었다. 20년도 넘은 옛날 일이었지만, 아직도 그날의 기억은 그녀를 괴롭혔다.

　그날 그녀가 집에 있었더라면, 어쩌면 그토록 끔찍했던 비극은 막을 수 있었을지도 모른다. 지은은 침울한 얼굴로 일어나 창가로 걸어갔다. 창밖에 펼쳐진 풍경이 하나도 눈에 들어오지 않는 건, 아픈 과거를 돌이켰기 때문일 것이다.

　"후우."

　그녀의 입에서 긴 한숨이 흘러나왔다.

　"어머!"

　하연은 아파트 입구에 서 있는 재호를 발견하고 태환의 손에서 장 본 비닐봉지를 허둥지둥 건네받았다.

　"들어다주셔서 감사합니다. 그럼 저는 이만."

　뿔테 안경을 벗어 주머니에 넣은 하연은 흐트러진 머리카락을 다듬더니 곧바로 앞으로 뛰어갔다. 도대체 누구인데 저리 급하게 뛰어갈까? 호기심이 생긴 태환도 그녀를 따라갔다.

　"선배님!"

　하연이 자신을 부르자, 아파트를 올려다보던 재호가 뒤를 돌아보았다.

"여긴 어쩐 일이세요?"

태환과 만났을 땐 동그랗게 커졌던 하연의 눈이 재호 앞에
선 초승달처럼 부드럽게 휘었다.

"야근 끝나고 집에 가는 길에 들렀어. 함께 밥이나 먹을까
해서."

"잘됐네요. 저도 배고파서 뭐 좀 먹으려던 참이거든요."

아침 먹었다고 하더니, 저 남자 앞에선 배가 고프다고?

태환은 방금 자신이 들은 말을 믿을 수가 없었다.

재호는 하연의 뒤로 다가온 태환을 보고 미간을 찌푸렸다.
뭔가 이상한 느낌에 하연은 재빨리 뒤를 돌아보았다. 태환이
재호와 마찬가지로 미간을 찌푸린 채, 뒤에 서 있었다.

"차태환 씨죠?"

재호는 사무적인 미소를 떠올리며 먼저 손을 내밀었다.

"한재호라고 합니다. 한국 대학 병원에서 외과의로 근무하
고 있습니다. 저번에 원장님 만나러 오셨었죠?"

태환은 의심 어린 표정으로 재호가 내민 손을 물끄러미 바
라보았다.

영화계에 종사하는 사람도 아니면서, 자신을 보자마자 누구
인지 알아보다니.

"저를 아십니까?"

악수할 생각이 없는 듯 태환이 무뚝뚝한 목소리로 묻자, 재
호의 얼굴에서 미소가 사라졌다. 무례한 정도까진 아니었지
만, 그렇다고 예의 바른 태도도 아니었으니까. 하지만 재호는

첫 만남부터 태환과 껄끄러운 건 원치 않았다. 어찌 되었건 지금 이 순간은 처음으로 서로를 소개하는 자리였다.

"차 회장님께 말씀 많이 들었습니다."

차 회장은 되도록이면 차태환이 자기 아들이라는 걸 주위에 말하지 않았다. 그러나 한국 대학 병원 김 원장과 차 회장은 절친한 친구 사이였다. 우연히 두 사람의 대화를 들었을 수도 있겠지. 태환은 더 깊게 생각하지 않고 재호의 손을 마주 잡았다.

"실례했다면 죄송합니다. 유명한 사람도 아닌데 저를 안다고 하시니까."

"아닙니다."

태환이 사과하자, 이내 재호의 표정이 부드럽게 풀렸다.

저번에 같이 식사했다던 의사 선배가 이 남자를 말하는 걸까?

태환은 날카로운 눈으로 머리끝에서 발끝까지 재호를 훑어내렸다. 평범한 의사라고 하기엔 몸매로 보나 이목구비로 보나 웬만한 배우 뺨치게 멋있었다.

제길!

하연의 옆에 있다는 것만으로도 마음에 들지 않는데, 외모마저 매력적이라니.

그렇지만 태환이 할 수 있는 일은 아무것도 없었다. 일그러지려는 미간을 억지로 펴며 아무렇지 않은 듯 무심히 바라볼 수밖에……

"그럼 전 이만."

하연과 재호 사이에 마냥 어색하게 서 있을 수는 없었다. 지금은 우선 깔끔하게 물러서는 게 좋을 것 같았다.

"나중에 봐요."

태환은 하연에게 짧게 인사한 후, 그대로 등을 돌렸다.

"저……."

그를 붙잡으려던 하연은 생각을 바꾸고 아쉬운 얼굴로 멀어지는 태환을 바라보았다. 재호 역시 태환의 뒷모습을 뚫어지게 바라보고 있었다. 아쉬운 눈빛으로 바라보는 하연과는 달리 재호의 시선은 제법 날카로웠다.

"선배님?"

지금까지 한 번도 이토록 날이 선 재호의 눈빛을 본 적이 없었다.

"아, 미안. 잠깐 피곤해서."

하연이 자신을 불렀다는 사실을 늦게 알아차린 재호는 미안한 얼굴로 고개를 돌렸다.

"피곤할 땐 무슨 음식이 좋을까요?"

경직돼버린 분위기를 풀기 위해 하연은 재호를 향해 밝게 웃었다.

"피로가 확 풀리는 음식이 있긴 있는데."

그녀의 의도를 알아채고 재호도 가벼운 농담으로 받아쳤다.

"흑염소탕 먹으러 가자는 말만 하지 마. 그것만 아니면 다 괜찮아."

"에이, 그건 치프가 그랬던 거죠. 전 아니거든요."

"그나저나 내가 두 사람, 방해한 거 아닌가? 그렇다면 미안한데."

"전혀 그런 거 아니에요."

하연은 비닐봉지를 들지 않은 다른 한 손을 급하게 내저었다.

"요 앞에서 우연히 만났는데, 짐이 무겁다고 여기까지 들어다주신 거예요. 그분 레스토랑이 근처에 있거든요."

"차태환 대표. 지금 출연하는 영화의 제작자, 맞지?"

"네."

"그렇군."

재호의 입가에 쓸쓸한 미소가 떠올랐다가 이내 사라졌다.

"그런데…… 차 대표님을 어떻게 아세요?"

하연은 자신도 몰랐던 차태환이란 인물을 재호가 알고 있다는 사실이 조금 놀라웠다. 그녀가 아는 재호는 연예계 쪽에는 전혀 관심이 없었으니까. 한류 스타 황지현이 응급차에 실려 왔을 때도 그녀가 누구인지 까맣게 몰랐던 한재호였다.

"어쩌다 보니까 알게 됐어."

재호는 정확한 대답을 회피하며 비닐봉지를 건네받아 트렁크 안에 집어넣었다. 그리고 그녀를 위해 보조석의 차 문을 열어주었다. 하연은 잠자코 차에 올랐다.

아파트 입구를 빠져나와 큰 도로에 들어서자마자, 데이지로 걸어가는 태환의 뒷모습이 보였다. 차는 빠른 속도로 태환을 지나쳤다. 하연은 뒤돌아보고 싶은 충동을 억누르며 무릎에 놓인 두 손을 꽉 움켜쥐었다.

이상하다. 오랜만에 재호와 식사하러 가는 길인데도 예전처럼 설레거나 기분이 들뜨지 않았다. 오히려 빠르게 스쳐 간 태환의 뒷모습만이 자꾸 눈앞에 아른거렸다. 천천히 알아가자고 했으면서, 자꾸만 가슴 한쪽이 묵직하게 눌린 듯 답답했다.

하연은 작게 한숨을 쉬며, 차창 밖으로 시선을 돌렸다. 차는 어느새 데이지마저 지나쳐 목적지를 향해 가고 있었다.

하연은 옆으로 고개를 돌려 운전에 집중하는 재호의 옆모습을 바라보았다. 항상 느끼는 거지만, 재호와 태환은 정반대의 이미지를 가졌으면서도 어딘지 모르게 닮은 것 같았다.

재호가 빛이라면 태환은 어둠이었고, 재호에게선 따뜻함을, 태환에게선 차가움을 느꼈다. 그런데 언젠가부터 태환의 그 차가운 태도가 정반대로 그녀를 뜨겁게 했다. 아쉽긴 하지만, 속도를 줄이자고 제안한 건 잘한 일이다. 그러지 않았더라면 그녀도 모르는 사이, 차태환이란 남자에게 마음이 불타버릴지도 모르니까.

오늘도 촬영장에 와줄까?

하연은 휙휙 지나가는 풍경을 바라보며 속으로 중얼거려 보았다.

12. 키스해도
됩니까?

"컷! 다시, 다시!"

벌써 몇 번째 NG인지 모르겠다. 성욱이 하연을 끌어안고 침대 위로 쓰러지는 장면에서 두 사람은 계속해서 실수를 연발했다. 성욱의 품에 안기는 순간, 하연의 몸이 빳빳해졌다. 신호가 맞지 않아 서로 이마가 부딪쳤고, 침대 위로 쓰러지며 여러 번 카메라 프레임 밖으로 벗어났다.

"하연 씨, 괜찮아요? 오늘 컨디션이 영 아닌 거 같아요. 식은 땀도 흘리는 것 같고."

성욱이 걱정스러운 얼굴로 물었다.

오늘은 남자 주인공을 꼭 끌어안은 채, 침대 위로 쓰러지는 단순하다면 단순하다고 할 수 있는 러브신이었다. 그런데 NG 한번 없이 키스신을 촬영했던 그녀답지 않게 자꾸만 몸을 움츠렸다.

"정말 죄송합니다. 한 번 더 가죠."

하연은 정중히 사과한 후, 창훈 옆에 서 있는 태환에게로 슬 그머니 시선을 돌렸다.

변명 같지만, 오늘 그녀가 계속해서 NG를 내는 이유는 태환 때문이었다. 성욱과 다정하게 끌어안으려고 할 때마다 태환은 노골적인 시선으로 그녀를 바라보았다. 이글거리는 눈빛에 마음이 뒤숭숭해 도저히 연기에 집중할 수 없었다.

침대에서 연기할 뿐이지 이건 베드 신도 아닌데……. 단순한 러브신에 저런 태도로 나온다면 나중에 베드 신 찍을 때는 어떡하라고.

하연은 붉게 달아오른 뺨을 식히려 손등으로 얼굴을 꾹 눌렀다.

―당신에게 흔들리고 있으니까.

안절부절못하는 이유는 그의 고백을 들어서인지도 모르겠다. 아무리 연기라지만, 태환이 자신에게 흔들린다는 것을 뻔히 아는데, 마음 편히 성욱에게 안길 수가 없었다.

유하연, 너 정말 실망이다.

하연은 프로답지 못한 자신에게 화가 났다.

흠, 이상하군.

태환이 보기에도 오늘 하연의 연기는 평소와는 다르게 부자연스러워 보였다.

그래도 이렇게까지 되풀이할 정도는 아닌데…….

"이제 그만하지. 그렇게 중요한 신이야?"

자신 때문에 NG가 난다는 사실을 모른 채, 태환이 무심히 한마디 던졌다. 별뜻 없는 말이었지만, 촬영 내내 쌓인 창훈의 인내심은 그 한마디에 폭발하고 말았다.

하루 이틀도 아니고 연속으로 3일이나 촬영장에 나오다니!

물론 맨손으로 온 건 아니었다. 간식 차도 쏘고 안심 스테이크와 왕새우 튀김, 파스타로 채워진 근사한 밥차도 선사했다. 그렇지만 배불리 먹는다고 정신적 압박에서 자유로운 건 아니었다. 매의 눈처럼 매섭게 촬영 현장을 둘러보는 태환 때문에 몰래 우황청심환을 먹는 제작진까지 생길 정도였다. 하연과 성욱이 계속 NG를 내는 것도 편하게 연기할 수 없어서일 것이다. 창훈은 폭발한 김에 자신이 총대를 메기로 했다.

"차태환 대표님."

깍듯한 존칭에 태환은 미간을 찌푸렸다.

"하루 이틀도 아니고 3일 연속 촬영장에 나오는 거 너무한 거 아닙니까? 제작진이나 배우들이나 작업에 열중할 수가 없습니다."

"그게 무슨 소리."

평소대로 반말이 튀어나오자, 태환은 급히 입을 다물었다. 짧게 숨을 들이마신 후, 그 역시 깍듯하게 존댓말로 창훈을 상대했다.

"그게 무슨 소리입니까? 제대로 작업을 할 수 없다니?"

"말 그대로 진행에 애로 사항이 많습니다. 그만 가주시죠."

태환이 뭐라고 한마디 꺼내기 전에 창훈은 재빨리 제작진을 둘러보며 물었다.

"대표님이 너무 자주 찾아와서 불편한 사람, 손 들어봐."

창훈의 질문에 제작진은 서로 눈치만 볼 뿐 선뜻 손을 들지 못했다. 모두 시선을 피하며 입을 다물자, 창훈이 좀 더 큰 소리로 말했다.

"걱정하지 마. 내가 다 책임질게. 불편한 사람은 허심탄회하게 손 들어. 괜찮아."

창훈의 간절한 표정 때문이었을까? 눈치만 보던 제작진 중에서 한 명이 조심스럽게 손을 들어 올렸다. 그러자 그를 따라 저마다 손을 들기 시작했다.

"저요!"

민성도 번쩍 손을 들어 올렸다. 옆에 있는 서영의 손도 들어 올리려고 했지만, 끝까지 반항하는 바람에 성공하지는 못했다.

"이것 봐! 과반수가 넘었잖아."

창훈은 손을 든 제작진을 가리키며 의기양양한 표정으로 태환을 바라보았다.

이 녀석이 지금 찬반 투표라도 하나?

태환은 가소로운 눈빛으로 창훈을 노려보았다. 처음에는 당당하게 태환과 시선을 마주하던 창훈이었지만, 슬금슬금 다른 쪽으로 시선을 돌렸다.

지이잉—.

그때 주머니에 넣어두었던 휴대폰이 진동했다. 문자를 확인한 태환의 얼굴이 단번에 굳어졌다. 잠시 화면을 노려보던 태환은 다시 휴대폰을 주머니에 집어넣었다.

"나, 이만 가볼게."

말을 마친 태환은 그대로 등을 돌려 빠른 걸음으로 촬영장을 빠져나갔다. 그가 떠나자, 쥐 죽은 듯이 조용했던 촬영장이 웅성웅성 소란스러워졌다.

"대표님이 투표 결과에 바로 항복하셨네요? 어째서일까요?"

조감독은 태환이 순순히 떠났다는 사실이 실감 나지 않는 것 같았다. 창훈 역시 태환이 쉽게 가버렸다는 사실이 도무지 믿기지 않았다.

녀석, 무슨 꿍꿍이지? 저럴 녀석이 아닌데…….

창훈은 덜컥 겁이 나기 시작했다.

노크 소리와 함께 태환이 사무실에 들어섰다. 그는 못마땅한 얼굴로 지은을 바라보며 소파에 앉았다.

"얼마나 급한 일이길래 바쁜 사람을 불러?"

"너만 바쁜 거 아니거든?"

지은은 서랍에서 태블릿 PC를 꺼낸 후, 태환이 앉은 소파로 다가왔다.

"그런데도 내가 널 왜 불렀을 것 같아?"

"말장난할 시간 없어. 본론으로 들어가지."

지은의 급한 문자만 아니었더라면 촬영장을 뜰 이유는 전혀 없었다. 제작진 과반수가 그의 존재를 불편해하든 말든 그가 상관할 바가 아니었으니까. 적절한 시기에 지은에게서 문자가 날아온 것일 뿐.

> 빨리 내 사무실로 와. 나중에 후회하기 싫으면 당장 와.

지은의 입에서 '나중에 후회하기 싫으면'이란 말이 나올 경우, 대부분은 진짜로 후회할 일이 생겼다.

"이거, 뭔지 알겠어?"

지은은 태환 앞으로 태블릿 PC를 불쑥 내밀었다.

"이건?"

태블릿 PC 화면을 들여다본 태환의 표정이 놀란 듯 딱딱하게 얼어붙었다. 화면 속에는 하연과 태환이 함께 있는 모습이 담겨 있었다. 대부분 편의점과 하연의 아파트로 가는 길거리에서 찍은 사진이었다. 편의점 안에서의 사진은 누군가 몰래 휴대폰을 사용했고, 길거리 사진은 멀리서 망원 렌즈로 당겨 찍은 게 분명했다. 우연히 찍힌 게 아닌, 파파라치 같은 전문가가 계획을 세우고 찍은 사진들.

"아빠에게 보고 올라가는 걸, 내가 중간에서 빼돌렸어."

태환은 무슨 말이냐는 듯 미간을 찌푸리며 태블릿 PC를 내려놓았다.

"둘이 벌거벗고 침대에서 나뒹구는 사진이었다면 신경도 안

썼을 거야. 그저 골치 아프게 생겼다고 생각하며 지나갔겠지. 그런데 이건 정도가 지나치잖아."

"정도가 지나치다니?"

태환이 계속 이해할 수 없다는 표정을 짓자, 지은은 팔짱을 끼며 고개를 내저었다.

"네가 성직자도 아니고, 피 끓는 신체 건장한 남자인데 스캔들 날 수도 있어. 상대가 배우가 될 수도 있는 거고. 그래도 이건 아니잖아."

지은은 바구니를 든 채, 하연의 뒤에 서 있는 태환의 모습을 손가락으로 가리켰다.

"천하의 차태환이 여자 뒤에서 바구니를 들고 서 있다?"

이어서 지은은 하연의 손에서 비닐봉지를 건네받는 모습을 손가락으로 톡톡 건드렸다.

"그것도 모자라서 짐꾼 노릇을 해?"

얼마나 생동감 넘치게 사진을 찍었는지 사양하는 하연의 손에서 태환이 억지로 비닐봉지를 빼앗는 모습까지 마치 영화의 한 장면을 보듯 자세하게 표현돼 있었다.

"여자 쪽에선 괜찮다는데, 네가 억지로 뺏어 든 거네. 너 지금까지 이랬던 적 있어?"

지은의 말대로 지금까지 그는 누군가의 짐을 스스로 들어준 적이 없었다. 상대방이 도움을 요청하면 모를까, 본인이 혼자 들겠다는데 구태여 그가 먼저 나설 필요는 없으니까.

하지만 하연의 경우는 달랐다. 무거운 바구니 무게에 그녀의 어깨가 기울자, 깊이 생각할 겨를도 없이 손이 먼저 나갔다. 하연의 하얗고 가녀린 손목이 감당하기엔 무거워 보였고, 행여나 그녀의 손바닥에 빨간 자국이 생기는 건 아닐까 하는 걱정도 들었다.

"아빠가 이걸 보면 뭐라고 하실 것 같아?"

지은의 언성이 살짝 높아졌다.

"이건 진정으로 상대를 아끼고 있다는 표시잖아! 너, 지금까지 여자에게 여지를 준 적 있었어? 나 말고는 조수석에 여자를 앉힌 적도 없으면서. 그런 네가 바구니와 비닐봉지를 들고 여자 뒤를 쫓아다니는데, 아빠가 어떤 생각을 하시겠니?"

태환은 묵묵히 사진 속의 자신을 들여다보았다. 본인은 몰랐던 세세한 감정이 카메라 렌즈를 통해 표출되고 있었다. 한 번이라도 이런 시선으로 누군가를 바라본 적이 있던가?

사진 속 그의 눈빛은 부드럽고 따뜻하기 그지없었다.

"이 여자, 정하라 맞지?"

태환의 이마에 깊은 주름이 새겨졌다. 변장한 모습을 보고도 정하라인 줄 알다니.

"도저히 답답해서 안 되겠는지 아빠가 나에게 모두 털어놓으셨어. 너희 둘, 말라위까지 가서 밀애를 즐겼다며?"

"뭐, 밀애? 하!"

차 회장의 터무니없는 오해에 태환은 그만 실소를 터뜨렸다. 아버지의 정보력을 잠시 이용하긴 했지만, 어째 사태가 전혀 예상하지 못한 방향으로 흘러가는 것 같았다.

지은은 조심스럽게 태환의 표정을 살펴보았다.

크게 반대하지 않는 걸 보니, 추측이 대충 맞나 보다.

유민을 소개해줘도 시큰둥하더니, 이미 여자가 있어서였네. 20대, 혈기 넘치는 시절도 별 탈 없이 넘기더니 왜 갑자기?

태우나 태석과는 달리 태환은 자기 관리가 철저했다. 그런 그가 여자 문제로 흔들린다는 사실이 믿어지지 않았다.

"이제 어떻게 할 거야? 다른 건 몰라도 배우는 절대로 안 되는 거 알지? 아빠 설득할 자신 있어?"

"내가 알아서 할게."

"알아서 한다고? 파파라치가 따라붙은 것도 몰랐으면서?"

태환은 대답을 거부한 채, 자리에서 일어나 문으로 향했다.

"그러지 말고 나와 거래하는 건 어때?"

태환이 걸음을 멈추자, 지은은 재빨리 말을 이었다.

"아빠가 푼 파파라치. 내가 처리해줄게. 모두 막으면 수상하니까 아빠가 봐도 괜찮은 수준의 사진만 올리도록 하면 돼."

지은이 자신만만하게 나오는 이유는 그녀가 차 회장의 오른 팔인 오 실장을 자유자재로 쥐고 흔들 수 있었기 때문이었다. 이번 일도 오 실장이 먼저 귀띔을 해주었을 것이다.

"나한테 원하는 게 뭐야?"

"고모에게 숨겨진 아들이 있잖아. 아빠가 유언장 새로 손보면서 그쪽에도 한몫 남기실 모양이야. 오빠는 우유부단하고 태석인 과격해서 안 되니까 네가 중간에서 막아줘."

결국 재산 분배 때문이군.

지은은 항상 자신 몫의 유산이 줄어드는 건 아닐까, 전전긍긍했다.

"그럴 필요까지 있나?"

"엄마인 고모도 안 챙기는 사생아를 왜 우리가 챙겨?"

그녀와 언쟁을 벌여봤자 시간 낭비일 뿐이기에 태환은 짧게 대답했다.

"좋아. 거래 받아들이지."

"내가 파파라치 처리할 동안, 적어도 이 주 동안은 정하라 근처에 얼씬도 하지 마."

이 주일이란 말에 태환의 표정이 순식간에 굳어졌다.

"너무 길어. 일주일로 해."

명령조에 가까운 말투에 지은의 미간이 좁아졌다. 솔직히 일주일이 아니라 이틀 안에도 해결할 수 있었다. 다만 태환을 조금 애가 타게 하고 싶었을 뿐이다.

"알았어."

지은은 태블릿 PC를 집으며 짧게 동의했다.

지은과의 만남을 끝낸 태환은 사무실에 도착하자마자, 강 비서를 호출했다.

"죄송합니다. 제가 좀 더 주의를 기울였어야 했는데……."

강 비서는 곤혹스러운 얼굴로 태환이 건넨 사진을 들여다보았다. 이번엔 천하의 강 비서도 전혀 눈치를 채지 못했나 보다.

"강 비서가 눈치채지 못할 정도라면 상대가 보통이 아니라는 거지."

"어떻게 하실 겁니까? 차 이사님을 믿을 수 있을까요?"

"누나를 믿는다고? 그럴 리가."

태환은 입매를 비틀며 빈정거리는 투로 말했다.

애석하게도 태환에게 가장 위험한 상대는 타인이 아닌 가족이었다. 우호의 손짓을 보낸다고 하더라도 절대로 틈을 보여선 안 된다. 긴 세월 마음의 상처를 받으며 뼈저리게 몸으로 터득한 생존의 방식이었다.

"참, 그리고."

태환은 사무실을 나서려는 강 비서를 불러 세웠다.

"사람 좀 한 명, 찾아줘야겠어."

창훈의 반기 사건 이후, 태환은 촬영장에서 종적을 감춰버렸다. 그가 현장에 안 나타난 지 5일이 지나가자, 제작진 모두 술렁거리며 슬슬 걱정하기 시작했다.

"감독님…… 우리가 너무 심했던 건 아닐까요?"

창훈이야말로 가장 걱정됐지만, 명색이 현장을 책임지는 감독인데 약한 모습을 보일 순 없었다. 창훈은 짐짓 아무렇지 않다는 표정으로 조감독을 향해 눈동자를 굴렸다.

"심하긴 뭐가 심해?"

"그래도 대표님이 간식 차랑 밥 차도 빵빵하게 쏴주시고, 야간 촬영 늦게 끝나면 교통비도 넉넉하게 챙겨주셨잖아요. 사실 눈빛만 살벌했다 뿐이지, 대놓고 뭐라고 한 것도 없었고. 그냥 우리가 지레 겁먹고 쫄았던 거죠."

"야! 너, 자꾸 이랬다저랬다 할 거야?"

가장 투덜거렸던 조감독이 태도를 바꾸자, 창훈은 덜컥 겁이 났다. 이러다 진짜 나 혼자 총대 메는 거 아냐?

"그러지 말고 감독님, 대표님께 전화 한 통이라도 해보시는 게 어떨까요?"

"알았다. 네가 그렇게 부탁하니까."

그러나 불안하게도 신호음만 계속 울릴 뿐, 태환은 끝내 전화를 받지 않았다. 여러 번 걸어보아도 신호음만 가고 부재중이라 음성 사서함으로 넘어간다는 안내만 흘러나왔다.

녀석, 단단히 화가 난 모양이네.

뒤늦게 창훈은 '이러다 제작비가 줄어드는 건 아닐까?' 하는 걱정이 슬금슬금 밀려오기 시작했다.

촬영장에서 사라진 사람은 태환뿐만이 아니었다. 갑작스러운 드라마 보충 촬영으로 주성욱은 이번 주 내내 제주도에 발이 묶여버렸다. 그 탓에 로케이션 일정까지 꼬여버려 베드 신 촬영은 기약 없이 뒤로 밀려났다. 하지만 촬영장의 그 누구도 뒤로 연기된 베드 신 촬영에는 관심이 없었다.

정말 화가 많이 났나?

하연은 다음 신 촬영을 기다리는 와중에도 틈틈이 촬영장 입구로 시선을 돌렸다. 이번 신만 찍으면 끝인데, 아무래도 태환은 오늘도 촬영장에 오지 않을 모양이다.

대본으로 시선을 돌리려는데 민성이 환한 얼굴로 휴대폰을 내밀었다.

"하연아, 대표님 전화야."

태환이 보이지 않자, 민성은 세상 다 가진 사람처럼 싱글벙글 웃고 다녔다. 그 이유는 알겠는데 솔직히 그런 민성이 얄미운 건 사실이었다. 하연은 민성을 흘겨보지 않으려 노력하며 그의 손에서 휴대폰을 건네받았다.

"여보세요?"

[하연아, 좋은 소식이다!]

휴대폰에서 상원의 들뜬 목소리가 흘러나왔다. 그는 인사도 생략하고 다짜고짜 본론으로 들어갔다.

[이번에 광고 큰 거 하나 들어왔거든. 웬만하면 오케이하자.]

영화가 개봉된 것도 아니고, 한창 촬영 중인데 벌써 광고가 들어왔다고?

"무슨 광고인데요?"

[F.T.R그룹 광고야. 너, F.T.R그룹 알지? 백화점, 인터넷 쇼핑, 호텔, 리조트 등을 소유한 유통, 호텔 체인 그룹 말이다.]

모를 리가 있나. 재계 서열 10위 안에 드는 거대한 기업인데……

"네. 알아요."

[우선 1년 전속 계약 맺고 3달마다 새 광고를 찍자고 하더라고. 광고료도 역대 최고야. 하여간 그렇게 알고 있어. 내가 잘 진행하마.]

"네, 대표님."

톱스타도 아닌 그녀에게 역대 최고의 광고료를 준다는 사실이 잘 이해되진 않았지만, 하연은 깊게 생각하지 않고 흘려버렸다. 지금은 다른 걸 신경 쓸 겨를이 없었으니까.

"후우."

하연은 길게 숨을 내쉬며 허전한 촬영장을 둘러보았다. 요 며칠 하연은 촬영 내내 우울한 얼굴을 하고 있었다. 그러나 그 누구도 그런 그녀를 이상하게 받아들이지 않았다. 그저 '감정에 몰입하려 애쓰는구나.'라고 짐작할 뿐이었다. 아이러니하게도 여자 주인공 은여경의 상황과 딱 맞아떨어졌으니까.

대본에는 병원을 그만둔 남자 주인공 하준혁에게서 몇 주가 지나도 아무런 연락이 없자, 여경 혼자 초조해하며 걱정한다고 쓰여 있었다. 푸석한 얼굴을 한 채, 공허한 눈빛으로 창밖을 내다본다든지, 마트에서 장을 보다가도 준혁을 떠올리고 눈물을 글썽거린다든지, 멍한 얼굴로 정처 없이 거리를 헤맨다든지……

하연은 태환을 그리는 마음 그대로 연기에 몰입했다. 그러다 보니 정말로 태환이 어디론가 멀리 떠난 것 같은 착각이 들 정도였다.

"좋았어. 바로 그거예요. 그 표정. 그 눈빛!"

창훈의 칭찬을 받으며 촬영을 마쳐도 하연은 전혀 기쁘지가 않았다.

"수고하셨습니다."

촬영을 마치고 모두 뒷정리에 바쁜 가운데, 하연은 손에 쥔 휴대폰을 물끄러미 내려다보았다. 엊그제부터 그녀는 태환에게 먼저 연락해야 하는 건 아닐까 고민 중이었다.

전화해볼까? 아니면 문자라도? 어디가 아픈 건 아니겠지? 아파서 못 오는 거면 어쩌지?

"언니!"

막 태환의 전화번호를 누르려는데 서영이 불쑥 앞으로 다가왔다.

"어?"

깜짝 놀란 하연은 무의식으로 전원을 꺼버리고 등 뒤로 휴대폰을 숨겼다. 아무것도 모르는 서영은 하연에게 팔짱을 끼며 웃었다.

"오늘은 촬영도 일찍 끝났는데 같이 저녁 먹고 가요."

"어, 어? 그럴까?"

"민성 오빠도 꼬셔놨어요. 언니, 우리 오랜만에 떡볶이 먹으러 가요."

떡볶이란 말에 시무룩하던 하연의 얼굴이 환하게 밝아졌다. 답답할 때 매운 떡볶이라도 먹어준다면 가슴이 조금이나마 뻥 뚫릴지도 모른다. 전화는 저녁 먹고 나중에 걸어도 상관없겠지.

세 사람은 하연의 아파트에서 그리 멀리 떨어지지 않은 떡볶이 가게로 향했다. 집에서 가까워서 일 끝나면 서영, 민성과 함께 가끔 들르는 곳으로, 매운맛으로 유명한 곳이었다. 베드 신 촬영은 기약 없이 연기되었고, 내일도 시무룩한 얼굴로 독백 연기만 하니까 떡볶이를 조금 먹어준다고 해서 큰 문제는 없을 것이다.

"그나저나 요새 차 대표님 엄청 바쁘신가? 통 얼굴을 뵐 수가 없네요."

서영이 빨간 떡을 포크로 꾹 찍으며 지나가는 투로 말했다. 서영의 말에 태환이 떠올랐기 때문일까? 밝았던 하연의 얼굴에 다시 어두운 그림자가 내려앉았다.

"응. 그러네."

하연은 풀 죽은 목소리로 중얼거렸다. 하연의 안색이 바뀌자, 민성이 걱정스러운 눈빛으로 바라보았다.

"하연아, 너 요새 여주 감정에 너무 몰입한 거 아냐? 촬영 끝났어. 얼굴 좀 펴라."

"어."

한동안 초조하고 우울한 연기를 해야 해서 정말 다행이다. 밝고 행복한 연기를 해야 했다면 어쩔 뻔했을까?

골똘히 생각하며 무심결에 먹어서일까? 하연은 꽤 많은 양의 떡볶이를 먹고도 자신이 얼마를 먹었는지도 알지 못했다. 속이 거북할 정도가 돼서야 그녀 혼자 거의 3인분 가까이 해치웠다는 사실을 깨달았다.

망했다. 이래서 얼마를 먹는지 항상 계산하면서 먹어야 하는데…….

하연은 집까지 바래다주겠다는 민성에게 걸어서 가겠다고

말했다. 조금이라도 걸으면서 소화시키고 칼로리를 태워야 하니까.

"내일 봐."

하연은 모자를 푹 눌러쓰고 거리를 거닐었다. 대부분의 사람들은 검은 마스크를 끼고 모자를 푹 눌러쓴 그녀에게 관심을 두지 않았다.

호리호리한 그녀의 몸매 때문에 가끔 뒤를 돌아보는 남자도 있긴 있었다. 그때마다 하연은 모자를 더욱더 푹 눌러쓰며 빠르게 걸음을 옮겼다.

아파트에 거의 도착하자, 하연은 시간을 확인하려 주머니에서 휴대폰을 꺼냈다.

"어머!"

그제야 그녀는 지금까지 휴대폰의 전원을 꺼두었다는 사실을 깨달았다. 전원을 켜자마자, 화면에 문자 알림 신호가 떠올랐다.

> 촬영 끝났죠?

처음 보는 전화번호에서 온 문자였다. 문자가 온 시각은 휴대폰 전원을 끄고 3분쯤 지나서였다.

다음 문자는 1분 후, 도착해 있었다.

> 같이 저녁 했으면 하는데.

모르는 번호인데 누굴까? 문자가 온 지 1시간도 넘었는데 대답할 필요가 있을까?

띠리리─. 띠리리─.

문자를 빤히 쳐다보고 있는데 난데없이 휴대폰이 울리기 시작했다. 문자를 보낸 낯선 번호와 같은 번호였다. 모르는 번호에서 걸려온 전화는 받지 않는 편이었지만, 하연은 호기심에 통화 버튼을 꾹 눌렀다.

[유하연 씨.]

휴대폰 너머로 태환의 나직한 목소리가 흘러나왔다.

[오늘 촬영이 일찍 끝났다고 하던데. 만약에 아직 저녁 하지 않았으면 함께 식사하죠.]

왜 하필이면 지금! 방금 먹은 떡볶이가 목까지 차올랐는데.

"그게, 저는 이……"

이미 저녁을 먹었다고 말하려는 찰나, 함께 아침을 먹자고 했던 태환의 전화가 떠올랐다. 그땐 거짓말로 둘러대며 거절했었는데 편의점에서 마주쳤을 때, 태환은 모든 것을 눈치챈 표정이었다. 티는 내지 않았지만, 기분이 상했을 것이다.

또다시 거절하면 앞으로는 같이 식사하자는 말을 절대로 안 할지도 모른다.

"그게, 저는 이…… 이른 시각이라서 아직 저녁 안 먹었어요. 어디서 만나면 될까요?"

[내가 지금 그곳으로 가죠. 있는 곳이 어디죠?]

15분쯤 지나고, 그가 차를 몰고 나타났다. 그녀가 차로 가까이 다가오자, 짙게 선팅이 된 조수석의 유리창이 밑으로 내려갔다. 하연은 상체를 숙이고 차 안을 들여다보았다. 운전대를 잡은 태환이 눈에 들어왔다. 하연이 차에 올라 안전벨트를 착용하자마자, 태환은 곧바로 차를 출발했다.

"어디로 가는 거예요?"

태환은 운전에 집중하며 짧게 대답했다.

"괜찮다면 내 집으로 가죠."

"아, 네. 그래요."

무심결에 대답했던 하연은 곧 뭔가를 깨달은 듯 태환 쪽으로 획 고개를 돌렸다.

뭐? 집으로 가자고?

하연의 두 눈이 동그랗게 커다래졌다.

전용 주차장에 차를 세우고 두 사람은 곧바로 펜트하우스 전용 엘리베이터로 향했다. 지하 2층에서 펜트하우스가 있는 38층까지는 단 몇 초가 걸렸을 뿐이다. 하지만 그 몇 초 동안 하연은 몇 번이나 발걸음을 돌리려는 충동을 억눌러야 했다.

단순한 저녁 초대이니까 괜히 긴장할 필요는 없을 거야. 서서히 서로를 알아가자고 부탁했고 그는 분명히 동의했으니까.

집 안으로 끌어들였다고 갑자기 저돌적으로 밀어붙이진 않을 것이다. 태환을 잘 안다고는 할 수 없지만 그런 짓을 할 사람이 아니라는 건 확신할 수 있었다.

문제는………. 그녀가 자신을 믿을 수 없다는 거다.

하연은 먼저 손을 뻗어 그를 끌어안기라도 할까 봐 초조했다. 아까도 태환의 야윈 얼굴을 보자 뺨을 쓰다듬고 싶다는 유혹을 물리치려 두 손을 꽉 움켜쥐어야만 했다. 충동에 빠지기에는 좁은 차 안보다 엘리베이터가 더 위험했다.

차 안은 중간에 걸리적거리는 존재가 많았지만, 엘리베이터 안에는 두 사람 사이를 방해하는 게 아무것도 없었으니까. 그녀의 어깨에 옆에 서 있는 그의 팔이 닿을 듯 말 듯 가까웠다.

띵―.

엘리베이터 문이 열리자, 하연은 안도의 숨을 내쉬며 빠르게 태환의 뒤를 따랐다.

"별장과 인테리어가 아주 비슷하네요?"

태환의 집 내부는 강원도 산속의 별장 그대로를 서울 한복판에 옮긴 듯한 느낌이었다. 돌 재질로 올린 벽과 이음새 없는 통유리로 뒤덮인 거실, 호두나무로 제작된 벽면과 창가 앞에 놓인 그랜드 피아노. 그리고 그 위에 놓인 자잘한 사진 액자까지 모든 것이 흡사했다.

"여기서 편히 기다리고 있어요."

태환은 거실 소파에 겉옷을 내려놓고 주방 쪽으로 사라졌다. 하연은 그랜드 피아노 앞으로 걸어가, 위에 놓인 사진을 하나씩 들여다보았다. 액자 안에 든 사진까지도 별장에서 본 사진과 똑같았다.

어린 태환을 품에 안고 활짝 웃고 있는 아름다운 여인은 그의 어머니일까?

별장에서도 느꼈던 거지만, 정말 낯익은 얼굴이었다.

누구더라? 내가 이분을 알기라도 하나?

태환에게 물어본다면 쉽게 궁금증이 풀릴 테지만, 하연은 선뜻 물어볼 수가 없었다. 여인과 함께 찍은 사진이 그 이후로는 보이지 않았기 때문이다.

"어머니예요."

어느새 뒤로 다가온 태환이 담담한 목소리로 말했다. 골똘히 사진을 들여다보느라 그가 다가오는 걸 전혀 몰랐던 하연은 깜짝 놀란 표정으로 뒤를 돌아보았다. 태환은 건조한 눈빛으로 사진 속의 여인을 들여다보고 있었다.

"어머니가 참 미인이시네요."

"그런 소리 많이 들으셨죠."

사진을 바라보는 그의 얼굴이 어딘지 모르게 쓸쓸해 보였지만 하연은 한 마디도 물어볼 수 없었다. 사진을 향한 눈빛에서 돌아가신 아버지를 그리던 그녀의 눈빛을 느낄 수 있었으니까.

하연은 태환을 따라 잠자코 사진 속의 여인을 바라보았다.

"태환이가 여자를 집으로 데려갔다고요?"

휴대폰으로 사진을 전송받은 지은은 곧바로 오 실장에게 전화를 넣었다.

일 처리는 물론 이틀도 걸리지 않고 끝냈다. 그래도 경고의 의미로 일주일 동안은 서로 떨어져 있으라고 한 건데, 그걸 무시하다니.

[보시는 대로입니다.]

사진에는 모자를 푹 눌러쓴 하연을 옆에 태우고 운전대를 잡은 태환의 모습이 담겨 있었다.

"오 실장님, 이거 절대로 회장님께 보여드리면 안 돼요."

[알겠습니다.]

일일이 파파라치를 찾아 나서 웃돈을 주고 정보를 빼돌리는 건, 그쪽을 믿을 수도 없고 시간이 너무 많이 지체된다. 대신 지은은 차 회장에게 최종 보고하는 오 실장만 중간에서 잘 구슬리면 된다고 계산했다. 지은에게 큰 신세를 졌던 오 실장은 그녀의 부탁을 거절할 수 없었다.

지은은 차 회장의 건강이 예전 같지 않으니, 조그만 충격에도 쓰러질 수 있다고 오 실장을 협박했다. 그러니 자신이 중간에서 검토해 보고할 사진과 보고하지 말아야 할 사진을 분류하겠다고.

오 실장은 크게 반대하지 않았다. 저번 건강 검진에서 차 회장의 혈압이 높게 나온 건 사실이니까.

"후, 그걸 못 기다리고."

전화를 끊은 지은은 휴대폰을 보며 크게 한숨을 내쉬었다.

아무래도 태환은 예상했던 것보다 더 많이 정하라에게 빠져버린 것 같았다.

정말 누가 같은 피 아니랄까 봐. 그대로 따라 하네.

지은은 입매를 비틀며 태환의 어머니에게 무섭게 빠져들던 차 회장을 떠올렸다. 어린 지은의 눈에 차 회장은 뭔가에 홀린 것처럼 보였다.

돌아가신 어머니는 구경도 하지 못했던 사랑을 한 몸에 받았던 여자, 전세린.

그래도 그녀는 전세린을 미워하지 않고 순순히 새엄마로 받아들였다.

"내가 당신을 어떻게 미워할 수 있을까?"

서랍에서 꺼낸 빛바랜 사진을 말없이 바라보는 지은의 입에서 고백과도 같은 속삭임이 흘러나왔다.

유일하게 내 편이 되어준 사람이었는데…….

음…….

얼마 전까지 서툴던 칼질이 그 짧은 기간 동안 크나큰 발전으로 이어졌을 리가 없었다.

하연은 서글픈 마음으로 아래를 내려다보았다. 도마 위에는 엉망으로 썰어진 양파가 가득했다. 가만히 있는 게 어색해서 뭐라도 돕겠다고 하긴 했는데, 어째 방해만 한 건 아닌지 모르겠다.

"그 정도면 됐습니다. 나머진 내가 하죠."

태환은 다져진 것도 아니고, 그렇다고 채 썰린 것도 아닌 양파 쪼가리를 프라이팬에 집어넣었다. 저 몰골의 양파로 어떤 요리를 완성할지, 정말 궁금하다.

별장에서와 다른 점이 있다면 칼질이 서툴다고 구박하던 태환이 지금은 부드럽게 웃으며 그녀의 손에서 칼을 건네받는다는 점이었다.

"……전에 손목 다친 적 있다고 했죠?"

"아, 네. 그냥 좀……."

양파 좀 썰었다고 벌써 손가락 끝이 아릿해지려 한다. 하연은 손가락이 떨리는 걸 감추려 가만히 주먹을 쥐며 슬그머니 오른손을 등 뒤로 숨겼다.

"거의 다 됐으니까 앉아서 기다려요."

"네."

주방을 걸어나가는 하연을 바라보는 태환의 머릿속에 까맣게 잊고 있었던 일이 떠올랐다. 지난번에 하연이 태환을 치료해주고 자리로 돌아갔을 때 서영이 걱정스러운 목소리로 물었었다.

―언니, 손목 괜찮아요? 너무 무리한 거 아니에요?

―괜찮아.

―괜찮긴 뭐가 괜찮아요. 지금 포크도 못 들고 있…… 악!

난데없는 비명에 뒤를 돌아봤던 태환의 눈에 덜덜 떨리는 하연의 손이 들어왔다. 뭔가 잘못된 것 같은데, 그게 무엇인지 정확히 알 수 없었다. 솔직히 그때는 별로 알고 싶지 않았다. 그녀에 관한 모든 것에 관심이 없어야 했으니까.

하지만 이제는 그때와 다르다. 유하연의 모든 것을 알고 싶었다. 아주 사소한 것도 그녀에 관한 것이라면 절대로 놓칠 수 없었다.

어째서인지 하연은 손목 부상에 관해 이야기하고 싶어 하지 않는 것 같았다.

태환은 아무것도 모르는 얼굴로 음식이 담긴 접시를 들고 식탁으로 다가갔다.

"와!"

하연은 앞에 놓인 요리를 보며 감탄사를 내뱉었다. 그녀가 엉망으로 썰어버린 양파를 버섯과 볶아 먹음직스럽게 구운 연어 스테이크 밑에 깔아놓았기 때문이다.

별장에서도 레스토랑처럼 근사한 요리를 해주더니 오늘도 그는 감동할 만한 요리를 내놓았다. 문제는 그녀가 이미 떡볶이를 3인분이나 먹고 왔다는 사실이다.

그러나 태환이 해준 요리를 남길 순 없었다. 하루쯤 과식한다고 큰일 나는 것도 아닌데…….

"맛있게 먹을게요."

하연은 태환을 향해 활짝 웃어 보이고 포크로 생선 살을 떠올렸다.

"양이 많으면 남겨도 됩니다."

"음, 아니에요. 너무 맛있어서 못 남길 것 같아요."

맛있다는 말은 진심이었다. 혀끝에 닿은 부드러운 생선 살과 고소한 버터의 향, 은은히 느껴지는 향신료가 완벽한 조화를 이뤘다. 떡볶이를 먹지 않았더라면 조금 더 달라고 조르고 싶을 정도였다.

"물어봐요."

"네?"

태환의 말을 선뜻 이해하지 못한 하연이 고개를 갸웃거렸다.

"전에 그랬죠? 나란 사람에 관해서 알아가고 싶다고 했죠. 그러니까 궁금한 거 물어봐요."

지금 가장 궁금한 건, 어린 태환을 안고 있는 사진 속 여인에 대해서였지만, 왠지 그의 아픈 상처를 건드리는 것 같아서 선뜻 물어볼 수 없었다. 대신 하연은 예전에 물어봤던 질문을 다시금 꺼냈다.

"제가 마을로 도움을 요청하러 떠나고 나서 무슨 일이 있었던 거죠?"

"당신이 마을로 떠나고 나서, 얼마 후인지는 나도 모릅니다. 그때는 의식이 반쯤 없는 상태였으니까. 헬리콥터를 타고 일대를 수색하던 창훈이가 나를 발견했죠. 응급 처치를 받은 후, 바로 병원으로 후송됐고……."

태환에게서 그날의 설명을 들은 하연은 그제야 궁금증을 해소한 얼굴로 고개를 끄덕였다.

"치료는 잘된 거죠?"

"덕분에……. 담당의가 그러더군요. 제때 지혈하고 응급 처치하지 못했으면 가망 없었을 거라고. 정말 운이 좋았죠. 어떻게 납치를 해도 의사를 납치해서."

그녀가 한 농담이었지만, 태환의 입에서 들으니 느낌이 달랐다. 뭐랄까, 좀 더 짜릿하다고 할까?

"그러네요."

"그때 당신을 납치한 일, 참 잘한 것 같아요."

"큭."

태환의 농담에 하연은 짧게 웃음을 터뜨렸다. 이렇게 상대방을 알아가는 것도 짜릿하고 가슴이 뻐근하게 설레었다.

하지만 두 사람의 인내는 거기까지였다.

초콜릿 무스 케이크를 디저트로 모든 식사를 끝내자, 태환은 접시를 들고 자리에서 일어났다. 하연은 설거지를 돕겠다고 고집을 부리며 태환의 옆에 남았다. 태환이 물로 대충 헹구어 건네주면 하연은 식기 세척기 안에 차곡차곡 접시를 담았다.

모든 접시를 집어넣고 시작 버튼을 누르려는데 태환이 뒤에서부터 그녀를 끌어안았다.

"천천히 가자고 한 거 아는데, 나도 분명 동의하긴 했지만…… 잠시만 이대로 있어줘."

태환이 그녀의 목덜미에 얼굴을 묻으며 나직하게 속삭였다.

고작 5일 못 보았을 뿐인데 그녀의 재스민 향이 그리워 미칠 뻔했다고 하면 그녀는 뭐라고 반응할까? 사춘기 소년처럼 행동하는 그를 비웃을까?

그 전에는 어떻게 그녀를 보지 않아도 멀쩡하게 잘 살았는지 모르겠다.

보름 이상을 보지 않아도 괜찮았으면서…….

아니, 일부러 그녀를 피한 주제에 이젠 하루만 보지 않아도, 반나절만 그녀가 눈앞에 보이지 않아도 피가 바싹바싹 마르는 것처럼 초조해졌다. 그녀를 품에 안고 있는 순간에도 그녀가 그리웠다.

하연은 자신을 꼭 끌어안고 있는 태환의 손을 가만히 쓰다듬어 보았다. 그녀의 손길이 닿자, 그의 손이 움찔하며 가늘게 떨렸다.

서로를 알아간다는 것은 이렇게 서로의 체온과 체취를 나눈다는 게 아닐까? 말로 표현하지 않아도 서로의 숨결을 느끼다 보면 어느새 서로에 관해 알게 되지 않을까?

"지극히 사적인 접촉, 싫다고 한 거, 기억하는데……. 키스해도 됩니까?"

태환의 나직한 음성이 온몸을 녹일 것처럼 부드럽게 귓속으로 흘러들었다. 전혀 강압적이지 않은 질문이었다. 그녀가 원하지 않는다면 그는 당장에라도 뒤로 물러설 것이다.

하지만 지금 이 순간, 누구보다 키스하길 원하는 사람은 바로 그녀 자신이었다.

그에게 전화가 걸려온 순간부터, 차에 올라탄 순간부터, 엘리베이터 안에서, 함께 식사하는 도중에도 하연의 머릿속에는 뜨거웠던 그와의 입맞춤이 떠올랐다.

결국 하연은 짧게 숨을 들이마시고 조심스럽게 뒤를 돌아보았다. 태환은 그답지 않게 긴장된 얼굴로 그녀의 대답을 기다리고 있었다.

"……네."

대답이 끝나기가 무섭게 그는 고개를 밑으로 숙였다. 태환의 뜨거운 숨결이 가까이 다가오자, 온몸과 입술이 여리게 떨렸다. 단단한 입술은 그녀의 입술 위에 살며시 닿았다가 곧 떨어져나갔다.

좀 더 진한 키스를 기대했던 하연은 의아한 얼굴로 살며시 눈꺼풀을 떠보았다.

"오늘은 여기까지만 하죠. 천천히 다가가자고 했으니까."

뭐야, 이 남자? 지금 놀리는 거야? 이 정도의 접촉이면 키스해도 되느냐고 물어보지나 말지.

하연은 아무 말도 하지 못한 채, 입술만 달싹거렸다.

뭐라고 한 마디 톡 쏘아주고 싶은데 마땅히 할 말이 없었다. 도저히 더 키스해달라고 말할 수도 없었다.

이 모든 건 애초에 그녀가 시작한 거니까, 겸허히 상황을 받아들여야 한다.

하연은 옆으로 비켜서며 태환의 품에서 살며시 빠져나왔다. 그러나 한 걸음도 채 떼지 못 하고 태환의 손에 의해 몸이 돌려졌고, 뭐라고 물어볼 사이도 없이 빨려 들어가듯이 다시 태환의 품에 안겼다.

"도저히 안 되겠어. 미안해요."

태환은 그녀를 안은 채, 벽으로 밀어붙이며 자신의 입술로 거칠게 그녀의 입술을 덮어버렸다.

"으음."

입술이 열리고 달콤하고 뜨거운 열기가 그대로 쏟아져 들어오자 저절로 신음이 터져 나왔다.

아직은 그저 끌리기만 하는 거라고, 아직은 그를 좋아하지 않는다고 부정할 수 있을까?

차태환이란 남자에게 깊숙이 빠져들었음을 이제는 인정해야 한다. 하연은 떨어지지 않겠다는 듯 태환의 목을 두 손으로 단단히 끌어안았다.

13. 잘못하다간
스캔들 날 것 같아!

"음……."

역시 무리였나?

잘 먹지 않고 깨작거리면 실망할까 봐 열심히 맛있게 접시를 싹싹 비웠더랬다. 떡볶이 3인분을 해치우고 또 저녁이라니. 과식은 과식이다. 아침도 걸렸지만, 아직도 속이 더부룩한 게 내려가지 않고 음식이 가슴에 떡하니 얹힌 것 같았다.

속이 불편한 게 티 나는 모양인지, 서영이 걱정스러운 얼굴로 꿀이 섞인 생강차를 건넸다.

"언니, 안색이 안 좋아요. 어디 아파요?"

"어? 아니야."

'별거 아냐. 과식해서 그래.'라고 말해버리면 그만이지만, 지금 그녀의 상태론 말하는 것조차 버거웠다. 그래서 하연은 가만히 고개만 내저었다.

서영이 건네준 생강차는 한 입도 마실 수 없었다. 냄새만 맡아도 저 밑에서부터 욱하고 올라오는 것만 같았으니까. 하연은 손으로 입을 가리며 힘없이 생강차를 옆 테이블에 내려놓았다.

곤혹스러운 점은 그뿐만이 아니었다. 아까부터 저 멀리서 뚫어지게 바라보는 태환의 눈빛 때문에 가시방석에 앉은 느낌이었다. 체했다고 하면 어제 자신이 만들어준 저녁 때문에 그런 거라고 오해할 텐데…….

오랜만에 태환이 촬영장에 나타나자 모두 반색하며 그를 반겼다. "엄마야!"를 외친 민성만 제외하고. 민성은 태환이 계속 이쪽을 쳐다보고 있다는 걸 눈치챘는지 안절부절못하며 하연의 뒤로 커다란 덩치를 숨기려 노력했다.

하아, 아직 촬영은 시작도 안 했는데 벌써 이러면…….

오늘 촬영은 무척이나 길게 느껴질 것 같다.

아이러니하게도 속이 안 좋아서 안색이 어두운데 오히려 그 모습이 지금의 은여경 상태와 딱 맞아떨어졌다. 남자 주인공 하준혁이 병원을 떠나자, 그를 그리워하며 혼자 집에서 괴로워하는 연기였다. 가슴에 음식이 얹힌 듯 너무나도 답답해서 엉엉 울고만 싶은 심정.

지금 하연이 펼치는 건 연기가 아니었다. 정말 속이 메슥거리고 답답해서 식은땀을 흘리고 입에서는 저절로 신음이 흘러나왔다.

"컷! 좋았어요. 바로 그런 표정이야. 목구멍이 타오르고 가슴이 탁 막힌 느낌. 자, 그 느낌 살려서 한 번 더 갑시다. 이번엔 자리에 주저앉아봐요."

"네."

다리가 후들거려서 서 있기도 힘들었는데 어차피 잘됐다. 카메라가 돌아가자, 하연은 암기한 대사를 중얼거렸다.

"바보같이 왜 그래? ……무슨 일이 있으면 벌써 연락이 왔겠지. 무소식이 희소식인데……. 근데 왜……?"

연기가 아니라, 하연은 정말로 다리에 힘이 빠져 제자리에 주저앉고 말았다. 동시에 참을 수 없는 통증이 몰려왔다.

"제길."

팔짱을 낀 채, 잠자코 하연을 지켜보던 태환의 입에서 짧은 욕설이 흘러나왔다.

"컷!"

갑자기 창훈 대신 태환의 입에서 '컷' 소리가 나오자, 모두 어리둥절한 얼굴로 태환과 창훈을 번갈아 바라보았다. 창훈은 자신이 놓친 부분이라도 있나? 싶어 서둘러 대본을 펼쳐보았다. 태환은 그런 창훈을 못마땅한 표정으로 힐끔 노려보고는 그대로 카메라 앞을 가로질러 바닥에 주저앉은 하연에게로 다가갔다.

"괜찮아요?"

어딘지 모르게 따뜻한 말 한마디에 눈물이 핑 돌았다.

안 괜찮은 건 맞는데 그렇다고 아픈 티를 낼 수는 없고…….

하연은 입을 꼭 다문 채, 눈물을 감추려 빠르게 눈을 깜빡거렸다. 하연이 아무 말도 하지 않고 가만히 있자, 태환은 그녀의 어깨를 감싸 조심스럽게 자리에서 일으켜 세웠다. 그녀가 몸을 일으키는 순간, 카펫 위로 번진 빨간 핏자국이 시야에 들어왔다.

"어머, 언니!"

하연의 무릎에 생긴 생채기를 발견한 서영이 놀란 얼굴로 달려왔다. 연기에 몰두하느라 날카로운 모서리의 금속 상자가 옆에 있다는 사실을 미처 알지 못했다. 상자 모서리에 무릎 부위가 2cm가량 찢겨 붉은 피가 흘러내렸다.

"어떡해, 어떡해!"

서영은 호들갑을 떨며 손에 들고 있던 손수건으로 무릎에 번진 피를 닦아냈다. 정작 당사자인 하연은 붉은 피를 보고서야 자신이 다쳤다는 사실을 깨달았다. 잠깐 따끔거리는 통증은 있었지만, 속이 너무 메슥거려서 별로 신경 쓰지 않았었다. 지금도 크게 거슬리진 않았다.

"별거 아냐."

하연은 서영의 손에서 손수건을 건네받아 상처 부위를 꾹 눌렀다.

누가 전직 외과의 아니랄까 봐, 피를 보고도 저리 담담하다니…….

다친 건 그녀인데 태환은 마치 자신이 다친 것처럼 칼에 찔렸던 옆구리가 욱신거리는 것을 느꼈다.

"자가 진단은 나중에 하고 우선 앉아요."

태환은 괜찮다는 말을 무시하고 하연을 부축해 의자에 앉했다. 서영이 응급 상자를 들고 뒤를 따랐다.

"언니, 병원 가야 하는 거 아니에요?"

"병원은 무슨……. 소독만 하면 돼."

하연은 눈 한 번 깜빡하지 않고 응급 상자에서 소독 거즈를 꺼내 묵묵히 상처를 닦아냈다. 붉게 번진 피를 닦아내자 좀 더 선명하게 찢긴 상처가 모습을 드러냈다. '피'라면 기겁하는 서영의 얼굴이 점점 울상으로 변해갔다.

"언니, 어떡해요? 많이 찢긴 것 같은데."

"아냐. 살짝 스치기만 한 거야."

옆에서 상처를 지켜보는 태환의 표정도 점점 딱딱하게 굳어 갔다. 하연 혼자서만 무심한 얼굴로 지혈을 위해 상처 부위를 꾹 눌렀다. 솔직히 속이 너무 아파서 무릎의 통증은 느껴지지 도 않았다. 그것보다는 치료하느라 상체를 숙여야 하는 탓에 자꾸만 목구멍으로 신물이 넘어왔다. 서서히 등줄기가 서늘해 지며 한기도 으슬으슬 몰려오는 것 같았다.

"정하라 씨, 어때요?"

사태의 심각성을 깨달은 창훈이 걱정스러운 얼굴로 다가왔 다. 아직 클로즈업을 찍지 못했기에 오늘 촬영을 접으면 일정 이 꼬여버린다. 이미 주성욱 때문에 일정이 변경되어 여기서 또 촬영이 미뤄지면 자칫 골치 아파질 것이다.

"아직 클로즈업 남았거든요."

창훈의 질문에 상처를 보던 하연이 고개를 들어 올렸다.

"촬영 계속할 수 있겠어요? 오늘 끝내지 못하면 다른 촬영 일정도 밀리게 되는데……."

창훈은 백지장처럼 창백하게 질린 하연의 얼굴을 보고도 은근히 촬영을 종용했다. 태환은 그런 창훈의 태도가 마음에 들지 않았다. 핏기 하나 없는 모습을 보고도 그런 말이 나오다니! 태환이 한마디 하려는데, 하연이 먼저 대답했다.

"네. 물론이죠."

당장에라도 기절할 것 같은 얼굴을 한 주제에 하연은 서둘러 소독을 마치고 자리에서 일어났다. 보다 못한 태환이 굳은 표정으로 하연의 앞을 막아섰다.

"입술이 파랗게 질렸으면서 뭐가 물론입니까?"

"더 잘됐죠. 지금 여주인공 상태가 딱 그래야 하거든요."

"정하라 씨."

"저 때문에 촬영을 접을 순 없잖아요."

"자, 자!"

옆에서 두 사람의 눈치만 보던 창훈이 잽싸게 대화에 끼어들었다. 언쟁을 벌이느라 시간을 낭비하는 것보단 어서어서 찍어버리는 게 나으니까.

"좋아요. 테이크 많이 갈 필요도 없고, 딱 두 번만 갑시다."

창훈은 태환에게서 하연을 빼앗아가듯 그녀를 부축해 촬영 장소로 돌아갔다.

"자, 촬영 들어가니까 모두 조용히 합시다."

조감독의 외침이 현장에 퍼지고, 다시 카메라가 돌아가기 시작했다. 태환은 초조한 마음으로 가만히 지켜볼 수밖에 없었다. 본인이 하겠다는데 제삼자인 그가 못하게 막을 수는 없으니까.

"바보같이 왜 그래? ……무슨 일이 있으면……."

하연은 해쓱한 얼굴로 카메라를 향해 천천히 독백 대사를 내뱉었다. 바보는 영화 속 주인공이 아니라 태환 그 자신인 것 같았다. 하연을 바라보는 태환의 목구멍이 타들어가는 것처럼 뜨거워졌다. 이해할 수 없는 건 성욱과의 키스신보다 지금이 더 견디기 힘들다는 거였다.

"컷! 왜 이렇게 어두워? 반사판 어디 갔어? 반사판?"

제길!

조명 팀의 실수로 첫 번째 테이크를 다시 찍게 되자, 태환은 하마터면 욕설을 내뱉을 뻔했다.

태환의 살벌한 눈초리에 제작진은 저마다 눈길을 피하며 그에게서 멀찍이 물러섰다. 하지만 그 누구도 그가 하연을 걱정해서라고는 생각하지 못했다. 모든 게 완벽해야 하는 태환이기에 촬영 도중 일어난 주연 여배우의 부상이 심기를 불편하게 했을 거라고만 넘겨짚었다.

"컷!"

무사히 두 번째 테이크를 끝내고 카메라가 멈추는 동시에 구역질이 올라왔다. 하연은 아랫입술을 꼭 깨물며 손바닥으로 입을 틀어막았다.

"언니."

제일 먼저 달려온 서영이 그녀를 부축해 자리에서 일어서는 걸 도왔다. 눈치 빠른 서영은 하연의 상태가 평소와 조금 다르다는 걸 깨달았다.

"무릎도 무릎이지만, 혹시 체한 거 아니에요?"

"어?"

"촬영 전부터 체한 사람처럼 안색이 안 좋았잖아요. 어제 먹은 떡볶이 때문에 그런 거 아니에요?"

아니라고 말하려는데 태환이 그들에게로 가까이 다가왔다.

"그 집 떡볶이가 양이 많긴 해요."

서영아, 제발. 입 좀 다물어!

까맣게 타들어가는 하연의 속도 모른 채 서영은 끊임없이 조잘조잘 떠들었다.

"나도 어제 소화제 먹고 오늘 아침까지 더부룩했거든요."

옆에서 두 사람의 대화를 듣던 태환의 얼굴에 의아한 기색이 떠올랐다.

저녁 안 먹었다면서……?

다시 생각해보면 하연은 무릎의 상처는 별로 신경 쓰지 않는 것 같았다. 그것보다는 어딘지 다른 곳이 불편해 보였다. 무릎이 좀 찢겼다고 얼굴이 저렇게 창백해질 리는 없었다. 이마에는 송골송골 식은땀까지 맺혀 있었다.

태환이 뚫어지게 바라보자, 하연은 슬그머니 고개를 돌려 눈길을 피했다. 역시 그녀는 자신을 실망시키지 않으려고 억지로 그의 요리를 먹은 게 분명했다.

바보같이, 왜? 하지만 아픈 사람을 붙잡고 실랑이를 벌인 순 없기에 태환은 짐짓 아무렇지 않은 목소리로 말했다.

"정하라 씨, 병원 들렀다가 집에 가도록 해요."

"아니에요. 병원 갈 정도로 다치진……."

"병원에 들렀다 가라고 말했습니다."

태환은 그녀의 말을 중간에 자르며 뒤에 멀찍이 떨어져 있는 민성에게로 고개를 돌렸다.

"장민성 씨."

"네, 넵!"

우물쭈물 서 있던 민성은 태환이 자신을 부르자 깜짝 놀란 얼굴로 차렷 자세를 취했다.

"정하라 씨 데리고 꼭 병원에 갔다가 귀가해요. 알겠습니까?"

태환은 민성의 팔을 꽉 움켜쥐며 낮은 목소리로 말했다.

"부탁합니다."

분명히 부탁이라고 했는데 명령조로 들리는 건 단지 기분 탓이리라.

태환은 하연 쪽으로 힐끗 시선을 던진 후, 그대로 등을 돌려 반대쪽으로 걸어갔다. 계속 옆에 있다간 그녀를 번쩍 안아 올려 병원으로 향할지도 모르기에…….

흠, 이제 슬슬 나타날 때가 됐는데…….

숨을 죽인 채, 매의 눈으로 주변을 살피고 있는데 누군가 조수석 유리창을 두드렸다. 인터넷 신문 '팩트 폭'의 연예계 전문 5년 차인 우 기자는 귀찮은 표정으로 고개를 돌렸다.

"여기서 뭐 해?"

유리창을 내리자, 파파라치 선배 격인 백 기자가 불쑥 차 안으로 얼굴을 들이밀었다. 3년 전, 연예 스포츠 신문사를 퇴사한 그는 프리랜서 사진 특종 전문이었다. 요샌 시시한 연예인 스캔들 사진보다는 재벌 쪽 일을 맡아서 한다던데, 그런 백 기자가 왜 여기에 나타났는지 모르겠다.

"그러는 선배님은 여기서 뭐 하십니까? 요새는 연예인 쪽 일 안 하신다면서."

"어, 그게 말이야. 하다 보니까 그렇게 됐네."

백 기자가 어물거리며 대답을 회피하자, 우 기자는 슬쩍 눈살을 찌푸렸다.

"혹시 주성욱 쫓는 거 아니죠? 그거 제가 먼저 물었습니다."

"주성욱을 왜 여기서 찾아? 지금 제주도에 있을 텐데."

"그건 공식 일정이고요. 주성욱, 지금 서울에 있어요."

"그래? 한정애랑 헤어지고 지금은 잠잠하잖아."

"잠잠하긴요. 까칠 대마왕이던 주성욱이 요새 180도 태도가 바뀌었다고 다들 수군거린다고요. 새 타깃이 생긴 거죠."

호기심을 느낀 백 기자는 차 문을 열고 얼른 우 기자의 차에 올라탔다. 비정한 연예 기자 세계에서 강해질 대로 강해진 백 기자의 육감이 찌르르 신호를 보냈다.

"우 기자, 주성욱은 절대로 안 건드릴 테니까, 털어놓아 봐. 그러면 나도 내 거 풀게."

"왜 이러십니까? 남이 먼저 문 특종은 건드리는 거 아니에요."

"어차피 내가 가진 정보는 언론에 풀지 못한다고. 퍼즐이나 맞춰보자. 대신 크게 특종 터뜨리면 술이나 한잔 사."

"뭔데 그러세요? 선배님 정보부터 풀어보시죠."

우 기자는 신뢰할 수 없다는 듯 퉁명스럽게 대꾸했다.

"좋아, 그렇다면."

백 기자는 자신의 카메라를 우 기자에게 내밀었다. 카메라로 사진을 확인하던 우 기자의 눈이 잠시 후, 휘둥그레졌다.

"선배님, 이건?"

"어때? 잘만 터뜨리면 이거 완전 대박이겠지?"

백 기자의 얼굴에 흐뭇한 미소가 퍼져나갔다.

"아냐, 오빠. 그러지 말고 집으로 가."

민성이 병원 쪽으로 차선을 바꾸자, 하연이 급하게 손을 내저었다.

"정말 병원 안 가도 되겠어?"

"응. 뭐, 이런 걸로 병원까지 가."

"너 데리고 병원 간다고 약속했는데……."

"걱정하지 마. 나중에 물어보면 갔었다고 할게."

민성은 내키지 않는 얼굴로 하연을 바라보았다. 자신을 바라보던 태환의 강렬한 눈빛에 아직도 오금이 저렸으므로……. 병원에 데려가지 않았다간 지옥에라도 끌고 갈 것 같던 눈빛.

"으아."

다시 떠올리는 것만으로도 민성은 오싹 소름이 돋았다.

한동안 마음을 정하지 못하고 망설이던 민성은 결국 왼쪽으로 차선을 바꿨다. 그래도 태환보다는 함께 지내는 하연을 더 믿으니까.

"그래, 네가 어련히 잘 알아서 하겠지."

민성은 아파트 지하 주차장으로 들어가 엘리베이터와 연결된 출입구 앞에 차를 멈추었다. 하연을 부축해 밴에서 내리는 걸 도와준 민성은 다시 밴으로 들어가 의상이 든 가방을 들고 내렸다.

"여기 가만히 있어. 차 주차하고 가방 올려다줄게."

"됐어. 무릎을 다친 거지, 팔 다친 거 아냐."

"무거울 텐데……."

"됐네요. 어서 달라니까."

하연의 고집에 민성은 할 수 없이 가방을 넘겼다. 만약 옆에 서영이 있었다면 손바닥으로 '팍' 소리 나게 등짝을 때렸겠지만, 다행히도 그녀는 촬영장에서 곧장 소속사로 돌아간 후였다.

"내일이랑 모레 촬영 없으니까 푹 쉬어."

"응, 오빠."

민성이 밴을 출발하고 나서야, 하연은 한 손으로 이마를 짚으며 힘없이 벽에 기대섰다.

"하아."

아무렇지 않은 듯 연기하느라 온몸에서 진이 다 빠져버렸다. 이젠 버티기도 한계에 다다른 듯 등줄기로 식은땀이 흐르기 시작했다.

어서 올라가 쉬어야지. 이틀 쉬고 나면 괜찮을 거다.

비틀거리는 걸음으로 출입구 쪽으로 향하려는데 뒤쪽에서부터 나직한 남자의 목소리가 들려왔다.

"내, 이럴 줄 알았어."

익숙한 목소리에 놀라 화들짝 뒤를 돌아보자, 주차장 기둥에 몸을 기대고 선 태환이 눈에 들어왔다. 그녀의 손에서 가방이 툭 밑으로 미끄러져 내렸다.

"……대표님?"

그녀가 자신을 발견하자, 태환은 가슴 앞으로 꼈던 팔짱을 풀며 천천히 몸을 일으켰다. 하연은 죄지은 사람처럼 잔뜩 긴장하며 마른침을 꿀꺽 삼켰다.

"병원 가보라는 말, 한 귀로 듣고 한 귀로 흘렸군."

믿기지 않는다는 눈으로 태환을 바라보던 하연은 문득 깨달은 듯 미간을 찌푸렸다.

"지금 절 미행한 거예요?"

"반은 맞고 반은 틀리고."

데이지로 향하던 태환의 눈에 교차로에서 좌측 깜빡이를 켜고 신호를 기다리는 하연의 밴이 들어왔다. 분명히 병원에 가라고 신신당부했는데 촬영장에서 곧장 이리로 온 것 같았다. 밴이 병원과는 반대 방향으로 좌회전하자, 태환은 확인을 위해 하연의 아파트까지 쫓아온 것이다.

"미행하지 않았어도 뻔한 거 아닙니까? 병원에 갔다 집에 오는 데 1시간도 걸리지 않았다?"

태환의 날 선 질문에 하연은 가만히 고개를 숙였다. 잘못한 것도 없는데 괜히 죄지은 느낌이 드는 건, 그의 이글거리는 눈빛 때문이었다.

"병원에 갈 정도로 다치진 않아서……."

괜한 위압감에 목소리마저 줄어들었다.

"무릎 때문에 병원 가보라고 한 게 아니라는 거, 본인이 더 잘 알 텐데요."

하연의 풀 죽은 모습에 태환의 목소리가 조금 부드러워졌다.

"이 지경이 돼서도 꿋꿋하게 끝까지 촬영한 이유가 도대체 뭡니까?"

"그거야 견딜 만했으……. 읍!"

갑자기 올라온 구역질에 하연은 두 손으로 입을 틀어막았다. 공기가 탁한 지하 주차장에 너무 오래 있어서인지 더는 견디기가 힘들었다. 하연은 그대로 엘리베이터를 향해 전속력으로 달려갔다.

다행히도 그녀가 앞에 다다르는 순간 엘리베이터가 도착했다. 문이 열리자, 안으로 뛰어들었고 어떻게 엘리베이터에서 내리고 어떻게 비밀번호를 눌러 집에 들어갔는지는 제대로 기억나지 않았다. 하늘이 무너져도 밖에서 토할 수는 없다는 정신력으로 힘겹게 버틴 것밖에는…….

"욱, 우욱."

하연은 곧장 화장실로 달려가 변기를 붙잡고 노란 신물이 나올 때까지 게워냈다.

"하아."

이럴 줄 알았으면 속 안 좋다 싶을 때 그냥 토해버릴걸. 괜찮아질 거라고 버티다가 괜히 중상을 키운 꼴이 됐다. 환자에게는 단호히 처방을 내리면서 왜 정작 본인의 증상에는 안일하게 대처하는지…….

하연은 후들거리는 다리에 겨우 힘을 줘, 세면대를 붙잡고 입 안이 상쾌해질 때까지 몇 번이나 양치질을 반복했다.

대화 중에 갑자기 뛰어가버렸으니 그가 이상하게 생각할 게 뻔하다. 뭐라고 변명하지?

두 손으로 벽을 짚으며 힘겹게 화장실에서 나온 하연은 자신의 눈을 믿을 수 없었다. 태환이 거실 한가운데 선 채 그녀를 기다리고 있었다.

"악!"

그가 있을 거라곤 전혀 상상도 못한 하연은 단마디 비명을 지르며 제자리에 풀썩 주저앉았다.

"유하연 씨."

간발의 차로 태환이 달려가 하연의 몸이 바닥에 닿기 전에 그녀를 품에 끌어안았다.

"흐윽."

하연은 힘없이 태환의 가슴에 얼굴을 묻으며 아픈 신음을 흘렸다. 온몸의 맥이 쏙 빠진 듯 눈앞이 어질어질했다. 태환은 축 늘어진 하연을 끌어안듯 부축해 소파로 데려갔다.

"……어떻게 여기 있는 거예요?"

하연은 속삭이듯 중얼거리며 태환의 어깨에 머리를 기댔다.

"가방을 밑에 놓고 가버리기에 따라왔더니 현관문을 활짝 열어놓았더군요."

"아…… 가방."

태환이 가리키는 곳에 의상이 든 가방이 놓여 있었다.

"여기 가만히 있어요."

소파에서 일어난 태환은 어디에 뭐가 있는지 물어보지도 않고 혼자 알아서 녹차를 만들었다.

"자, 이거 마시고. 나한테 기대서 앉아요."

하연은 순순히 태환의 지시에 따라 녹차를 마시고 그의 몸에 등을 기대었다.

"다음부터는……."

그녀의 손에서 찻잔을 받아 테이블에 내려놓으며 태환이 나직한 목소리로 말했다.

"거절해요. 억지로 먹어서 과식하지 말고."

역시 알아챘구나.

"전에 한 번 거절한 적이 있어서, 이번에도 또 거절하기 그래 서……."

미안한 마음에 목소리가 서서히 작아졌다. 솔직히 그녀답지 않은 행동이긴 했다. 누군가를 좋아하게 되면 가끔 어리석은 행동도 하는 모양이다. 차태환이란 남자에 관해 알아가면서 그녀 역시 자신에 관해서 몰랐던 점을 알아가는 것 같다.

"거절하고 싶으면 그냥 거절해요. 여자에게 한두 번 거절당 했다고 바로 물러서는 남자, 매력 없으니까."

태환은 하연이 좀 더 편하게 기댈 수 있게 한쪽 팔을 그녀 의 어깨에 감았다. 불현듯 말라위에서의 밤이 생각났다. 그때 는 그녀가 그를 보살펴줬는데…….

태환은 그녀의 귓가에 부드럽게 속삭였다.

"그땐 내가 기대었으니까 이번엔 당신 차례야."

태환은 힘없이 기대어 앉아 있는 하연의 어깨와 팔을 부드 럽게 쓰다듬었다.

누군가를 위하고 진심으로 걱정해준다는 거, 정말 오랜만에 느껴보는 감정이었다. 어머니가 돌아가시고 난 후, 태환은 정 글 같은 환경에서 혼자만의 힘으로 살아남아야 했다. 아내의 죽음으로 정신없었던 차 회장이 어린 태환까지 챙기기엔 무리 였다.

가족 중 그 누구도 약자인 태환에게 관심을 보이지 않았다. 아무리 몸이 아파도 끙끙 앓는 소리를 삼키며 혼자 이겨내야 했다. 보호를 받아야 할 가정에서 힘겨운 견제와 경쟁만 되풀이 되었고…….

그런 환경에서 살아온 태환에게 누구를 걱정하고 위한다는 것은 거추장스러운 감정이었다. 그런데 하연을 만나면서 전혀 익숙하지 않은 감정이 새록새록 솟아나기 시작했다. 태환은 자신의 그런 변화가 당혹스러우면서도 다른 한편으론 가슴이 설레었다.

"흐음."

어느새 그녀의 고른 숨소리가 귓가에 들려왔다. 힐끗 옆을 바라보니 평온하게 잠든 하연의 얼굴이 눈에 들어왔다.

살며시 벌어진 그녀의 입술 사이로 부드러운 숨결이 흘러나온다. 매끈하고 도톰한 입술에 입 맞추고 싶은 생각이 간절했지만, 혹여 잠에서 깨어날까 봐 태환은 그녀의 이마로 입술을 가져갔다.

삑삑삑―. 삑삑―.

그때 밖에서 비밀번호를 누르는 소리가 들려왔다.

띠리리리링―.

곧이어 '철컥' 현관문이 열렸다.

누구지?

순간적으로 긴장한 태환은 미간을 찌푸리며 현관문 쪽으로 재빨리 고개를 돌렸다.

"하연이 벌써 왔니?"

장바구니를 든 홍 여사가 환하게 웃으며 안으로 들어섰다. 그러나 몇 걸음 채 옮기지도 못하고 우뚝 제자리에 멈춰 섰다.

낯선 남자가 자신의 딸을 껴안고 거실 소파에 앉아 있었기 때문이다. 전혀 예상하지 못한 광경에 홍 여사의 얼굴에 놀란 빛이 떠올랐다.

"누구시죠?"

태환은 애써 당황한 것을 숨기며 하연의 어깨에 둘렀던 팔을 살며시 내려놓았다.

"저는……."

태환이 대답하려는 찰나, 하연이 두 눈을 깜박거리며 잠에서 깨어났다.

"으음."

그녀는 한 손으로 눈을 비비며 앞에 선 홍 여사를 흐릿한 눈으로 바라보았다. 아직 잠에서 덜 깬 그녀가 자신이 처한 상황을 깨닫기까지는 시간이 필요했다.

"헉!"

잠시 후, 자신이 태환의 품에 안겨 있다는 것을 깨달은 하연은 재빨리 상체를 일으켰다. 하지만 홍 여사가 이미 모든 걸 목격한 이후였다. 아무리 강심장을 가진 홍 여사라지만, 다 큰 딸이 대낮부터 낯선 남자를 집으로 끌어들이는 것도 모자라 남자 품에 안긴 채 잠이 든 것을 보고도 아무렇지 않을 순 없었다.

어미 새가 자신의 새끼를 보호하듯 그녀도 모르게 태환을 바라보는 시선이 날카로워졌다. 하연은 냉큼 일어나 홍 여사의 손에 들린 장바구니를 받아 들었다. 태환도 하연을 따라 소파에서 일어섰다.

"엄마, 언제 왔어?"

"지금 방금."

가는 날이 장날이라고 오늘따라 홍 여사의 귀가 시간은 평소보다 빨랐다.

"저녁 먹고 들어올 줄 알았는데 빨리 왔네."

"응. 갑자기 오후 행사가 취소되는 바람에……."

홍 여사는 하연의 질문에 건성으로 대답하고는 다시 매서운 눈으로 태환을 바라보았다.

"그런데 이 낯선 분은 누구?"

하연에게 물어보면서도 홍 여사의 시선은 태환의 얼굴에 고정되어 있었다.

찬찬히 훑어보니 생기기는 남부럽지 않게 잘생겼네. 키도 훤칠하게 크고 모델 뺨치게 탄탄한 몸매와 쭉쭉 뻗은 다리하며……. 혹시 배우인가?

서른을 코앞에 두고도 하연은 지금까지 매니저인 민성을 제외하곤 한 번도 남자를 집에 데려온 적이 없었다. 초등학교 시절에도 그 흔한 남자 짝꿍조차 집에 데리고 오지 않았더랬다.

그뿐인가? 수년 동안 선배 의사를 짝사랑한다면서 혼자 속앓이만 했는데…….

그랬던 하연이 '헉' 소리 나게 잘생긴 남자의 품에 안겨 거실 소파에 앉아 있다니, 홍 여사는 자신의 눈을 믿을 수 없었다.

"제가 대신 대답하죠."

생긴 것만큼이나 매력적인 목소리로 태환이 입을 열었다.

"차태환이라고 합니다. 유하연 씨가 이번에 출연하는 영화 제작의 총책임을 맡고 있습니다. 하연 씨가 촬영 중에 몸이 안 좋아져서 제가 돌보고 있었습니다."

"영화 제작자님이 직접 배우 집에까지 와서 챙겨주신다고요? 금시초문이네요."

"아니, 엄마. 그게 아니라……."

하연이 서둘러 두 사람 사이에 끼어들었다. 홍 여사를 설득하려면 시시콜콜한 부분까지 아주 상세하게 설명해야 한다.

"대표님이 운영하는 레스토랑이 마침 근처에 있는데……."

데이지와 그녀의 집이 가까워서 우연히 근처에서 하연의 차를 마주친 것부터 시작해서 그녀가 깜빡 잊고 가방을 지하 주차장에 놔둔 것과 다리가 후들거려 제대로 서 있을 수도 없어 소파까지 부축 받았던 것까지 모두 말하고서야 홍 여사의 굳은 표정이 서서히 풀려갔다.

백번 양보해도 자신의 딸이 저 잘생긴 남자에게 도움을 받은 건 사실이니까. 왜 서로 꽉 끌어안고 소파에 앉아 있었는지는 모른 척 눈감아주기로 했다. 남녀 간의 일은 부모라도 괜히 끼어드는 게 아니거든.

"그랬군요. 도와주셔서 감사합니다."

상냥하게 말한다고 했는데도 말투가 딱딱하게 나온 건 어쩔 수 없었다. 더 있다간 분위기가 어색해질 것 같아 태환은 서둘러 고개를 숙였다.

"전 그럼 이만 가보겠습니다."

태환이 빠르게 문을 향해 걸어가자, 홍 여사는 최대한 정중한 얼굴로 그를 배웅했다.

"오늘 정말 고마웠어요."

"아닙니다. 그럼."

태환이 문을 열고 나가자, 홍 여사는 등 뒤에 서 있는 하연에게로 시선을 옮겼다.

"아프다면서? 방에 들어가서 누워 있어."

"어? ……어."

꼬치꼬치 물어볼 줄 알았던 홍 여사가 아무것도 물어보지 않자, 하연은 어리둥절한 표정으로 방으로 향했다.

하연의 뒷모습을 바라보던 홍 여사의 얼굴에 빙그레 미소가 떠올랐다.

왜 남자 친구를 못 사귀나 했더니, 그게 다 눈이 너무 높아서 그런 거였네. 어라? 그런데 보니…….

"흐음…….."

홍 여사는 갑자기 깨달은 사실에 고개를 갸우뚱거렸다. 곰곰이 따져보니 하연은 비슷한 유형의 남자를 좋아하는 것 같다. 예전에 좋아한다던 한재호 선배도 딱 저 남자처럼 생겼으니까.

"어휴, 누구 딸 아니랄까 봐서. 날 닮아서 눈은 높아요."

홍 여사는 혼잣말처럼 투덜거리며 장바구니를 집어 들어 주방으로 향했다.

"한 선생, 오늘 오프 아니었나요?"

장시간 수술을 끝낸 재호가 라커룸에서 나오자, 마침 앞을 지나가던 동료 의사인 박 선생이 다가왔다. 평소보다 더 지쳐 보이는 재호의 모습이 박 선생의 눈길을 끌었기 때문이다.

"긴급한 수술 환자가 생겨서요."

"또요?"

응급 상황에 대비하기 위해 재호는 오프인 날에도 웬만하면 병원에서 차로 30분 이상 떨어진 곳은 가지 않는다고 했다. 오늘도 그는 연락을 받자마자 모든 일을 제쳐두고 달려왔을 것이다.

같이 근무한 지 5년이 넘어가지만, 박 선생은 재호가 주어진 휴가를 챙기는 걸 본 기억이 별로 없었다. 그런데 요사이 재호의 일 중독 상태가 조금 더 심각해진 것 같다.

"그러지 말고 좀 쉬면서 해요. 환자보다 한 선생이 먼저 쓰러질까 봐 옆에서 지켜보기 겁나니까."

재호는 대답 대신 입꼬리를 올리며 샤워하느라 물에 젖은 머리를 한 손으로 쓸어 올렸다.

아, 저런 표정 좀 짓지 말지. 유부녀 가슴 설레게…….

박 선생은 시선을 돌리며 재빨리 화제를 바꿨다.

"한 선생, 그런데 무슨 근심이라도 있어요? 요 며칠, 안색이 어두워 보이네."

"아…… 그렇게 보입니까?"

재호는 이번에도 멋쩍게 웃어 보였다.

"하여간 오늘은 고생했으니까 그만하고 들어가요."

"그러죠."

박 선생과 헤어져 개인 사무실로 돌아온 재호는 무너져 내리듯 의자에 주저앉았다. 앞에 놓인 컴퓨터 모니터에는 빽빽한 수술 일정표가 떠 있었다. 박 선생의 말대로 연이은 수술에 지금 당장 쓰러진다고 해도 이상할 게 없었다.

—무슨 근심이라도 있어요? 요 며칠, 안색이 어두워 보이네.

지나가는 말투로 가볍게 물었지만, 그녀의 목소리에는 걱정이 묻어 있었다.

그렇게 티가 났나?

재호는 의자 등받이에 고개를 기대며 하얀 천장으로 시선을 돌렸다. 근심이라고까진 할 수 없었지만, 요 며칠 사이 가슴이 답답한 건 사실이었다. 정확히 태환과 함께 있는 하연을 본 이후부터였다. 하연은 아무 사이도 아니라고 했지만, 두 사람은 단순한 제작자와 배우의 관계는 아닌 것 같았다. 그건 서로를 바라보는 두 사람의 눈빛만 보아도 알 수 있었다.

"후우."

재호는 길게 한숨을 내쉬며 두 손으로 얼굴을 가렸다.

선뜻 하연에게 다가갈 수 없다는 걸 알면서도, 언젠가는 그녀 곁에 다른 누군가가 있을 거라는 걸 알면서도, 하연을 향한 마음은 나날이 커지고만 있었다. 내리누르고 내리눌러도 커지는 마음을 통제할 수 없어 괴로웠는데…….

이제는 정말 그녀 곁에 누군가가 생긴 것 같다. 어쩌면 잘된 일인지도 모르겠다.

'지옥에서 온 제작자'라고 불리는 태환이 썩 마음에 드는 건 아니었지만, 자신보다는 하연에게 어울릴 테니까. 그렇게 이해하려고 해도 가슴이 쓰린 건 어쩔 수 없었다.

―넌 세상에 태어나지 말았어야 했어.

잊을 만하면 다시금 떠오르는 처절한 목소리. 그 목소리를 완전히 머릿속에서 지울 때까진 감정을 품는 것조차 용납되지 않지만…….

하지만 그녀 없이 견딜 수 있을까? 너무나 소중해서 쉽게 다가가지 못하고 멀리서 지켜만 본 사람인데……. 과연 진정으로 포기할 수 있을까?

재호는 얼굴을 감쌌던 두 손을 내리고 멍하니 초점 없는 눈으로 허공을 응시했다.

오후 내내 서울 시내 주요 레스토랑을 둘러보고 밤늦게 사무실로 돌아온 순간, 태환의 휴대폰이 요란하게 울리기 시작했다. 통화 버튼을 누르자, 벨 소리만큼이나 요란스러운 창훈의 목소리가 흘러나왔다.

[태환아, 너 지금 어디야?]

이번엔 또 무슨 사고를 쳐서 이렇게 호들갑이실까?

"사무실. 왜? 또 무슨 일이야?"

[아무래도 일 난 것 같아.]

그러면 그렇지.

"무슨 일인데 그래?"

[방금 성욱이 소속사에서 연락 왔어. 이거 잘못하다간 스캔들 날 것 같아!]

"스캔들?"

스캔들이란 말에 태환의 이마에 깊게 주름이 패었다.

한 시간도 채 되지 않아 제주도에 있어야 할 성욱과 성욱의 매니저 김 이사, 창훈 그리고 드림즈 김상원 대표가 사무실에 도착했다. 모두 심각한 표정인 걸 보니 이곳에 오기 전, 이미 의견을 주고받은 것처럼 보였다. 스캔들 해프닝의 주범인 성욱이 태환의 눈치를 보며 설명에 들어갔다.

"예전에 제가 대표님 차를 잠깐 빌린 적 있었잖아요. 그런데 바보 같은 기자 하나가 그 차를 내 차로 오인하고 따라붙었나 봐요."

사진 속의 인물은 태환인지 성욱인지 구분이 어려웠다. 하지만 차에 올라타는 하연의 모습은 선명하게 찍혀 있었다. 어젯밤 하연을 차에 태워 집으로 데려갈 때의 사진이었다. 지은은 자신이 잘 처리한다고 했으면서도 쥐새끼가 사진을 밖으로 빼돌리는 것은 놓친 모양이다.

처음부터 누나를 믿는 게 아니었는데…….

태환은 너무 쉽게 생각한 자신을 꾸짖었다. 그러나 겉으로는 시종일관 무표정을 유지했다.

"그래서 지금 내 차에 정하라가 올라타는 사진 한 장으로 스캔들이 날 거라는 거야?"

"아뇨. 그건 아니고. 좀 복잡하긴 한데…….."

"제가 설명하죠."

성욱이 말을 얼버무리자, 김 이사가 대신 서류 봉투에서 사진을 꺼내 테이블 위에 쫙 늘어놓았다. 망원 렌즈를 이용해 찍은 사진에는 대부분 하연과 성욱의 모습이 담겨 있었다. 촬영 중이나 회식 자리에서 서로를 바라보며 다정하게 대화하거나, 밝게 웃는 사진이 주를 이뤘다. 모르는 사람이 보기에도 하연을 바라보는 성욱의 시선은 너무나도 따뜻했다. 마음에 들지 않는 듯 태환의 미간이 살며시 좁아졌다.

"우리 성욱이가 워낙 상대 여자 배우에게 까칠하다고 소문났잖습니까. 그런데 이번 정하라 씨와 작업하면서 아무런 문제없이 순조롭게만 흘러가니까 뭔가 있다고 넘겨짚은 모양입니다. 성욱이를 계속 따라다니면서 몰래 사진을 찍었더라고요. 문제는 차 대표님 차를 성욱이 차로 착각해서 몰래 만나는 사이라고 오해한 것 같아요."

'그런데 대표님은 왜 정하라 씨와 사적으로 만나셨습니까?'
라는 질문은 생략했다. 묻는다고 진실을 이야기해줄 것 같지
도 않고, 괜히 태환의 심기를 건드릴 필요는 없으니까 말이다.

"그럼 내 차라고 해명하면 되지 않습니까? 사진 속 남자도
주성욱이 아니라 나라고 하면."

"그렇게 해명하려고 했는데……."

김 이사는 이번에는 다른 사진을 테이블 위에 올려놓았다.
사진 속에는 처음 만난 자리부터 시작해, 다정한 하연과 성욱
을 못마땅한 눈으로 노려보는 태환의 모습이 담겨 있었다.

"혹시 삼각관계가 아니냐고 묻더라고요. 아니면 정하라 씨
가 두 남자 사이에서 양다리를 걸치는 것일 수도 있고."

"뭐라고요?"

태환은 말문이 막혔다. 아무리 연예 기자라고 하지만, 어떻
게 생각한다는 게 그 수준일까?

"그래서 내 생각에는……."

그때까지 듣고만 있던 창훈이 조심스럽게 나섰다.

"어차피 날 거라면 정하라와 주성욱의 스캔들이 돼야 해."

태환은 차 회장 때문에라도 스캔들에 조심해야 하지만, 그것
보다 더 중요한 건 '따뜻한 심장' 영화 홍보에 관한 문제였다.

"이번에 공개 오디션까지 해가면서 정하라 씨를 여자 주인공
으로 뽑았는데, 제작자와 스캔들 일어난다고 가정해봐. 심사
과정부터 괜히 색안경 끼고 보게 될 거라고."

그녀를 오디션에서 뽑지 않으려고 가장 애쓴 사람이 누구인

데, 이런 말도 안 되는!

"그리고 여주 남주 러브라인도 문제가 되지. 영화를 보는 관객이 집중이 안 될 거라고. 아예 두 사람 사이에 핑크빛 소문이 나야 관객도 영화 내용에 더 빠져들고. 흥행에도 좋고."

서당개 삼 년이면 풍월을 읊는다더니 창훈은 언젠가부터 태환만큼이나 적극적으로 흥행과 손익 분기점을 따졌다.

"그렇다고 일부러 스캔들을 만들라고?"

"일종의 계약 스캔들인 셈이지. 소속사에선 인정하지 않고 친한 동료라고 둘러대면 돼. 그러다 영화 상영이 끝나면 그때 가서 진짜 아무 사이 아니라고 밝히면 되잖아."

잠자코 경청하기만 하던 상원도 자신의 의견을 말했다.

"저도 송 감독님 의견에 찬성합니다. 한류 스타 주성욱 씨와 스캔들이 난다고 해도 우리 측에서 크게 손해 볼 건 없으니까."

사실 손해라기보다는 주성욱 덕분에 주목을 받게 되니까 이익이라면 이익인 셈이다. 하연을 아낀다면서도 결정적인 순간에서는 그녀를 상품으로만 취급하는 상원의 태도에 태환은 화가 치밀어 올랐다. 하지만 그 역시 영화가 끝날 때까지 정하라는 자신이 투자한 상품이라고 했었다.

그녀도 이런 기분이었을까? 멋모르고 던졌던 모진 말이 결국 부메랑이 되어서 돌아오는 느낌이었다.

"좋아요. 그렇다면 먼저 정하라 씨에게 의견을 물어봐요. 그녀가 괜찮다고 하면 뜻에 따를 테니까."

"알겠습니다. 아, 그런데……."

말을 끝내고 일어서던 상원이 뭔가 생각난 듯 다시 자리에 앉았다.

"다음 달 영국으로 떠나기 전에 정하라 씨 촬영 일주일만 빼줄 수 있겠습니까? 아무래도 광고 하나 찍고 가야 할 것 같아서요. 송 감독님과는 이미 이야기가 끝났습니다."

어떤 광고인지 감이 잡혔지만 태환은 모르는 척, 가만히 고개를 끄덕였다.

"그렇게 하세요."

밤늦게 결정된 사항은 그다음 날 아침이 돼서야 하연에게 전달되었다.

"성욱 씨랑 스캔들이요?"

상원에게서 자초지종을 들은 하연은 잠시 할 말을 잃었다. 진한 키스신을 찍어도 전혀 아무런 느낌도 없는 남자와 스캔들이라니!

[아니, 스캔들까진 아니고.]

상원의 목소리가 휴대폰 너머로 흘러나왔다.

[뉘앙스만 풍기자는 거지. 곧 두 사람 열애 기사가 터질 거야. 우린 아니라고 공식적으로 부정할 테지만……. 어때? 괜찮겠어?]

"내가 싫다고 해도 어쩔 수 없는 거 아닌가요?"

[그건 아니지. 차 대표가 너에게 먼저 동의를 받아 오라고 했으니까.]

불미스러운 일이 일어나면 안 된다고 계약 전부터 못 박았던 그가 갑자기 태도를 바꾸었다고?

"차 대표님은 정말 괜찮대요? 계약서에는 아예 스캔들 자체를 일으키지 않는 걸로 돼 있잖아요."

[이번 경우는 어쩔 수 없잖아. 차 대표 본인도 연루되어 있으니까. '스캔들 제조기' 성욱이에게 차는 왜 빌려줘서 이 사태를 만드나, 참.]

"알았어요."

하연은 상원과 전화를 끊고 곧장 태환에게 전화를 걸었다. 그에게 직접 괜찮다는 말을 듣고 싶었기 때문이다.

[연락받았나 보군요.]

하연이 전화할 거라고 예상했는지 태환은 담담한 목소리로 전화를 받았다.

"정말 괜찮겠어요?"

[아뇨. 전혀 괜찮지 않습니다.]

"그런데 왜 찬성했어요?"

순간 침묵이 흘렀다.

그리고 잠시 후…….

[……그건 당신이 다칠지도 모르니까. 만약에 그렇게 되면 내가 못 견딜 것 같아서…….]

건조하고도 쓸쓸한 목소리로 태환이 대답했다.

상원에게서 상황을 전해 들은 민성은 세상을 다 가진 듯한 표정을 지었다.

"한동안 촬영장에서 차 대표를 보기 어렵겠네."

민성은 운전하는 내내 싱글거리며 콧노래를 흥얼거렸다.

"말도 안 돼. 지나가다가 차 태워줬다고 스캔들이 난다는 게 말이 돼요?"

민성과 달리 서영은 볼멘 얼굴로 투덜거렸다.

"원래 이 세계가 그런 거야. 옆에 매니저를 대동하고 여럿이 밥을 먹어도 주목받을 인물만 콕 집어내서 스캔들을 일으킨다고."

그렇지. 원래 이 세계가 그런 거지. 말도 안 되는 사실이 진실이 되는 세계.

캄보디아 봉사 활동을 떠나서도 하연에게 돌아오는 건 헛소문에서 시작된 질타뿐이었다. 잠재우려고 하면 할수록 헛소문은 눈덩이 커지듯 커졌고 결국 거짓은 진실로 둔갑했다.

어쩌면 어렵게 기사를 바로잡기보다는 편하게 그녀와 성욱을 묶어버리는 게 나을지도 모르겠다. 그렇게 이해하려고 해도 가슴이 답답한 건 어쩔 수 없었다.

마냥 연기하는 게 좋아서 선택한 길인데 어째 요즘은 연기보다는 다른 일로 머리가 복잡하다. 처음으로 하연은 '배우의 길을 걷기로 한 게 과연 옳은 결정이었나?' 하는 후회가 들었다.

"그런데 말이야."

흥겹게 콧노래를 흥얼거리던 민성이 정지 신호에 차가 멈추자, 뒤에 앉은 하연에게 고개를 돌렸다.

"주성욱, 제주도에서 촬영 있다고 계속 빠진 거잖아. 그래놓고선 바로 서울로 올라왔다며? 그러면 그동안 서울에서 뭐 한 거래?"

"글쎄……"

그동안 성욱이 서울에서 뭘 했는지, 전혀 관심 없다. 하연은 건성으로 대답하며 창밖 풍경으로 시선을 돌려버렸다.

"파파라치 손써준다고 하더니, 어떻게 된 거야?"

[보고 올라가는 걸 막아준다고 했지, 기사까지 막아준다고 하진 않았어.]

미안하다는 한마디가 뭐 그리도 어려운지 지은은 끝까지 강하게 나왔다. 그렇다고 해도 태환은 지은을 원망할 생각은 없었다. 조금이라도 느슨하게 경계를 푼 그의 실책이니까.

"그래? 좋아."

뭘 기대한 걸까? 그렇게 당하고도 아직도 가족에 대한 미련을 버리지 못한 자신이 한심할 뿐이다.

"그렇다면 거래는 여기까지야."

[뭐?]

"앞으로는 나 혼자 알아서 처리할 거라고. 그만 끊어."

[야, 차태환!]

일방적으로 전화를 끊은 태환에게 옆에서 대기 중이던 강 비서가 가깝게 다가왔다.

"아무래도 아셔야 할 것 같아서……. 대표님이 찾아보라는 분 말입니다. 회장님이 워낙 철저하게 막아놓아서 도저히 찾을 수가 없었습니다. 태어나자마자 입양을 보냈다고는 하는데 그 당시 기록이 전혀 남아 있질 않았습니다. 회장님만 아시는 것 같습니다."

"그래?"

"죄송합니다."

강 비서는 어두운 얼굴로 빠르게 고개를 숙였다. 지은도 알아내지 못하는 인물을 강 비서가 알아내기에는 역부족일 것이다. 어차피 지은과의 거래는 끝났으니까 의문의 고종사촌이 누구인지를 꼭 지금 찾아낼 필요는 없었다.

"그래, 알았어."

태환은 가볍게 넘기기로 했다. 지금은 그게 중요한 게 아니니까. 너무 낙천적으로 대응한 탓에 일이 틀어지고 말았다. 모두 무시하고 하연을 만나도 되지만, 자칫 그녀에게 불이익이 생길지도 모르기에 쉽게 발이 떨어지지 않았다.

예전보다는 열애 스캔들로 타격받는 일은 줄었지만, 만에 하나라도 삼각관계나 양다리 스캔들로 번지면 후폭풍이 어마어마할 것이다. 남자 연예인 대부분은 쉽게 재기에 성공해도 여자 연예인은 시간이 걸리거나 아예 돌아오지 못하는 경우가 허다했다.

그렇다고 하연을 멀리서 바라만 볼 수는 없었다. 단지 이틀 만나지 못했을 뿐인데도 속이 문드러지듯 아프고 힘들었다.

태환은 두 눈을 감고 손끝으로 책상을 두드리며 생각에 잠겼다. 촬영장 근처에는 얼씬도 하지 않는다고 해도 남들 눈에 띄지 않게 은밀히 만날 방법을 찾아야 한다.

예를 들자면…….

한참 후, 굳게 감겨 있던 두 눈이 번쩍 뜨였다. 태환은 옆에 놓인 휴대폰으로 급하게 손을 뻗었다.

"강 비서, 지금 당장 아산 빌딩 설계도와 공사 일정표 가지고 현장으로 와줘. ……그래. 부탁해."

전화를 끊은 태환은 이어서 다른 전화번호를 눌렀다. 잠시 단조로운 신호음이 흐르고 상대가 전화를 받았다.

"안녕하세요. 차태환입니다. ……혹시 오늘 시간 되십니까? 만나서 긴히 할 이야기가 있는데요. ……네. 제가 사무실 근처로 가죠. ……그럼 저녁에 뵙겠습니다."

통화 종료 버튼을 누른 태환은 입매를 비틀며 혼잣말을 중얼거렸다.

"후, 지금 누구를 속이려고."

확실한 건 아니지만, 요즈음 일어난 일련의 사건으로 미루어보아 희미하게나마 윤곽이 잡혔다. 평소라면 저쪽에서 먼저 빈틈을 보일 때까지 기다리겠지만, 지금 태환에게는 인내심이 없었다. 다른 누구도 아닌 유하연이 관련된 일이니까.

태환은 자리에서 일어나, 빠른 걸음으로 사무실을 나섰다.

14. 이렇게는 도저히
안 될 것 같아요

"후우."

하연은 시무룩한 표정을 지으며 길고 긴 한숨을 내쉬었다. 태환을 못 본 지 겨우 3일이 지났을 뿐인데도 촬영할 때를 제외하곤 온몸에 힘이 빠진 것처럼 팔다리가 무거웠다.

데이지 카페 금단 증상은 일주일 정도 버틸 수 있었지만, 태환을 못 봐서 생기는 증상은 생각했던 것보다 훨씬 더 심각한 것 같다. 공허한 마음에 식욕도 의욕도 잃었으니까.

하연은 축 처지듯 소파에 기대어, 화려한 조명에 물든 무대를 멍하니 바라보았다. 스피커에선 시끄러운 음악이 흘러나오고 흥에 겨운 사람들의 외침이 주위를 가득 채웠지만, 하연에게는 딴 세상 이야기였다.

이상하지? 차태환이란 남자를 안 지 얼마나 되었다고, 고작 며칠도 견디지 못해 이러는 걸까?

자꾸만 입 안이 바짝바짝 마르고 시도 때도 없이 심장이 쿵쾅거렸다. 하연은 뛰는 가슴을 진정하려 한쪽 손으로 가슴을 꾹 눌렀다.

"……보고 싶다."

언젠가부터 자신도 모르게 혼자 중얼거리는 버릇마저 생겼다. 항상 머릿속으로만 생각했지, 입 밖으로 꺼낸 적은 거의 없었는데……. 모르겠다. 태환을 만나고 나서부터 하연은 전혀 다른 모습의 자신을 마주하곤 했다. 배부른 상태에서 억지로 그가 해준 요리를 먹질 않나, 별것도 아닌 일에 깜짝깜짝 놀라거나 풀이 죽질 않나. 안절부절못하면서 시계를 들여다본다거나 혹시라도 태환이 왔을까 주위를 두리번거리는 경우도 종종 있었다.

보고 싶은데 쉽게 만날 수 없으니, 더 애가 타고 더더욱 그리웠다. 지금도 하연은 혹시나 하는 마음에 어지러운 클럽 내부를 눈으로 샅샅이 살피고 있었다.

하지만 현란한 사이키 조명 탓에 가까이 다가가지 않고선 누가 누구인지 구별이 어려웠다. 꼭두새벽부터 밤늦게까지 쉴 틈을 주지 않고 밀어붙이는 드라마 제작과는 달리, 영화는 하루에 계획된 장면 한두 개만 소화하면 그날의 촬영을 마무리했다. 러프 컷을 훑어보며 보충 장면이나 재촬영 여부를 결정해야 하는 경우도 있어 가끔 촬영이 연기되기도 했다.

덕분에 하연에게는 아주 넉넉한 자유 시간이 주어졌다. 그러나 그런 시간의 여유가 오히려 그녀에게는 독이 돼버렸다. 자꾸만 태환을 떠올리며 가슴앓이를 하게 되니까. 아예 강행

군이었더라면 견디기가 조금 더 수월했을지도 모르겠다.

목소리를 들으면 더 보고 싶을 것 같아, 하연은 몇 번이나 휴대폰을 들었다 놨다만 되풀이했다. 태환도 아마 같은 이유로 망설이고 있을 것이다.

─한동안은 기자들이 너와 주성욱에만 포커스를 맞추게 해야 해. 스캔들이 터져도 우리에겐 손해보다는 이득이 많을 거야. 그러니까 아무 걱정하지 말고.

상원은 심각한 얼굴로 몇 번이나 거듭 강조했었다. 연기는 극중에서만 하는 건 줄 알았는데 실생활에서도 해야 하는 건가?

"하라 씨, 왜 아까부터 앉아 있기만 해요? 재미없어요?"

2층 발코니 무대에서 돌아온 성욱은 꼼짝하지 않고 소파에만 있는 하연에게로 다가왔다.

"난 그냥 이렇게 구경하는 게 좋아요."

성욱이 몸이 닿을 정도로 가까이 다가와 앉자, 하연은 슬그머니 옆으로 몸을 피했다. 그에게선 독한 술 냄새가 풍겼다. 오늘 성욱은 꽤 많은 양의 술을 마셨다.

그가 평소보다 들뜬 이유는 오늘이 바로 데뷔한 지 8년이 되는 날이기 때문이다. 소속사는 8주년을 기념하기 위해 '골든 스튜디오' 2층 전체를 빌려 파티를 열어주었다. 파티에는 성욱의 소속사 연예인과 친한 지인 등이 초대되었다.

하연과 김상원 대표에게도 초대장이 날아왔다. 상원은 홍콩

출장 때문에 올 수 없었고 하연은 예의상 얼굴만 내비칠 생각으로 민성과 함께 참석했다. 마침 민성은 상원의 전화를 받으러 밖으로 나가느라 옆에 없었다.

"그러면 하라 씨, 술이나 더 마셔요."

성욱이 다시금 그녀 곁으로 바짝 다가왔다. 코끝에 '훅' 하고 스며드는 술 냄새에 하연은 저도 모르게 인상을 찌푸렸다.

"내일은 촬영도 없잖아요. 맘껏 마시자고요."

성욱은 씩 웃으며 위스키 병을 흔들어 보였다. 이쯤 되면 누군가가 성욱을 말려주면 좋을 텐데, 방금까지만 해도 옆에 있던 성욱의 매니저는 어디론가 사라지고 보이지 않았다.

"그러면 맥주로 주세요. 위스키는 너무 독해서……."

"에이, 맥주 마시면 배부르잖아요."

맥주가 아니라 물을 마신다고 해도 잠자코 따라주던 성욱이 투덜거리는 걸로 보아 진짜 많이 취한 모양이었다.

"배불러도 맥주 마실래요. 섞어 마시면 다음 날 머리가 아프거든요."

하연은 위스키를 부으려는 성욱의 손을 가볍게 밀어냈다. 그런데 그만 성욱의 손에서 술병이 미끄러졌다.

"앗!"

성욱의 손에서 빠져나온 병이 하연 쪽으로 넘어지며 위스키가 쏟아졌다. 재빨리 소파에서 몸을 일으켰지만, 이미 위스키에 온몸이 흠뻑 젖어버린 후였다. 옷뿐만이 아니라 머리카락에서도 위스키 냄새가 진동했다.

"이런, 미안해서 어떡하죠?"

"괜찮아요."

성욱이 냅킨으로 젖은 옷을 닦아주려 하자, 하연은 두 손을 저으며 뒤로 물러섰다.

"이만 가볼게요."

그녀는 냅킨으로 대충 위스키를 닦으며 소파에 둔 핸드백을 집어 들었다.

"어머머머, 하연아! 이게 뭔 일이래?"

그때 통화를 마치고 돌아온 민성이 술독에 빠진 생쥐 꼴이 된 하연을 보고 호들갑을 떨었다. 자신의 실수로 하연의 꼴이 엉망이 되자, 성욱은 술이 확 깨버린 것 같았다. 미안한 표정으로 하연의 앞을 막아섰다.

"하라 씨, 갈 땐 가더라도 옷은 갈아입고 가요. 그 상태로 차에 타면 술 냄새가 진동해서 안 돼요."

애석하게도 그의 말이 맞았다. 위스키 냄새가 너무 강해서 가만히 있어도 머리가 핑 돌 지경이었다.

"잠시만요. 내가 매니저에게 부탁해볼게요."

성욱에게 연락받은 클럽 매니저는 여종업원의 유니폼을 가지고 급하게 달려왔다.

"우선 이걸로 갈아입어요."

크롭티와 미니스커트였지만, 아쉬운 대로 클럽 유니폼을 받을 수밖에 없었다.

"갈아입기 전에 샤워부터 해요. 복도 맨 끝에 욕실이 딸린 게스트 룸이 있어요."

"그럴게요."

하연은 한시라도 빨리 옷을 갈아입기 위해 서둘러 복도 끝으로 향했다.

"8주년 기념 파티? 내가 그런 데까지 가줘야 하나?"

태환은 차가운 목소리로 매몰차게 거절했다. 다른 누구도 아닌 이번 사태의 주범인 주성욱을 위한 파티라니. '스캔들 제조기' 아니랄까 봐, 골치 아픈 일만 저지르는 성욱이 태환의 눈에 예뻐 보일 리가 없었다. 예쁘기는커녕 한 대 치고 싶은 걸 꾹 참고 있는데……

[그래도 네가 이번 영화 제작자인데 잠깐이라도 얼굴을 보여 줘야지. 안 그래?]

창훈은 지치지도 않고 끊임없이 태환을 설득했다.

[난 뭐, 성욱이 녀석이 예뻐서 챙겨주는 줄 알아? 엄마 절친 아들만 아니었으면……. 그래도 어쩔 거야? 이번 영화 주인공인데. 그러지 말고 와라. 난 지금 조감독이랑 출발할 거야.]

태환은 계기판의 시계를 흘낏 쳐다보았다. 시간은 밤 11시를 막 넘기고 있었다.

"좋아. 거기서 봐."

통화를 끊은 태환은 차선을 바꿔 가던 방향을 돌렸다. 어차피 지금 집에 돌아간다고 해도 쉽게 잠들 수 없을 테니까.

요 며칠 태환은 불면증으로 밤잠을 설쳤다. 눈을 감으면 불현듯 하연의 얼굴이 떠올라 통 잠을 잘 수가 없었다. 철이 들고 나서 이렇게까지 누군가를 그리워했던 적이 있었던가? 길을 걷다가도 옥외 광고판에 하연의 광고가 나타나면 태환은 제자리에 선 채, 하염없이 광고 속의 하연을 바라보았다. 완전 상사병에 걸리기 일보 직전이었다.

늦은 시간이라, 교통이 원활한 덕분에 클럽까지는 30분도 걸리지 않았다.

태환은 일반인이 드나들 수 있는 출입문과 반대 방향인 VIP 전용 출구를 통해 2층으로 향했다. 한류 스타인 주성욱을 위한 파티인지라, 실내는 눈에 익은 유명 연예인들로 꽉 차 있었다. 그중에서 먼저 태환을 알아보고 가까이 다가와 인사하는 배우도 몇몇 있었다.

하지만 대부분은 그가 영화 제작자라는 사실을 전혀 모르는 채, 배우보다 뛰어난 외모를 가진 태환을 호기심 어린 눈으로 힐끔힐끔 훔쳐보았다.

창훈과 조감독은 아직 도착하지 않았는지 보이지 않았다. 파티의 주인공인 성욱도 마찬가지였다. 얼굴만 보고 바로 돌아갈 생각이었는데…… 태환은 따분한 얼굴로 주위를 둘러보았다.

"칵테일 드시겠습니까?"

가슴이 훤히 드러나는 크롭티와 미니스커트를 입은 종업원이 칵테일 잔이 놓인 쟁반을 들고 다가왔다. 비키니나 다름없는 야한 옷차림에 태환은 미간을 찡그리며 고개를 저었다. 서빙하는 직원에게 저런 옷을 입게 하다니, 마음에 들지 않는다.

발코니 쪽으로 다가가던 태환은 꿰다놓은 보릿자루처럼 우두커니 앉아 있는 민성을 발견했다. 민성을 보는 순간 태환의 심장은 '쿵' 소리를 내며 밑으로 내려앉았다. 민성이 여기에 있다는 건 하연도 이곳에 있다는 거니까.

태환은 두근거리는 마음을 진정하며 빠르게 주위를 둘러보았다. 하지만 애석하게도 하연의 모습은 어디에서도 보이지 않았다.

"장민성 씨."

시끄러운데도 민성은 태환의 목소리를 귀신같이 알아들었는지, 그를 보자마자 자리에서 벌떡 일어섰다.

"네넵!"

"유하연 씨, 지금 어디 있습니까?"

"아, 그게 말이죠."

민성은 난처한 표정을 지으며 복도 끝을 가리켰다.

"술 벼락을 맞아서 옷 갈아입으러. 잠시……."

"술 벼락이요?"

"성욱 씨가 술에 취해서 실수를 좀 했거든요. 우선 급한 대로 여기 유니폼으로 갈아입으려고."

"유니폼이라면? 저거?"

태환이 비키니 차림이나 다름없는 유니폼을 가리키자, 민성은 위아래로 고개를 끄덕거렸다.

하! 이제야 좀 살 것 같다.

샤워를 마친 하연은 마른 수건으로 머리카락의 물기를 털어냈다. 몸에 짝 달라붙는 크롭티와 미니스커트가 거슬리긴 했지만, 할 수 없었다. 그래도 위스키 범벅이 된 옷보단 나으니까.

"헉!"

머리를 말리느라, 상체를 숙이자 크롭티가 벌어지며 가슴골이 확 드러났다. 하연은 화들짝 놀라며 얼른 손바닥으로 가슴을 가렸다. 그래도 불행 중 다행이라면 조명이 어두워 잘 보이지 않는다는 것이었다.

머리 말리기를 끝내고 헤어드라이어를 끄려는데 밖으로부터 '쾅' 거칠게 문 열리는 소리가 들렸다.

하연은 살며시 욕실 문을 열고 조심스럽게 밖을 내다보았다. 두 남녀가 벽에 기대어 서로를 끌어안고 있었다.

"흐윽."

"아아."

남녀는 서로의 몸을 벽으로 밀어붙이며 성인 영화에서나 볼 수 있는 야한 장면을 연출했다.

헉, 뭐야!

하연은 비명이 새어나갈까 봐, 손으로 입을 틀어막았다. 어두운 조명 탓에 남녀의 얼굴을 자세히 볼 순 없었다. 여자는 그녀와 같은 클럽 유니폼 차림이었고, 밝은 색상의 셔츠를 입은 남자는 키가 훤칠히 크고 어깨도 넓었다.

스커트를 걷어 올린 남자의 손이 여자의 허벅지를 움켜쥐자, 하연은 얼른 욕실 문을 닫아버렸다.

설마, 저 두 사람, 갈 데까지 가려는 건 아니겠지?

하연은 울상을 지으며 욕실 문에 힘없이 등을 기대었다.

오늘은 정말 운이 나쁜 날인가 보다!

태환은 민성이 알려준 대로 복도 끝으로 빠르게 걸어갔다.

맨 끝 방이라고 했는데…….

복도 끝에서 옆으로 꺾자, 양쪽으로 게스트 룸이 있었다. 민성은 맨 끝에 있는 방이라고만 했지 어느 쪽인지 알려주지 않았다.

태환은 우선 왼쪽 방문을 노크해보았다. 아무런 기척이 없자, 문을 열어보았다. 밝은 조명이 내리쬐는 방은 아무도 없이 텅 비어 있었다. 이번에는 오른쪽 방문을 두드려보았다. 역시 대답이 없자, 태환은 천천히 문을 열었다.

"하연 씨?"

어두운 조명 탓에 잘 보이지 않았지만, 벽 구석에 무언가 움직이는 사물이 눈에 들어왔다. 태환이 안으로 발을 들여놓고 문을 닫자, 밖의 소음이 완벽하게 차단되었다.

"하아, 하아."

"으흑."

그제야 태환은 실내를 가득 채우는 나직한 신음을 들을 수 있었다. 하나처럼 뒤엉킨 남녀가 뜨거운 키스를 나누고 있었다. 남자의 두 손이 여자의 얼굴을 감싸고 있어 누구인지 구분이 어려웠다. 그러나 그녀가 몸을 비틀 때마다 크롭티에 인쇄된 클럽 로고가 눈에 들어왔다.

―우선 급한 대로 여기 유니폼으로 갈아입으려고.

조금 전, 민성이 해준 말이 떠올랐다.

"아, 미치겠다. 정말!"

남자는 거친 숨을 내뱉으며 열에 들뜬 목소리로 중얼거렸다.

저 목소리는 주성욱?

자세히 살펴보니, 꼼짝하지 못하게 억지로 여자의 얼굴을 붙잡고 키스를 퍼붓는 것처럼 보인다.

순간 태환의 머릿속이 텅 비어버렸다. 이 방에서 클럽 유니폼을 입고 있을 여자는 단 한 사람밖에 없었다.

이 녀석, 술 취했다고 하더니!

태환은 그대로 손을 뻗어 성욱의 어깨를 움켜쥐었다. 깜짝 놀란 성욱이 키스를 멈추고 고개를 돌리는 동시에, 태환의 주먹이 그의 얼굴을 강타했다.

"끅!"

주먹 한 방에 성욱의 몸이 저만치 날아갔다.

"꺄악!"

눈 깜짝할 사이에 성욱이 나가떨어지자, 여자의 입에서 날카로운 비명이 흘러나왔다. 전혀 예상하지 못한 목소리에 태환은 여자에게로 천천히 고개를 돌렸다.

여자는 동그랗고 하얀 얼굴에 등까지 내려뜨린 갈색 곱슬머리를 가지고 있었다. 당장에라도 울음을 터뜨릴 것 같은 여자는 유하연이 아니었다.

"한정애?"

태환은 믿을 수 없다는 얼굴로 정애를 바라보았다. 그녀는 충격 받은 얼굴로 바닥에 쓰러진 성욱과 태환을 번갈아 바라보았다. 바들바들 떨던 그녀는 온몸에 힘이 빠져나갔는지 다리가 꺾이며 몸의 중심이 앞으로 쏠렸다. 반사적으로 태환은 손을 뻗어 그녀를 품에 끌어안았다.

끼이익―.

동시에 욕실 문이 열리며 하연이 얼굴을 내밀었다.

소란스러운 소리와 함께 여자의 비명이 들리자, 하연은 끝내 호기심을 못 참고 밖을 내다보았다. 서로 부둥켜안은 태환과 정애를 발견한 하연의 얼굴이 창백하게 굳어버렸다.

그러면……… 지금까지 키스한 사람은 바로?

너무 놀라서 혀가 굳어버렸는지 목소리가 나오지 않았다.

인기척을 느낀 태환과 정애가 황급히 욕실 쪽으로 고개를 돌렸다. 하연과 눈길이 마주친 태환은 끌어안았던 정애를 황급히 밀어냈다. 잠시 불안하게 휘청거리던 정애는 가까스로 벽에 몸을 기대었다. 그리고 어리둥절한 표정으로 하얗게 질린 하연을 바라보았다.

한정애, 살아 있는 인형이라고 불리는 아이돌 출신의 배우.

사람들의 찬사가 괜히 나온 건 아닌가 보다. 어두운 조명에서도 한정애는 보석처럼 반짝반짝 빛났다.

저렇게 예쁘니까 남자들이 반했겠지. 아무리 그렇다고 해도……

하연은 목이 메어와 눈물이 흐를 것만 같았다.

요 며칠, 스캔들 어쩌고저쩌고하면서 피한 건 모두 핑계였나?

그녀에게 관심이 식어버린 태환이 적당히 둘러댔을지도 모른다. 그럴 리 없다고, 태환은 그런 사람이 아닐 거라고 믿고 싶어도 앞에 서 있는 한정애는 너무나도 눈이 부셨다.

지금까지 살면서 이렇게까지 누군가가 미웠던 적이 있던가?

가만히 있다간 눈물이 터질 것 같아, 하연은 주먹을 꽉 움켜쥐며 아랫입술을 깨물었다.

이런 게 바로 질투일까?

"으음……."

그때였다. 뒤쪽에서 희미한 남자의 신음이 들렸다. 그제야 정애는 퍼뜩 정신을 차리고 신음이 들리는 쪽으로 달려갔다.

"성욱 씨!"

어두운 조명 아래, 바닥에 쓰러진 성욱이 눈에 들어왔다. 그는 두 손으로 얼굴을 감싼 자세로 태아처럼 몸을 웅크리고 있었다.

아, 맞다!

하연은 오늘 성욱이 밝은 색상의 셔츠를 입고 있었다는 사실을 기억해냈다. 아까 키스한 남자도 밝은 색상의 셔츠를 입고 있었고 앞에 서 있는 태환은 짙은 색상의 셔츠를 입고 있었다.

"아……."

긴장이 풀리고 하연의 몸에서 기운이 썰물처럼 빠져나갔다. 그녀가 제자리에서 주저앉을 듯 비틀거리자, 태환은 빠르게 손을 뻗어 그녀를 품으로 끌어당겼다.

그의 가슴에 얼굴을 기대자, 지금까지 참았던 눈물이 왈칵 터져 나올 것만 같았다. 누군가를 좋아하게 되면 정말 별거 아닌 일에도 눈물이 글썽거리게 되나 보다.

하연은 애써 눈물을 참으며 그의 셔츠 깃을 꽉 움켜쥐었다.

"어떡하면 좋아! 배우는 얼굴이 생명인데……. 내일 되면 시커멓게 멍이 들 거라고."

정애는 성욱의 부은 뺨을 얼음주머니로 문지르며 따지듯이 투덜거렸다. 그러나 날카로운 태환의 눈길과 마주치자, 곧 입을 다물었다. 지금 분위기로 봐선 조용히 있는 게, 두 사람을 위한 길이었으니까. 성욱은 자신이 지은 죄를 알기에 찍소리도 못하고 그저 고개만 숙였다.

"어떻게 된 일인지 알아들을 수 있게 설명해봐."

"대표님, 저, 그러니까……. 그게……."

"어제 김 이사 만나서 네가 어디서 무엇을 했는지 다 확인했어."

"……정말 죄송합니다. 사실은……."

성욱의 설명은 단순하면서도 복잡했다. 한정애와 헤어지고 난 뒤 한 달 만에 다시 그녀에게로 돌아갔지만 이미 매스컴에 두 사람의 이별 기사가 대문짝만 하게 뜬 후였다.

남들 시선 때문에 데이트다운 데이트도 못 해본 두 사람은 이번엔 철저히 비밀 연애를 하기로 했다. 대신 두 사람의 관계를 가려줄 방패막이 필요했다. 이에 주성욱의 상대 배우인 정하라가 자연스럽게 거론되었던 것이다. 어차피 같은 영화에 출연하는 두 사람에게 세인의 시선이 쏠릴 테니까.

성욱은 하연에게 마음이 있는 것처럼 소문나게 한 다음, 뒤에서 한정애와 밀회를 즐길 계획을 세웠다. 일부러 파파라치에게 정하라에게 관심이 있다는 정보를 슬쩍 흘리기도 했고, 제주도로 촬영 가서도 새벽 비행기를 타고 서울을 오가며 정애와 사랑을 불태웠단다. 아무것도 모르는 파파라치는 성욱이 하연을 몰래 만나러 오는 것으로 오해한 것이고.

오늘은 한정애가 클럽 종업원처럼 변장하고 슬그머니 파티에 숨어들었지만 맞은편 방 대신 하연이 머무르는 게스트 룸으로 들어오는 실수를 저지른 것이다.

"아무 관계도 없는 사람을 너희 연애질에 끌어들여?"

긴 설명이 끝났지만, 태환의 굳은 표정은 쉽사리 풀어지지 않았다.

"한류 스타라고 오냐오냐해줬더니 눈에 보이는 게 없어?"

"죄송합니다, 대표님."

성욱은 연신 머리를 조아렸다. 태환의 까칠한 성격에 계약을 무르자고 할지도 모른다.

하연은 입을 다문 채, 듣기만 했다. 사실 아무 내용도 귀에 들어오지 않았다. 그것보다는 태환과 한정애가 아무 사이가 아니라는 사실에 안도했다.

만에 하나라도 그녀와 키스한 남자가 태환이라면 어땠을까? 상상하는 것만으로도 날카로운 바늘에 심장이 찔리는 것처럼 고통스러웠다.

"됐다, 그만하자."

태환은 성욱에게서 날카로운 시선을 거두었다. 괘씸하긴 했지만, 젊은 날의 혈기로 멋모르고 저지른 일이니까 일을 더 크게 확대할 필요는 없을 것이다.

얼음찜질에도 불구하고 성욱의 얼굴 한쪽이 부어오르고 있었다. 멍이야 분장으로 가린다고 해도 적어도 며칠은 부은 상태가 지속될 것이다.

"그런데 그 얼굴은 어떻게 할 거야?"

"네? 아……. 그러게 말입니다. 너무 취해서……. 하필 넘어져도 얼굴을 다치고……."

"무슨 소리야, 성욱 씨? 넘어져서 다쳤다니? 아까 맞으면서

머리도 다친 거 아냐? ……읍!"

말귀를 못 알아들은 정애가 끼어들려고 하자, 성욱은 재빨리 그녀의 입을 틀어막았다.

"하여간 파파라치 일은 신경 쓰지 않으셔도 됩니다. 제가 알아서 다 처리할게요."

"내가 널 어떻게 믿고?"

"영화가 끝날 때까지만 기다려주시면, 제가 먼저 특종거리를 주겠다고 미끼를 던질게요."

"좋아. 다음부턴 절대로 봐주지 않을 거야. 명심해."

"네. 감사합니다, 대표님!"

정상 참작이란 없다는 태환의 입에서 다음부턴 절대로 봐주지 않을 거라는 말이 나오다니! 죽다가 살아난 사람처럼 성욱의 얼굴빛이 환해졌다.

"더 물어볼 것 없습니까?"

태환은 한마디도 하지 않는 하연에게로 고개를 돌렸다. 그런데 하필 목선이 깊이 파여 가슴골이 드러나는 지점에 시선이 머물러버렸다. 태환은 급히 반대 방향으로 고개를 틀었다. 그녀의 옷차림에 관해서 까맣게 잊고 있었다.

다행스럽게도 방 안은 어두운 편이었다. 그래도 조금이라도 성욱의 시선이 하연에게 닿을까, 신경이 곤두섰다. 될 수 있으면 빨리 이곳을 나가는 게 좋을 듯싶었다. 태환은 하연의 손을 잡고 소파에서 몸을 일으켰다.

"이만 가볼 테니까, 너희는 천천히 따로따로 나와. 두 사람의 스캔들이 나는 것도 원치 않으니까."

문을 열자, 언제 왔는지 민성이 초조한 얼굴로 복도를 서성거리고 있었다.

"하연아, 무슨 일이야? 표정이 왜 그래?"

누가 매니저 아니랄까 봐, 민성은 어둠 속에서도 단번에 하연의 상태를 알아챘다.

"장민성 씨."

태환의 부름에 민성은 곧바로 하연에게서 태환 쪽으로 몸을 틀었다.

"네?"

"유하연 씨는 내가 바래다줄 테니까, 우리가 떠나고 30분 후에 클럽에서 나와요. 혹시라도 파파라치가 따라붙을지 모르니까."

"네, 알겠습니다."

무슨 일이냐고 물어볼 법도 하지만, 태환의 기에 완전히 눌려버린 민성은 잠자코 그의 지시에 따랐다. 민성은 두 사람이 계단을 내려갈 때까지 제자리에서 꼼짝도 하지 않았다.

"우선 이거라도 걸치고 있어요."

태환은 차에 타자마자 재킷을 벗어 하연에게 건넸다. 재킷 덕분에 훤히 드러나는 가슴골은 가릴 수 있었지만, 미니스커

466

트 기장이 짧은 탓에 하얀 허벅지가 고스란히 드러났다.

눈길을 주지 않으려고 했지만, 의지와는 반대로 자석에 끌리듯 자꾸만 고개가 돌아간다. 마음 같아서는 이대로 끌어안고 숨도 쉴 수 없을 정도로 입술을 삼키고 싶었다. 하지만 이미 천천히 나아가자고 약속한 데다, 키스로 끝내기엔 그녀의 옷차림은 너무나도 위험했다.

"저, 그런데……."

시동을 걸고 차를 출발하려고 하자, 하연이 조심스럽게 입을 열었다.

"잠깐 이야기 좀 할 수 있을까요?"

"지금이요?"

계기판의 시계는 새벽 1시 35분을 가리키고 있었다.

"늦은 시간이지만, 지금 이야기했으면 좋겠어요."

"그러죠."

태환은 클럽에서 가까운 나폴레옹으로 차를 몰았다. 영업이 끝난 레스토랑 건물엔 어둠이 내려 있었다. 지하 주차장을 통해 건물 꼭대기 층과 연결된 엘리베이터를 타자, 곧바로 태환의 개인 사무실로 연결되었다.

"파파라치 눈을 피하기엔 이곳이 제일 안전할 겁니다."

태환은 하연에게 소파에 앉기를 권하고 사무실에 딸린 간이 주방으로 향했다. 그리고 잠시 후, 재스민 차가 담긴 찻잔을 들고 돌아왔다.

"놀랐죠? 나와 한정애가 부둥켜안고 있어서."

하연에게 찻잔을 건네며 태환은 무덤덤한 어조로 물었다.

"네."

그녀는 두 손으로 찻잔을 받으며 위아래로 고개를 끄덕였다.

"잠깐이긴 했지만, 오해했어요."

하연은 순순히 그녀의 감정을 털어놓기로 했다.

"솔직히 말하자면 질투 났어요. 그것도 아주 많이요. 듣던 것처럼 한정애 씨는 눈부시게 아름답고, 또…… 껴안고 있는 두 사람의 모습이 제법 잘 어울려서……."

그 광경을 떠올리는 것만으로도 눈물이 핑 돌 정도로 화가 났다. 희대의 악녀라고 불리는 장희빈의 심정이 이해될 지경이었다. 하연은 그런 자신이 무섭게 느껴졌다.

"미안하지만, 잠시만."

태환은 대화 도중에 일어나더니 사무실 뒤쪽으로 사라졌다. 잠시 후, 무릎 담요를 들고 나타나 잠자코 그녀의 다리 위에 담요를 올려놓았다.

푹신한 소파에 앉으니 차 안에 있었을 때보다 스커트가 더 위로 말려 올라가 하얀 허벅지가 적나라하게 드러났다. 하연은 미처 알아채지 못한 모양이다. 그러나 태환에겐 전혀 다른 문제였다.

더 야한 옷을 입은 배우나 모델과 마주 앉고도 아무렇지 않게 업무에 집중하곤 했는데……. 이상하게도 하연에겐 평정심을 유지할 수 없었다.

"안 추운데……."

그녀는 순진하게도 자신이 추울까 봐 그가 담요를 가져왔다고 생각하나 보다. 태환은 어색하게 웃으며 찻잔을 입으로 가져갔다.

"하던 이야기, 계속해요."

"……곰곰이 생각해봤는데요."

하연은 앞에 놓인 찻잔을 만지작거리며 말을 이었다.

"……이렇게는 도저히 안 될 것 같아요."

전혀 예상하지 못한 내용에 태환의 미간이 좁아졌다.

"도저히 안 될 것 같다는 게 무슨 뜻입니까?"

"그건……."

하연은 마른침을 꿀꺽 삼키고 그의 얼굴을 빤히 쳐다보았다.

"바쁜 일정 때문에 관계가 소원해질 수 있다는 말, 이제야 이해가 돼요. 그래서 더 늦기 전에 짚고 넘어가야겠어요."

지금 뭐라고 하는 거지? 관계가 소원해진다고?

그녀가 설명하면 할수록 태환의 안색이 어두워졌다.

"이렇게 계속 파파라치 때문에 서로 피하고 떨어져 있어야 한다면……. 나는 오래 견딜 수 없을 것 같아요. 그건 정상적인 게 아니잖아요."

그녀는 지금 그만두자는 말을 하려는 걸까? 세인의 시선이 부담스러워서 포기하겠다고?

"이제 겨우 시작인데, 벌써 겁이 나, 도망가겠다고?"

격분한 탓일까?

태환의 입에서 더 이상 깍듯한 존댓말이 나오지 않았다.

"도망이라기보다는 우리에게 시간이 별로 없다는 말을 하고 싶은 거예요."

흥분한 태환과는 달리 하연은 담담하게 대화를 이어나갔다.

"대표님도 아시다시피, 저는 이제 한 달 있으면 해외 촬영을 떠나요. 적어도 3개월은 떨어져 있어야 하는데, 우린 아직 제대로 시작도 못 했잖아요."

그녀는 아직도 누군가를 좋아한다는 게 어떤 감정인지 몰랐다. 지금까지 몇 년이나 재호를 바라보면서 이런 감정이 사랑이 아닐까? 하고 짐작했었다.

그런데 태환을 만나면서 큰 혼란에 빠졌다. 재호와 마주하면 마음이 편해지지만, 태환과 마주하면 속이 들끓는 것처럼 마음이 복잡해졌다. 미처 날뛰는 감정을 통제할 수 없었다.

아까만 해도 질투심에 눈이 멀어 비명을 지를 뻔했으니까. 한 번도 느껴보지 못한 감정이 이제 막 시작되려는데…….

"오래 떨어져 있어야 한다는 건……."

"그래서 어쩌자는 거야?"

태환은 화난 얼굴로 그녀의 말을 단칼에 잘라버렸다.

"여기서 그만두자는 건가? 어차피 흐지부지될 사이니까 시작도 하기 전에 끝내버리자고?"

어떻게 이 여자, 그만하자는 말을 안색 하나 바꾸지 않고 차분하게 할 수 있지?

"당신은 괜찮을지 몰라도, 난 아니야. 이미 늦었다고. 제길!"

어디로 사라지기라도 할까 봐 태환은 하연의 어깨를 꽉 움켜쥐었다.

"당신 때문에, 내가……. 내 속이 얼마나 타들어가는 줄 모르겠어? 그런데 뭐? 그만두자고?"

"……당신만 속이 문드러지는 거 아니에요. 나도 마찬가지라고요."

하연은 부드러운 목소리로 말을 이어나갔다.

"알아요. 내가 먼저 천천히 가자고 한 거. 그렇게 말해서 미안해요. 사실 나는 연애 경험도 별로 없고, 그래서 말도 안 되는 부탁을 한 것 같아요."

이별을 말하면서도 평온한 하연을 태환은 이해할 수 없었다. 그만큼 그를 향한 감정이 깊지 않았다는 뜻일까?

"됐어. 그만해."

그녀를 미친 듯이 원하지만, 끝내자는 사람을 억지로 붙잡을 순 없었다. 그건 구속일 테니까.

태환은 움켜쥐었던 하연의 팔을 힘없이 놓아주며 뒤로 물러났다. 그러자 이번에는 하연이 그의 팔을 움켜쥐었다.

"태환 씨, 난 지금 천천히 가지 말자고 하는 거예요."

그는 그녀의 말이 선뜻 이해가 가지 않았다. 태환은 이맛살을 찌푸린 채, 노려보듯 하연을 바라보았다.

"더 이상은 남의 시선 의식하면서 물러서지 말아요. 물론 파파라치에게 들키면 안 되겠죠. 그렇지만 방법이 아예 없는 건 아니잖아요. 성욱 씨와 정애 씨가 남들 눈 피해서 만나듯이 우리도 그럴 수 있어요."

"그러니까 지금 그 말은……?"

까마득한 나락으로 떨어지다가 다시 공중으로 솟아오르는 기분이란 바로 이런 걸까?

태환은 믿을 수 없다는 표정으로 하연을 바라보았다.

"앞으로 한 달 동안, 적어도 하루에 한 번은, 10분이 되었든 한 시간이 되었든 꼭 보는 걸로 해요. 힘들다는 거, 알지만, 그래도…… 읍."

하연의 다음 말은 이어지지 못했다. 그가 와락 끌어안으며 베어 물 듯이 입술을 삼켰기 때문이다. 태환은 그녀의 얼굴을 두 손으로 감싸며 그대로 잡아먹듯이 힘껏 입술을 빨았다. 참고 참았던 욕망이 걷잡을 수 없이 폭발하고 있었다.

"으음."

폭풍처럼 다가오는 태환을 감당하지 못한 하연의 몸이 서서히 뒤쪽으로 넘어갔다. 이윽고 가죽 소파의 차가운 감촉이 등 전체에 느껴졌다. 태환은 그녀의 몸 위로 자신의 몸을 겹친 채로 계속해서 키스를 퍼부었다.

빈틈을 주지 않고 달려드는 태환 때문에 제대로 숨을 쉴 수조차 없었다. 머릿속이 핑 돌고 어지러웠다. 하지만 한편으론 가슴이 저릿할 만큼 행복했다. 하연은 가쁜 숨을 몰아쉬며 태환의 어깨를 두 손으로 꼭 움켜쥐었다.

"하아, 하아."

더는 견딜 수 없어 얼굴을 비틀려는 순간, 거짓말처럼 그의 입술이 떨어져나갔다. 입술이 머물렀던 자리에 뜨거운 숨결

대신 차가운 공기가 내려앉았다.

"허어."

그 역시 벅찬 숨을 참을 수 없었는지 잠시 호흡을 골랐다. 다행히도 기다림은 길지 않았다. 태환은 살짝 방향을 바꿔 또다시 그녀의 입술을 공략했다.

아까와는 달리 이번에는 느긋하게 그녀의 입술을 탐했다. 두드리듯 그녀의 입술을 부드럽게 쓸어내리며 살며시 안을 가르고 들어왔다. 조금 전과는 달리 느린 움직임이었지만, 입 안 깊숙이 들어온 탓에 더욱더 애타게 했다.

"그런 거라면, 하나도 힘들지 않아!"

그녀의 입술 위로 뜨거운 숨을 토해내며 태환은 가라앉은 목소리로 속삭였다.

"매일 보지 못하고 참아야 하는 게, 훨씬 더 견디기 힘들어. 요 며칠, 미쳐버리는 줄 알았어."

약 올리는 것처럼 그의 입술이 닿을 듯 말 듯 다가오다 멀어지기를 반복했다. 어떤 기분이었는지 알려주기라도 하듯이……

"……나도 보고 싶었어요."

그의 말에 태환은 희미한 미소를 띠며 다시금 그녀의 입술을 덮었다.

"흐읍."

입술이 얼얼할 정도로 격하게 파고드는 느낌이 나쁘지 않았다. 아릿한 통증은 오히려 자연스럽게 짜릿한 전율로 이어졌다.

"하연아."

한 번 폭발한 욕망은 어느새 통제할 수 있는 범위를 벗어나고 있었다. 다급한 손길에 재킷이 벗겨지고 다리를 감싸던 담요는 바닥으로 떨어진 지 오래였다.

태환은 살짝 옆으로 몸을 비키며 그녀의 가녀린 목덜미에 얼굴을 묻었다. 코끝에 묻어나는 재스민 향에 심장박동은 고통스러울 정도로 거세어졌다. 그녀를 느끼면 느낄수록 더욱더 가까이 가고 싶다는 충동이 서서히 이성을 마비시켰다. 뜨거운 숨결이 귓속에 스며들자, 하연은 저도 모르게 그의 머리를 꽉 끌어안고 옅은 신음을 흘렸다.

"흐윽."

살며시 몸이 떨리는 작은 반응이었지만, 태환에게는 기폭제가 되고 말았다. 그는 하연의 귓불을 깨문 후, 재킷이 벗겨지며 드러난 하얀 가슴 위로 입술을 미끄러뜨렸다. 부드럽고 말캉한 살결이 입술 아래 느껴지자, 심장이 미친 듯이 요동쳤다.

동시에 마지막 남은 이성이 요란한 경고 음을 울렸다.

안 돼! 여기서 어쩔 셈이지? 더 이상은 위험해.

"헉!"

재빨리 이성을 되찾은 태환이 다급하게 그녀로부터 몸을 떨어뜨리며 소파에서 몸을 일으켰다. 아무런 준비 없이 이런 곳에서 무턱대고 그녀를 안을 순 없었다. 데이트도 못 한 상태에서, 모든 과정을 건너뛰고 곧바로 깊은 관계로 뛰어들려 하다니……

태환은 한 손으로 이마를 짚으며 고개를 흔들었다. 상대가 원하면 아무 거리낌 없이 선을 넘곤 했지만, 하연과는 그렇게 시작하고 싶지 않았다.

연애 경험이 거의 없는 하연은 아무것도 모르고 그에게 무작정 끌려올 테니까. 그건 공평하지 못하다.

태환은 흐트러진 머리카락을 쓸어 올리며 창가 쪽으로 걸어갔다. 흥분한 감정을 가라앉히려면 잠시라도 하연을 시야에서 완전히 밀어내야만 했다. 그는 차가운 유리창에 이마를 대고, 화려한 불빛의 야경을 말없이 바라보았다.

"······대표님?"

태환의 돌변한 태도에 하연은 약간은 어리둥절한 표정으로 소파에서 몸을 일으켰다.

왜 그러지? 내가 무슨 실수라도 했나?

옷매무새를 정리하던 그녀는 자신이 현재 목선이 깊게 파인 크롭티 차림이라는 것을 깨달았다. 클럽과 차 안에선 조명이 어두운 편이라 상관없었지만, 밝은 사무실 조명 아래라면 사정이 다르다.

그녀의 가슴 굴곡이 훤히 드러났다. 하연은 황급히 재킷을 입고 두 손으로 앞부분을 꽉 여몄다.

자신이 보기에도 '헉' 소리가 나게 야한데, 그에게는 어떻게 보였을까?

본격적으로 사귀자고 말하자마자, 곧바로 그를 유혹한 꼴이 돼버렸다.

절대 그럴 의도는 없었는데……. 오해하는 건 아니겠지?

뭐라고 먼저 한마디라도 해야 하는데 쉽게 말이 나오지 않았다.

얼마나 지났을까. 한참 동안 창밖을 내다보던 태환이 천천히 뒤를 돌아보았다. 하연은 재킷을 챙겨 입고 소파에 얌전히 앉아 그의 뒷모습을 바라보고만 있었다. 태환은 씁쓸하게 웃으며 소파로 돌아와 바닥에 떨어진 담요를 집어 들었다. 그리고 하연의 허벅지를 꼼꼼히 감싸주었다.

"차가 식었군요. 다시 타 올게요."

태환은 식어버린 찻잔을 들고 자리에서 일어났다.

'차는 됐고, 갑자기 왜 그래요?'라고 물어보고 싶었지만, 이번에도 하연은 한마디도 꺼낼 수 없었다.

그의 표정이 너무나도 심각했기에…….

태환은 잠시 후, 새로 만든 차를 들고 돌아왔다.

"받아요."

하연은 그가 내미는 찻잔을 잠자코 받아 들었다. 갑자기 어색해진 분위기에 하연은 입을 꼭 다물고, 모락모락 김이 나는 찻잔만 물끄러미 내려다보았다.

"음, 그런데……."

방금까지 격렬하게 입술을 포갰던 사람답지 않게 차분한 목소리로 태환이 말을 꺼냈다.

"왜 적어도 하루에 한 번은 만나야 한다고 한 겁니까?"

"네?"

그가 흥분을 가라앉히기 위해서 시간을 끈다는 것을 전혀 알 리 없는 하연에겐 꽤 엉뚱한 질문으로 느껴졌다. 만일에라도 그녀가 오해할까 봐 태환은 서둘러 보충 설명에 들어갔다.

　"보통은 자주 보자고 하지, 꼭 하루에 한 번 봐야 한다는 식으로 구체적으로 정하진 않으니까. 이유가 궁금해서……."

　"아……."

　하연은 그제야 질문이 이해되었다는 듯 고개를 끄덕거렸다.

　"설명하자면 좀 긴데."

　"괜찮아요. 말해봐요."

　설명이 길면 당장 끌어안고 싶은 충동을 가라앉힐 수 있을 테니까, 태환으로선 환영이었다.

　"……본과 3학년일 때예요."

　하연은 과거를 회상하는지 잠시 미간에 주름을 모았다.

　"실습하게 되면서 수술 방에 들어가는데, 마무리할 때 몇 바늘 꿰매는 걸 직접 해볼 수 있거든요. 그러니까 수처(suture), 봉합 말이죠. 이론으로 배울 땐 쉬워 보였는데 막상 손으로 하려니까 너무 어려운 거예요. 예쁘게 매듭을 짓는 건 고사하고 니들홀더 조작하기도 어려워서 애를 먹었어요."

　태환은 소파 등받이에 기댄 채, 가만히 그녀의 말에 귀를 기울였다.

　"생각했던 것보다 훨씬 더 많은 연습이 필요했어요. 교수님이 그러시더군요. 처음에는 어렵겠지만, 한 달 동안 매일 연습하면 될 거다. 모든 일이 그렇듯 일상으로 해야 하는 거라고.

그때부터 스펀지나 헝겊 뭉치 등, 눈에 보이는 건 뭐든지 잡고 매일 봉합하는 연습을 했어요. 그런데 정말 교수님 말씀대로 하루라도 건너뛰면 그새 손이 굳었다고 다음 날은 잘 안 되더라고요."

태환은 니들홀더를 손에 쥐고 매일매일 헝겊 뭉치를 꿰맸을 하연의 모습을 상상해보았다. 연습이든 실전이든 그녀는 아주 진지한 표정으로 집중했을 것이다.

어느새 그녀를 소파에 밀어뜨리고 싶던 욕망이 서서히 사라지고 있었다. 하연은 초롱초롱하게 눈을 빛내며 계속해서 말을 이어나갔다.

"그때 깨달았어요. 무엇이든 완전히 손에 익히기 위해선 적어도 한 달은 매일매일 해야 한다. 그게 손에 잡히지 않는 감정일지라도. 지금 나에겐 차태환이란 남자가 그런 존재예요."

"그러니까 만족할 수 있을 때까지 집중하고 뛰어들겠다. 그리고 그 기간을 한 달이라고 계산한 거고."

"그런 셈이죠."

약간 쑥스러운 마음에 하연은 살짝 혀를 내밀었다. 그녀가 생각해도 자신은 정말 답이 없었다. 남녀 문제에 분위기 없게 상처 봉합 이야기나 꺼내고. 하지만 그게 사실인데 어쩌라고. 좀 더 근사한 말로 멋들어지게 내용을 포장할 자신이 없었다.

그보다는 있는 그대로 사실을 말하는 게 나을지도 모른다. 이게 바로 나, 유하연이란 여자니까. 이런 모습이 마음에 들지 않는다면 어쩔 수 없는 거고. 처음부터 불처럼 타오르던 남녀라도 서로의 다른 모습을 알게 되면서 자연스럽게 멀어지는 경우는 흔하니까.

수줍은 듯 붉어지는 하연의 뺨에 눈길이 머무르자, 태환은 또다시 격한 감정에 휘말렸다.

심각한 얼굴로 상처 봉합하는 법을 연습하는 의대생 하연의 모습과 차 안에서 자신의 상처를 꿰매주던 하연의 모습이 자연스럽게 겹쳐졌다.

그 모습이 너무나 아름다워, 그녀를 끌어안고 마구 키스를 퍼붓고 싶었다. 한 번도 자제력을 잃을까 봐 불안한 적이 없었는데, 하연 앞에서는 속수무책이 되고 만다.

아직 데이트도 시작하지 못했는데 벌써 이러면 나중에는 어쩌려고…….

태환은 그녀를 끌어안고 싶은 충동을 억누르려 가만히 주먹을 움켜쥐었다. 지금 상태에선 껴안는 것조차 위험하니까.

"여기서 뭐 하세요? 오늘은 당직 아니시잖아요."

환자 차트를 넘겨보는 재호를 본 펠로우 윤미란 선생이 깜짝 놀란 얼굴로 다가왔다.

"급한 환자가 생겼다는 연락을 받아서."

자다가 급하게 나왔는지 재호의 눈은 붉게 충혈돼 있었다. 재호는 미란을 힐끗 쳐다보고는 간호사에게 지시를 내렸다.

"방금 온 이재현 환자, 포암 에이피 라테랄(forearm anterior-posterior view lateral) 찍어줘요."

간호사에게 차트를 돌려준 재호는 그대로 뒤돌아 자신의 사무실로 향했다.

그도 안다. 요사이 모두가 수군거릴 정도로 심하게 일에 몰두하고 있다는 것을. 하지만 뜬눈으로 밤을 새울 바엔 병원에 나와 환자를 돌보는 게 나을지도 모른다.

일주일 전부터 시작된 불면증이 그를 알게 모르게 괴롭혔다. 사무실로 돌아온 재호는 구석에 놓인 커피 머신 앞으로 다가갔다.

커피 머신을 볼 때마다 크리스마스 선물이라며 환하게 웃던 하연이 떠올랐다. 그녀가 어떤 마음으로 선물했는지 알면서도 그때는 고맙다는 말 외에는 속마음을 드러낼 수 없었다. 그때 솔직하게 마음을 표현할 걸, 하는 후회가 들기도 했다.

그녀의 마음을 빼앗은 상대가 다른 누구도 아닌 차태환이라는 건, 짓궂은 운명의 장난일 것이다.

어쩌면 그 자신이 세상에 태어난 것 역시, 운명의 장난인지도 모르겠다.

―넌 세상에 태어나지 말았어야 했어.

재호는 머릿속에서 울리는 날카로운 소리를 지우려 재빨리 커피 머신의 버튼을 꾹 눌렀다. 크르르릉, 우렁찬 소리와 함께 하얀 김을 내며 진한 향의 커피가 잔으로 쏟아져 내렸다. 그의 속마음처럼 검디검은 커피가 서서히 잔을 채우기 시작했다.

갑자기 자리에서 일어난 태환은 책상으로 가더니 서랍을 열고 무언가를 찾았다. 그리고 곧 책상 서랍에서 꺼낸 서류 봉투를 들고 소파로 돌아왔다.

"아무래도 저번에 작성한 계약서에 집어넣어야 할 것 같아서……."

계약서라면 태환 때문에 아프리카의 납치 사건이 밖으로 알려질 경우, 모든 책임을 지겠다던 그 계약서?

"다시 프린트할 필요까진 없고 손으로 써넣으면 될 겁니다."

태환은 계약서를 꺼내 하연에게 내밀었다.

"계약서에까지 넣을 필요가 있을까요?"

"구두 약속으론 부족해요. 이렇게 문장으로 남기고 나면 좀 더 확실한 약속이 될 테니까."

모든 일을 한 치의 오차도 없이 완벽하게 처리해야 직성이 풀린다더니, 연애를 대하는 태도도 마찬가지인 모양이다.

"좋아요, 그럼."

하연은 별 반대 없이 기꺼이 동의했다.

"이렇게 작성하면 될 것 같은데. 앞으로 유하연과 차태환, 두 사람은 갑 유하연이 해외 촬영을 떠날 때까지 5분이라도 하루에 한 번, 꼭 만나기로 한다."

태환은 소리 내어 읽으며 계약서에 문구를 적어 넣었다. 그가 새로운 항목 옆에 사인하자, 하연도 그의 사인 옆에 사인을 남겼다. 태환은 흡족한 얼굴로 들여다본 후, 서류 봉투에 계약서를 집어넣었다.

"우리, 그럼 오늘부터 1일인가?"

물음과 동시에 그가 손목시계를 들여다보았다. 시간은 새벽 2시가 넘어가고 있었다.

본격적으로 사귀기로 한 남녀가, 한밤중에 무엇을 해야 할까? 보통은 함께 식사하거나…….

"배고픕니까?"

"흠……, 글쎄요. 조금은?"

하연은 정확하게 대답하지 않고 말꼬리를 얼버무렸다.

사실 이 시간에 같이 밥을 먹어서 뭐 하려고. 그녀 성격에 저번처럼 억지로 먹어서 체할지도 모른다. 그보단 피곤할 게 분명하니까 집에 바래다주겠다고 해야 한다. 그런데 도저히 그 말이 입 밖으로 나오지 않았다.

도저히 쉽게 보낼 수 없었다. 어떻게 보낼 수 있을까? 며칠 만에 이제 겨우 얼굴을 보게 되었는데……. 밤새도록 함께 있어도 턱없이 모자랄 것 같은데…….

조금은 모른 척 외면하고만 싶다. 누구를 좋아한다는 게 이런 감정일까? 아버지도 그래서 어머니를 꼭 붙잡고 놓아주지 않으셨던 걸까? 혹시 조금이라도 내가 아버지를 닮았다면?

순간 등골이 오싹하며 소름이 끼치는 기분이 들었다.

"그런데 라면은 안 돼요."

태환이 속으로 어떤 생각을 하는지 전혀 모르는 하연은 순진한 얼굴로 말했다.

"사실은 밤마다 라면 먹는 거, 좋아했어요. 100일 당직 기간에도 컵라면 먹는 재미로 버틸 정도였는걸요. 후우, 그런데 배우하고 나서부터 완전 금지예요. 라면 먹고 자면 다음 날 얼굴이 퉁퉁 붓거든요. 그래서……."

"내가 지금 유하연 씨에게 야식으로 라면이나 끓여줄 사람으로 보입니까?"

조금은 차갑다 싶은 반응에 하연은 약간 당황한 빛을 떠올렸다.

맞다! 그러고 보니, 별장에서도 포장 음식을 보고 짜증을 냈었지.

하연은 재빨리 말머리를 돌렸다.

"그러면 오늘은 우리 사귀는 '첫날'이니까 밖에 나가서 사 먹어요."

하연의 제안에 태환은 이번엔 표정을 굳혔다.

"그 옷차림으로 어디를 가려고요?"

"아……."

이런, 남사스러울 정도로 야한 옷차림이라는 걸 깜빡하고 말았다. 집에 가서 옷을 갈아입을 거면 그냥 들어가서 쉬라고 할게 뻔했다. 하지만 태환과 이렇게 헤어지기엔 너무 아쉬웠다.

게다가 내일은 촬영도 없다고!

하연은 난감해진 얼굴로 고민에 빠졌다.

잠시 후, 좋은 생각이 떠오른 듯 하연이 소파에서 벌떡 일어났다. 무릎을 감싸던 담요가 밑으로 떨어졌지만, 그녀는 신경 쓰지 않았다.

"우선 갈아입을 옷을 사야 하니까, 쇼핑부터 해요!"

"쇼핑? 이 시간에 어딜……?"

"왜요? 새벽에 문 여는 쇼핑몰, 많잖아요."

24시간 극장이나 식당, 밤새도록 문 여는 클럽은 있어도 새벽에 영업하는 쇼핑몰이 있다니.

태환은 전혀 생소하다는 듯 미간을 찌푸렸다.

"도대체 이게……."

하연을 따라 동대문으로 향한 태환은 눈앞에 펼쳐진 광경에 할 말을 잃었다. 문화적인 충격이었다. 대낮처럼 훤히 밝혀진 건물에선 경쾌한 음악이 흘러나왔고, 좁은 거리는 인파로 빡빡하게 채워져 있었다. 마치 활기 넘치는 대낮의 거리를 보는 것만 같았다.

"셔츠, 재킷이랑 바지, 운동화를 사다주세요."

하연은 차에 남고 태환이 대신 옷을 사 오기로 했다.

"그리고 한정애 씨가 썼던 갈색 곱슬머리 가발 있죠? 혹시 그것도 있으면 사다 주세요. 모자도 있으면 좋고. 음, 제 사이 즈는⋯⋯."

사이즈를 적은 종이를 건네며 하연은 길 건너 파란 네온사인으로 반짝이는 건물을 가리켰다.

"저기 보이는 저 쇼핑몰로 가야, 소매로 옷을 살 수 있어요. 건너편은 도매 전용이거든요. 사실 도매로 가야, 더 예쁜 옷을 구할 수 있는데⋯⋯. 그렇게 하려면 깔별로 두 개씩 사야 하니까."

"깔별?"

전혀 알아들을 수 없는 말에 태환은 살짝 인상을 찌푸렸다.

"깔별은 색상별이란 말이에요. 그러니까 색상별로 두 개씩 사야 한다는 거죠."

"여기 자주 옵니까?"

"자주는 아니고 예전에 남동생에게 끌려서 가끔⋯⋯."

하연은 가방에서 지갑을 꺼내더니 주섬주섬 지폐를 챙겼다.

"여긴 현금만 받으니까, 이 돈 가지고 가세요."

"됐어요."

하지만 하연은 막무가내로 태환의 손에 지폐를 쥐어주었다.

"첫날부터 신세 지긴 싫어요."

하연의 심각한 얼굴에 태환은 할 수 없이 돈을 받아 들었다. 쇼핑몰에 들어간 태환은 가격표를 보고 또다시 문화적인 충격에 빠졌다. 백화점 명품 매장에서 구입하는 티셔츠 한 장 가격으로 스무 벌 이상을 살 수 있었으니까. 태환에게 옷을 받은 하연은 차 뒷좌석으로 건너가 빠르게 옷을 갈아입었다.

"어때요?"

곱슬머리 가발과 챙이 넓은 야구 모자를 쓴 하연이 앞뒤로 몸을 돌려보았다. 태환이 구해 온 빨간 테 안경까지 쓰자, 웬만해선 정하라라는 것을 알아보기 힘들 것 같았다.

그런데 이번엔 태환의 옷차림이 문제였다. 하연과는 전혀 어울리지 않는 말쑥한 슈트 차림이었으니까.

"이번엔 대표님이 쇼핑할 차례예요."

하연에게 이끌려 다시 쇼핑몰로 돌아간 태환은 난처한 눈으로 자신의 옷을 고르는 그녀를 지켜보았다.

나보고 지금 시장에서 파는 옷을 입으라고? 하지만 배우인 그녀도 입는데, 나라고 못 입을 건 뭔가?

"와아, 역시! 패션의 완성은 얼굴이란 말이 맞네!"

태환이 자신이 골라준 옷으로 갈아입자, 하연은 엄지손가락을 척, 들어 보였다.

"이제 뭐 하고 싶습니까?"

"밖으로 나가서 구경할래요?"

"그러죠."

예상한 대로 거리의 사람들은 하연을 알아보지 못했다. 아마 파파라치라도 지금의 그녀를 알아보지 못할 것이다.

"와, 예쁘다."

하연은 가판대 위에 놓인 액세서리를 보더니 커다란 리본 모양의 머리핀을 집었다. 이리저리 살펴보던 하연이 지갑을 꺼내려고 하자, 태환이 먼저 돈을 건네었다.

"그게 마음에 들어요?"

"네. 제가 머리숱이 많아서, 이렇게 틈이 넉넉한 걸 찾고 있었거든요. 고마워요. 잘 쓸게요."

하연은 점심 값도 되지 않는 싸구려 머리핀을 만지작거리며 환하게 웃어 보였다. 그가 원한 건 이런 게 아니었다. 남들은 가질 엄두도 못 내는 값비싼 선물을 안겨주고, 밤하늘을 수놓는 별만큼 화려한 최상급의 다이아몬드로 꾸며주고 싶었다. 그런데 하연은 고작 싸구려 머리핀에 세상을 다 가진 것처럼 행복한 미소를 떠올렸다.

"이리 와요."

차디찬 밤공기에 하연의 어깨가 미묘하게 떨리자, 태환은 그녀를 자신의 품으로 끌어당겼다. 이제 슬슬 다시 쇼핑몰 안으로 들어가야겠다고 생각할 때쯤, 하연이 호떡 파는 가게 앞에서 걸음을 멈췄다. 나름 맛집인지, 긴 줄이 늘어서 있었다.

"호떡 먹고 싶습니까?"

태환의 물음에 하연은 고개를 내저었다.

"괜찮아요. 태환 씨도 안 먹는데 나 혼자 먹는 거, 재미없어요."

솔직히 말하면 길거리 음식이 목구멍으로 넘어갈 리가 없었다. 하지만 '태환 씨'라고 나긋나긋하게 불러주는데 싫다고 할 수는 없었다.

"호떡이라면 먹을 수 있어요. 적어도 방부제나 조미료가 들어가진 않을 테니까."

태환은 못 이기는 척, 하연을 따라 죽 이어진 줄 맨 뒤에 섰다. 만약에 지은이 이런 모습을 본다면 편의점에서 바구니를 들어준 것만큼이나 충격을 받을 것이다. 왜 아니겠는가? 그 자신도 믿기지 않는데······.

"씨앗 호떡으로 주세요."

하연은 한 치의 망설임 없이 씨앗 호떡을 주문했다.

"씨앗 호떡은 견과류가 들어가서 많이 달지 않아요. 너무 단 음식은 좋아하지 않죠?"

"어떻게 알았죠?"

"함께 식사한 게 몇 번인데, 그 정도는 눈치챘죠."

별 뜻 없는 말인데도 묘하게 가슴이 설레었다. 그만큼 관심 있게 지켜봤다는 뜻이니까. 태환은 뜨거운 호떡을 식히기 위해 '호호' 입으로 부는 하연을 말없이 바라보았다.

가슴이 저릿할 정도로 행복했다. 그녀도 마찬가지일까?

하지만 행복하면서도 다른 한편으론 불안했다. 혹시 자신 때문에 그녀가 나쁜 경험을 하게 되는 건 아닐까 하고. 누군가를 좋아하게 된다는 건, 기쁘면서도 가슴 아픈 일인가 보다.

태환은 말없이 하연의 어깨를 더욱더 세게 끌어안았다.

15. 그냥 가버리면
큰 실례겠죠?

하연과 헤어지고 난 후, 태환은 샤워하고 옷만 갈아입고는 바로 사무실로 출근했다.

"공사 잘되어가고 있나?"

태환은 강 비서가 건넨 서류철을 신속히 훑어보며 짤막하게 물었다.

"네. 내일 오후 늦게 마무리 지을 수 있을 겁니다."

"수고했어. 그만 가도 좋아."

"네, 대표님."

문으로 걸어가던 강 비서는 뭔가 떠오른 듯, 다시 돌아왔다.

"그런데 말입니다. 저번에 하다가 그만둔 조사 말입니다."

"그게 왜?"

태환은 서류를 내려놓고 강 비서를 바라보았다.

"회장님의 동선을 파악하던 중, 회장님이 한국 대학 병원을 방문할 때마다 만나는 인물이 있다는 사실을 알아냈습니다.

그룹의 지원을 받는 생명 공학 쪽도 아니고, 만날 필요가 없는 분야의 의사였습니다. 그래서 알아보니, 그 의사의 나이가 대표님의 고종사촌 나이와 얼추 비슷하더군요."

고종사촌에 관해선 언제나 베일에 가려져 있었다. 유일한 정보는 그가 의사라는 것. 차 회장의 도움으로 의대 공부를 마쳤다는 말을 언젠가 고모에게서 들은 적이 있었다.

"그 의사를 만날 때는 항상 주위 사람을 물렸다고 합니다. 오 실장님조차도 말입니다."

"그러니까 그 사람이 내가 찾는 사촌일지도 모른다?"

"제 추측은 그렇습니다."

"아버지가 확인해주지 않는 이상, 알 수 없잖아. 그렇다고 가서 물어볼 수도 없고."

지은과의 거래는 끝난 상태이지만 상대를 찾아내서 나쁠 거야 없었다. 언제든지 써먹을 수 있는 무기가 될 수도 있으니까.

"방법이 있긴 합니다만."

"그게 뭐지?"

"그건 나중에 알아냈을 때, 말씀드리겠습니다. 제 선에서 처리하는 것으로 하죠."

그 뜻은 떳떳하지 못하는 방법을 쓸 거라는 뜻이다. 몰래 DNA 검사라도 하겠다는 건가?

"좋을 대로 해. 아, 그런데 그 의사 이름이 어떻게 되지?"

"그것도 혈연관계인지 확인되면 그때 알려드리겠습니다. 자칫 사생활 침해가 될 수도 있으니까요. 대표님은 결과가 나올 때까지 모르시는 게 좋을 겁니다."

강 비서도 태환만큼이나 신중하게 업무를 처리했다.

"알았어. 그렇게 해."

피를 나눈 형제와도 편한 관계가 아닌데, 얼굴 한 번 보지 못한 사촌에게 특별한 감정이 있을 턱이 없었다. 태환은 깊게 생각하지 않고 서류로 시선을 돌렸다.

"어제 술 많이 마셨어?"

집으로 돌아온 하연은 그대로 잠들어, 오후 2시가 훌쩍 넘어서야 깨어났다.

"해장국 필요하지? 자, 어서 속 풀어."

홍 여사가 걱정스러운 얼굴로 콩나물국을 내려놓았다.

"술 별로 많이 마시지 않았어. 맥주 두 병 정도?"

"밤새도록 파티에 있었다면서 조금 마셨네?"

홍 여사는 그녀가 클럽에서 밤을 새웠다고 생각하는 모양이었다. 사실대로 말하면 뭐라고 할까? 클럽에서 나온 후, 동대문 새벽 시장을 헤맸다고 한다면? 그것도 저번에 거실에서 그녀를 안고 있던 남자와 말이다.

"응. 오늘 물리 치료 가는 날이잖아. 그래서 자제했어."

"물리 치료 몇 시랬지?"

"4시 반. 아직 시간 충분해."

홍 여사는 콩나물국을 떠먹는 하연을 바라보다 슬그머니 말을 꺼냈다.

"……물리 치료를 하다 보면 언젠가는 예전처럼 돌아갈 수 있는 거니?"

항상 빙글빙글 돌려서 물어보던 홍 여사가 오늘은 웬일인지 단도직입적으로 물었다.

과연 손목이 예전처럼 돌아갈 수 있을까? 그거야말로 하연 자신이 묻고 싶은 질문이었다.

"그거야 모르지. 완치되는 경우도 있고 평생 이 상태를 유지하는 경우도 있고. 다행인 건 여기서 더는 나빠지지 않고 있잖아, 엄마."

"그래, 손목이 완전히 낫는다고 네가 다시 외과 의사로 돌아갈 것도 아니고……. 지금 하는 일에 만족하고 있으니까."

말은 하지 않아도 홍 여사는 하연의 배우 일을 완전히 찬성하는 건 아니었다. 연기자가 된 이후로 길 건너 편의점에 가는 것조차 불편하게 되었으니까.

하연이 배우가 되고 나서 떠난 봉사 활동에서 말도 안 되는 소문에 휘말리며 차마 눈뜨고 읽지 못할 악플이 달리는 것을 보고 적잖이 마음 상했던 홍 여사였다. 그러나 다 큰 딸이 내린 결정에 이러쿵저러쿵 참견하고 싶진 않았다. 그저 뒤에서 든든하게 하연을 응원할 뿐이었다.

"엄마, 병원 같이 갈래? 끝나고 오는 길에 저녁도 먹고."

"어머, 다 큰 애가 왜 엄마랑 가니? 나, 이따가 마트 가야 해.

깜짝 세일한단 말이야. 안심 불고기랑 제주도산 고등어, 반값에 판단다. 이런 좋은 기회를 놓치면 안 되지."

배우인 딸만큼 일정이 빡빡하신 홍 여사이니 어련하시겠나.

"알았어."

하연은 피식 웃으며 다시 콩나물국을 뜨기 시작했다. 먹다 보니, 예전에 같이 콩나물국을 먹자고 했던 태환이 떠올랐다. 이젠 뭐든지 태환과 조금이라도 연결된 거라면 덜컹 심장부터 내려앉았다.

헤어진 지 얼마나 됐다고 벌써 보고 싶은지. 아침까지 함께 있었으니까 오늘은 만나지 않아도 된다. 내일 보면 되긴 한데……

하연은 슬픈 마음으로 휴대폰을 들여다보았다. 함께 저녁 먹자는 말은 할 수 없을 것 같았다. 태환은 밤을 꼬박 새운 상태에서 눈도 붙이지 못하고 그대로 출근하는 것 같았으니.

그러니까 오늘은 그냥 푹 자게 해야겠지?

혼자 보고 싶은 마음에 상대를 피곤하게 하면 안 될 것이다.

아침에 헤어져놓고선 또 보고 싶어 안절부절못하다니. 이러다간 하루에 한 번이 아니라, 두세 번 보자고 조를지도 모르겠다.

"저번보다 좋아졌네."

엄지손가락으로 하연의 손목을 꾹꾹 누르던 박연아 선생이 흐뭇한 표정을 떠올렸다.

"그래요?"

"느리긴 해도 꾸준히 물리 치료 받으면 손이 저리거나 하는 증상은 차차 없어질 거야. 지겹고 고된 재활 치료 잘하고 있어, 유 선생."

재호와 마찬가지로 박 선생은 아직도 하연에게 '선생'이란 호칭을 붙여주었다. 재호의 가장 오래된 동료 의사여서 그런지, 가끔 박연아 선생에게선 재호의 느낌이 나곤 했다.

"그런데 그 가발, 새로 산 거야? 요샌 뿔테 안경이랑 치아 교정기로 변장 안 하네?"

"네. 그 변장을 알아보는 파파라치가 생겨서요."

오늘 하연은 갈색 곱슬머리 가발과 챙이 넓은 야구 모자, 그리고 역시 태환이 사다 준 빨간 테 안경을 착용했다.

색다른 모습이라서 그런지, 가발을 쓰고 집을 나서는 하연을 보며 홍 여사는 웃음을 터뜨렸다.

―내 딸이지만, 나도 못 알아보겠다, 애!

컴퓨터에 정보를 입력하던 박 선생이 갑자기 생각이 난 듯 자리에서 일어나려는 하연을 불러 세웠다.

"참, 유 선생. 오늘 저녁 약속 있어?"

"아뇨."

"그럼 나, 부탁 하나만 해도 될까?"

"네. 말씀하세요."

"한재호 선생 말이야. 이따 6시에 퇴근이거든. 저녁 먹자고 하면서 좀 끌고 나가면 안 될까? 몇 주 전부터 오프인데도 불쑥불쑥 병원에 나오고 시키지도 않은 당직에……. 거의 밤마다 응급실에 가는 것 같아. 원래부터 환자에게 미친 사람이란 건 아는데, 요샌 너무 심해. 저러다가 쓰러질까 봐 걱정된다니까."

"한 선배님이요?"

"응."

박 선생이 어두운 얼굴로 고개를 끄덕거렸다. 이제 막 초등학교에 입학한 쌍둥이를 돌보느라 정신이 없는 박 선생이 저렇게 나올 정도면 재호의 상태가 정말로 심각하다는 소리였다.

"무슨 근심이 있는지 안색도 어둡고. 아, 아니다. 저리 무리하게 근무하는데 안색이 좋을 리가 없지. 하여간 유 선생이 맛있는 거 사달라고 졸라 봐. 다른 사람 말은 안 들어도, 유 선생 말은 듣곤 했잖아."

"네, 그럴게요."

물리 치료를 끝내고 재호의 사무실로 향한 하연은 박 선생이 왜 자신에게 그런 부탁을 했는지 깨닫게 되었다.

세상에나! 박 선생의 말대로 재호의 몰골은 말이 아니었다.

얼마 못 본 사이에 이렇게까지 변하다니.

재호는 수술을 끝내고 막 샤워를 했는지 젖은 머리를 한 채,

힘없이 축 처진 모습으로 소파에 앉아 있었다. 지금 그에게 당장 필요한 건, 저녁이 아니라 수면일지도 모르겠다.

"유 선생, 어떤 일로?"

재호가 핏발 선 눈으로 하연을 올려다보았다. 평소라면 자리에서 일어나 그녀를 반겼을 텐데, 왠지 일어설 힘도 없는 것처럼 느껴졌다.

"선배님, 어떻게 된 거예요?"

"……어, 별거 아니야. 수술이 좀 길어졌어. 환자를 잃을지도 모른다고 긴장했다가 무사히 수술을 마치니까 힘이 빠져서……."

가끔은 학대에 가깝게 그 자신을 한계로 몰아붙이는 재호를 이해할 수 없었다. '선배님, 이러는 거 아시면 부모님이 걱정 안 하세요?'라고 물어보고 싶었지만, 그건 금지된 질문이었다. 약속이라도 한 듯 아무도 그에게 가족에 관해서 물어보지 않았다.

"안 되겠어요, 선배님. 저랑 나가요."

하연은 재호의 팔을 잡아 그를 소파에서 일으켜 세웠다.

오늘 아침까지 함께 있다가 헤어졌으니까, 그녀를 다시 불러낼 필요는 없었다. 내일 아침 일찍 촬영 일정이 잡혀 있을 텐데, 보고 싶은 욕심에 그녀를 피곤하게 해선 안 된다.

문제는 이성은 그렇게 이해하려고 해도 도무지 이 감성이란 녀석이 태환을 가만히 놓아두질 않았다. 하연이 보고 싶어 손에 일이 잡히지 않는 건 둘째치고, 식사도 제대로 할 수 없었으니까.

저녁은 먹어야 하니까 잠깐 데이지에서 만나자고 할까?

하연에게 전화 걸까 말까, 망설이며 휴대폰을 만지작거리던 태환은 자리에서 벌떡 일어났다.

집 앞으로 가서 차를 세워놓고 우연히 그녀를 만나게 된다면 함께 저녁을 하는 거고, 아니면 편히 쉬게 해주기로 마음먹었다. 그녀가 집에 있는지 외출했는지도 모르는 상태에서 아파트 옆 한적한 도로에 차를 세우고 무작정 기다렸다.

어젯밤 그 사건 이후로 성욱은 확실히 약속을 지켰는지 태환의 뒤를 쫓던 파파라치는 흔적도 없이 사라졌다. 차 회장이 고용한 파파라치가 남아 있긴 했지만, 강 비서가 알아서 처리할 것이므로 크게 신경 쓸 필요는 없었다.

역시 아무리 기다려도 하연의 모습은 어디에서도 보이지 않았다. 조금 더 기다리다 가려고 했는데, 저 멀리 무거운 장바구니를 들고 오는 홍 여사의 모습이 보이기 시작했다. 태환은 그대로 차에서 내려 홍 여사에게 다가갔다.

"안녕하십니까?"

두 손에 장바구니를 들고 낑낑거리며 집으로 향하던 홍 여사는 앞을 가로막는 키 큰 남자를 의아한 표정으로 올려다보았다.

"아, 그때 제작자라고 하셨던⋯⋯."

"네, 차태환입니다."

태환은 재빨리 홍 여사의 손에 들린 장바구니에 손을 뻗었다.

"들어다 드리죠."

"아니에요, 아니에요. 무거울 텐데⋯⋯. 폐 안 끼치려고 배달도 안 시킨 건데, 대표님께 폐를 끼칠 순 없죠."

"제가 들게 해주시면 정말로 감사하겠습니다."

태환이 아주 정중하게 나오자, 홍 여사는 못 이기는 척 장바구니를 건넸다. 솔직히 오늘 그녀는 무리하다 싶게 많이 사긴 했다. 이것저것 세일하는 물품을 카트에 집어 담다 보니, 어쩔 수 없었다.

후, 어깨 빠지는 줄 알았네.

홍 여사는 성큼성큼 앞서 걸어가는 태환의 널찍한 뒷모습을 흐뭇한 눈으로 바라보았다. 저런 듬직한 아들을 둔 부모는 얼마나 속으로 뿌듯할까 싶다.

"고마워요. 자, 여기 앉아요."

태환 덕분에 편하게 집에 도착한 홍 여사는 부랴부랴 주방으로 들어가 시원한 오렌지 주스를 꺼내 왔다.

"시중에 파는 주스 아니에요. 아침에 내가 직접 오렌지를 짜서 만든 주스랍니다."

"감사합니다."

홍 여사는 배우인 하연보다도 더욱더 배우 같은 외모를 가진 태환을 보며 속으로 감탄사를 터뜨렸다. 그저 주스를 마시는 단순한 동작인데도 눈앞에서 생방송 광고를 보는 것 같았다. 원래 상대 얼굴 뜯어먹고 사는 건 아니라지만, 저 정도라면 그럴 수도 있겠다는 생각이 들 정도였다.

"하연이, 한국 대학 병원에 갔어요."

혹시 몰라, 홍 여사는 슬쩍 하연의 정보를 흘렸다.

"병원에요? 어디 아픕니까?"

태환은 깜짝 놀란 듯 황급히 주스 컵을 내려놓았다. 저렇게까지 걱정하는 티를 낼 필요는 없는데…….

"아뇨. 어디 아픈 건 아니에요."

홍 여사는 한시라도 빨리 그의 걱정을 덜어주기 위해 빠르게 말을 이었다.

"예전에 손목을 다쳤는데, 지금도 물리 치료 다녀야 해요. 안 그러면 조금만 무리해도 신경이 눌려서 아프거든요."

태환은 입을 꽉 다문 채, 복잡한 표정으로 홍 여사를 바라보았다.

눈치를 보니 하연이 그녀의 부상에 관해서 말해주지 않은 모양이었다. 자신이 낳은 딸이지만, 가끔 홍 여사는 지나치게 입이 무거운 하연을 이해할 수 없었다. 동정을 기대하며 자신의 아픔을 시시콜콜하게 털어놓을 필요는 없지만, 그렇다고 입을 꽉 다물 필요 또한 없으니까. 그럴 때 보면 하연은 죽은 남편의 성격을 쏙 빼닮은 것 같았다.

"한 시간 후면 끝나겠네."

벽시계를 바라보던 홍 여사가 혼잣말처럼 중얼거렸다. 그 말

은 지금 출발하면 치료를 끝내고 나오는 하연을 만날 수 있을
거라는 힌트였다.

"저는 이만 가보겠습니다."

홍 여사의 뜻을 정확하게 알아들은 태환은 급히 자리에서
몸을 일으켰다.

"끈이 풀렸군. 가만히 있어. 내가 묶어줄게."

엘리베이터 층 표시기를 바라보던 재호는 하연의 운동화 끈
이 풀린 것을 발견하고 단단하게 매어주었다.

"고맙습니다, 선배님."

끈을 다 묶은 재호가 몸을 일으키자, 하연은 어쩔 줄 모르
며 꾸벅 고개를 숙였다. 그러자 긴 곱슬머리 가발이 시야를
가려버렸다. 그 탓에 그만 발을 삐끗해버렸다.

"앗!"

하연이 중심을 잃고 비틀거리자, 재호가 재빨리 손을 뻗어
그녀의 허리를 끌어안았다. 얼떨결에 재호에게 안긴 자세가 돼
버린 하연의 얼굴이 빨갛게 달아올랐다.

그때 엘리베이터가 도착했다는 신호음이 울리며 서서히 문
이 열렸다. 문 위쪽에 설치된 버튼을 보며 층을 확인하던 태환
이 미끄러지듯 아래로 시선을 내렸다. 그의 시야에 재호에게
안긴 하연의 모습이 들어왔다.

태환은 재빨리 옆으로 몸을 틀며 곧바로 닫힘 버튼을 눌렀다. 문이 닫히고 엘리베이터는 다시 위를 향해 올라갔다.

"하."

엘리베이터가 병원 꼭대기 층에서 멈추자, 태환은 조소를 띠며 손바닥으로 벽을 내리쳤다.

왜 주저하고 내리지 못했을까?

재호의 품에 안긴 하연의 모습이 아른거리자, 태환은 거세게 고개를 흔들었다. 자꾸만 나쁜 상상이 떠올랐지만, 그럴 리 없다고 부정했다. 자신이 한정애를 얼떨결에 끌어안았을 때와 비슷한 상황이었을 것이다.

물론 그녀를 믿었다. 그렇다고 해도 목구멍에 이물질이 걸린 듯 찝찝한 건 사실이었다.

열렸던 문이 닫히며 엘리베이터는 다시금 아래를 향해 내려갔다. 태환은 주먹을 움켜쥐며 문 쪽을 쏘아보았다. 15층에 다다르자, 이번에도 스르르 문이 열렸다. 하연과 재호는 그때까지 같은 자리에서 엘리베이터를 기다리고 있었다.

문이 열리고 태환이 모습을 드러내자, 깜짝 놀란 듯 하연의 눈이 커다래졌다.

"대표님!"

태환이 엘리베이터에서 내려서자, 하연이 어리둥절한 얼굴로 다가왔다.

"여긴 어쩐 일이세요?"

그녀가 보고 싶어 왔다고 말하고 싶었지만, 재호 앞에서 그런 말을 꺼내긴 싫었다. 재호에게 안긴 모습을 태환이 봤다는 걸 모르는 하연은 그저 반가운 마음에 환한 미소를 지었다.

"잠깐 볼일이 있어서. 유하연 씨는 무슨 일입니까?"

"물리 치료 받으러 왔다가……. 아, 별거 아니에요. 어디 다친 건 아니고요."

하연은 태환이 걱정이라도 할까 봐 빠르게 두 손을 내저었다. 태환은 하연을 향해 따뜻하게 웃어 보인 후 옆에 선 재호에게로 고개를 돌렸다. 태환과 재호의 시선이 허공에서 부딪쳤다.

잠시 어색한 침묵이 흐르고, 재호가 먼저 고개를 숙였다.

"또 뵙는군요."

"안녕하세요."

태환이 정중한 목소리로 재호의 인사를 받았다. 다시 묵직한 침묵이 두 사람 사이에 흘렀다. 뭔가 분위기가 이상하다는 것을 감지한 하연은 아무 말이나 꺼내고 보았다.

"선배님과 함께 저녁 먹으러 나가는 길이었어요."

"그렇습니까?"

태환은 하연의 말에 건성으로 대응하며 싸늘한 눈으로 재호를 노려보았다. 웬만한 눈치가 있는 사람이라면 적대감을 숨기지 않는 태환의 눈빛을 못 알아챌 리가 없었다. 재호는 씁쓸하게 입꼬리를 올렸다.

차 회장님의 아들이 아니랄까 봐, 질투심이 장난이 아니군.

"유 선생, 나와는 다음에 같이 저녁 하는 걸로 하지."

이쯤에서 빠지는 게 나을지도 모른다. 재호는 자신 때문에 하연이 곤란해지는 것을 원하지 않았다.

"난 여기서 빠질 테니까, 두 사람 같이 저녁 먹……."

"안 돼요."

재호가 물러서려 하자, 하연이 그의 팔을 와락 잡아당겼다. 지금 여기서 재호를 보내면 다시 환자를 진찰하러 갈 게 뻔했다. 지금 그의 상태라면 환자를 살피다 쓰러진다고 해도 전혀 이상할 게 없었다.

오늘은 기필코 저녁을 먹인 다음에 집에 보낼 거라고 굳게 다짐했던 하연이었다. 박 선생도 오늘 밤만큼은 무슨 일이 있어도 아무도 재호에게 연락하지 말라고 병원에 신신당부해놓았다고 했다.

그런데 여기서 그를 놓칠 순 없었다. 태환도 넓은 마음으로 이해해줄 거라고 믿었다.

"그러지 말고 다 같이 먹어요. 어때요? 괜찮죠?"

하연은 일부러 더 밝은 목소리로 말하고는 태환과 재호를 번갈아 바라보았다. 그때까지도 하연은 모든 게 쉽게 풀릴 거라고 낙관적으로 생각했다. 한 여자를 가운데에 둔 남자들의 자존심 싸움이 어떤 것인지 전혀 알지 못했으니까.

태환은 대답 대신 창백한 얼굴의 재호를 매섭게 노려보았다. 그는 수면이 부족한 것처럼 푸석푸석한 얼굴을 하고 있었다.

약해빠져선…….

그렇게 치면 그도 어젯밤, 새벽 시장을 도느라 한숨도 못 자고 꼬박 새웠다. 그럼에도 커피를 마시며 평소와 다름없이 업무를 처리하는 중이었다.

응급실에서 당직을 선 모양이지? 그렇다고 저리 피곤한 모습을 보이다니. 모성애를 자극하는 고단수라도 쓸 참인가?

재호가 둘 사이에 끼는 건 못마땅했지만, 하연에게 싫다고할 수는 없었다. 태환은 억지로 재호에게서 눈길을 돌리며 마지못해 고개를 끄덕거렸다. 빨리 저녁을 먹이고 냉큼 보내버려야겠다는 계획을 세우며……

지은은 남들의 눈을 피해 몰래 오 실장을 밖으로 불러냈다. 그녀가 CCTV가 미치지 않는 사각지대에 차를 세우자, 근처에서 기다리던 오 실장이 그녀의 차에 올라탔다. 그리고 손에 들고 있던 서류 봉투를 건넸다.

"이번 주에는 별로 이렇다 할 일은 없었던 것 같습니다."

"말씀하신 대로 그러네요."

지은은 민 실장이 건넨 사진을 한 장씩 들여다보며 건성으로 대답했다. 파파라치가 따라붙는다는 걸 알아챘으니, 완벽주의자인 태환의 성격에 조금이라도 빈틈을 보일 리가 없었다. 그렇다고 만만히 물러설 차 회장도 아니었기에 좀 더 사태를 지켜볼 필요가 있었다.

"아버지는 언제 정하라를 만나볼 계획이래요?"

"글쎄요. 우선은 홍보 모델 계약서에 사인한 후가 아닐까요?"

"저쪽 반응은요?"

"꽤 좋은 계약 조건이라 거절하진 않을 겁니다."

"그래요? 도중에 마음이 바뀌거나 하는 건 아니겠죠?"

지은이 재차 확인했다.

"그럴 리가요. 최고의 계약 조건을 내세웠는데……."

"흐음."

지은은 사진 속 하연의 모습을 물끄러미 바라보았다. 지금까진 몰랐는데 환하게 웃고 있는 모습에서 낯익은 누군가가 연상되었다. 태환이도 그래서 이 여자에게 끌리는 건 아닐까?

"그나저나 아버지가 생각보다 너무 느리게 움직이시네요."

"아무래도 차 대표님 일이니까 좀 더 신중히 처리하시려는 것 같습니다."

그러시겠지. 겉으로 티는 안 내지만, 태환이야말로 형제 중에서 가장 상처받기 쉬운 성격을 가졌다는 걸 누구보다 더 잘 알고 계실 테니까.

조금이라도 잘못 접근했다간, 애써 덮어두었던 상처가 언제 터져 나올지 모른다. 정말로 태환이 그때 그 일을 전혀 기억하지 못하는 건지, 아니면 모든 걸 알면서도 모르는 척 연기하는지는 아무도 알지 못했다. 그건 태환의 담당 의사도 끝내 알아내지 못한 난제였다.

"좋아요. 앞으로도 특이한 사항 있으면 제일 먼저 저에게 알러주세요."

태환은 거래를 없었던 것으로 하자고 했지만, 그렇다고 곧바로 폭탄을 터뜨릴 필요는 없었다.

"네, 알겠습니다."

"그리고 혹시라도 태석이가 눈치를 채면 안 되니까, 그쪽도 잘 지켜보시고요. 오 실장님도 아시죠? 태석인 어디로 튈지 모르는 공이에요."

"명심하겠습니다."

오 실장이 차에서 내리자, 지은은 오 실장이 건넨 서류 봉투를 글러브 박스에 넣고 열쇠로 잠갔다. 그리고 곧바로 시동을 걸고 차를 출발했다.

모두 함께 정답게 식사하려고 했는데 어째 시작부터 삐거덕거리는 분위기였다.

우선 세 사람이 따로따로 운전해서 갈 것이냐, 아니면 한 차로 이동할 것인가에 관해서 의견을 모아야 했다.

"차도 막히는데, 한 차로 가죠."

다행스럽게도 하연의 의견에 반대하는 이는 없었다. 문제는 누구의 차로 갈 것인가 하는 것이었다.

하연은 며칠이나 잠을 설친 재호가 운전대를 잡는 게 영 마음에 걸렸다. 태환도 마찬가지였다. 그가 평소와 다름없이 회

사에 출근했을 것이기에 피곤한 상태에서 운전하게 하고 싶진
않았다.

"그럼 내 차로 가는 걸로 하죠."

주로 민성이 모는 밴만 타고 다녔지만, 하연은 장롱 면허도
아니었고 옆에 동생 하석을 태우고 고속도로를 탄 적도 있었
다. 그랬기에 그녀는 당당하게 자신이 운전하겠노라고 주장할
수 있었다.

그때까지만 해도 그리 나쁘지만은 않았다. 그러나 주차장에
도착해서가 문제였다. 하연이 잠금 장치를 열고 차로 다가가
자, 태환과 재호가 동시에 조수석 차 문으로 손을 뻗었다. 그
러고는 누가 먼저랄 것도 없이 손잡이를 잡았다. 손잡이를 잡
은 두 남자의 손에 힘줄이 불끈 솟아 있었다.

"저……."

하연은 그 광경을 보고 놀라지 않을 수 없었다.

지금 두 사람, 뭐 하는 거지? 유치하게 자리싸움이라도 하자
는 거야?

"내가 옆에 타죠. 지리는 내가 더 잘 아니까."

"어차피 병원 근처로 갈 건데, 지리는 제가 더 훤합니다."

"근처라고 지리를 다 아는 건 아니죠."

"그래도 매일 왔다 갔다 하는 곳인데 가끔 오는 사람보단
잘 알겠죠."

"원래 등잔 밑이 더 어두운 법 아닐까요?"

"생각보다는 등잔 밑이 그리 넓지 않더군요."

태환과 재호는 나직하고 정중한 목소리로 설전을 불태웠다. 아무래도 두 사람 스스로 결론을 내리기는 어려울 것 같았다. 어떻게 해야 한다?

태환을 옆에 태우고 가자니 뒤에 앉은 재호가 불편할 테고, 재호를 옆에 태우고 가자니 뒤에 앉는 태환이 기분 상할지도 모른다. 그래서 하연은……

"저기요, 제가 누가 옆에 타면 운전에 집중이 안 되거든요. 두 분 다 뒷자리에 타시겠어요?"

태환과 재호는 동시에 기가 막힌다는 표정으로 하연 쪽으로 고개를 돌렸다. 지금 우리 둘이 나란히 뒷자리에 앉으라고?

"무엇보다 중요한 건 안전 운전이니까요. 운전하는 사람의 지시를 따라주시면 감사하겠습니다."

하연은 두 손을 모으며 두 사람만큼이나 정중한 목소리로 부탁했다. 서로를 노려보던 태환과 재호는 결국 할 수 없다는 듯이 뒷좌석으로 걸어갔다.

이번에는 '누가 하연의 뒤에 앉을까?'로 신경전을 벌이는 것 같았지만, 어느 쪽에 앉는다고 해도 별로 큰 이득은 없었으므로 태환이 하연의 뒤에, 재호가 조수석 뒤에 앉는 것으로 해결되었다.

"출발할 테니까, 모두 안전벨트 매주세요."

하연은 시동을 걸기 전, 백미러로 힐끔 뒷좌석을 훔쳐보았다. 두 사람은 약속이라도 한 듯, 팔짱을 낀 자세로 서로를 외면한 채 창밖을 내다보고 있었다.

하아, 같이 저녁 먹자고 한 게 과연 제일 나은 방법이었는지 의심된다. 무사히 식사를 마칠 수 있을까?

하연은 슬그머니 걱정되기 시작했다.

하연은 메뉴판으로 얼굴을 가린 채 서로를 노려보는 태환과 재호를 훔쳐보았다. 왜 둘은 적대감을 숨기지 않는지 모르겠다. 겨우 두 번 만난 사람끼리 뭐 그리 기분 나쁠 일이 있다고.

"이곳이 한 선생님이 추천하는 레스토랑이라고요."

"네. 원장 선생님과 가끔 들릅니다."

"좀 묵직하고 고상해 보이는 분위기군요."

말이 묵직하고 고상이지, 구식으로 보인다는 뜻이었다.

"클래식은 그 가치를 아는 사람에게만 아름다운 법이죠."

재호는 느긋한 미소를 지으며 물 잔을 들어 올렸다.

"두 분, 무엇을 주문할지 고르셨나요? 배고픈데 빨리 주문하죠!"

혹시라도 언쟁이 시작될까, 하연은 재빨리 두 사람 사이에 끼어들었다.

"립 아이 스테이크로 하죠."

"그럼 나도."

두 사람은 요리를 주문하는 것조차도 두 사람은 경쟁으로 여기는 것 같다. 어차피 훈훈한 분위기는 어려울 것 같고, 어서 먹고 일어나자 하는 생각으로 하연은 메뉴판으로 시선을 돌렸다.

"전 그냥 연어 구이 주문할게요."

두 남자 모두, 잠 못 자고 일만 하더니 수면 부족으로 머리가 약간 어떻게 된 게 분명했다.

"나중에 시간 되시면 영화 촬영장에 오시죠."

매니저가 주문을 받고 테이블에서 멀어지자, 태환은 예의상 먼저 말을 꺼냈다.

"초대해주셔서 감사하지만, 그럴 시간이 없어서요."

"저런……."

재호가 점잖게 거절하자, 태환의 입꼬리가 위로 말려 올라갔다.

"우리 하연이가 연기하는 모습을 직접 보고 싶지 않으십니까?"

"큭."

방심한 상태로 물을 마시던 하연은 그만 사레에 들리고 말았다.

우리 하연이?

하연은 깜짝 놀란 얼굴로 태환에게로 고개를 돌렸다. '우리 하연이'라는 호칭에 충격을 받은 건, 하연만이 아니었다. 재호 역시 믿을 수 없다는 표정을 지었다.

"존칭하지 않고 이름으로 부릅니까?"

"아주 가까운 사이라서 그럽니다."

"그게요, 선배님."

태환이 또 무슨 폭탄을 터뜨릴지 몰라 하연은 재빨리 수습에 나섰다.

"이번에 작업하는 분들이 원래부터 다 알고 지내는 사이라서……. 선배님, 한류 스타인 주성욱 아시죠? 성욱 씨가 송 감독님 어머니 절친 분의 아들이에요. 그래서 감독님과 대표님이 '성욱 씨'라고 부르지 않고 '성욱아' 이렇게 부르거든요. 그러다 보니까 저도 자연스럽게 '하연아'라고 불리게 돼서."

물론 새빨간 거짓말이었다. 하지만 재호가 창훈을 만날 것도 아니고 성욱을 볼 일도 없을 테니까, 우선 급한 불부터 끄고 봐야 했다. 그런데 겨우 끈 불에 태환이 또다시 불을 붙였다.

"창훈이 녀석도 '하연아'라고 부른단 말입니까?"

그는 아주 못마땅한 얼굴로 살짝 언성을 높였다.

아, 정말! 그만 좀 해요. 우리 둘이 사귄다고 동네방네 소문 낼 일 있나! 절대로 스캔들 터지면 안 된다고 계약서 작성한 게 누군데.

하연은 눈을 부릅뜨며 태환의 발을 테이블 밑으로 툭 건드렸다. 그녀의 의도를 알아챈 태환은 표정을 굳혔지만, 더는 뭐라고 하지 않았다. 때를 맞추어서 웨이터가 애피타이저가 담긴 수레를 끌고 테이블로 다가왔다.

후우, 살았다.

하연은 속으로 안도의 숨을 내쉬며 애피타이저 접시를 내려다보았다. 그녀가 불편해한다는 걸 눈치챘는지, 주요리가 나오고부터는 살벌하던 기 싸움이 조금은 누그러졌다. 디저트가 나오기 직전, 하연은 양해를 구하고 자리에서 일어섰다.

"잠시만 실례할게요."

하연은 가방을 들고 복도 쪽으로 걸어갔다. 그녀가 복도 앞에서 서성거리자, 화장실을 찾는다고 생각했는지 매니저가 다가왔다.

"손님, 무얼 도와드릴까요."

"지금 미리 계산하고 싶은데요."

"아, 네. 그러시면 이쪽으로 오십시오."

분명 태환과 재호가 서로 계산하겠다고 싸울 게 분명했다. 겨우 식사를 마쳤는데 끝에 가서 다시 팽팽한 긴장감에 휩싸이긴 싫었다. 무사히 계산을 마치고 돌아오니, 두 남자는 테이블에 얌전히 앉아 있었다.

"저 없는 동안에 무슨 이야기 하셨어요?"

"아무 말도 하지 않았는데요."

"별로 할 말이 없어서……."

서로 못 잡아먹어 안달이었으면서 그녀가 자리를 뜨니까 한마디도 하지 않았단다. 서로 말도 섞기 싫다는 건가? 도대체 왜 그러는 거냐고 물어보려던 하연은 마음을 바꿔 입을 다물었다. 어쩌면 두 사람은 예의상 함께 식사한 것뿐이지, 말도 못할 정도로 지쳤을지 모른다.

"계산은 제가 먼저 했어요."

동시에 지갑을 꺼내려고 하는 두 남자를 하연이 손을 들어

말렸다.

"오늘은 제가 내게 해주세요."

하연은 서둘러 가방을 들고 자리에서 일어섰다. 그리고 태환과 재호를 기다리지 않고, 빠른 걸음으로 레스토랑을 걸어 나갔다.

"나는 그만 여기서 헤어질게."

차 알림 기능을 끄는 하연에게 재호가 다가왔다. 레스토랑과 재호가 사는 아파트는 걸어서 10분도 채 걸리지 않았다. 그러나 하연은 재호를 혼자 쓸쓸하게 돌려보내고 싶지 않았다.

"그러지 말고 타세요, 선배님. 집에까지 바래다드릴게요."

"아니야. 가까운데 그럴 필요 없어. 소화도 시킬 겸 걸어서 갈게."

뭐라고 한마디 할 줄 알았는데 태환은 차에 비스듬하게 기댄 채, 두 사람의 대화를 듣고만 있었다. 가만히 있어도 재호가 알아서 물러서줄 분위기였으니까.

"오늘 저녁 고마웠어."

재호는 하연을 향해 환하게 웃어준 후, 태환에게 고개를 돌렸다. 그는 까딱 고개를 숙이는 것으로 작별 인사를 대신했다. 태환도 재호를 따라 고개를 숙였다. 재호가 등을 돌려 반대 방향으로 걸어가려고 하자, 하연은 재빨리 그의 팔을 붙잡았다.

"그러면 선배님, 약속 하나만 해주세요."

"약속?"

"오늘만이라도 휴대폰 꺼놓으시면 안 될까요? 아무것도 생각하지 말고 푹 주무세요."

하연의 간절한 눈빛에 재호는 씁쓸한 미소를 떠올렸다.

"후…… 아까 박 선생님이 뭐라고 했군."

"박 선생님뿐이 아니에요. 미란 선배도 그러고, 최 교수님도 그러시고, 또……."

"알았어."

재호는 하연의 말을 자르며 천천히 고개를 끄덕였다.

"그렇게 할게."

그녀가 부탁하지 않아도, 오늘만큼은 깊이 잠들 수 있을 것이다. 하연을 보았으니까…….

재호는 손을 들어 하연의 어깨를 가볍게 두드린 후, 뒤돌아 두 사람에게서 멀어져갔다. 재호가 더는 보이지 않게 돼서야, 태환은 차에서 기댔던 몸을 일으켰다. 그때까지도 하연은 재호가 사라진 골목에서 눈길을 돌리지 않고 있었다.

"그만 봐요. 내 여자가 다른 남자 뒷모습을 넋 놓고 쳐다보는 거, 기분 영 별로니까."

그제야 하연은 태환에게로 등을 돌렸다.

"……걱정돼서."

그녀는 겸연쩍은 얼굴로 태환을 바라보았다. 그가 기분 나빠할 거라곤 미처 생각하지 못했다.

"저번에 봤을 때와 비교해서, 그새 선배님 얼굴이 많이 상했거든요."

"한재호 선생과 가까운 사이입니까?"

무감각한 목소리로 태환이 물었다.

"가까운 사이라기보단…… 학교 선배님이기도 하고, 내가 레지던트할 때, 함께 펠로우로 근무하셨어요. 저에게는 힘들 때마다 다정하게 격려해주시는 멘토 같은 분이세요."

한때 흠모하던 남자라고, 세상에서 가장 멋진 남자라고 여겼다고는 말을 할 수 없었다. 잠이 모자란 태환의 심기를 일부러 들쑤실 필요는 없을 테니까.

충분한 설명이라고 여겼는지 태환은 더는 물어보지 않았다. 대신 성큼성큼 보조석으로 걸어가 차 문을 잡아당겼다.

"아직도 옆에 누가 타면 운전에 집중할 수 없는 건 아니겠죠?"

그 말은 이젠 재호도 없으니까 기필코 그녀 옆에 앉겠다는 소리였다. 하연은 피식 웃으며 고개를 흔들었다.

"타요. 오늘은 내가 집에 바래다줄게요."

"그럴 필요 없어요. 병원 주차장으로 가요."

"운전하기 피곤하지 않아요? 어제부터 한숨도 못 잤을 텐데……."

"이제야 내가 걱정되는 겁니까?"

"당연하죠."

"됐습니다. 난 멀쩡하니까, 주차장으로 가요."

하연이 시동을 켜고 차를 출발하자, 태환은 느긋하게 좌석에 몸을 기대어 그녀가 운전하는 모습을 지켜보았다. 아까는 난처한 상황을 모면하기 위해서 옆에 누구를 태우면 운전에 집중할 수 없다고 둘러댄 건데……

지금은 진짜로 운전에 집중할 수가 없었다. 그가 그저 바라만 보는데도 입 안이 바짝바짝 마르는 것처럼 긴장되었다. 손길이 닿는 것도 아니고 눈길만 닿는데도 이러면 어쩌라고.

다행히 한국 대학 병원 주차장은 그리 멀지 않았다. 저녁 늦은 시간이라서 그런지, 아까까지만 해도 꽉 차 있던 주차장은 빈 곳이 띄엄띄엄 보일 정도로 한산했다. 하연은 태환의 차 옆에 조심스럽게 차를 세우고 시동을 껐다.

"어서 가서 쉬세요."

태환은 안전벨트를 풀고 좌석에서 몸을 일으켰다.

"여기까지 바래다줬는데 그냥 가버리면 큰 실례겠죠? 사례해야지."

"사례요? 아니에요. 뭐, 이런 걸……. 읍."

그녀의 다음 말은 태환의 입속으로 빨려 들어갔다. 전혀 예상하지 못한 키스에 하연은 태환의 옷깃을 두 손으로 움켜쥐었다. 태환은 그녀를 놓아주지 않고 집요하게 하연의 입술을 탐했다.

이미 주위는 컴컴한 어둠이 내렸고 짙게 선팅된 유리창 덕분에 밖에서는 두 사람의 모습이 보이지 않을 것이다.

그렇다고 해도 야외 주차장에 차를 세워놓고 격렬한 키스를 나누다니. 너무나도 위험했다. 누가 보기라도 하면 어쩌려고.

하지만 그런 긴장감이 온몸의 피를 더욱더 짜릿하게 들끓게 했다.

"……하연……아."

입술 위로 태환의 뜨거운 속삭임이 끊임없이 흘러내렸다.

"하아."

머릿속이 하얘지고 눈앞이 아찔해진다.

두 사람의 키스가 진하고 뜨거워질수록 자동차 유리도 뿌옇게 흐려졌다.

"아무래도 뭔가 냄새가 난단 말이지."

태석은 와인을 마시려다 말고 옆에 앉은 아내, 혜경에게로 고개를 돌렸다. 치즈를 바른 크래커를 입에 넣으려던 혜경이 흠칫 동작을 멈췄다.

"왜 도련님이 또 기분 나쁘게 했어?"

"아버지가 태환이 뒤에 사람을 붙였어. 분명히 뭐가 있다는 소리인데."

"아버님이 도련님 감시하는 거, 하루 이틀 일도 아니잖아."

혜경은 모른다. 걸핏하면 사람을 붙이는 감시가 오로지 태환에게만 행해진다는 것을. 억압이라고 할 정도의 과잉보호이지만, 그게 바로 차 회장의 사랑 표현이라는 것을. 그리고 그 사랑 표현을 태석은 한 번도 받아본 적이 없다는 것을…….

"아버지는 녀석만 소중하시지. 항상 그 녀석 걱정뿐이고."

"그거야 도련님이 어릴 때부터 사고를 많이 당했잖아. 얼마

전에도 아프리카에서 끔찍한 일 당했고."

그랬다. 누구에게는 끔찍한 일이었겠지만, 누구에게는 새로운 기회를 얻는 일이 될 수도 있었는데……

"이렇게 두 손 놓고 가만히 있어선 안 되겠어. 나도 나름대로 손을 써봐야지."

태석은 씁쓸한 미소를 떠올리며 와인 잔을 말끔히 비워냈다. 또 다른 기회가 될 수 있을지도 모르니까.

"성욱이 녀석, 엊그제 파티에서 술 먹고 사고를 쳤네요."

아침 일찍 촬영장에 도착하니, 창훈이 근심 어린 얼굴로 하연을 맞이했다.

"넘어지면서 얼굴을 다쳤나 봐요. 어디 찢어지거나 한 건 아닌데 좀 많이 부었답니다. 며칠간 촬영이 어려울 것 같은데……"

성욱이 약속을 지키기 위해 자신의 잘못으로 얼굴을 다쳤다고 말한 모양이었다.

"오늘은 하라 씨 나오는 장면만 찍기로 하죠."

성욱의 부상으로 함께 찍는 장면은 일주일 이후로 연기되었다. 덕분에 촬영도 오후 일찍, 모두 끝나버렸다.

"언니도 파티 갔었잖아요. 성욱 씨, 그날 그렇게나 많이 마셨어요?"

"어? 그 글쎄……."

서영의 질문에 하연은 대뜸 대답할 수 없었다. 그날 성욱이 술을 많이 마시긴 했지만, 인사불성이 될 정도로 취한 건 아니었고, 솔직히 말하면 넘어진 게 아니라, 태환에게 맞아서 얼굴이 부은 거니까.

"오빠는 뭐 아는 거 없어? 오빠도 파티 갔었잖아."

"나? 어머머, 무슨 소리야. 난 아는 거 하나도 없어."

민성은 호들갑스럽게 펄쩍 뛰어올랐다. 그날 무슨 일이 있었는지 짐작은 하지만, 섣불리 입을 열었다간 괜히 본인만 난처해질 테니까.

"두 사람, 숨기는 거 있죠? 수상해요."

"어머머, 서영아. 넌 나이도 어린 애가 뭐 그렇게 의심이 많니. 하연이랑 나는 잠시 얼굴만 비추고 왔다고!"

하지만 서영은 끝까지 포기하지 않고, 계속해서 하연과 민성을 의심의 눈초리로 바라보았다.

"그런데 오빠, 요새 살 좀 붙었다. 예전 얼굴 나오는데요?"

밴을 지하 주차장에 세우고 시동을 끄는 민성에게 서영이 지나가는 투로 말했다. 민성은 그 말을 심각하게 받아들인 듯, 하얗게 질린 얼굴로 휙 고개를 돌렸다.

"어머, 정말?"

"네. 머리만 짧게 깎으면 다시 카리스마 작렬할 것 같아요!"

좋게 말하면, 카리스마 강한 외모. 나쁘게 말하면 험악한 조폭 외모.

어차피 유치원 때부터 남들과 다른 외모로 살아온 민성이었기에, 또다시 조폭 외모로 돌아간다고 해도 크게 서운할 건 없었다. 태환에게 정체를 들킬지도 모른다는 공포를 제외하고는…….

민성이 눈에 띌 정도로 바짝 긴장하자, 하연은 태환이 모든 걸 알고 있으니까, 너무 겁먹지 말라고 말해줘야 하나? 고민이 들었다.

서영은 자신의 말 한마디가 민성을 공포의 도가니로 몰아넣은 것도 모르고, 하연을 향해 생글생글 눈웃음을 쳤다.

"언니, 오늘 일찍 끝났는데 같이 저녁 먹고 갈래요? 데이지 안 간 지 꽤 됐잖아요. 거기 일주일에 서너 번은 가야 하면서……."

"어?"

맞다. 요사이 태환에게 정신이 팔려서 데이지 카레 금단 현상을 거의 느끼지 못했다.

"그럴까?"

"아니, 난 그냥 갈래. 서영이, 너도 그냥 가."

백미러를 통해 자신의 통통한 뺨을 잡아당겨 보던 민성이 빽 언성을 높였다.

"나, 다이어트해야 해. 오늘부터 저녁 안 먹을 거야."

"웃긴다! 오빠나 다이어트하지, 왜 우리까지 끌고 들어가요?"

"어머머, 넌 내가 저녁을 쫄쫄 굶는데 목구멍으로 밥이 넘어가니? 같은 팀끼리 그러는 거 아니다, 얘!"

이런, 또 시작이다. 서영과 민성이 티격태격하며 언쟁을 시작하자, 하연은 재빨리 문을 열고 차에서 뛰어내렸다.

"오늘 수고했어. 나, 먼저 들어갈게."

하연이 빠져버리자, 두 사람의 언쟁도 뚝 멈추었다.

"응. 푹 쉬어. 촬영 일정 나오면 알려줄게."

다시 평소의 표정으로 돌아간 민성은 가볍게 고개를 끄덕거렸다.

"알았어. 고마워, 오빠. 서영아, 잘 가."

민성이 시동을 걸고 밴을 출발하자, 하연은 엘리베이터로 향하며 가방을 열어 휴대폰을 꺼내 보았다. 어젯밤에 헤어지고 태환에게선 아직 아무 연락도 없었다. 주차장에서 끌어안고 시간을 보내느라 자정이 넘어서 헤어졌다. 그러니까 정확하게 따지자면 오늘 새벽에 이미 그를 만난 셈이다.

그러면 오늘은 그냥 넘어가는 걸까? 그러긴 싫은데, 먼저 연락해볼까?

태환에게 전화하려는데 텔레파시가 통한 듯 그에게서 문자가 날아왔다.

> 촬영 끝났습니까?

하연은 그대로 자리에 멈춰 서며 재빨리 답을 보냈다. 그와 떨어져 있는 1분 1초의 시간도 아까웠으니까.

네, 방금 집에 왔어요.

그러면 7시에 '데이지'에서 봐요.

이것도 텔레파시? 데이지에 가려고 한 걸 어떻게 알았을까?

네.

하연은 콧노래를 흥얼거리며 휴대폰을 가방에 집어넣었다. 1시간 후면 태환을 볼 수 있다는 기대감으로 저절로 입가에 미소가 걸렸다.

업무를 마치고 자리에서 일어나려는데 강 비서가 노크도 생략한 채, 사무실로 뛰어 들어왔다.

"대표님, 큰일 났습니다. 회장님이 지금 데이지로 가시는 중이랍니다."

"아버지가? 왜?"

"이유는 저도 모르겠습니다."

태환은 급히 손목시계를 들여다보았다. 다행스럽게도 하연과 만나기로 한 시각보다 아직 30분 일렀다.

"참, 강 비서."

하연에게 전화하려던 태환이 갑자기 동작을 멈추고 강 비서에게로 고개를 돌렸다.

"공사는 어떻게 됐지? 오후 늦게 끝날 예정이라고 하지 않았나?"

"그랬는데 며칠 지연될 것 같습니다. 연결하는 부분의 공사는 구청에서 허가를 받아야 하는데, 어제 나와야 할 허가가 오늘에야 떨어졌다고 하더군요."

"어서 공사부터 중지시켜!"

태환은 인상을 굳히며 지시를 내리고 다급히 하연에게 전화를 걸었다. 그러나 신호만 가다 음성 사서함으로 넘어갔다. 몇 번을 전화해도 통화는 연결되지 않았다. 결국 태환은 포기하고 데이지로 차를 몰았다. 운전하면서도 전화를 걸었지만, 역시 마찬가지였다.

[고객이 전화를 받지 않아 음성 사서함으로 연결되며 '삐' 소리 후, 통화료가 부과됩니다.]

몇 번이나 같은 안내 멘트만 스피커에서 흘러나왔다.

따리리리리—.

그때 강 비서로부터 전화가 걸려왔다. 급한 사항인지라 그는 인사도 생략한 채, 바로 본론으로 들어갔다.

[회장님, 5분 후에 데이지에 도착하신답니다.]

"알았어. 고마워."

약속 시간까진 아직 시간이 남았으니까, 하연의 집으로 가볼까?

그래도 혹시 모르니까 데이지 매니저에게 먼저 연락해놓아야 한다. 매니저는 바로 전화를 받았다.

[그렇지 않아도 전화하려던 참입니다. 방금 회장님께 이곳에 오신다는 연락을 받았습니다.]

미리 연락한 걸 보니, 급하게 들이닥치는 건 아닌가 보다.

"그래요? 부담 가지지 말고 평소처럼 대하세요. 별거 아닐 겁니다. 그것보다, 정하라 씨가 도착하면 나폴레옹으로 약속 장소가 변경되었다고 알려주시겠습니까?"

[정하라 씨라면 이미 와 계시는데요.]

제길!

우려했던 일이 일어나고야 말았다.

"그러면 지금 당장 정하라 씨에게 약속 장소가 바뀌었다고 알려주시겠습니까? 급합니다."

[네, 알겠습니다.]

제발, 아버지가 도착하기 전에 빠져나가기를…….

태환은 기도하는 마음으로 가속 페달을 힘껏 밟았다.

부랴부랴 집으로 돌아간 하연은 샤워를 마치고 정성을 들여서 화장했다.

오늘도 변장하고 나가야 하나? 막상 공들여 화장하고 나니, 변장으로 가리기가 아쉬웠다.

잠시 고민하던 그녀는 커다란 선글라스를 끼고 모자를 푹 눌러쓰는 정도로만 얼굴을 가렸다. 어차피 집 근처니까 크게 문제 될 건 없을 것이다.

시계를 보니 아직도 약속 시간까지 40분이나 남아 있었다. 천천히 걸어간다고 해도 엄청 이른데…… 그렇다고 멀뚱멀뚱 기다리기엔 가슴이 두근거려 가만히 앉아 있기조차 힘들었다. 홍 여사라도 옆에 있으면 수다라도 떨면서 시간을 보냈겠지만, 항상 바쁘신 홍 여사는 모임이 있다며 하연이 돌아오고 나서 얼마 되지 않아, 집을 나섰다.

휴대폰으로 다시금 시간을 확인했다.

6:25 PM

이제 겨우 5분 지났네. 원래 잘 가던 시간도 기다리면 더욱더 더디게 간다더니…….

"후우."

하연은 결국 더는 기다리지 못하고 집을 나섰다.

"아, 맞다!"

한참 동안 데이지를 향해 걸어가던 하연은 거실에 휴대폰을 놓고 왔다는 사실을 깨달았다. 아까 계속해서 시간을 확인하느라 가방에서 꺼내놓고 그대로 깜빡 잊어버린 것이다.

거의 다 왔는데…….

큰길 건너로 데이지 건물이 눈에 들어왔다. 휴대폰을 가지러 집에 돌아갈까 고민하던 하연은 다시 데이지 건물 쪽으로 방향을 틀었다. 어차피 식사할 동안은 휴대폰을 꺼놓을 계획이었으므로, 크게 문제 될 건 없었다.

데이지 안으로 들어가자, 웨이터가 환히 웃으며 창가 자리로 안내했다. 메뉴판을 들여다보는데, 20대로 보이는 젊은 여자 두 명이 하연에게로 다가왔다.

"정하라 씨, 맞죠?"

"네."

하연이 살며시 웃어주자 두 여자는 호들갑스럽게 반가움을 표현했다.

"와아, 저, 언니 팬이에요. '녹아들다'에 나올 때부터 좋아했어요."

"저도요. 와, 언니. 실물이 훨씬 더 예뻐요."

"감사합니다."

"부탁인데 우리랑 사진 찍을 수 있나요?"

두 여자와 사진을 찍고 나니까, 이번에는 뒤쪽에서 눈치만 보던 커플이 조심스럽게 다가왔다. 그들과도 사진을 찍어주고 가볍게 악수하고 헤어지자, 옆에서 잠자코 기다리던 매니저가 말을 꺼냈다.

"방금 대표님께 연락이 왔는데 약속 장소가 나폴레옹으로 변경되었다고 합니다."

"네?"

어머, 휴대폰을 놓고 왔더니 이런 일이 생기네!

"감사합니다."

가방을 챙겨서 일어나려는데 웅성거리는 소리가 들리며 사람들의 이목이 입구에 집중되었다. 경호원들에게 둘러싸인 누군가가 레스토랑 안으로 들어서고 있었다.

'아이돌 스타라도 떴나?' 생각했는데 의문의 주인공은 백발의 신사였다.

누구지? 높으신 분인가?

일행이 지나가기를 기다렸다가 입구로 향하려는데 하연을 본 신사가 걸음을 멈추었다.

"정하라 씨?"

오늘은 모르는 사람이 계속해서 아는 척을 하는 날인가 보다. 늦지 않게 가려면 한시라도 빨리 떠나야 했지만, 그렇다고 알아보는 팬을 모른 체할 순 없었다.

언제 어디서 누구를 만나더라도 상냥하게 대해야 한다. 피곤하다고 살짝 인상만 찌푸려도 성질 더럽다느니, 콧대가 높다느니 하는 소문이 퍼지니까.

"안녕하세요."

하연이 해맑게 웃으며 고개를 숙이자, 노신사도 따뜻한 미소를 떠올렸다.

"실물을 보니까, 바로 알아보겠군요. 나는 F.T.R.그룹 차한근 회장입니다. 이번에 우리 그룹의 홍보 모델 후보에 뽑혔죠? 이렇게 만난 것도 우연인데, 잠시 시간을 내줄 수 있나요? 10분이면 됩니다."

이미 약속이 있었지만, 상대는 그녀를 홍보 모델로 뽑아줄지도 모르는 F.T.R.그룹 회장이란다. 그러니 쉽게 거절할 수도 없었다.

"네, 물론이죠. 잠시만 실례하겠습니다."

하연은 안내 데스크로 걸어가 매니저에게 짧게 상황 설명을 했다.

"제가 휴대폰을 안 가져와서 그러는데, 대표님께 좀 늦겠다고 전해주시겠어요?"

"알겠습니다."

매니저가 흔쾌히 부탁을 받아주자, 하연은 빠른 걸음으로 차 회장이 자리 잡은 창가의 테이블로 걸어갔다. 10분이라고 했으니까, 딱 10분만 걸리길 바라면서……

"뭐라고요?"

태환은 방금 들은 말을 믿을 수 없었다. 스치고 지나가기만 해도 신경 쓰일 판에, 지금 하연과 아버지가 차를 마시고 있다고? 팬들과 함께 사진 찍고 사인을 해주느라, 늦게 떠나게 됐다는데 뭐라고 할 수도 없고.

우선은 차 회장이 이상한 말을 꺼내기 전에 두 사람을 떨어뜨려야 한다. 품격을 유지하려고 노력하는 차 회장이니까, '원하는 게 뭐냐?', '얼마면 되냐?' 등의 저속한 말은 하지 않을 것이다.

그래도 하연에게 좋은 말만 할 리는 없었다. 말에 날카로운 칼날을 숨겨 상대의 속을 긁을지도 모른다.

거칠게 차를 세우고 안으로 들어서려는데, 지은의 차가 '끼익' 소리를 내며 건물 앞에 멈췄다.

"방금 오 실장님에게 연락 받았어. 내가 정말 근처에 있었으니까 망정이지."

"뭐야? 구경이라도 났어?"

차 회장을 상대하기에도 머리가 복잡한데 지은까지 나타나다니. 태환의 얼굴이 험상궂게 변해갔다.

"구경 같은 소리 하고 있다!"

지은도 태환을 따라 인상을 찡그렸다.

"내가 알아서 처리할 테니까, 넌 빠져. 여기서 끼어들면 네가 얼마나 저 여자에게 미쳐 있는지 아빠에게 확인시키는 것밖에 안 돼."

그녀의 말이 틀린 건 아니었지만 문제는 지은도 온전히 믿을 수 없다는 거였다.

"대신 거래 다시 하는 걸로 해. 어때?"

애석하게도 태환에겐 망설일 시간이 없었다. 즉시 결정을 내려야 한다.

"좋아."

태환의 허락이 떨어지자, 지은은 흐트러진 머리를 두 손으로 쓸어 넘기며 서둘러 건물 안으로 들어섰다.

"바쁠 텐데, 시간 내줘서 고마워요."

매니저와 이야기를 끝낸 하연이 자리로 오자, 차 회장은 아까처럼 인자한 미소를 떠올렸다. 하지만 그녀를 향한 눈빛은 얼굴에 핀 미소만큼 따뜻하진 않았다.

입은 웃고 있지만, 눈은 뭔가 다른 듯한, 얼마 전까지 태환에게서 받았던 차가운 눈빛 같은…….

"아닙니다."

"김상원 대표에게 들어서 알겠지만, 우리 그룹에서는 지금까지 배우를 홍보 모델로 쓴 적이 없습니다."

"네. 그렇게 들었습니다."

"이유를 알고 싶지 않나요?"

"설명해주시면 홍보 모델이 되었을 때 큰 도움이 될 것 같네요."

"배우는 천의 얼굴을 가져야 합니다. 다른 상황과 성격을 가진 인물을 연기해나가면서 연기 패턴을 늘려나가죠. 이미지가 일정한 사회 명사나 스포츠인과 비교해서 어떤 배역을 맡느냐에 따라서 그때그때 이미지가 좋게, 또는 나쁘게 바뀔 수도 있어요. 그렇다고 홍보 모델 하는 동안, 절대로 악역은 하지 말라고 할 수는 없고."

"그렇겠네요."

"하지만 그게 가장 중요한 이유는 아닙니다. 그것보다 더 중요한 이유는 사적인 문제입니다."

차 회장은 잠시 말을 멈추고 숨을 골랐다. 머뭇거린다기보다는 뒤에 오는 말을 좀 더 강조하기 위해서인 듯싶었다. 그는 하연을 빤히 바라보며 한마디 한마디에 힘을 실어 말을 이어 나갔다.

"세상을 살다 보면 어쩔 수 없는 일이 있습니다. 아무리 사적인 감정을 배제하려고 해도 그게 그리 쉽지 않죠. 더더욱 그 일이 내가 사랑하는 자식의 행복과 연결되어 있을 때는……."

그때였다.

"회장님!"

앙칼진 여자의 목소리가 들려왔다.

"지금 뭐 하시는 거예요?"

깜짝 놀란 두 사람이 고개를 들자, 지은이 가슴 앞으로 팔짱을 낀 자세로 옆에 서 있었다.

"아직 계약서에 도장도 찍지 않은 모델과 단둘이 있다니. 그러면 다른 후보는요? 형평성에 문제 있잖아요."

"무슨 형평성까지 들먹이고 그래? 차 한 잔 마시지도 못하나?"

난데없는 지은의 등장에 차 회장은 미간을 찌푸렸다.

"소속사 직원 없이 단둘이 만나는 것도 반칙이에요. 회장님께는 차 한 잔이겠지만, 거절할 수 없는 상대에게는 갑질로 느껴질 수 있으니까."

"뭐, 갑질?"

갑질이란 말에 기분은 상했지만, 지은의 말이 틀린 것만은 아니었다. 요새 심심하면 그룹이나 재단의 갑질 사태가 온라인을 뜨겁게 장식했으니까.

전혀 계획에도 없었던 하연을 이곳에서 만나게 되어, 차 회장은 속으로 쾌재를 불렀었다.

만난 김에 하연의 속마음도 떠볼 겸, 자신의 말에 어떻게 반응하는지도 알아볼 겸 해서 잠깐 시간을 내어달라고 한 건데, 다시 생각해보니 약간 지나친 행동일 수도 있겠다.

어차피 하연이 그룹의 홍보 모델로 선정되면, 옆에서 차근차근 알아나가면 되는 거니까.

"오늘은 여기까지 하죠."

차 회장은 잠시 한 발 물러서기로 했다. 다행히도 첫인상이 생각했던 것처럼 나쁘진 않았다. 잘하면 말이 통할 것 같기도 했다.

"나중에 김상원 대표와 함께 자리 마련할 테니까, 그때 좀 더 이야기 나누도록 합시다."

차 회장은 내키지 않는 얼굴로 지은을 힐끗 쏘아보고는 자리에서 일어났다. 차 회장이 입구로 향하자, 옆 테이블에서 대기하던 경호원들이 그 뒤를 따랐다.

차 회장을 따라가려던 지은은 잠시 걸음을 멈추고 하연을 뒤돌아보았다.

"정하라 씨, 내 소개는 계약이 성사되면 그때 하도록 해요."

지은은 하연이 뭐라고 말을 꺼내기도 전에 등을 돌려 차 회장 일행을 따라나섰다.

뭐지?

차 회장과 지은이 태환의 가족이라는 걸 전혀 모르는 하연은 밀물이 밀려왔다가 쏴악 썰물이 빠져나간 것 같은 느낌을 받았다. 별로 기분 나쁘진 않았는데…….

솔직히 중요한 사적인 문제라는 게 무엇인지 궁금하기도 했다. 사랑스러운 자식을 위해서라니, 그게 무슨 의미일까?

그러나 재벌의 가족사에 별로 관심 없는 하연은 가방을 움켜쥐고 뛰듯이 레스토랑을 빠져나왔다. 태환을 만나는 일이 제일 중요했으므로.

우선 휴대폰부터 챙겨야 했기에 부랴부랴 집 방향으로 뛰어가는데, 그녀 앞으로 눈에 익은 차가 멈춰 섰다. 짙게 선팅된 유리창이 내려가고 태환의 얼굴이 나타났다.

"타요."

"태환 씨!"

많이 늦을까 봐 조마조마했는데 태환을 만나게 되자, 날아갈 것처럼 행복했다. 하연은 태환의 어두운 얼굴을 눈치채지 못한 채, 차에 얼른 올라탔다.

"전화했었죠?"

안전벨트를 매며 그녀가 미안한 표정으로 말했다.

"미안해요. 제가 깜빡하고 휴대폰을 집에 두고 오는 바람에……."

"아닙니다. 약속 장소를 바꾼 내 잘못도 있으니까."

"그런데 왜 갑자기 장소를 바꾼 거예요?"

"별 뜻은 없습니다. 그보단 누구를 만나느라 늦는다고 해서, 내가 이쪽으로 오는 게 더 빠를 것 같아서 왔어요."

"아, 그랬구나."

하연은 알겠다는 듯 위아래로 고개를 끄덕였다. 어찌 되었든 생각했던 것보다 그를 일찍 만나게 돼 기쁠 뿐이었다.

"만난 상대가 누굽니까?"

"이번에 홍보 모델을 제안한 그룹의 회장님이셨어요. 데이지에 들렀다가 저를 보시고, 잠깐 이야기하자고 하셔서……."

"그래요."

다행스럽게도 상대가 F.T.R.그룹 차한근 회장이라고는 말하지 않았다. 아직은 차 회장이 그의 아버지라고 밝힐 필요는 없었다. 재벌 3세라는 타이틀이 어떤 이에겐 플러스 효과를 주겠지만, 하연에겐 마이너스가 될지도 모른다.

태환은 나폴레옹으로 가기 위해 운전대를 틀어 왼쪽으로 차선을 바꾸었다. 차 회장은 죽은 아내와의 추억이 남은 나폴레옹은 되도록 가지 않으려 노력했다. 따라서 공사가 끝날 때까진 그곳이 제일 안전할 것이다.

"후우."

태환은 짧게 한숨을 내쉬며 빨간불로 바뀐 신호등을 노려보았다. 단순한 정지 신호일 뿐인데도, 마치 그를 향한 빨간불 같았다.

쉽지 않을 거라곤 예상했지만, 이렇게까지 걸림돌이 많을 줄이야. 하루라도 좋으니까 서로 마음 편하게 데이트할 순 없을까?

태환은 앞에 놓인 빨간불을 뚫어지게 응시했다.

〈2권에 계속〉

아주 은밀한 연애 1

초판 1쇄 인쇄 2018년 12월 10일
초판 1쇄 발행 2018년 12월 17일

지은이 이지연 ㅣ 펴낸이 강성욱 ㅣ 책임 기획 전주예 ㅣ 기획 편집 송진아 고은결 강가비
디자인 탁영건 오유나 ㅣ 일러스트 NOVA ㅣ 로고 김미현 ㅣ 교정 서진영 류혜선
펴낸곳 테라스북 ㅣ 등록 제25100-2013-000012호
주소 (04019) 서울특별시 마포구 회우정로5길 29 2층 202호
전화 070-4794-5826 ㅣ 팩스 0505-911-5826
블로그 http://terracebook.blog.me ㅣ 전자우편 terracebook@naver.com
ISBN 978-89-94300-90-0 (04810)
ISBN 978-89-94300-89-4 (SET)

테라스북은 오름미디어의 임프린트 브랜드입니다.

이 도서의 국립중앙도서관 출판시도서목록(CIP)은 서지정보유통지원시스템 홈페이지(http://www.seoji.nl.go.kr)와
국가자료공동목록시스템(http://www.nl.go.kr/kolisnet)에서 이용하실 수 있습니다. (CIP제어번호: CIP2018035130)